IRIS JOHANSEN
Hinter gläsernen Wänden

Buch

Kate Denby ist endlich im Einklang mit ihrem Leben. Die wissenschaftliche Arbeit im Labor befriedigt sie, und ihr Sohn macht ihr nichts als Freude. Zum ersten Mal seit ihrer Scheidung ist etwas Ruhe und Sicherheit in das Leben der 29jährigen eingekehrt, und Kate ist zuversichtlich, daß das auch so bleiben wird. Aber selten hat die begabte Wissenschaftlerin sich so geirrt. Erst erhält sie ein aufregendes Angebot des berühmten Forschers Noah Smith, mit ihm zusammen an einem neuen Heilmittel für Alzheimer-Erkrankungen zu arbeiten. Dann fliegt plötzlich Noahs Labor in die Luft. Und plötzlich hat sich ein psychopathischer Killer an Kates Fersen geheftet, der sie – mitsamt ihren Unterlagen über das neue Medikament – vernichten will. Aber Kate ist nicht so leicht einzuschüchtern. Sie ist fest entschlossen, nicht nur ihre Familie zu schützen, sondern auch ihre Arbeit voranzutreiben, durch die Millionen von Menschen geholfen werden könnte. Und ihre einzige Hoffnung im Kampf gegen den übermächtigen Gegner ist jener attraktive Fremde, dessen Absichten jedoch ganz und gar undurchsichtig sind ...

Autorin

Iris Johansen darf sich mit einer Gesamtauflage von über acht Millionen Büchern zu den Bestsellerautorinnen in USA und Europa zählen. Nach einer steilen Karriere als Autorin von romantischen Liebesromanen ist ihr mit *Das Schweigen der Schwäne* souverän der Sprung in das Genre des Frauenthrillers gelungen: Der Roman kam in USA sofort nach Erscheinen auf die *New York Times*-Bestsellerliste! Iris Johansen lebt in Kennesaw, Georgia.

Von Iris Johansen ist bereits erschienen

Abgründe des Herzens (42643) · Die Braut des Löwen (43792) · Die Windbraut (41320) · Goldene Ketten (42215) · Mitternachtsträume (43217) · Nachtflammen (43525) · Stachel der Begierde (42929) · Tänzer im Wind (41319) · Das Schweigen der Schwäne (35042)

IRIS JOHANSEN
Hinter gläsernen Wänden
Roman

Aus dem Amerikanischen von
Dinka Mrkowatschki

BLANVALET

Die Originalausgabe erschien unter dem Titel
»Long After Midnight« bei Bantam Books, a division of
Bantam Doubleday Dell Publishing Group, Inc., New York

Umwelthinweis:
Alle bedruckten Materialien dieses Taschenbuches
sind chlorfrei und umweltschonend.
Das Papier enthält Recycling-Anteile.

Blanvalet Taschenbücher erscheinen im Goldmann Verlag,
einem Unternehmen der Verlagsgruppe Bertelsmann.

Deutsche Erstveröffentlichung November 1998
Copyright © der Originalausgabe 1997 by I. J. Enterprises
Copyright © der deutschsprachigen Ausgabe 1998 by
Wilhelm Goldmann Verlag, München,
in der Verlagsgruppe Bertelsmann GmbH
Umschlaggestaltung: Design Team München
Satz: deutsch-türkischer fotosatz, Berlin
Druck: Elsnerdruck, Berlin
Verlagsnummer: 35047
Redaktion: Ilse Wagner
MD · Herstellung: Heidrun Nawrot
Made in Germany
ISBN 3-442-35047-6

3 5 7 9 10 8 6 4 2

Jetzt hast Du nur ein Stündlein noch zu leben,
Und dann bist Du verdammt in Ewigkeit. –
Steht still ihr nimmermüden Himmelssphären,
Und hemmt den Lauf der Zeit, eh zwölf sie schlägt.

Dr. Faustus, Christopher Marlowe

Prolog

»Ich kann das nicht tun.« Kate umklammerte verzweifelt die Hand ihres Vaters. »Ich will nicht einmal darüber reden. Begreifst du das? Verlang das nicht von mir, verdammt noch mal.«

»Ich muß dich darum bitten.« Robert Murdock versuchte zu lächeln. »Es gibt sonst keinen, Kate.«

»Es könnte doch ein Heilmittel geben. Jeden Tag werden neue entwickelt.«

»Aber nicht in der nächsten Zukunft.« Er lehnte sich erschöpft in die Kissen seines Krankenhausbettes zurück. »Sei gnädig. Tu es, Kate.«

»Ich kann nicht.« Tränen strömten ihr übers Gesicht. »Deshalb bin ich nicht Ärztin geworden. Du meinst das nicht ernst. Wenn du ganz bei Sinnen wärst, würdest du das nicht verlangen.«

»Schau mich an.« Sie sah ihrem Vater in die Augen. »Ich war nie klarer. Ist es mein Ernst, Baby?«

Er meinte es ernst. Sie zermarterte sich verzweifelt das Gehirn nach einer Möglichkeit, ihn umzustimmen. »Was ist mit Joshua? Er liebt dich.«

Er zuckte zusammen. »Er ist erst sechs Jahre alt, er wird vergessen.«

»Du weißt, daß das nicht stimmt. Joshua ist nicht wie andere Kinder.«

»Nein. Er ist wie du.« Sein Ton war liebevoll. »Gescheit und loyal und bereit, der Welt den Kampf anzusagen. Aber er ist zu jung dazu, ihn zu zwingen, irgendeinen Ballast mit sich herumzuschleppen. Wenn du das nicht für mich tun willst, dann tue es für meinen Enkel, tue es für Joshua.«

Er hatte alles genau durchdacht, wurde ihr voller Verzweiflung klar. »Ich will dich nicht gehen lassen«, flüsterte sie.

»Du wirst mich nicht gehen lassen.« Er hielt inne. »Ich habe hier gelegen und hab an die Zeit zurückgedacht, als du noch ein kleines Mädchen warst und wir durch Jenkins Wald gegangen sind. Du warst immer so traurig, wenn der Herbst kam und die Blätter fielen. Weißt du noch, was ich dir da gesagt habe?«

»Nein.«

Er schüttelte vorwurfsvoll den Kopf. »Kate.«

»Du hast gesagt, jedes Blatt sei ein Bindeglied, das nie wirklich gebrochen werden oder sterben könnte«, sagte sie zögernd. »Es rolle sich auf und falle ab, aber dann kehre es zur Erde zurück, und die Kette würde jeden Tag strahlender und stärker als je zuvor werden.«

»Ein bißchen tiefgründig, aber absolut wahr.«

»Quatsch.«

Sein Gesicht leuchtete vom Lachen, und für einen Augenblick war er wieder der jüngere, stärkere Mann in Jenkins Wald. »Damals hast du es geglaubt.«

»Mit sieben Jahren ist es einfacher, das Schicksal zu akzeptieren. Jetzt bin ich anders.«

»Ja, das bist du.« Er streckte die Hand aus und berührte sanft ihre feuchte Wange mit dem Zeigefinger. »Sechsundzwanzig und ein echt harter Brocken.«

Sie fühlte sich nicht hart. Sie fühlte sich, als würde ihr Inneres entzweibrechen.

»Da kannste drauf wetten«, sagte sie mit zittriger Stimme. »Heute würde ich eine Leiter holen und diese Blätter zurück an ihre Äste nageln oder eine Möglichkeit finden, sie von Anfang an am Fallen zu hindern.«

Sein Lächeln verblaßte. »Vielleicht eines Tages. Jetzt nicht, Kate. Versuche nicht, mich an meinen Ast zurückzunageln. Ich stehe nicht auf Kreuzigung.«

Schmerz durchbohrte sie wie ein Messer. »Du weißt doch, daß ich das nicht tun würde – ich liebe dich.«

»Dann laß mich gehen. Hilf mir. Laß mir meine Würde.«

»Ich weiß nicht – ich kann nicht mal dran denken. Bitte zwing mich nicht.« Ihr Kopf sank auf ihre Hände, die sie auf dem Bett gefaltet hatte. »Laß mich für dich *kämpfen*.«

»Du wirst für mich kämpfen.«

»Nein. Du willst, daß ich dich aufgebe, und das kann ich nicht tun.«

Sie spürte, wie seine Hand liebevoll über ihr Haar strich. »Du kannst es. Weil du eine ganz harte Lady bist … und du auch nicht gekreuzigt werden willst. Wir haben uns doch immer gegenseitig verstanden, oder etwa nicht?«

»Nicht bei dieser Sache.«

»Selbst bei dieser Sache.«

Er hatte recht. Sie verstand ihn. Wenn sie sich gestattet hätte, darüber nachzudenken, wäre ihr klargewesen, daß er zu dieser Entscheidung kommen würde. »Zum Teufel mit dem Verständnis. Du liegst mir am Herzen.«

»Und deshalb weiß ich, daß du es tun wirst. Ich habe versucht, mein Leben mit Würde zu leben. Laß nicht zu, daß es so endet.«

»Du bist nicht fair.«

»Nein, das bin ich nicht. Wirst du mir erlauben, egoistisch zu sein? Nur dieses eine Mal?«

Sie konnte die Worte kaum hören, so heftig waren die Schluchzer, die ihren Körper erbeben ließen.

»Danke, Baby.« Seine Hand strich weiter sanft über ihr Haar, und er sagte leise: »Aber du wirst sehr vorsichtig sein müssen. Ich möchte nicht, daß dir weh getan wird. Keiner darf es je erfahren.«

1

Dandridge, Oklahoma
Drei Jahre später
Samstag, 24. März

»Du konzentrierst dich nicht.« Joshua senkte seinen Baseball-schläger und sah sie vorwurfsvoll an. »Reiß dich zusammen, Mom. Wie soll ich es lernen, wenn du es mir so leicht machst?«

»Tut mir leid.« Kate grinste ihn an und sprintete los, um den Ball zu holen, der von dem hohen Holzzaun abgeprallt war. »Ich hab vergessen, daß ich es hier mit dem nächsten Fred McGriff zu tun habe. Ich werde mich bessern.« Sie holte aus, hob ihr Bein und warf den Ball.

Joshua traf den Ball, und er segelte über den Zaun. Er grinste sie an. »Homerun.«

»Aber das war ein guter Wurf«, sagte sie erbost.

»Toller Wurf, aber du hast einen schnellen Ball signalisiert.«

Sie wischte sich die Handflächen an ihren Jeans ab und sah ihn angewidert an. »Wie?«

»Du hebst dein Bein immer höher, wenn's ein schneller Ball ist. Da solltest du drauf achten.«

»Das werde ich nächstes Mal.« Sie schnitt eine Grimasse. »Du hättest mich ein bißchen mehr schonen können. Ich muß heute nachmittag arbeiten. Ich habe keine Zeit, das ganze Viertel nach dem verflixten Ball abzusuchen.«

»Ich helf dir.« Er ließ den Schläger fallen und kam auf sie zu. »Wenn du noch eine Viertelstunde mit mir trainierst.«

»Hol dir doch einen deiner Freunde zum Werfen. Rory ist der Werfer des Teams. Er muß doch ziemlich gut sein.«

»Er ist okay.« Joshua ging neben ihr her. »Aber du wirfst einen besseren Slider.«

Sie öffnete das Tor und ging voran zum vorderen Teil des Hauses. »Da hast du verdammt recht.«

»Und du lernst schnell. Du machst denselben Fehler nicht zweimal.«

»Danke.« Sie neigte den Kopf. »Ich danke dir für diese gütigen Worte.«

Ein listiges Lächeln huschte über sein sommersprossiges Gesicht. »Ich seife dich ein.«

»Das habe ich vermutet.« Sie machte eine Geste in seine Richtung, bremste sich aber dann. Joshua war ein liebevolles Kind, aber sehr würdige neun Jahre alt. Es war Samstag nachmittag, und es wimmelte im ganzen Vorort vor Kindern aus dem Viertel. Das konnte sie ihrem Sohn nicht antun, ihn vor den anderen Kindern zu umarmen. »Wir haben jetzt zwei Stunden trainiert. Ich hab nicht mehr Zeit.«

Er zuckte philosophisch die Achseln. »Ich dachte, ich versuch's mal.«

»Wie bei meinem Fastball.«

»Ja.« Er wandte sich von ihr ab. »Du hast wieder Arbeit von Genetech mit nach Hause gebracht?«

»Hmhm.« Sie sah sich in dem briefmarkengroßen Vorgarten um. »Wo ist dieser Ball? Hast du ihn gesehen?«

Er schien sie nicht zu hören. »Rory sagte, sein Dad sagt, die Leute, die bei Genetech arbeiten, bauen Frankensteins.«

Sie drehte sich zu ihm. »Und was hast du ihm geantwortet?«

»Ich hab ihm gesagt, daß er dämlich ist. Daß du versuchst, Leben zu retten, und daß es Monster nur in Büchern und Filmen gibt.« Er wandte sich ab. »Macht es dich wütend, daß Leute Lügen über dich verbreiten?«

»Macht es dich wütend?«

»Ja.« Seine Hände ballten sich zu Fäusten. »Ich möchte ihnen eins auf die Nase verpassen.«

Sie unterdrückte ein Lächeln. Das war eine ernste Angelegenheit. Es war das erste Mal, daß Joshua die Kontroversen, die ihre Arbeit betrafen, zu spüren bekam, und das mußte sie so diplomatisch wie möglich handhaben. Unglücklicherweise war Diplomatie nicht ihre Stärke. »Es ist besser, wenn du versuchst, es ihnen zu erklären und begreiflich zu machen. Es ist nicht wirklich ihre Schuld. Was wir in der Genetik machen, ist relativ neu, und viele Leute begreifen nicht, daß wir durch den Versuch, Genstrukturen zu verändern, Krankheiten bekämpfen und das Leben verbessern wollen.«

»Dann sind sie dumm. Du würdest doch nie jemandem weh tun.«

»Ich nehme an, sie denken, ich mache vielleicht etwas Unrechtes, bin nicht vorsichtig genug.«

Joshua gab ein unanständiges Geräusch von sich.

Irgendwie kam sie nicht zu ihm durch. Doch dann hatte sie eine Inspiration. Joshua war ein Computerfreak wie heutzutage alle Kinder. »Ich werde dir ein Computerprogramm kaufen, daß die DNS erklärt und auch, was die Medizin zu machen versucht. Vielleicht könntest du es Rory zeigen.«

Seine Miene erhellte sich schlagartig. »Aber was, wenn er es immer noch nicht kapiert?«

Dann verpaßt du ihm eins auf die Nase, hätte sie ihm gerne gesagt.

Diplomatie. Sie würde nicht zulassen, daß Joshua durch ihre Ungeduld und ihren Frust leiden mußte. »Dann kommst du zu mir, und wir machen einen neuen Plan.«

»Okay.« Er musterte sie, und plötzlich strahlte ihm der Schalk aus den Augen. »Und keine Sorge, ich werd's dir nicht erzählen, wenn ich ihm eins auf die Nase gebe.«

Raffinierter kleiner Schuft. Für sein Alter hatte er wirklich zu gute Antennen. Er war ein sehr guter Beobachter, gescheit und vollkommen liebenswert. Sie spürte, wie sie dahinschmolz, als sie ihn ansah. Klein, stämmig, mit hellbraunen

Haaren und einem unbezähmbaren Wirbel, war er praktisch unwiderstehlich. Sie wandte sich rasch ab und machte sich auf den Weg zurück ins Haus. »Und genau dafür kannst du den verflixten Ball selber suchen.«

»Das ist nicht fair. Du bist die Verteidigung. Wenn du ihn nicht fängst, solltest du –«

»Telefon.« Phyliss Denby stand auf der vorderen Veranda. »Ferngespräch. Schon wieder Noah Smith.«

Kate runzelte die Stirn. »Du hast ihm gesagt, daß ich zu Hause bin?«

Phyliss nickte. »Ich hatte es satt, Ausreden zu erfinden.«

»Wirst du mir helfen, den Ball zu finden, Oma?« fragte Joshua.

Phyliss lächelte ihn an und kam die Treppe herunter. »Da kannste drauf wetten.«

Kate machte hinter Phyliss' Rücken ein gespielt grimmiges Gesicht in Joshuas Richtung. Sie wußten beide, daß seine Großmutter über den Mond springen würde, wenn Joshua sie darum bäte. Er lächelte Kate unschuldig an und wandte sich Phyliss zu. »Ich hab einen Homerun geschlagen. Schneller Ball.«

»Sie hat ihr Bein wieder zu hoch gekickt?«

»Jap.«

»Du hast auch gewußt, daß ich das mache?« fragte Kate erbost. »Warum hast du's mir nicht gesagt?«

»Warum sollte ich? Ich bin doch kein Wurftrainer«, erwiderte Phyliss. »Geh ans Telefon.«

Kate bewegte sich widerwillig über die Veranda ins Haus. Sie hatte keine Lust, schon wieder mit Noah Smith zu reden. Normalerweise hatte sie keine Probleme damit, sich durchzusetzen, aber das Selbstvertrauen und die Hartnäckigkeit des Mannes waren überwältigend und ärgerlich. Zuerst hatte sie sich geschmeichelt gefühlt, weil Smith sie anstellen wollte. J. and S. Pharmaceuticals war eine kleine, aber sehr angesehene Firma. Smith selbst war ein berühmter Forscher, und das Gehalt, das er ihr bot, war mehr als großzügig. Aber der Mann war scheinbar nicht bereit, sich mit einem Nein abzufinden. Manchmal kam es ihr vor, als würde er einfach nicht hören, was er nicht hören wollte.

»Tut mir leid, Sie an einem Samstag zu stören.« Noah Smiths Stimme war mit seidigem Sarkasmus unterlegt, als sie sich meldete. »Es war notwendig. Scheinbar kann ich Sie nie zu Hause ... oder im Büro erwischen. Seltsam.«

»Gar nicht so seltsam. Und wie, bitte, haben Sie meine Telefonnummer zu Hause bekommen, Dr. Smith?«

»Noah. Ich hab Ihnen gesagt, Sie sollen mich Noah nennen.«

»Woher haben Sie meine Telefonnummer, Noah? Sie ist geheim.«

»Aber heutzutage ist doch nichts mehr geheim, nicht wahr? Wer war denn da am Telefon? Ich habe schon einmal mit ihr geredet.«

»Meine Schwiegermutter. Es ist wirklich sehr schmeichelhaft, daß Sie sich die Mühe machen, mich zu Hause anzurufen, aber ich ziehe es vor, mein Privatleben und meine Arbeit zu trennen.«

»Ihre Schwiegermutter? Soweit ich informiert bin, wurden Sie doch geschieden.«

»Das bin ich, aber sie kümmert sich weiterhin um meinen Sohn. Phyliss ist –« Sie hielt inne. »Woher wissen Sie, daß ich geschieden bin?«

»Ich würde wohl kaum versuchen, Sie einzustellen, ohne alles über Sie in Erfahrung zu bringen.«

Das machte Sinn. »Dann müssen Sie ja wissen, daß ich für mich und meinen Sohn ein sehr solides Leben schaffe und nicht in Betracht ziehen würde, meine Familie zu entwurzeln, um eine neue Stellung anzunehmen.«

»Oklahoma hat kein Monopol auf solides Leben. Seattle

hat viel zu bieten. Wir müssen zusammenarbeiten. Wollen Sie mehr Geld?«

»Nein.« Mit einem Mal hatte sie seine Bulldozertaktik satt. Sie sagte mit sehr klarer Stimme: »Ich will nicht mehr Geld. Ich will nicht umziehen. Um ehrlich zu sein, ich will nicht mit Ihnen arbeiten, Dr. Smith. Ist das klar genug?«

»Vollkommen. Ich erhöhe mein Angebot um weitere zehntausend pro Jahr. Denken Sie darüber nach. Ich melde mich wieder.«

Er legte auf.

Sie biß frustriert die Zähne zusammen und legte den Hörer auf die Gabel. Unmöglich. Der Mann war unmöglich.

»Du weißt, daß es gar nicht so schlecht wäre, wenn du den Job annimmst«, sagte Phyliss von der Tür her. »Du brauchst ein bißchen Abwechslung.«

»Ich bin glücklich, da, wo ich bin.« Sie schnitt eine Grimasse. »Und du würdest Mord und Totschlag schreien, wenn ich Joshua ans andere Ende des Landes bringe.«

»Nicht, wenn du mich mitnimmst.«

Kate riß die Augen auf. »Du würdest Michael verlassen?«

Phyliss lächelte. »Ich liebe meinen Sohn, aber ich bin nicht blind, was seine Fehler angeht. Er hat die Angewohnheit, Menschen in Schubladen einzuordnen und sich dann aufzuregen, wenn sie dort nicht bleiben wollen. Er hat dich als seine Frau gesehen, Mutter seines Sohnes, Hüterin seines Heims. Du hast dich scheiden lassen, weil du mehr als das bist und weil du aus deiner Schublade ausbrechen mußtest. Er sieht mich nur als die gute alte Mom, die Witwe seines Vaters, Joshuas Großmutter. Und ich bin auch mehr als das.«

Kate sah sie liebevoll an. Phyliss war groß, schlank, mit kurzen braunen Locken, und sie sah jünger aus und besaß weit mehr Vitalität als die Frauen, mit denen Kate tagsüber zusammenarbeitete. »Ja, das bist du.« Es hatte sie erstaunt und gefreut, daß Phyliss Denby nach ihrer Scheidung vor zwei Jahren bei ihr eingezogen war. Sie hatte gedacht, ihre Freundschaft mit Phyliss würde höchstwahrscheinlich mit ihrer Ehe den Bach runtergehen. Statt dessen hatte ihre Schwiegermutter die Führung des Haushalts und die Betreuung Joshuas übernommen, wenn Kate bei der Arbeit war. Sie war unabhängig, direkt und voller Energie, sie war ein Segen, sowohl für Kate als auch für Joshua. »Aber du möchtest doch sicher nicht umziehen. Du hast dein ganzes Leben lang hier gelebt.«

»Vielleicht ist es an der Zeit, daß ich auch ein bißchen Veränderung bekomme.« Sie kam näher. »Wenn das ein guter Job ist, laß ihn nicht sausen.«

»So gut ist er auch wieder nicht. Noah Smith ist ... exzentrisch. Wir könnten wahrscheinlich gar nicht zusammenarbeiten.«

»Exzentrisch?«

»Genforschung ist ein langsamer, methodischer Prozeß von Versuchen und Elimination. Er schießt quer.«

»Und mit welchem Ergebnis?«

»Er ist brillant. Natürlich hatte er Erfolge.«

»Vielleicht ist das Querschießen die richtige Methode.«

»Nicht die meine.« Sie wandte sich ab und ging zur Tür. »Und es ist sinnlos, darüber zu reden. Selbst wenn ich mit ihm arbeiten könnte. Ich kann hier nicht weg.«

»Du kannst nicht?« Phyliss musterte sie neugierig. »Eines der Dinge, die ich immer an dir bewundert habe, ist die Tatsache, daß du die Bedeutung dieses Wortes scheinbar nicht kanntest.«

»In Ordnung. Ich will nicht.« Kate lächelte ihr über die Schulter zu. »Hast du Joshuas Ball gefunden?«

»Ich nehme an, das Thema ist damit abgeschlossen«, murmelte Phyliss. »Der Ball war unter dem Rosenbusch. Joshua sagt, du mußt heute nachmittag arbeiten. Soll ich mit ihm ins Kino gehen?«

»Wenn du möchtest. Es spielt keine Rolle. Wenn ich erstmal anfange zu arbeiten, höre ich ihn sowieso nicht.«

»Ich höre wohl nicht richtig. Wenn du arbeitest, würdest du nicht mal einen Vulkanausbruch hören.«

Weil sie jede Minute der Antwort näher brachte und die Warterei allmählich unerträglich wurde. Die letzten Versuche waren herrlich vielversprechend gewesen. Sie versuchte, ganz locker zu klingen. »Es gibt keine Vulkane in Oklahoma.«

»Aber in der Nähe von Seattle gibt es Vulkane. Das wäre doch aufregend für dich.«

Kate sah sich in dem kleinen, gemütlichen Wohnzimmer um, mit seinem bequemen Sofa und den Sesseln mit der verblaßten Polsterung, dem alten, eichenen Couchtisch, auf den Joshua beim Fernsehen immer seine Füße legte. Sie und Phyliss hatten sich große Mühe gegeben, aus diesem Haus ein Heim zu machen. Selbst wenn sie hätte gehen können, hätte sie sich fürs Bleiben entschieden. Sie brauchte die Stabilität und die Wurzeln, die sie hier hatte.

»Ich kann sehr gut ohne Aufregung leben«, sagte sie voller Überzeugung. »Ich bleibe hier.«

»Sie hat dich wieder abblitzen lassen?« fragte Anthony Lynski als Noah sich vom Telefon abwandte. »Sture Lady. Bist du sicher, daß du sie brauchst?«

»Ich brauche sie.« Noah setzte sich an seinen Schreibtisch. »Ich möchte das Transportsystem, und sie hat es. Oder sie wird es bald haben.«

»Ich hab auch den letzten Artikel gelesen, den sie für das Medizinjournal geschrieben hat, und mir kam das Ganze ziemlich spekulativ vor.«

»Hast du denn erwartet, daß sie Details über den Prozeß veröffentlicht, bevor er patentiert ist?«

»Warum hat sie dann überhaupt den Artikel geschrieben?«

»Weil sie ganz aus dem Häuschen ist. Ich konnte es förmlich schmecken, als ich den Artikel gelesen habe. Genauso habe ich mich gefühlt, als ich vor drei Jahren den ersten Durchbruch bei RU2 hatte. Sie wollte es mit jemandem teilen, darüber reden, aber es war zu unsicher, sich jemandem anzuvertrauen.«

Tony hob skeptisch eine Augenbraue. »Woher weißt du das? Du bist der Frau nie begegnet.«

Noah zog eine Akte aus seiner obersten Schreibtischschublade und schlug sie auf. »Aber dank deinem zahmen Detektiv Barlow habe ich ein exzellentes Profil von ihr.« Dem Bericht lag ein Foto von Kate Denby bei. Kurzes, aschblondes Haar umrahmte ein Gesicht, das eine seltsame Kombination von Stärke und Verletzlichkeit war. Ein energisches Kinn, ein Mund, dem es immer noch gelang, sensibel auszusehen, weit auseinanderstehende braune Augen, die kühn in die Welt sahen – ein Gesicht, das einen direkt anzuspringen schien. »Oder zumindest dachte ich, ich hätte es. Hier steht nichts davon, daß die Schwiegermutter sich um das Kind kümmert.«

»Barlow ist ein guter Mann. Er hat wahrscheinlich gedacht, du möchtest, daß er sich auf die beruflichen Qualifikationen beschränkt.« Tony nahm das Dossier und überflog es. »Scheint ziemlich ausführlich zu sein. Tochter von Robert Murdock, einem angesehenen Arzt, jetzt verstorben. Sie war so eine Art Wunderkind, machte mit sechzehn ihren College-Abschluß, mit zweiundzwanzig promovierte sie in Medizin. Sie hat eine Latte Diplome in Genwissenschaften. Hat in Brelands Labor in Oklahoma gearbeitet und dann auf der anderen Seite der Stadt bei Genetech angefangen. Sie haben ihr weniger Geld geboten, aber dafür einen Vertrag, bei dem sie in ihrer Freizeit auf eigene Faust forschen konnte, unter Nutzung ihrer Einrichtungen. Sie ist geschieden und hat das Sorgerecht für einen achtjährigen Sohn.«

»Das habe ich fast alles gewußt, bevor ich um ein Dossier

bat. Ihr Umfeld paßt zu dem Artikel«, sagte Noah. »Was ich nicht wußte, war, daß sie sich so gut mit ihrer Schwiegermutter versteht, daß diese sich um ihren Sohn kümmert.«

»Das sind wohl nicht direkt wichtige Daten, oder?«

»Es ist wichtig, wenn es zu dem bequemen Nest beiträgt, das Kate Denby für sich gebaut hat.«

Tony zog die Augenbrauen hoch. »Oh, das Nest, aus dem du sie reißen und das du hinter ihr abfackeln willst?«

Noah hob grinsend den Kopf. »Du machst mich schlecht. Ich war sehr sanft mit ihr … für meine Begriffe. Hab kaum gezerrt. Habe nur Überredungskunst, Bestechung und Hartnäckigkeit eingesetzt.«

»Bis jetzt«, sagte Tony trocken. »Aber du wirst ungeduldig.«

Noahs Lächeln verblaßte. »Da hast du verdammt recht.«

»Hast du ihr irgend etwas über das Projekt erzählt, an dem sie für dich arbeiten soll?«

»Das kann ich nicht riskieren. Damit muß ich warten, bis ich sie hierhabe.« Er runzelte die Stirn. »Und die Zeit läuft mir davon.«

»Vielleicht schneller, als du denkst.« Tony hielt inne. »Auf dieser Reise bin ich verfolgt worden. Seit London, glaube ich.«

Noah fluchte leise. »Bist du sicher?«

»Ich bin sicher. Du hast es erwartet, stimmt's?«

»Ich hab es erwartet, aber nicht so bald. Ich wollte alles an seinem Platz haben.« In seiner Stimme schwang ein Hauch von Verzweiflung. »Ich bin noch nicht *bereit*, verdammt noch mal. Weißt du, wer ihn bezahlt?«

Tony schüttelte den Kopf. »He, ich bin Anwalt und kein Hellseher. Weißt du es?«

»Vielleicht. Raymond Ogden hat mich gestern angerufen.«

Tony stieß einen leisen Pfiff aus. »Ganz große Nummer. Ihm gehört einer der größten pharmazeutischen Konzerne der Welt, nicht wahr?«

Noah nickte. »Und ein Sack voller schmutziger Tricks dazu.«

»Woher weißt du das?«

»Er hat vor sechs Jahren versucht, meine Firma zu übernehmen.« Noahs Lächeln geriet etwas schief. »Er hat alles versucht, angefangen von Verführung der Aktionäre bis hin zu einer Anzeigenkampagne, die andeutete, unsere Produktion wäre nachlässig.«

»Aber es ist ihm nicht gelungen, dich zu übernehmen.«

»Nein. Er hat sich's anders überlegt.«

Tony fragte nicht, welche Methoden Noah eingesetzt hatte, um seine Meinung zu ändern. Noah war ein harter Bursche und geradezu feudalistisch, wenn es um sein Eigentum, seine Firma ging. »Also kann er ja keine große Gefahr für dich sein.«

»Er hat bei dem Übernahmeversuch noch nicht mal seine Muskeln richtig spielen lassen. J. and S. war zu klein, seiner persönlichen Aufmerksamkeit nicht wert.«

»Aber das wird anders werden?«

»Oh, ja. Bald werde ich definitiv seine volle Aufmerksamkeit haben. Was heißt, daß du da raus bist, Tony.«

»Was?«

»Du hast mich gehört. Von jetzt an könnte es bösartig werden.«

»Du siehst Gespenster. Ich habe den Trip nach Washington noch nicht gemacht. Ogden weiß vielleicht noch nichts. Er hascht wahrscheinlich nach Strohhalmen.«

»Mein Gott, das hoffe ich.«

Tony sah ihn überrascht an. Hoffnung gehörte nicht zu Noah Smiths üblichem Modus operandi. Er zog es vor, sein eigenes Glück zu basteln, die Umstände so hinzubiegen wie der moderne Pirat, der er, wie Tony wußte, war. Die erschöpfte Schwere in seinem Tonfall und die Unsicherheit waren untypisch für ihn. Aber Noahs ganze Handhabung dieser RU2-Geschichte war ungewöhnlich gewesen. Er hatte seine tollkühne Ader streng kontrolliert. Er war vorsichtig, penibel und gnadenlos diskret gewesen. »Du bist wirklich besorgt.« Er hielt kurz inne, bevor er die Frage stellte, die ihm schon seit zehn Monaten auf der Zunge lag. »Was, zum Teufel, ist RU2?«

Noah schüttelte den Kopf. »Das willst du nicht wissen.«

»Wenn ich es nicht wissen wollte, hätte ich nicht gefragt. Ich bin seit sechzehn Jahren dein Freund und seit acht dein Anwalt. Ich denke, ich habe dein Vertrauen verdient, Noah.«

»Mein Anwalt sollte mir keine Fragen stellen, die ich nicht beantworten will.« Er stellte sich Tonys Blick. »Und mein Freund sollte mir glauben, wenn ich ihm sage, daß er nicht mehr wissen will, als er wissen muß. Es ist zu gefährlich.«

»Beruflich?«

»Es ist zu gefährlich«, wiederholte Noah. »Laß es, Tony.«

»Ich bezweifle, daß Ogden mir in einer dunklen Gasse einen Knüppel über den Kopf ziehen wird.«

»Nicht persönlich. Warum sollte er? Er kann jemanden anheuern, es zu tun.«

Tony schüttelte den Kopf. »Ich kann mir nicht vorstellen, daß Ogden dein RU2 als so große Bedrohung sieht. Er spielt in der obersten Liga.«

»Dann stell dir Ogden Pharmaceuticals als Hiroshima vor und RU2 als erste Atombombe. Das sollte es dir klarer machen.«

Tony begann zu lächeln. »Du machst Witze. Du kannst doch nicht –« Dann wurde ihm klar, daß Noah es todernst meinte, und war sichtlich erschüttert. »Du bist nicht paranoid?«

»Ich bin vorsichtig. Um Gottes willen, ich versuche dich da rauszuhalten.« Noahs Stimme wurde rauh. »Ich hab mir von dir helfen lassen, weil du der einzige bist, dem ich vertrauen kann, aber jetzt will ich dich da raushaben. Ich wußte, daß jemand wie Ogden an die Oberfläche kommen mußte, sobald die Haie von RU2 erfuhren.«

»Was erfuhren?«

Noah schwieg.

Es hatte keinen Zweck. »Du warst immer ein egoistischer Bastard«, sagte Tony locker. »Wir haben seit Grenada nicht mehr nach Haien gefischt, und jetzt willst du sie alle für dich haben.«

Noah entspannte sich. »Mit ein bißchen Glück werde ich davonschwimmen, bevor sie wissen, daß ich im Wasser bin.«

»Wohl kaum. Normalerweise spritzt du recht heftig.«

»Also, geh bitte eine Woche oder so in die Berge, bis ich sehe, was mit Ogden passiert.« Er öffnete seinen Schreibtisch, zog einen Schlüsselbund heraus und warf ihn Tony zu. »Ich hab in der Sierra Madre eine Hütte für dich gemietet. Die Adresse hängt an dem Ring. Sag niemandem, wohin du fährst, nicht mal deiner Sekretärin. Okay?«

»Was immer du sagst.« Er erhob sich zum Gehen. »Ich kann einen kleinen Urlaub gebrauchen. Ich muß dir diese Amsterdamer Verträge zum Unterschreiben bringen. Sie sollten bis Montag fertig sein, und ich werde Ende der Woche wegfahren.«

»Fahr am Dienstag.«

»Okay. Okay. Du wirst mich anrufen, wenn du mich brauchst.«

»Laut und deutlich.«

Tony ging zur Tür.

»Und, Tony.« Noah hatte nachdenklich die Stirn gerunzelt. »Setz dich mit Seth in Verbindung. Bitte ihn zu kommen.«

»Er wird es nicht tun.«

»Bitte ihn.«

»Um Himmels willen, Noah, du brauchst doch keinen Söldner. Das ist doch kein Krieg.«

»Noch nicht.«

»Vielleicht ist er gar nicht mehr am Leben. In den letzten fünf Jahren ist er überhaupt nicht aufgetaucht.«

»Vor acht Monaten war er noch am Leben. Er war eine Woche lang mit mir auf der *Cadro*, auf einem Segeltörn durch die Karibik.«

Tony riß überrascht die Augen auf. »Das hast du mir nicht erzählt.«

»Ich erzähl dir nicht alles, Tony.«

»Scheinbar erzählst du mir reichlich wenig.«

Noah lächelte. »Bist du eingeschnappt, weil ich dich nicht dazu eingeladen habe? Du und Seth, ihr seid ja nicht gerade Busenfreunde.«

»Der Dreckskerl hat mich schon immer zur Weißglut gebracht.«

»Wie wahr. Ich glaube, deine neue Respektabilität ärgert ihn. Er mag keine Anwälte.«

»Nein, er mag lieber Schmuggler, Mörder und sonstiges Gesocks«, sagte Tony mit säuerlicher Miene.

»Gesocks.« Noah ließ sich das Wort auf der Zunge zergehen. »Woher, zum Teufel, hast du denn das?«

»Es kommt mir jedesmal, wenn ich an Seth denke, in den Sinn.«

»Du mußt es an ihm ausprobieren, wenn du ihn das nächste Mal siehst.«

»Ich will ihn nicht sehen. Zum Teufel, ich weiß noch nicht mal, wo ich ihn kontaktieren kann.«

»Versuch Südamerika.«

»Danke, daß du den Bereich so eingegrenzt hast.«

»Pedro Estabans Hotel in Venga, Kolumbien. Hinterlaß eine Nachricht bei Manuel Carrera. Sag ihm, es wäre an der Zeit. Hol Seth für mich, Tony. Sofort.«

»Ich werd's versuchen«, erwiderte Tony widerwillig. »Mich willst du nicht helfen lassen, aber du hast nichts dagegen, seinen Hals zu riskieren.«

»Das ist sein Fachgebiet. Er hat einen Vorteil.« Er lächelte hinterlistig. »Er ist kein Anwalt.«

»Du Bastard.« Tony blieb an der Tür stehen und warf noch einen Blick auf das Dossier auf Noahs Schreibtisch. »Du bist ja so darauf bedacht, meinen Arsch aus der Gefahrenzone zu halten. Was ist mit Kate Denbys?«

Noahs Miene wurde undurchdringlich. »Ich kann es mir nicht leisten, mir Sorgen um sie zu machen. Sie muß auf sich selbst aufpassen.«

»Warum?«

»Ich brauche sie«, sagte Noah schlicht.

Nachdem sich die Tür hinter Tony geschlossen hatte, klappte Noah Kate Denbys Dossier zu. Er wollte nicht, daß ihr Gesicht ihn ansah. Keine einfache Arbeit, da sie eng zusammenarbeiten mußten, aber er kannte sich nur zu gut. Er durfte sie nicht nahe an sich heranlassen, nicht zulassen, daß er sich mit ihr befreundete. Wenn er anfing, sich Sorgen um Kate Denby zu machen, würde er das RU2 gefährden, und das durfte nicht passieren. Er mußte die Möglichkeit haben, sie einzusetzen, ohne sich Sorgen um die Konsequenzen zu machen.

Und allmählich begannen die Konsequenzen am Horizont zu dräuen. Er konnte Ogden eine Weile hinhalten, aber der Mann war wie ein Indianerstamm, der um die Wagenburg kreist. Früher oder später würde er sich sammeln und angreifen.

Und Noah mußte auf seinem Hintern sitzen und zusehen, wie alles auf ihn zukam. Warten, anstatt anzugreifen. Ausweichen, anstatt loszustürmen und Zeh an Zeh zu kämpfen.

Er stand auf, ging ruhelos zum Fenster und sah hinunter in den Fabrikhof. An diesem Samstag nachmittag war er fast menschenleer. Nur ein kleines Team arbeitete im Ostflügel der Fabrik, wo der Hauptteil der Produktion gefertigt wurde. J. and S. Pharmaceuticals war klein, aber für seine Größe sehr wohlhabend; ein Familienbetrieb, den sein Großvater gegründet und sein Vater ausgebaut hatte. Ein Großteil der Angestellten, die in diesem Gebäude arbeiteten, war schon hiergewesen, als er heranwuchs. Als Kind hatte er seine Lunchbox genommen und hier unten in diesem Hof mit Pauly McGregor gegessen, der jetzt die Produktion leitete. In der sich verändernden Welt war diese Firma ein Fels in der Brandung.

Sein Fels. Seine Leute.

Aber RU2 könnte das auch ändern. Es könnte alles, was ihm wichtig war, verdrehen und verändern.

Warum hatte er jetzt Zweifel, fragte er sich ungeduldig. Er hatte diese schmerzliche Entscheidung vor zwei Jahren gefällt, als ihm das Potential von RU2 klargeworden war.

Jetzt gab es keine Möglichkeit mehr, sich da rauszuhalten.

RU2 mußte überleben.

Südamerika
Sonntag, 25. März

Seth kannte diesen Geruch.

Es war ein Geruch, den man nie vergaß.

Gottverfluchter Namirez.

Er bewegte sich rasch durch den Regenwald auf das Dorf zu. Kein Grund mehr, leise zu sein. Nicht, wenn der Geruch so stark war.

Das Dorf war still.

Überall lagen Leichen, Männer, Frauen, Kinder, Babys.

Tod. Schlamm. Stinkende Fäulnis.

Mein Gott, sogar die Babys.

Namirez, du verlogenes Schwein.

Ein gelbbrauner Mischlingswelpe kroch aus einer Hütte, wedelte mit dem Schwanz. Er kam näher, schnüffelte an Seths Kampfstiefeln.

Es überraschte ihn, daß Namirez die Tiere nicht auch abgeschlachtet hatte.

Dreckschwein.

Venga, Kolumbien

»Sie haben sich ein Haustier zugelegt, Señor?« Manuel schüttelte den Kopf als Seth einen Tag später in die Lobby des Hotels kam. »Recht mager. Ich kann Ihnen ein viel schöneres Tier besorgen.«

»Mir gefällt das hier.« Er reichte Manuel die Schnur, mit der er den Mischling angeleint hatte. »Füttere ihn, ja? Ist Namirez in der Stadt?«

Manuel nickte. »Im Hinterzimmer. Sergeant Rimilon ist auch hier. Er ist in seinem Zimmer.« Er reichte Seth ein gefaltetes Stück Papier. »Da ist eine Nachricht für Sie. Mr. Lynski möchte, daß Sie ihn sofort anrufen.«

»Später.« Er steckte die Nachricht in seine Hemdtasche. »Ruf die *policía*, und sag dann Sergeant Rimilon, er soll mich in der Lobby treffen. Laß den Hubschrauber auftanken.«

»Verreisen Sie?«

»Ja.« Er ging um den Tresen herum und öffnete die Tür zum Hinterzimmer. Namirez saß am Schreibtisch. Er hob den Kopf und lächelte. »Ah, Drakin. Alles läuft gut für uns. Du hast getan, was du versprochen hast.«

»Das hast du nicht.« Er zog seine Pistole aus dem Halfter. »Ich hab's dir gesagt. Keine Vergeltung.«

Er schoß ihn direkt in die Stirn.

»Was sollen wir denn jetzt tun?« schrie Rimilon und versuchte, Schritt zu halten mit Seth, der zum Hubschrauber hinter dem Hotel rannte. »Mußtest du ihn umbringen?«

»Ja.« Seth sprang in den Hubschrauber und setzte den Welpen neben sich auf den Boden. »Entlaß die Männer und hau dann ab, so schnell zu kannst. Namirez' Partner wird es nicht gefallen, ihn ausgerechnet jetzt zu verlieren. Alles wird auseinanderbrechen.«

Rimilon fluchte lange und eindringlich. »Du hättest doch nur ignorieren müssen, was in dem Dorf passiert ist. Und wie werden wir jetzt bezahlt werden? Ich hab gesehen, wie die *policía* seinen Safe gefilzt hat.«

»Aber ich war zuerst da.« Seth warf ihm ein Bündel zu. »Zahl die Männer aus, und dann hau ab. Ich würde S. A. für eine Weile verlassen. Ich melde mich.« Er schloß die Tür, und der Hubschrauber hob ab.

Das Stück Papier, das er in seine Tasche gesteckt hatte, entfaltete er erst, als er Kolumbien schon verlassen hatte und auf dem Weg zum Flughafen von Caracas war. Die Nachricht bestand aus nur einer Zeile und einer Telefonnummer.

Noah sagt, es ist soweit.

Es war das, womit er gerechnet hatte. Noah hatte gesagt, es würde demnächst losgehen. Ein weiterer Krieg. Ein weiterer Ort.

Der Welpe zu seinen Füßen winselte.

Er warf einen Blick nach unten und sah, daß der Kleine auf den Boden gepinkelt hatte. Toll. Der Lärm und die Vibration des Hubschraubers hatten ihn verängstigt. Seth verstand Angst. Man gewöhnte sich daran, aber sie ging nie weg.

Er streckte die Hand aus und tätschelte dem Welpen den Kopf. »Nimm's nicht so schwer. Wir gehen bald runter.« Er hätte den Hund nicht mitbringen sollen. Was, zum Teufel, sollte er mit ihm machen? Manuel hätte sich zuverlässig um ihn gekümmert.

Aber sein Vertrauen in Leute war sehr begrenzt, und der Welpe hatte das Massaker überlebt und verdiente es zu leben. Jetzt hatte er einen Mischling am Hals, der sich sicher als verdammt unzuverlässig erweisen würde.

Was möglicherweise die geringste seiner Sorgen sein würde. Noah war gewieft, und er glaubte, er wäre vorbereitet, aber er war seit Grenada nicht mehr im Krieg gewesen. Er dachte nicht mehr wie ein Soldat.

Aber es war Noahs Krieg. Noahs Anruf. Bei dieser Sache mußte Seth die Show nicht leiten. Es würde guttun, sich zu entspannen und eine Weile lang alles vom Rücksitz aus zu beobachten.

Wenn er es schaffte. In letzter Zeit hatte er immer größere Schwierigkeiten, sich zu entspannen. Jedes Jahr wurde die Kante schärfer, die Spannung wurde –

Der Welpe versuchte, auf seinen Schoß zu klettern, und Seth schob ihn zurück auf den Boden. »Tut mir leid, da wärst du mir im Weg. Du möchtest doch nicht, daß der Vogel im Dschungel runtergeht. Da warst du schon.«

Und er auch. Dschungel, Wüste, Inseln … nach einer Weile war alles nur noch ein Nebel. Nur die Leute unterschieden sich voneinander, und sie neigten auch dazu zu verblassen.

Abgesehen von Dreckskerlen wie Namirez und Noah mit der weißen Weste.

Der weißen Weste und RU2, das sie alle zur Hölle fahren lassen könnte.

2

Dandridge, Oklahoma
Montag, 26. März
10:35

Mörderin!
  »Mieser Metzger!«
  »Schnappt euch den Dämon!«
  Kate stieß die gläserne Eingangstür von Genetech auf und beobachtete mit grimmiger Miene, wie Benita Chavez vom Parkplatz losrannte, den Weg hinunter, gefolgt von einer heulenden Meute.

»Glaubst du, sie wird es schaffen?« murmelte Charlie Dodd in Kates Ohr.

»Wenn ja, bring ich sie selbst um«, sagte Kate. »Wo ist die Security?«

»Kaffeepause. Wir sollten alle vor acht Uhr im Gebäude sein. Es ist fast zehn.«

»Na, dann drück den Summer, damit sie kommen.«

»Das hab ich bereits, sobald ich Benny aus ihrem Auto steigen sah.«

Benny Chavez winkte fröhlich, als sie Kate sah. Ihre langen, jeansbekleideten Beine nahmen zwei Stufen auf einmal, ihr schwarzes Haar wehte hinter ihr her.

»Sie lacht«, sagte Kate mit zusammengebissenen Zähnen. »Die dumme Kuh hält das für einen tollen Witz.«

»Es wird nicht mehr so komisch sein, wenn sie sie fangen – verdammt.«

Eines der Schilder, daß die Protestler trugen, hatte Benitas Kopf getroffen. Sie schwankte, stolperte und fing sich wieder.

Es war zu spät. Sie war von der schreienden Horde eingekreist.

»Halt die Tür auf.« Kate flog die Treppe hinunter auf den Knoten Menschheit zu, der Benny umringte. Sie riß einer grauhaarigen Megäre am Rand der Menge ein Schild aus der Hand, drehte es um und schwang die hölzerne Stange wie einen Kendo-Stock, bis sie Benita sehen konnte.

Bennys Hemd hing aus der Hose, ihre Haare hingen ihr in die Augen, und sie lächelte nicht mehr.

»Renn zum Gebäude.« Kate stieß einem Mann in seinen Bierbauch, zwang ihn, von Benny abzulassen. »Jetzt.«

»Ich kann dich doch nicht im Stich lassen. Ich werde nicht gehen, bis du – aua.«

Kate hatte ihr einen Stoß mit der Stange versetzt. »Jetzt, verdammt noch mal. Ich werde direkt hinter dir sein.«

Benny eilte die Treppe hoch.

»Miststück.« Das Fauchen kam von der grauhaarigen Frau, der Kate das Schild weggenommen hatte. »Mörderin.«

Etwas prallte schmerzhaft gegen ihre Schläfe.

Sie ging unter ...

Den Teufel würde sie tun. Sie würden wie ein Rudel Hyänen über sie herfallen. Sie kämpfte gegen die Dunkelheit, schlug blindlings mit ihrem Stock nach rechts und nach links.

Sie hörte, wie Holz auf Fleisch klatschte, einen schrillen Schrei, ein schmerzvolles Stöhnen.

Jemand packte sie von hinten an den Haaren und versuchte, sie die Treppe hinunterzuzerren.

Ihr Kopf schnellte zurück, und Schmerz durchzuckte sie wie ein Pfeil. Sie drehte sich und schwang den Stock.

Ein Schrei, und die Hand an ihrem Haar war plötzlich weg.

Gut. Hoffentlich hatte sie der –

»Schnell, Dr. Denby.« Ein Mann in grauer Uniform, mit *Genetech* auf der Tasche eingestickt, war neben ihr. Sie erkannte Cary vom Sicherheitsdienst. »Rein mit Ihnen.« Er schob sie die Treppe hoch, während zwei andere Security-Männer mit der Menge kämpften. »Sie wissen, daß Sie nicht hier draußen sein sollten.«

Ihre Erleichterung schlug in Wut um. »Ich hatte praktisch keine andere Wahl, nachdem Sie nicht da waren. Warum, zum Teufel, mußten sie –« Sie verstummte. Das war unfair. Das Gebäude war gesichert, und alle waren gewarnt worden. Sie sollten früh kommen, um diesen Idioten aus dem Weg zu gehen, bis die Verwaltung einen Weg gefunden hatte, vernünftig mit ihnen zu reden. »Tut mir leid. Die Sache ist einfach eskaliert.«

»Sie hätten warten sollen. Warum sind Sie da rausgegangen?«

Kate warf einen Blick auf Benny, die neben Charlie Dodd in der Tür stand. Der Sicherheitsdienst war offensichtlich erst eingetroffen, nachdem Benny bereits in Sicherheit war, und hatte keine Ahnung von ihrer Beteiligung. Charlie hob die Augenbrauen, überließ es Kate. Die Szene da draußen hätte leicht zu einem Public-Relations-Alptraum eskalieren können. Als Leiterin ihres Projekts war es für Kate kein Problem, mit den bürokratischen Nachwehen fertigzuwerden, aber Benny war nur eine Laborassistentin, die man wohl als ersetzbar betrachten würde. »Es war ein Fehler. Ich hätte es besser wissen müssen.« Sie sah Bennys erleichterte Miene und fügte hinzu: »Es ist immer dumm, zu versuchen, Idioten daran zu hindern, sich zu solchen zu machen.«

»Richtig.« Benny trat vor und nahm fürsorglich Kates Arm. »Du siehst aus, als wärst du in einen Hurrikan geraten. Komm mit in den Waschraum, ich mach dich sauber.«

Cary war verunsichert. »Vielleicht sollten wir in den Erste-Hilfe-Raum gehen. Ihre Schläfe blutet.«

»Es ist nichts«, sagte Kate. »Ich bin okay, Cary.«

»Ja, klar.« Benny führte sie den Gang hinunter. »Sagen Sie denen im Labor, ich werde dasein, sobald ich Kate geholfen habe, wären Sie so gut, Charlie?«

»Und sie können natürlich nicht erwarten, daß du pünktlich kommst, wenn du Florence Nightingale spielst«, sagte Charlie bissig.

Sie zwinkerte ihm über die Schulter zu. »Das wäre total unmenschlich von ihnen.«

Kate hörte Charlie kichern und wußte, daß er Benny decken würde, genau wie sie. Warum machten sie das, fragte sie sich erbost. Benny kam immer zu spät, war leichtsinnig, impulsiv, und manchmal versuchte sie, Leute zu manipulieren.

Sie war außerdem die gründlichste Technikerin im Labor, war großzügig und verfügte über grenzenlos gute Laune.

Und Joshua betete sie an. Es würde ihm das Herz brechen, wenn Benny etwas passierte. Also mußte sie Benny beschützen, um ihrer und um Joshuas willen.

»Setz dich.« Benny schob sie auf den Chromhocker vor dem langen Spiegel, drehte sich zum Waschbecken und feuchtete ein Papierhandtuch an. »Du siehst beschissen aus.«

»Ich frage mich, warum.«

»Weil du dich einfach überrollen läßt.« Benny grinste und begann Kates Schläfe abzutupfen. »Und weil du dich da hineinstürzt, wo sich kein Engel hinwagen würde.«

»Du bist kein Engel, und du hast ganz schön in der Tinte gesteckt.«

»Du hättest mich in Ruhe meinen Weg da rausprügeln lassen sollen. Ich bin für den Job besser ausgerüstet. Ich bin stramme eins siebzig und du bestenfalls eins fünfzig.«

»Eins fünfundfünfzig«, verbesserte sie Kate. »Und dir ist vielleicht aufgefallen, daß ich erfolgreicher war als du.«

»Sie haben mich kalt erwischt.« Sie wischte den Schmutz von Kates Gesicht. »Ich hätte nicht gedacht, daß sie tatsächlich auf mich losgehen. Herrgott noch mal, das ergibt keinen Sinn. Glauben die, wir machen hier Abtreibungen?«

»Das sind Fanatiker. Die glauben, was sie glauben wollen. Inzwischen langweilen sie die Überfälle auf Abtreibungskliniken, also konzentrieren sie sich jetzt auf die genetische Forschung.«

»Aber Genetech ist doch gar nicht an Fötenforschung beteiligt. Wir suchen nach einer einzigen Impfung für alle Grippevarianten.«

»Für sie sind wir alle Monster.« Kate nahm Benny das Handtuch weg. »Das kann ich selber. Mach dich sauber.«

»Ich dachte mir schon, daß du bald übernimmst.« Benny schnitt eine Grimasse. »Keiner darf sich länger um dich kümmern, stimmt's?«

Kate sah sie überrascht an. »Warum sollte ich dich tun lassen, was ich selbst tun kann?«

»Ohne Grund. Ich dachte nur, vielleicht könntest du dich zur Abwechslung mal entspannen. Du mußt nicht jede Minute des Tages Wonder Woman sein. Brillante Wissenschaftlerin trifft Super Mom. Es muß erschöpfend sein.«

Kate lächelte. »Nicht annähernd so erschöpfend, wie Little John mit diesem provisorischen Stock zu spielen. Wenn du möchtest, daß ich mich entspanne, dann sei morgen früh um acht Uhr hier, so wie's sein soll. Okay?«

»Okay. Ich hab eben verschlafen. Ich war gestern abend unterwegs.« Sie zog eine Augenbraue hoch. »Du solltest das auch mal versuchen.«

»Das würde mich von meiner Rolle als Super Mom ablenken«, erwiderte Kate schnippisch. »Ich brauch keinen Mann. Da war ich schon. Das hab ich hinter mir.«

»Einige Dinge sind in der Wiederholung gar nicht so schlecht.« Benny zögerte. »Aber vielleicht machst du ja tatsächlich eine Wiederholung. Siehst du Michael noch?«

»Jeden Dienstag- und Samstagnachmittag.« Sie hielt die Hand hoch, als Benny den Mund öffnete. »Wenn Josh ein Spiel in der Kinderliga hat.«

»Damit dein Sohn eine vereinte Front sieht. Es ist nett, wenn man eine glückliche, zivilisierte Scheidung erlebt.«

»Keine Scheidung ist glücklich.« Kate stand auf und zog ihren weißen Laborkittel zurecht. Er war wie durch ein Wunder ungeschoren davongekommen. Sie sah fast wieder normal aus. »Aber sie muß nicht jeden in ihrem Umfeld zerstören.«

»Keine Gefahr. Du würdest es nicht zulassen. Du hast immer alles unter Kontrolle.« Benny wusch sich das Gesicht. »Schläfst du noch mit ihm?«

Kate schnitt eine Grimasse. »Das geht dich nichts an.«

»Also, eigentlich doch.« Benny sah etwas betreten aus. »Ich äh … mag ihn irgendwie.«

Kate erstarrte. »Michael?«

»Er hat vor ein paar Tagen vorbeigeschaut, als ich auf Joshua aufgepaßt habe. Weißt du noch, es war der Abend, an dem du bis nach Mitternacht im Labor gearbeitet hast und Phyliss in ihrer Buchhaltungsklasse war?« Benny redete sehr schnell, vermied es, Kate in die Augen zu sehen. »Was soll ich sagen? Ich hab Cops schon immer gemocht. Autoritätsfiguren. Das passiert wohl, wenn einem der Vater als Kind abhandenkommt. Aber wenn du immer noch –«

»Was empfindet er denn für dich?«

»Er mag mich.« Benny wandte sich ihr zu und sagte ohne Umschweife: »Wir sind ein paarmal ausgegangen. Ich werd's nicht mehr tun, wenn du es nicht willst.«

Warum fühlte sie sich verraten, fragte sich Kate. Michael hatte ein Recht darauf, neue Bindungen einzugehen. Sie waren seit zwei Jahren geschieden, und das einzige, was sie noch verband, war Joshua. »Warst du gestern nacht mit Michael unterwegs?«

Benny nickte.

Nein, es war nicht Verrat. Es war Einsamkeit … und schlichter, einfacher Neid. »Mach, was du willst. Wir schlafen nicht miteinander. Es ist vorbei.« Sie glättete ihr Haar. »Es hätte nie anfangen dürfen. Du würdest viel besser zu Michael passen, als ich es getan habe.«

»Das finde ich auch«, sagte Benny mit einem Seufzer der Erleichterung. »Ich weiß, daß ich nicht so gescheit bin wie du, und ich schaue nicht aus wie ein Engel auf einer Christbaumspitze, aber ich habe meine Qualitäten.«

Ja, Benny hatte ihre Qualitäten. Sie war zweiundzwanzig im Vergleich zu Kates neunundzwanzig, und im Spiegel erschien sie neben der blonden und zart wirkenden Kate noch größer und lebendiger. Kate bog automatisch die Schultern zurück. Sie hatte praktisch ihr ganzes erwachsenes Leben lang gegen ihr zerbrechliches Image ankämpfen müssen. »Du bist nicht dumm, und du mußt doch wissen, daß du attraktiv bist, Benny.«

»Ich bin nicht so schlecht«, fuhr Benny hastig fort. »Und Michael ist ein altmodischer Typ. Es muß schwer für ihn gewesen sein, mit einem Workaholic verheiratet zu sein.«

Benny stellte sich bereits auf Michaels Seite, wurde Kate schmerzlich bewußt. »Ja, es war sehr schwer für ihn. Aber mit einem Polizisten verheiratet zu sein, der im Rauschgiftdezernat arbeitet, war auch kein Zuckerlecken für mich.«

»Ich wollte damit nicht sagen, es wäre alles deine Schuld gewesen.« Benny sah betreten drein. »Ich erwarte nur, daß ein Mann –« Sie zuckte die Schultern. »Ich bin in einem Latino-Haushalt aufgewachsen. Wahrscheinlich bin ich auch altmodisch.«

»Wie schön für Michael.«

»Du hast doch etwas dagegen.«

Kate schüttelte erschöpft den Kopf. »Ich habe kein Recht, etwas dagegen zu haben, was Michael tut. Ich sollte mich wohl glücklich schätzen, daß er sich jemanden ausgesucht hat, den Joshua mag.«

»Es ist ja nicht, als ob wir schon ein Paar wären«, sagte Benny hastig. »Aber wenn es dir wirklich nichts ausmacht –«

»Es ist okay«, unterbrach sie Kate. »Danke, daß du's mir erzählt hast.«

Sie verließ rasch den Waschraum. Es war dumm, dieses schmerzliche Gefühl von Verlust zu haben. Benny und sie waren Freunde, aber Kates Arbeit hatte verhindert, daß sie sich wirklich nahegekommen waren.

Es muß schwer für ihn gewesen sein, mit einem Workaholic verheiratet zu sein. Also gut. Sie war keine Mutter aus einer Fünfziger-Jahre-Sitcom. Sie und Michael hatten erkannt, daß die Ehe von Anfang an eine Katastrophe gewesen war, und nur Joshuas Geburt hatte sie so lange halten lassen. Sie war genausowenig ein Versager wie Michael.

Versager? Sie hatte Joshua, Respekt in ihrem Fachgebiet und Arbeit, die sie liebte. Nicht schlecht für eine Frau von neunundzwanzig. Viele Frauen hatten viel weniger.

Sie setzte sich an ihren Schreibtisch und griff begierig nach den Ergebnissen der gestrigen Tests.

»Noah Smith hat wieder angerufen.« Charlie riß die Nummer vom Notizblock und warf sie auf ihren Schreibtisch. »Er möchte, daß du ihn zurückrufst.«

»Danke.« Sie schob die Nachricht gedankenverloren beiseite und wandte sich wieder dem DNS-Vergleich auf der Tabelle zu. Erregung packte sie. Siebenundachtzig Prozent. Nah dran. Mein Gott, sie war nah dran.

»Es ist das vierte Mal«, sagte Charlie. »Hast du ihn nicht zurückgerufen?«

»Einmal.«

»Das muß dem großen Mann aber sauer aufstoßen.«

»Vielleicht.«

»Wenn du den Job nicht willst, könntest du ja mich empfehlen.« Charlie setzte sich auf die Schreibtischkante. »Ich habe keine Vorurteile gegen die Zusammenarbeit mit einem Nobelpreisanwärter.«

»Red mit ihm. Du hast mehr Erfahrung in der Krebsforschung als ich.«

»Das hab ich ihm vorhin, als er anrief, erzählt.« Er seufzte.

»Er sagte, du hättest bestimmte Empfehlungen, die ich nicht habe.«

»Quatsch.«

»Bist du ihm je begegnet?«

Sie schüttelte den Kopf. »Wir waren vor einem Jahr auf derselben Konferenz, aber ich habe ihn nur aus der Ferne gesehen. Die Reporter sammelten sich um ihn wie die Fliegen.« Mit einem Mal erinnerte sie sich daran, wie Noah Smith sich einen Weg durch die Menge bahnte, wie ein Krummsäbel, voller Kraft, selbstsicher, dynamisch. »Er war nur einen Tag da. Ich nehme an, wir waren wohl keine Inspiration für ihn.«

»Aua«, sagte Charlie. »Mir scheint, du machst dir nichts aus ihm.«

Sie zuckte die Schultern. »Er wird wohl okay sein. Ich finde nur, er trägt ein bißchen dick auf.«

»Na ja, er ist eine farbige Erscheinung. Spezialeinheit, Kapitän im America's Cup … Zeitungen schreiben liebend gerne über Wissenschaftler, die keine Hornbrillen tragen und nicht Mikroskope in der Hosentasche rumschleppen. Er amüsiert sich eben gerne. Gib ihm eine Chance.«

Kate wußte, daß Charlie recht hatte. Noah Smith war der Traum aller Reporter – ein Kriegsheld, Sportler und Wissenschaftler, der eine brillante Laufbahn hingelegt hatte. Und er war noch keine vierzig. Ihre Aggression ihm gegenüber war völlig irrational. Nein, war sie nicht. Ihr gegenüber war er die totale Nervensäge. »Gib ihm doch eine Chance.«

»Er will mir die Chance nicht geben«, sagte Charlie traurig. »Wenn du schon kein gutes Wort für mich einlegen willst, könntest du wenigstens den Job annehmen, den er dir anbietet, damit ich deinen übernehmen kann.«

»Tut mir leid. Ich gehe nirgendwohin. Mir gefällt's hier.« Sie lächelte. »So, und jetzt runter von meinem Schreibtisch und laß mich arbeiten.«

Charlies Blick fiel auf die Tabelle. »Ich wette, das ist keine Grippe-Statistik. Dein privates Projekt?«

Sie wich aus. »Nur ein paar Vergleiche.«

»Rudy?«

»Ja.«

»Du hast gestrahlt wie das Feuerwerk am Nationalfeiertag, als du sie gesehen hast.«

»Hab ich?«

»Mein Gott, du bist aber vorsichtig.« Er sah verletzt aus. »Vertraust du mir nicht?«

»Du bist unmöglich.« Sie schüttelte amüsiert den Kopf. »Gerade hast du versucht, mich aus meinem Job zu drängen.«

»Na ja, ich kann mir vorstellen, daß dich das überrascht.«

Sie kicherte und machte eine abweisende Handbewegung. »Raus hier.«

Das Telefon auf ihrem Schreibtisch klingelte.

»Die Chance ruft wieder an«, murmelte Charlie. »Smith ist nicht ein Mann, der aufgibt.«

»Das ist wahrscheinlich einer von der PR-Abteilung, der mir die Leviten lesen will, weil ich einen ›Vorfall‹ verursacht habe.« Sie nahm den Hörer ab. »Kate Denby.«

»Was, zum Teufel, geht da draußen bei Genetech vor?«

Sie seufzte. »Hallo, Michael.«

Charlie schlenderte mit einem Achselzucken zurück zu seinem Schreibtisch.

»Was hast du dir dabei gedacht, als du auf diesen Haufen Irrer losgegangen bist?«

»Ich hab versucht, sie daran zu hindern, sich auf mich zu stürzen. Hat das Personalbüro im Revier angerufen?«

»Sie wollen ab morgen Polizeischutz. Um Himmels willen, bist du denn völlig verblödet? Du hättest verletzt werden können.«

»Aber ich bin es nicht.« Sie holte Luft, dann sagte sie betont: »Und Benny auch nicht.«

Schweigen am anderen Ende der Leitung. »Sie hat es dir erzählt?«

»War es ein Geheimnis?«

»Nein. Ich wollte nur – ich weiß nicht. Ich muß mit dir reden.«

»Nein, mußt du nicht.« Sie fühlte sich wund und verletzlich, und das letzte, was sie brauchte, waren Michaels Entschuldigungen dafür, daß er sich mit einer Freundin von ihr eingelassen hatte. »Es ist schon alles gesagt worden.«

»Ich hol dich um vier Uhr am Vordereingang ab und bring dich nach Hause.«

»Ich kann meinen Wagen nicht hierlassen. Nachts ist hier nur ein kleines Sicherheitsteam. Er würde wahrscheinlich zerlegt werden.«

»Ich bringe Alan mit. Er kann ihn für dich nach Hause fahren.« Er legte auf.

Sie hätte ihren Mund halten sollen. Sie hätte wissen müssen, daß Michael so reagieren würde. Er hatte immer darauf bestanden, jede Streitfrage auf den Tisch zu bringen und in ordentliche Stücke zu zerfetzen. Na ja, es waren noch vier Stunden bis vier Uhr, und sie durfte sich nicht von ihrer Angst vor dem bevorstehenden Treffen mit Michael ablenken lassen.

Sie richtete ihren Blick auf den Bericht, und erneut packte sie die Erregung. »Wir haben es geschafft, Rudy«, flüsterte sie. »Ich glaube, wir haben es geschafft.« Sie stand auf und ging rasch in das angrenzende Zimmer. Rudy hopste in seinem großen Käfig herum, wach, mit glänzenden Augen und … gesund. So gesund, daß sie ihn am liebsten umarmt hätte. Eine weiße Laborratte war nicht unbedingt ein Kuscheltier, also gab sie ihm statt dessen ein Stück Salat. »Siebenundachtzig Prozent«, sagte sie ihm. »Ich glaube, es ist Zeit, daß du in Pension gehst. Der Job hier hat nicht viel Zukunftsaussichten. Wie wär's, wenn du nächste Woche mit mir nach Hause kommst? Joshua würde dich lieben.«

Rudy schien die Aussicht nicht sonderlich zu begeistern, aber Kates Begeisterung reichte leicht für zwei. Sie würde die Vergleiche noch ein paar Minuten lang studieren und sie dann beiseite legen. Es war höchste Zeit, daß sie sich an die Arbeit machte, für die Genetech sie bezahlte.

Gott, wie sie das haßte.

Sie war der Sache so nahe.

Seattle
15:35

»Du wolltest mich«, sagte Seth, sobald Noah den Hörer abnahm. »Und hier bin ich.«

»Wo genau bist du? In Venga?«

»In meiner Wohnung in Miami. Venga wurde schwierig. Ich mußte ein hiesiges Insekt zerquetschen und hielt es für das beste, mich abzuseilen. Ich bin gestern nacht eingeflogen.«

»Herrgott, das brauch ich wie ein Loch im Kopf. Ärger mit dem Gesetz?«

»Nein, um ehrlich zu sein, die hiesige *policía* ließ verlauten, daß Namirez einem Unfall zum Opfer gefallen ist.«

»Was für einen Unfall?«

»Er ist mit dem Gesicht voraus in eine Kugel gefallen«, antwortete Seth fröhlich. »Komisch, wie das passieren konnte. Muß was mit dem äquatorialen Gleichgewicht zu tun haben.«

»Wer war Nam – Vergiß es, ich will es gar nicht wissen. Du bist sicher, daß die Polizei nicht hinter dir her ist?«

»Sie wollten mir einen Orden geben. Vielleicht sogar ein Standbild auf dem Stadtplatz.«

»Warum bist du dann auf der Flucht?«

»Ich fliehe nicht, das ist würdelos. Ich gehe nur schnell, sehr schnell. Namirez hatte Partner, die sein Ableben zu einem sehr kritischen Zeitpunkt ihres Unternehmens nicht schätzen.« Er hielt inne. »Warum hat Tony mich angerufen? RU2?«

»Die Sache könnte sich zuspitzen. Ich wollte dich dahaben, damit ich dich erreichen kann.«

»In Seattle?«

»Nein, bleib, wo du bist. Ich ruf dich an, wenn ich dich brauche.«

»Gut, ich kann ein bißchen Urlaub gebrauchen nach den letzten sechs Monaten im Dschungel. He, willst du einen kleinen Hund?«

»Was?«

»Na ja, nicht gleich. Dem Zoll hat nicht gefallen, daß er keine Impfungen hatte, und ich hab ihn im Dschungel aufgelesen. Ich mußte ihn in Quarantäne stecken.«

»Ich will keinen kleinen Hund.«

»Ich finde, du solltest einen Hund haben. Das paßt zu Pfeife und Hausschuhen und Herd und Heim. Er wäre eine echte Bereicherung für einen so trägen Typen wie dich. Würde dich vielleicht ein bißchen aufmuntern.«

»*Nein*, Seth.«

»Ich werd's noch mal versuchen, wenn er aus der Quarantäne raus ist. Schrei, wenn du mich brauchst.« Er legte auf.

Noah mußte wider Willen grinsen. Wo, zum Teufel, hatte Seth einen Hund aufgegabelt? Er würde es wahrscheinlich nicht mehr so interessant finden, wenn der Welpe den Zoll passiert hatte, dachte er betreten. Wenn Seth es sich in den Kopf gesetzt hatte, daß dieser Hund Noah gehören sollte, dann würde er Himmel und Hölle in Bewegung setzen, um Noah dazu zu bringen, das zu akzeptieren.

Aber er fand es doch amüsant. Seth gab ihm immer das Gefühl, sicherer zu sein, leichter, besser dazu fähig, mit allem fertigzuwerden. Obwohl Seths Methoden, mit etwas fertigzuwerden, nicht immer empfehlenswert waren. Sie waren zu schlicht.

Ich mußte ein Insekt zerquetschen.

Na ja, das war auf jeden Fall schlicht genug.

Das Telefon klingelte erneut.

»Sie gehen mir aus dem Weg, Noah«, tadelte Raymond Ogden, als Noah den Hörer abnahm. »Ist das nett?«

Mit einem Schlag war er nicht mehr amüsiert. »Ich habe nichts zu sagen.«

»Aber ich.« Ogden hielt inne. »Sie haben weder die Möglichkeiten noch die Kontakte, um RU2 zu produzieren. Ich glaube, Sie müssen an mich verkaufen. Es wäre in meinen Händen viel besser aufgehoben.«

Noah packte den Hörer fester. »Ich weiß nicht, wovon Sie reden.«

»Kommen Sie, Noah. Glauben Sie denn, Sie können sechs Jahre lang ohne ein Leck an etwas wie RU2 arbeiten?«

»Sie geben Industriespionage zu?«

»Aber das ist doch illegal.« Er hielt inne. »Anfangs war ich nicht sonderlich besorgt. Ich habe nicht gedacht, daß Sie das durchziehen können.«

»Wie kommen Sie drauf, daß ich das getan habe?«

»Nennen wir's Intuition.«

Möglicherweise bluffte er. Noah hatte jeden Aspekt der Testreihe genau unter seiner Kontrolle gehabt, hatte nie zugelassen, daß eine Abteilung mehr als eine Komponente des Ganzen handhabe. Ogdens Anruf könnte ein Trick sein, um auszukundschaften, ob Noah seine Vermutungen bestätigen würde. »Was genau soll denn RU2 Ihrer Meinung nach sein, Ogden?«

»Spielen Sie nicht mit mir. Werden Sie verkaufen, ja oder nein?«

»Lassen Sie mich darüber nachdenken.«

»Sie versuchen, Zeit zu schinden«, sagte Ogden leise. »Ich werde nicht tatenlos zusehen und mich von Ihnen ruinieren lassen, Noah. Verkaufen Sie mir RU2.«

Noah wurde klar, daß Ogden nicht bluffte. Er wußte genau, was für eine Bedrohung RU2 für ihn war. »Und was würden Sie damit tun?«

»Was glauben Sie denn? Einen Haufen Geld machen.«

»Das glaube ich nicht. Ich glaube, Sie würden es vergraben.«

»Und? Sie hätten immer noch die Millionen, die ich Ihnen dafür geben würde.«

»Stimmt. Und was werden Sie tun, wenn ich es Ihnen nicht verkaufe?«

»Sie zerstören«, sagte Ogden ruhig. »Und Ihren Freund Lynski und Ihre kleine Kohorte in Oklahoma. Ich werde nicht zögern, euch alle aus meinem Weg zu räumen.«

Oklahoma? Es war wie ein elektrischer Schlag für Noah, als ihm klarwurde, daß er über Kate Denby redete. Wie, zum Teufel, hatte er rausgefunden ...

»Ich will eine Antwort, Noah.«

»Geben Sie mir Zeit zum Nachdenken.«

»Das kann ich Ihnen nicht zugestehen. Sie haben sich in letzter Zeit zu schnell weiterbewegt und haben mich sehr verunsichert.« Er hielt inne. »Ich glaube, Sie versuchen, Zeit zu gewinnen und mich zum Narren zu machen. Ich habe befürchtet, daß Sie diesen Weg einschlagen. Um ehrlich zu sein, ich habe es erwartet. Ich habe immer gewußt, daß hinter dieser Böser-Bube-Masche ein Idealist steckt. Sind Sie in Ihrem Büro?«

»Ja.«

»Schauen Sie aus dem Fenster.« Ogden legte auf.

Noah legte langsam den Hörer auf die Gabel und stand auf.

Er wurde zu Boden geschleudert.

Glasscherben von dem zerbrochenen Fenster hagelten auf seinen Rücken.

Eine Explosion. Irgendeine Explosion ...

Er kroch auf allen vieren zum Fenster. Er konnte Schreie hören.

Er zog sich am Fenstersims hoch.

»Oh mein Gott«, flüsterte er.

Der Ostflügel der Fabrik war in Flammen gehüllt. Menschen liefen aus den Ruinen. Seine Leute …

Er mußte da runter. Seine Fabrik … seine Leute … Er mußte helfen …

Der Boden bäumte sich unter seinen Füßen auf.

Eine weitere Explosion. Er hatte sie nicht gehört.

Verflucht sollst du sein, Ogden.

Sengende Hitze.

Schmerz.

Finsternis.

Dandridge, Oklahoma
16:10

»Hallo, Kate.« Alan Eblund stieg aus dem Chevrolet, ein Lächeln ließ sein dunkelbraunes Gesicht strahlen, als er Kate zusah, wie sie die Treppe herunterkam. »Schön, dich wiederzusehen.« Sein Blick wanderte zu der Menge, die in einigen Metern Entfernung vom Genetech-Gebäude herumstand. »Wie kommst du dazu, all diese netten Menschen aufzuwiegeln?«

»Diese ›netten Leute‹ haben versucht, sich meinen Skalp zu holen.« Ihr Blick ging zu Michael, der auf dem Fahrersitz saß. Er runzelte die Stirn. Nicht gut. »Tut mir leid, daß Michael es für nötig hielt, dich zu strapazieren, Alan.«

»Kein Problem. Wofür ist ein Partner da?« Alan öffnete die Beifahrertür für Kate. »Viel nettere Arbeit als dieser Drogenverkauf, den wir gestern beschattet haben.«

»Danke … glaube ich.« Alan war seit sechs Jahren Michaels Partner, und sie hatte ihn immer gemocht. »Wie geht's Betty und den Kindern?«

»Großartig. Betty redet ständig davon, daß sie dich anrufen und sich mit dir zum Lunch verabreden will.«

Aber der Anruf würde nie kommen. Ihre Freundschaft mit Betty war eines der Opfer ihrer Scheidung gewesen. Betty war eine Polizistenehefrau, und ihre Loyalität lag beim Partner ihres Mannes. »Das wäre nett.« Sie reichte Alan ihre Autoschlüssel. »Dritte Reihe hinten. Du wirst ihn erkennen. Es ist derselbe graue Honda, den ich seit fünf Jahren fahre.«

»Gut. Ich seh dich zu Hause.« Er trabte davon.

»Versuchst du, mich schlecht zu machen?« fragte Michael mißgelaunt, sobald Kate im Beifahrersitz saß. »Ich hab dir Alimente angeboten. Du hättest dir ein neues Auto kaufen können.«

Sie seufzte. »Ich will keine Unterstützung, und ich brauch kein neues Auto. Der Honda läuft gut. Und ich hatte nicht die Absicht, Alan einzureden, daß du ein schlechter Versorger bist.«

»Nur weil wir geschieden sind, ist das nicht ein Zeichen, daß ich vorhabe, meinen Verantwortungen nicht nachzukommen. Nichts kann das ändern.«

»Ich weiß, daß das das letzte ist, was du tun würdest.« Michael war immer total ehrlich und geradezu fanatisch pflichtbewußt. Es hatte ihn furchtbar aufgeregt, daß Kate die Alimente ablehnte. »Ich brauch es einfach nicht. Können wir fahren?« Sie nickte in Richtung der Leute. »Ich hab es satt, mir diese Geier anzusehen.«

»Dann solltest du dir einen Job suchen, wo du nicht ihr Ziel wirst.« Michael ließ den Motor an und fuhr rückwärts aus der Parklücke. »Und sie können dir nicht viel zahlen, wenn du dir kein neues Auto leisten kannst.«

Scheinbar war er auf dieses verflixte Auto fixiert. »Sie zahlen mir genug. Die Vergünstigungen sind es wert.«

»Du meinst, sie lassen zu, daß du dich bewußtlos schuftest«, sagte er sarkastisch. »Joshua sagt, du arbeitest jetzt jedes Wochenende zu Hause.«

Sie erwiderte erbost: »Ich vernachlässige Joshua nicht. Du weißt, daß er bei mir immer zuerst kommt. Das sieht dir wieder ähnlich, so –« Sie verstummte, als ihr klarwurde, daß sie noch keine fünf Minuten in seinem Auto saß und er es schon wieder geschafft hatte, daß sie sich verteidigte. »Hör auf, Michael. Ich werde mich nicht von dir ärgern lassen, nur weil du Schuldgefühle hast.« Sie warf ihm einen erschöpften Blick zu. »Ganz besonders nicht, da du überhaupt keinen Grund hättest, Schuldgefühle zu haben, weil du etwas falsch gemacht hast. Es steht dir frei, neue Beziehungen einzugehen. Herrgott, wir sind jetzt seit zwei Jahren geschieden.«

»Ich habe keine Schuldgefühle. Das hat nichts mit –« Ein zögerndes Lächeln umspielte seine Lippen. »Clever. Du hast mich schon immer sofort durchschaut.« Er hielt inne. »So hab ich das nicht gewollt. Ich wünschte, es wäre jemand anders gewesen. Ich weiß, daß Benny eine Freundin von dir ist.«

»So was passiert.« Sie wandte sich ab. »Ist es ernst?«

»Ich weiß es nicht. Vielleicht. Ich mag sie, und ich hab eine lange Durststrecke hinter mir. Sie schafft es, daß ich mich gut fühle. Sie gibt mir das Gefühl, drei Meter groß zu sein.«

Sie rang sich ein Lächeln ab. »Ich würde sagen, das ist ein toller Anfang.«

»Ja.« Seine Hände packten das Steuerrad fester. »Wenn ich geglaubt hätte, daß es noch eine Chance für uns gäbe, hätte ich nie – Es ist wirklich vorbei, nicht wahr, Kate?«

»Das hast du gewußt.«

»Im Kopf vielleicht.« Er schüttelte ihn. »Ich hab dich wirklich geliebt, Kate. Ich wünschte bloß, du wärst nicht so verdammt gescheit. Weißt du, daß du mich total eingeschüchtert hast?«

»Was?«

»Du hast mir angst gemacht. Im College warst du so eine Art Wunderkind, und ich hab mich mühsam vorwärtsgequält.«

»Du hast dich aber nicht verängstigt benommen.« Sie fügte ironisch hinzu: »Soweit ich mich erinnern kann, wolltest du mich schon bei unserer ersten Verabredung ins Bett locken.«

Er grinste. »Na ja, so eingeschüchtert bin ich nie. Du warst klein und kuschelig und sexy, und unsere Chemie hat total gestimmt.«

»Kuschelig?« wiederholte sie empört. »Teddybären sind kuschelig. Ich bin *nicht* kuschelig.«

»Tut mir leid, das bist du doch. Ich wollte dich einfach mitnehmen und auf dich aufpassen.«

Was nur wieder zeigte, wie falsch Michaels Vorstellung von ihr gewesen war, dachte sie traurig.

Er sagte: »Verflucht, wir haben doch tolle Zeiten zusammen erlebt.«

»Aber ich hab dir nie das Gefühl gegeben, drei Meter groß zu sein.«

»Nur im Bett.« Sein Lächeln verblaßte. »Aber dann war es vorbei, und du bist deiner Wege gegangen. Ich war nie wichtig genug für dich.«

»Du warst wichtig. Ich konnte dich nur nicht zum Magneten meiner Existenz machen, und du wolltest das nicht akzeptieren. Ich war nicht die Frau, die du wolltest.« Sie drehte sich zu ihm. »Wir haben einen Fehler gemacht. Mach nicht noch einen, weil du glaubst, Benny wäre das genaue Gegenteil von mir. Geh diesmal auf Nummer Sicher.«

»Soweit sind wir noch nicht.« Er hielt inne. »Aber sie ist verrückt nach Joshua. Würde es dir etwas ausmachen, wenn sie morgen nachmittag mit uns zu seinem Spiel geht?«

Wut flackerte in ihr auf. Es war gut und schön, Michael an Benny abzutreten, aber Joshua würde sie ihr ganz bestimmt nicht geben. »Gehen wir's langsam an. Du bringst Benny zu dem Spiel. Wir setzen uns zusammen auf die Tribüne, um Joshua zu zeigen, daß ihre Anwesenheit meinen Segen hat, und dann fahr ich Joshua nach dem Spiel nach Hause.«

»Wenn du es so willst.« Er hielt am Gehsteig vor ihrem Haus. »Ich möchte dir das alles so leicht wie möglich machen.« Er drehte sich zu ihr und sagte zögernd: »Du weißt, daß ich das Beste für dich will, Kate.«

Ihre Wut auf ihn verblaßte, als sie ihn ansah. Mit seinen zerzausten bräunlichen Haaren und seinen leicht schielenden braunen Augen sah er aus wie Joshua in einem seiner ernsteren Momente. Es war schwer, wütend zu bleiben, wenn Michael nicht einmal merkte, daß er tolpatschig und taktlos gewesen war. In vielerlei Hinsicht war er wie ein großes Kind, und es war genau diese Jungenhaftigkeit, die sie als erstes bei ihm angezogen hatte. »Das weiß ich, und ich möchte auch das Beste für dich, Michael. Du hast es verdient.« Sie öffnete die Wagentür und stieg aus, als Alan in die Einfahrt einbog. »Der Trainer wird das Team von der Schule zum Spielfeld fahren, damit sie vor dem Spiel ein bißchen Abschlag üben können. Du kannst Benny von der Arbeit abholen. Wir sehen uns dort.«

Michael runzelte die Stirn. »Bist du sicher, daß das okay ist?«

»Es ist okay.« Sie wandte sich ab und ging rasch auf Alan zu, der die Einfahrt entlangkam. Es war nicht okay. Eine Tür war zugegangen, und sie fühlte sich traurig und allein und ein bißchen als Versager.

Hatte sich Michael so gefühlt, als er mit ihr verheiratet gewesen war? Was für eine lächerliche Vorstellung. Er war immer sehr selbstsicher gewesen, was seine beruflichen Fähigkeiten anging, und total stur, was seine Vorstellung, wohin Männer und wohin Frauen gehörten, anging. Sie hatte immer gewußt, daß sie im abstrakten Denken besser war als die meisten Leute. Aber ihr Vater hatte schon dafür gesorgt, daß sie wußte, daß es alle möglichen Spielarten von Intelligenz auf dieser Welt gab. Der Mechaniker in der Garage, in der sie Kunde war, war ein Genie auf seinem Fachgebiet. Michael war ein wunderbarer Polizei-Detective. Sie hatte angenommen, Michael wüßte, daß sie ihn respektierte und als ebenbürtig betrachtete.

Benny würde es ihm sagen. Benny gab ihm das Gefühl, drei Meter groß zu sein. Vielleicht war es Kates Schuld, weil sie so ungeduldig – Nein, sie würde sich keine Schuldgefühle erlauben. Michaels Unsicherheiten waren sein Problem, genau wie Kates ihre Last waren. Trotzdem machte sie diese Erkenntnis nicht weniger traurig ... oder machte ihr ein weniger ungutes Gefühl. Jetzt würde alles anders werden. Wenn Michael Benny nicht heiratete, würde er wahrscheinlich eine andere Beziehung eingehen. Wenn er wieder heiratete, hätte er ein regelmäßigeres Leben und würde Joshua öfter sehen wollen.

»Okay?« Alan sah sie besorgt an.

Sie nickte und nahm die Schlüssel. Alan wußte wahrscheinlich das mit Benny und Michael. Im allgemeinen wußten Partner immer, was beim anderen gerade lief. »Mir geht's gut.«

Sie ging weiter die Einfahrt hoch. Joshua sollte inzwischen zu Hause sein. Sie würde ihn fragen, ob er in den Garten gehen wollte und ob sie ihm ein paar Bälle werfen sollte. Sie würde ihn ansehen und ihn lächeln sehen und vielleicht einen Grund finden, ihn in den Arm zu nehmen. Aber sie mußte vorsichtig sein: Joshua war blitzgescheit und durfte nichts ahnen.

Joshua war immer noch ihr Kind, und sie brauchte Joshua.

Phyliss kam ihr an der Tür entgegen, ihr Blick wanderte zu dem Auto am Randstein. »Kommt Michael nicht rein?«

»Er hat's eilig. Wo ist Joshua?«

»Ich hab ihn zum Spielen rausgeschickt. Ich wollte nicht, daß er fernsieht. Ich dachte, die Explosion könnte ihn durcheinanderbringen.«

»Explosion?«

»Du hast es nicht gehört?« Phyliss schloß die Tür. »Ich hab die Geschichte in CNN verfolgt. Noah Smith ist tot.«

»Was.« Sie erstarrte schockiert. »Wie?«

»In seiner pharmazeutischen Fabrik gab es eine Explosion.« Phyliss ging zum Fernseher und schaltete ihn ein. »Eigentlich waren es mehrere Explosionen.«

»Was ist passiert?«

Phyliss zuckte die Schultern. »Sie wissen es nicht. In solchen Fabriken gibt's doch immer alle möglichen explosiven Chemikalien, oder?«

»Ja.« Kate ging langsam durchs Zimmer, ließ sich auf die Couch fallen und starrte die gräßlichen Bilder auf dem Bildschirm an. Eine weinende Frau, die in einer Ecke kauerte. Feuerwehrleute, Tragbahren, die mit den Opfern im Laufschritt zu den Krankenwagen gebracht wurden, Gebäude in Flammen. »Mein Gott.«

»Sie haben keine Ahnung, wie viele tot sind. Sie glauben, es könnten über hundert sein«, sagte Phyliss.

»Und sie sind sicher, daß Smith einer von ihnen ist?«

»Sie haben seine Leiche noch nicht gefunden, aber er war zum Zeitpunkt der Explosion in seinem Büro.« Sie deutete mit dem Kopf auf das zentrale Gebäude der Fabrik, das von den Flammen verschlungen wurde. »Die Feuerwehrleute konnten bis jetzt noch nicht rein um nach Überlebenden zu suchen.«

Kate wurde übel. Keiner konnte in diesem Inferno überleben. »Es ist furchtbar.« Die armen Leute, die in der Fabrik arbeiteten, taten ihr leid, aber mit Smith hatte sie erst vor zwei Tagen gesprochen. Er hatte sie erst vor zwei Tagen angerufen.

Und jetzt war er tot.

Plötzlich erschien Noah Smiths Gesicht auf dem Bildschirm.

CNN hatte ein Foto von ihm auf seiner Jacht *Cadro* ausgewählt. Er lachte, sein hellbraunes Haar war vom Wind zerzaust, seine dunklen Augen funkelten vor Vitalität und Intelligenz. Er sah stark und kühn und unbesiegbar aus.

CNN schnitt um auf das brennende Gebäude.

Sie konnte es nicht mehr ertragen. »Schalt es aus.«

Phyliss drückte die Fernbedienung, und der Bildschirm wurde dunkel. »Tut mir leid. Ich hab nicht geahnt, daß es dich so aufregt. Ich dachte, du magst ihn nicht besonders.«

»Ich hab ihn nicht gut genug gekannt, um ihn zu mögen oder nicht.« Aber sie hatte das Gefühl gehabt, ihn zu kennen. Sie hatte nicht realisiert, welches Band der Intimität durch diese Anrufe, die sie so erbost hatten, entstanden war.

Inzwischen hatte sie ihn an der Stimme erkannt, hatte sich ein Bild von ihm gemacht, während sie redeten. »Er war ein brillanter Mann.«

»Ich habe noch nie ein Bild von ihm gesehen. Er sieht so … lebendig aus.«

»Darauf hatte es CNN sicher abgesehen.« Sie erhob sich hastig. »Ich schau mal nach Joshua.«

»Er ist hinten im Garten.«

Kate ging den Gang hinunter zur Küche. Noch vor wenigen Augenblicken hatte sie Joshua sehen wollen, um sich zu vergewissern, daß sie nicht allein war. Jetzt schien ihr dieser Grund kleinkariert und egoistisch. Aber sie wollte trotzdem ihren Sohn sehen. Diese Szenen von Tod und Zerstörung hatten sie erschüttert.

Sie mußte das Leben feiern.

3

»Hast du das von Noah Smith gehört?« fragte Charlie Dodd, sobald Kate sich am nächsten Morgen an ihren Schreibtisch gesetzt hatte.

»Ich hätte auf hoher See verschollen sein müssen, um nichts davon zu hören. Seit es passiert ist, gab es nichts anderes im Radio und im Fernsehen. Tragisch.«

»Die Zahl der Toten ist auf zweiundneunzig angestiegen.«

Sie starrte blind auf den Bericht, der vor ihr lag. »Was ist mit Smith? Haben sie seine Leiche gefunden?«

»Nein, aber sie suchen in den Ruinen. Sie müssen sichergehen, daß er nichts mit den Bomben zu tun hat.«

Ihr Kopf schnellte hoch. »Bomben?«

»Haben Sie die Morgenzeitung nicht gelesen?« Er deutete mit dem Kopf auf die Zeitung auf seinem Schreibtisch. »In der Fabrik waren vier Bomben gelegt. Das hat die Explosionen ausgelöst.«

»Aber warum?« fragte Kate schockiert.

»Wer weiß?« Charlie schnitt eine Grimasse. »Wer weiß, warum bei uns vierzig tobsüchtige Irre vor der Tür kampieren? Aber Genetech verstärkt jetzt den Sicherheitsdienst. Gut, daß du diesen Job nicht angenommen hast, was? Verflucht, was red ich denn da? Gut, daß ich dir den Job nicht gestohlen habe.«

Sie nickte abwesend, war in Gedanken bei den grausigen Szenen der Zerstörung in CNN. »J. and S. war doch gar nicht an Forschungsaufträgen für die Regierung beteiligt?«

»Sie denken an Terroristen? Bis jetzt gibt es dafür noch keine Hinweise.« Er setzte sich an seinen Schreibtisch. »Sie suchen näher am Haus.«

»Wie meinen Sie das?«

»Versicherung. J. and S. hatte, wie berichtet wird, im letzten Jahr finanzielle Engpässe. Deshalb suchen sie ja so heftig nach Smiths Leiche. Sie glauben, sie könnten eine Art Zündvorrichtung finden.«

»Sie glauben, er hat seine Fabrik *und* sich selbst in die Luft gejagt? Das ist doch irre.«

Charlie hob die Hände, als wolle er sich vor ihrem harschen Ton schützen. »Hör mal, ich weiß nicht, was passiert ist. Ich weiß nur, was ich in der Zeitung lese.«

»Tut mir leid.« Sie hatte nicht gemerkt, wie heftig ihre Reaktion gewesen war. Aber Selbstmord war eine Kapitulation, und der Noah Smith, den sie kennengelernt hatte, hätte nie kapituliert. »Es ist einfach unfair, und der Mann ist tot und kann sich nicht verteidigen.«

»Hast du das von Noah Smith gehört?« Benny war vor Kates Schreibtisch aufgetaucht.

»Dieses Szenario haben wir bereits durchgespielt«, sagte Charlie und erschauderte melodramatisch. »Vorsicht.«

»Oh? Also, ich will eigentlich sowieso nicht darüber reden. Die armen Leute …« Benny senkte den Ton, so daß Charlie nichts mehr verstehen konnte. »Michael hat mich gestern abend angerufen. Bist du sicher, daß es für dich okay ist, wenn ich heute nachmittag zu dem Spiel mitkomme?«

»Ich bin mir sicher.«

»Du weißt, wie verrückt ich nach Joshua bin, Kate.«

»Ich weiß.« Kate wünschte, sie würde einfach weggehen. Sie wollte im Augenblick weder über Michael noch über Benny nachdenken. Sie war erschüttert und empört und wußte nicht, wieviel davon auf das Konto von Noah Smith ging und was auf ihres. »Ich seh dich bei dem Spiel, Benny.«

»Genau.« Benny lächelte und wandte sich zum Gehen. »Ich werde dasein und den Applaus anführen.«

»Ich war gut, nicht wahr?« fragte Joshua aufgeregt. »Habt ihr diesen letzten Double gesehen?«

»Ich hab's gesehen.« Kate ging in die Knie, um ihm beim Anziehen seiner Braves-Baseballjacke zu helfen. »Halt dich still. Es wird kühl, jetzt, wo die Sonne untergegangen ist. Ich hab alles gesehen. Du warst der Held des Spiels.«

Joshua verzog das Gesicht. »Nein, war ich nicht. Wir haben verloren. Du kannst nicht der MVP sein, wenn dein Team verliert.«

»Mein Fehler. Für mich hast du wie ein As ausgesehen.«

»Das kommt davon, weil du meine Mom bist.« Aber man sah, daß er sich freute. »Hat Dad etwas gesagt?«

»Warum fragst du ihn nicht selbst?« Sie stand auf und beobachtete, wie Michael und Benny sich durch die Menge von Eltern arbeiteten, die sich in der Mitte des Spielfelds versammelt hatten. »Ich würde sagen, er sieht ziemlich stolz aus.«

»Tolles Spiel, Champ.« Michael grinste übers ganze Gesicht, als er Joshua auf die Schulter schlug. »Wenn du ein bißchen Hilfe gehabt hättest, hättest du sie niedergemetzelt.«

»Psst.« Joshua warf einen besorgten Blick auf die geschlagene Gruppe neben dem Drahtabschlagskäfig. »Rory hat sein Bestes gegeben.«

»Tut mir leid.« Michael senkte die Stimme. »Aber du warst Klassen besser als sie, Kleiner.«

Benny nickte. »Ich bin aufgesprungen und hab deine Mom fast von der Tribüne geschubst, als du diesen Double getroffen hast. Pow!« Sie lächelt ihn an. »Dein Dad und ich gehen ins Chucky Cheese auf 'ne Pizza. Wie wär's, wenn du mitkommst?«

Kate erstarrte, ihr Blick huschte zu Michael.

Er schüttelte kaum merklich den Kopf. Nein, er hatte ihre Bedingung, langsam vorzugehen, akzeptiert. Wahrscheinlich war es eine von Bennys impulsiven Ideen, Joshua einzuladen.

»Klar.« Joshua sah zu Kate. »Kommst du auch mit?«

Kate schüttelte den Kopf. »Ich habe zu arbeiten. Ich sollte besser nach Hause fahren. Geh du nur.«

Joshua runzelte verunsichert die Stirn. »Ist es auch bestimmt okay?«

Sie drückte seine Schulter. »Es ist okay.« Sie warf Michael einen Blick zu. »Bring ihn bis neun Uhr nach Hause. Er hat morgen Schule.«

»In Ordnung.« Er sah Kate über Joshuas Kopf an. »Danke. Komm, Schläger.« Er ging über den Rasen auf das offene Feld zu, das als Parkplatz diente.

Benny lächelte und winkte Kate zu, bevor sie Joshua folgte.

Kate sah ihnen nach. Gewöhn dich dran. Mach es leicht für Joshua. So ist das bei Scheidungen. Einer wird meist allein gelassen.

Joshua sah über die Schulter zurück.

Sie zwang sich ein Lächeln ab und winkte ihm zu.

Er winkte nicht zurück. Er blieb stehen.

Er sagte etwas zu Benny und rannte zurück zu ihr.

»Hast du etwas vergessen?«

»Ich geh nicht mit.« Er stopfte seine Hände in die Baseballjacke. »Ich geh mit dir nach Hause.«

Er machte ein grimmiges Gesicht. »Ich geh einfach heim mit dir. Ich hab keinen Bock auf Pizza.«

Er hatte immer Bock auf Pizza. »Benny und dein Dad werden enttäuscht sein.«

»Vielleicht gehen wir nächstes Mal alle zusammen. Komm, gehn wir nach Hause.«

Benny und Michael sahen zurück zu ihr. Michael zuckte resigniert die Schultern, nahm Bennys Ellbogen und wandte sich zum Gehen.

Offensichtlich hatte sie etwas verbockt. Joshua hatte wohl ihre Einsamkeit gespürt, und das hatte einen heftigen Beschützerinstinkt ausgelöst. Sie machte sich auf den Weg zum Parkplatz. »Du wirst dich langweilen. Warum versuchst du nicht, sie einzuholen? Benny hat sich so darauf gefreut, dich heute abend zu sehen. Du weißt, daß du sie magst.«

Joshua ging neben ihr her. »Klar mag ich sie. Sie ist lustig.« Er sah starr nach vorn, als sie das Stadion verließen. »Dad mag sie auch, stimmt's?«

»Sehr sogar«, sagte Kate. »Und das ist gut. Dein Dad war einsam.«

»Dir macht es nichts aus, daß sie –« Er hielt inne.

»Es wäre sehr egoistisch, wenn ich was dagegen hätte, daß dein Dad glücklich ist.« Sie blieb neben dem Honda stehen und holte ihre Schlüssel raus. »Und du auch. Also, warum gehst du nicht ins Chucky Cheese und hast Spaß.« Sie warf einen Blick zu Michael, der Benny auf dem Beifahrersitz des Chevrolets am anderen Ende des Parkplatzes sitzen ließ. Er schlug die Tür zu und lief zur Fahrerseite. »Du schaffst es noch.«

Joshua schüttelte den Kopf. »Ich bleib bei dir.«

O Gott, wie satt sie es hatte, edel zu sein. Warum konnte Michael nicht seine eigenen Schlachten schlagen? Noch ein Versuch. »Ich finde es wirklich okay, wenn –«

Sie wurde mit ungeheurer Wucht gegen den Honda geschleudert.

»Mom!«

»Ich bin okay.« Sie tastete blindlings nach der Haube, um sich zu stützen, dann wandte sie sich Joshua zu, der sich gerade vom Boden hochrappelte. »Bist du verletzt? Ich weiß nicht, was pass–«

Die Tür von Michaels Wagen lag nur ein paar Meter von ihr entfernt auf dem Gras. Der Wagen selbst war ein Flammenmeer.

»Michael?« flüsterte sie.

Joshua starrte verwirrt auf das brennende Wrack. »Aber wo ist Dad …?«

Und dann begann Joshua zu schreien.

»Wie geht es euch?«

Kate hob den Kopf und sah Alan Eblund die Tribünentreppe hochsteigen. Sie zog Joshua näher an sich und wickelte die Decke fester um sie beide. Kalt. Ihr wollte einfach nicht warm werden, aber die Decke half. Jemand hatte ihnen die Decke gegeben, erinnerte sie sich dumpf. Richtig. Rorys Mutter. Sie hatte sie aus ihrem Kofferraum geholt. Lieb. Alle waren lieb gewesen.

Alan setzte sich neben sie und sagte mit schwerer Stimme: »Du weißt, wie mir zumute ist, Kate.«

Ja. Alan fühlte sich, als hätte er einen Bruder verloren. »Joshua muß nach Hause. Die Polizei wollte uns nicht gehen lassen.«

»Ich weiß.«

»Er muß nach Hause.«

»Ich hab Betty mitgebracht, sie wartet im Wagen. Wir nehmen ihn mit zu uns nach Hause.«

Sie packte Joshua fester. »Nein.«

»Hör zu, Kate, du stehst unter Schock und Joshua auch. Du kannst dich nicht um ihn kümmern.« Er hielt inne. »Und er sollte nicht dabeisein, wenn du es Phyliss sagst.«

Phyliss. O Gott, sie mußte nach Hause und Phyliss sagen, daß ihr Sohn tot war.

Michael war tot. Neuer Schmerz brandete über sie, beißend durchbohrte er den Schock.

Alan wandte sich Joshua zu. »Ich weiß, daß du bei deiner Mom sein möchtest, aber sie muß für eine Weile mit deiner Großmutter allein sein. Betty wartet vor dem Tor. Läßt du dich von ihr zu mir nach Hause bringen?«

»Nein.« Joshua klammerte sich fester an Kate. »Ich muß bei meiner Mom bleiben.«

Alan sah Kate an.

Sie wollte Joshua weiter festhalten, versuchen, alles wieder in Ordnung zu bringen. Aber wie stellte man es an, den Anblick, wie ein Vater in Stücke gerissen wird, zu vertreiben? Joshua würde sie dringender brauchen, sobald die Betäubung sich gelegt hatte. Sie nickte. »Ich komm schon zurecht, Joshua. Bitte geh. Ich hol dich in ein paar Stunden ab.«

»Aber was, wenn −« Er ließ sie widerwillig los, stand auf und begann die Treppe hinunterzusteigen. Er blieb stehen und sah Alan streng an. Dann sagte er mit eindringlicher Stimme: »Du, paß auf sie auf.«

»Da kannst du drauf wetten«, sagte Alan ernst.

Sie sahen ihm beide nach, wie er die Treppe hinunterging.

»Er hat es gesehen?« fragte Alan.

Sie nickte. »Wir waren beide auf dem Parkplatz.«

»Er wird gut damit fertig.«

»Den Teufel wird er. Er konnte eine Stunde lang nicht aufhören zu zittern.« Sie erschauderte. »Und ich auch nicht. Was ist passiert, Alan?«

»Wir glauben, daß eine Autobombe an die Zündung angeschlossen war.« Er legte den Arm um sie. »Er hat den Wagen angelassen und … bum.«

»Eine Autobombe«, wiederholte sie. »Wer?«

»Michael war Detective des Rauschgiftdezernats. Du kennst die Risiken. Wir waren kurz davor, eine große Operation auffliegen zu lassen. Das Bochak-Kartell hat uns beide bedroht.« Er zuckte erschöpft mit den Achseln. »Oder vielleicht war es jemand, den er in der Vergangenheit hochgenommen hat. Ich werde beide Möglichkeiten untersuchen. Ich hoffe, wir erfahren mehr, wenn die Jungs im Labor mit der Untersuchung des Wagens fertig sind.«

Ihr wurde übel bei der Erinnerung an den lodernden Scheiterhaufen. »Ich kann mir nicht vorstellen, daß da noch irgend etwas übrig ist.«

»Du wärst überrascht. Michael ist jeden Dienstag zu diesen Spielen gekommen?«

Sie nickte. »Und samstags.«

»Das war also Routine? Jemand, der ihn beobachtete, hätte gewußt, daß er hier sein würde?«

»Ich denke schon.« Sie schüttelte benommen den Kopf. »Es scheint unmöglich. Bei einem Spiel der Kinderliga? Es hätte nicht hier passieren dürfen. Wie haben sie die Bombe verstecken können? Da war ein ständiges Kommen und Gehen von Leuten.«

»Außer während der letzten Viertel der Spiele. Kein stolzer Vater und keine Mutter läßt da ein Kind im Stich. Der Parkplatz hätte nur für kurze Zeit menschenleer sein müssen. Ein Experte braucht nicht lange, um eine Bombe anzuschließen.«

»Aber es waren doch andere Autos da ... Kinder auf dem Parkplatz. Joshua wäre fast zu ihnen ins Auto gestiegen.« Sie mußte aufhören, weil ihre Stimme vor dem Entsetzen versagte. »Es ist ein Wunder, daß niemand verletzt wurde. Wer immer das getan hat, muß ein Monster sein.«

»Da besteht kein Zweifel.« Er wandte sich von ihr ab und sagte verlegen: »Laut der Zeugen war eine Frau mit im Wagen.«

»Benny. Benny Chavez. Sie hat bei Genetech gearbeitet.«

»Hat sie Familie hier?«

Richtig. Bennys Familie mußte benachrichtigt werden. Arme Benny. Kate packten Schuldgefühle, weil sie von Bennys Tod nicht so erschüttert war wie von Michaels. Benny war jung gewesen und voller Leben. Sie hatte ein Recht darauf, betrauert zu werden.

»Miss Chavez Familie«, sagte Alan.

Sie versuchte sich zu erinnern. »Nein, sie hatte eine eigene Wohnung hier, aber sie hat erwähnt, daß ihre Mutter in Tucson lebte. Ich weiß die Adresse nicht.«

»Die kann uns Genetech geben.« Er stand auf. »Komm jetzt. Ich bring dich nach Hause.«

Nach Hause, um es Phyliss zu sagen. Sie stand auf, ihr

Blick wanderte zu dem Parkplatz, der von den blitzenden Lichtern der Polizeiautos und des Wagens des Gerichtsmediziners erstrahlte. Sie wollte den Wagen des Gerichtsmediziners nicht aus der Nähe sehen und auch nicht noch einmal das gräßliche Wrack von Michaels Wagen. »Wo hast du geparkt?«

Alan begriff sofort. »Du mußt nicht noch mal da rausgehen. Ich hab deinen Honda kurzgeschlossen und ihn auf die andere Seite des Stadions geschafft. Ich veranlasse, daß uns ein Streifenwagen folgt.«

»Danke.« Sie drückte seinen Arm. »Danke für alles, Alan.«

»Kein Problem.« Er zögerte. »Die Reporter sind gleichzeitig mit uns hier eingetroffen. Ich möchte dir raten, keine Anrufe entgegenzunehmen. Sie könnten dich aufregen.«

»Noch mehr, als ich es schon bin? Das bezweifle ich. Aber ich habe keinerlei Bedürfnis, mit der Presse zu reden.«

»Es könnte Anspielungen geben …« Er klang betreten. »Du weißt schon, geschiedene Frau … neue Freundin.«

Sie sah ihn entsetzt an. »Du hast gesagt, Michaels Tod stünde mit Drogen im Zusammenhang –«

»Sicher«, unterbrach er sie. »Aber du weißt doch, daß Reporter immer wühlen, nach neuen Möglichkeiten suchen. Ich regle das für dich. Geh nur nicht ans Telefon.«

»Keine Sorge. Werde ich nicht. Ich schalte die Klingel ab«, sagte sie grimmig. »Das fehlt Joshua gerade noch.«

»Wir passen auf Joshua auf.« Die Hand an ihrem Ellbogen war sanft, aber bestimmt, als er ihr die Tribünentreppe hinunterhalf. »Paß du auf dich und Phyliss auf.«

Kate starrte die Eingangstür an.

Sie wollte nicht hineingehen. Wenn sie ins Haus ging, würde sie Phyliss sehen müssen und ihr sagen –

Alan öffnete die Beifahrertür. »Ich ruf dich morgen an.«

Sie nickte. Sie mußte aussteigen. Sie mußte ins Haus gehen.

Jemand mußte es Phyliss sagen. Jemand, der sie liebte und Michael geliebt hatte.

Michael …

Oh Gott, brich jetzt nicht zusammen. »Danke, Alan.« Sie stieg aus dem Wagen und ging auf das Haus zu.

Michael lachend. Michael leidenschaftlich. Michael wütend.

Michael stolz und zärtlich im Krankenhaus, als Joshua zur Welt kam.

Michael am Leben.

Sie spürte, wie ihr die Tränen übers Gesicht liefen, als sie die Haustür öffnete.

Phyliss sah fern. »Gutes Spiel?« fragte sie, ohne sich umzudrehen.

»Phyliss.«

Phyliss' Kopf schnellte herum. »Kate?« Sie sah Kates Gesicht und sprang auf. »Was ist passiert? Joshua?«

»Nein.« Sei tapfer. Brich nicht zusammen. Sie mußte die Worte rausbringen. Sie ging quer durch den Raum und nahm die andere Frau in den Arm. »Nicht Joshua, Phyliss.«

»Ich seh ihn dauernd als kleinen Jungen vor mir«, flüsterte Phyliss. »An seinem ersten Tag in der Schule. Weihnachten …« Tränen liefen ihr über die Wangen. »Ist das nicht albern? Ich kann ihn mir nicht als erwachsenen Mann vorstellen. Ich kann nur an diesen kleinen Jungen denken.« Sie schloß die Augen, ihr Gesicht verzerrte sich vor Schmerz. »Sie haben meinen kleinen Jungen umgebracht.«

Es dauerte Stunden, bis Kate Phyliss allein lassen und zu Alan fahren konnte, um Joshua abzuholen. Er war tränenlos und still auf dem Heimweg. Schock? Wenn es das war, dann mußte sie morgen etwas dagegen unternehmen. Sie mußten jetzt alle ins Bett gehen und versuchen, sich auszuruhen.

Es dauerte bis Mitternacht, bis sie Phyliss und Joshua soweit hatte. Schließlich konnte sie die Tür ihres eigenen Zimmers hinter sich schließen. Aber sie wußte, daß sie keinen Schlaf finden würde. Der Schmerz war noch zu frisch und brennend, obwohl ihre Tränen versiegt waren.

Oder vielleicht nicht.

Sie spürte, wie ihre Augen brannten, als sie erneut die Verzweiflung packte.

Michael …

»Wir müssen jetzt zurück nach Hause.« Kate schob Phyliss behutsam vom offenen Grab weg. »Ein paar von Michaels Freunden wollen vorbeikommen, um dich zu besuchen und dir ihr Beileid auszusprechen.«

»Ja.« Phyliss bewegte sich immer noch nicht. »Es ist nicht fair. Er war so ein guter Mann, Kate.«

Kate blinzelte gegen den erneuten Strom von Tränen an. »Ja, das war er.«

»Wir waren nicht immer einer Meinung, aber selbst als Kind hat er schon immer versucht, das zu tun, was er für richtig hielt. Deswegen ist er Polizist geworden.«

»Ich weiß.«

»Und dafür haben sie ihn umgebracht.«

»Phyliss.«

»Ich werde den Mund halten. Ich mach alles noch schwerer.«

»Bitte, rede, soviel du willst. Nur komm jetzt weg von hier.«

Phyliss sah sich um und sagte mit dumpfer Stimme: »Ja, alle sind weg, nicht wahr? Wo ist Joshua?«

»Alan Eblund und seine Frau bringen ihn zum Haus zurück.«

»Ich hab Alan immer gemocht.«

»Wir sollten auch gehen. Ich bring dich morgen wieder her.«

»Eine Minute noch.« Sie sah zurück zum Grab. »Geh du

62

zurück zum Auto. Ich möchte ein bißchen allein sein und mich von meinem Sohn verabschieden.«

Kate wollte sie nicht allein lassen. Phyliss hatte in den drei Tagen seit Michaels Tod wunderbar die Fassung behalten, aber Kate wußte, daß sie sich auf sehr dünnem Eis bewegte. »Ich werde warten.«

Phyliss starrte unverwandt auf das Grab. »Ich möchte nicht unfreundlich sein, Kate. Du warst wunderbar, aber im Augenblick möchte ich dich nicht hierhaben.«

Kate zuckte zusammen und nickte dann mühsam. »Ich werde im Auto warten.« Sie schritt weg vom Grab, den Weg hinunter zum Friedhofstor, mit brennenden Augen. Phyliss hatte ihr nicht weh tun wollen, aber der Schmerz war trotzdem da. Schmerz und Schuldgefühle. Phyliss hatte recht. Sie gehörte nicht hierher. Michael war ihre erste Liebe – der Vater ihres Kindes gewesen, und sie hatte zugelassen, daß ihre Ehe in die Brüche ging. Sie hätte sich mehr Mühe geben sollen. Sie hätte zuhören sollen, anstatt wütend zu werden, wenn er –

Eine Hand packte sie am Handgelenk, und sie wurde hinter einen riesigen Eichenbaum am Wegrand gerissen.

Ihr Herz machte vor Angst einen Satz, als eine harte schwielige Hand sich über ihren Mund legte.

»Schreien Sie nicht.« Die Stimme war heiser, maskulin. »Ich werde Ihnen nicht weh tun.«

Sie schrie nicht. Statt dessen schlug sie ihre Zähne in die starke Hand die gegen ihren Mund preßte. Gleichzeitig rammte sie dem Bastard ihr Knie in den Unterleib.

Er grunzte vor Schmerz. »Heiliger Strohsack.« Er ließ sich gegen sie fallen, ließ sie aber nicht los. »Hören Sie mir zu.«

»Lassen Sie mich *los*.«

»Hören Sie mir nur zu.« Er drängte sie an den Baum und fixierte sie wutentbrannt. »Und, bei Gott, wenn Sie mir noch einmal mit dem Knie eine verpassen, erwürg ich –« Er holte tief Luft. »Das hab ich nicht so gemeint. Ich werde Sie weder berauben noch vergewaltigen. Ich mußte einfach –«

»Mein Gott«, flüsterte sie und starrte ihn ungläubig an. »Aber Sie sind tot.«

»Vor einer Minute hätte ich das energisch bestritten, bis Sie mich mit dem Knie fast umgebracht haben«, sagte Noah Smith.

Es gab keinen Zweifel, erkannte sie benommen. Er trug Jeans und ein graues Sweatshirt, keinen Anzug oder Segelklamotten. Auf der linken Wange hatte er einen Bluterguß, am Haaransatz einen Schnitt, und seine Hände waren verbunden. Aber der Mann, der vor ihr stand, war definitiv Noah Smith. »Sie haben mich angesprungen, ich dachte, sie würden –« Das alles war unwichtig. »Was machen Sie hier.«

»Ich muß mit Ihnen reden.« Sein Gesicht wurde grimmig. »Und, verdammt noch mal, ich hab's einfach nicht geschafft, an Sie ranzukommen. Glauben Sie, es macht mir Spaß, mich wie ein Leichenfledderer auf dem Friedhof rumzutreiben? Sie sind nicht ans Telefon gegangen, und in Ihrem Haus wimmelte es von Polizisten und Leuten, die helfen wollten.«

Das riß sie aus dem Schock, der sie gelähmt hatte. »Ich muß zurück nach Hause. Ich weiß nicht, warum –«

»Es wird nicht lange dauern.« Er redete hastig. »Ich möchte, daß wir uns heute abend im King Brothers Motel am Highway 41 treffen. Kommen Sie, sobald Sie wegkönnen. Bringen Sie Ihren Sohn mit, und packen Sie genug für einen längeren Aufenthalt.«

»Warum sollte ich das tun?«

»Um Ihr Leben zu retten.« Er hielt inne. »Und vielleicht auch das Ihres Sohnes.«

Ihr klappte der Mund auf. »Sie sind verrückt.«

»Parken Sie Ihren Wagen um die Ecke von Ihrem Haus, und seien Sie vorsichtig, wenn Sie gehen. Wenn Sie etwas Ungewöhnliches sehen, gehen Sie zurück ins Haus und rufen Sie mich an.«

»Joshua mitnehmen? Mein Sohn betrauert den Tod seines Vaters. Ich schleppe ihn nicht aus dem Haus und hetze ihn sinnlos durch die Weltgeschichte.«

»Okay, lassen Sie ihn zu Hause. Wir werden versuchen, ihn später zu holen. Vielleicht ist das sowieso sicherer für ihn. Kommen Sie allein.«

Sie schüttelte den Kopf. »Warum weiß keiner, daß Sie am Leben sind?«

»Das werde ich Ihnen heute abend erklären.«

»Erklären Sie es jetzt.«

»Weil ich am Leben bleiben will«, erwiderte er schlicht. »Und ich möchte, daß auch Sie am Leben bleiben.«

»Aber ich habe nichts mit Ihnen oder Ihren Problemen zu tun.«

»Sie haben alles damit zu tun.« Er hielt inne. »Und unsere Probleme zeigen beachtliche Ähnlichkeiten. Meine Fabrik wurde in die Luft gejagt. Einen Tag später wurde Ihr Auto in die Luft gejagt. Laut der Zeitungen sagte die Polizei, wenn Sie ihrer üblichen Routine gefolgt wären, dann wären Sie und Ihr Sohn auch in dem Auto gewesen.«

»Michael wurde von Drogendealern ermordet.«

»Wirklich? Ich glaube, er war ein unschuldiger Zuschauer. Sie waren das Ziel.«

»Quatsch.«

»Na schön. Ich weiß, es hört sich verrückt an, wenn man nicht weiß – Lassen Sie mich überlegen.«

»Ich kann nicht noch mehr Zeit vergeuden. Meine Schwiegermutter wird –«

»Okay, ich hab's. Laut der Zeitungen war der Zeitzünder, der die Bomben in meiner Fabrik gezündet hat, in der Tschechoslowakei gebaut. Fragen Sie die Polizei nach dem Timer, der den Wagen Ihres Exmannes zerstört hat.« Er warf einen Blick hinter sie. »Da kommt jemand. Ich muß gehen. Sagen Sie keinem, daß Sie mich gesehen haben.« Er ließ ihre Handgelenke los und trat zurück, sah sie aber unverwandt an. »Und kommen Sie heute abend. Ich lüge nicht. Ich versuche, Sie am Leben zu halten. Sie *müssen* leben.«

Er drehte sich um und entfernte sich rasch.

Sie starrte ihm hinterher. Der Mann mußte total wahnsinnig sein.

»Wer war das?« Phyliss stand neben ihr, den Blick auf Noahs verschwindende Gestalt gerichtet.

»Nur jemand vom Labor, der kondolieren wollte.« Die Lüge purzelte heraus, bevor sie Zeit hatte zu überlegen. Warum schützte sie ihn? Seine Geschichte war ein wildes Sammelsurium von verrückten –

»Irgendwie kommt er mir bekannt vor.« Phyliss runzelte die Stirn. »Bin ich ihm schon begegnet?«

Sie war zu durcheinander und zu aufgeregt, um sich mit Smith oder seiner Geschichte zu befassen. Sie hatte nicht die Absicht, heute abend zu ihm zu gehen, und es war ziemlich suspekt, daß er nicht wollte, daß irgend jemand erfuhr, daß er das Feuer überlebt hatte. Trotzdem hatte sie die brutale Eindringlichkeit seiner Bitte erschüttert.

Aber die Sorge um Noah Smiths wirre Beschuldigungen würde warten müssen. Im Haus waren Gäste für die Beerdigungsfeier, und sie mußte ihre letzte Pflicht erfüllen. »Ich glaube nicht, daß du ihn kennst.« Sie nahm Phyliss' Arm. »Komm, gehen wir nach Hause zu Joshua. Er braucht uns.«

»Der Junge hält sich scheinbar ganz gut.« Charlie Dodd balancierte ungeschickt mit einer Hand seine Kaffeetasse, mit der anderen ein Sandwich. »Wie geht's dir, Kate?«

Kates Blick ging zu Joshua, der auf der anderen Seite des Raums neben Alans ältestem Sohn Mark saß. Er sah so blaß und erwachsen aus mit seinem blauen Anzug, daß es ihr das Herz zusammenzog. Dieses eine Mal war sein Haar ordentlich gekämmt, und er hatte versucht, seinen Wirbel mit Wasser zu glätten. Den Anzug hatte er seit Weihnachten nicht angehabt, und eigentlich war er ihm schon zu klein. Gestern hatte sie zum Schneider laufen und ihn ändern lassen müssen. »Wir schaffen es ganz gut, Charlie. Danke, daß du gekommen bist.«

»He, ich wünschte bloß, ich könnte mehr tun. Benny wird in Tucson beerdigt, aber hast du gehört, daß am Dienstag hier ein Gedächtnisgottesdienst für sie stattfinden soll?«

Sie nickte. »Ich werde dasein.«

»Ich hab gehört, du machst eine Woche Urlaub. Ich hab mich gefragt, ob du vorhast wegzufahren.«

»Vertraute Umgebung ist immer ein Trost, und ich muß im Augenblick mehr Zeit für Joshua und Phyliss haben.«

»Kann ich etwas tun? Etwas von deiner Arbeit übernehmen? Dir irgend etwas nach Hause bringen?«

»Nein. Ich bin ganz gut auf dem laufenden. Ich komm vielleicht später ins Büro und hol mir ein paar Berichte.« Ihr Blick kehrte zu Joshua zurück. »Jetzt nicht.«

»Schön. Laß es mich einfach wissen.«

»Das werde ich.« Sie drehte sich um und lächelte ihn an. Charlie war so groß und schlaksig, er erinnerte sie immer an Disneys Version von Ichabod Crane, und er sah mit seinem dunklen Anzug noch unbeholfener aus als Joshua. Sie merkte, daß eine Situation wie die augenblickliche für ihn nicht leicht war und daß er wirklich sehr fürsorglich war. Alle bei Genetech waren so verständnisvoll gewesen. »Aber es gibt wirklich nichts, was du tun kannst.«

Er stellte seine Kaffeetasse mit einem Seufzer der Erleichterung ab. »Kann ich dann gehen? Ich weiß, ich sollte hierbleiben und versuchen zu trösten, aber ich bin ganz miserabel in so was.«

Sie winkte ab. »Geh nur.«

»Danke.« Er eilte in Richtung Tür.

Kate stellte ihre leere Tasse ab und warf einen Blick auf die Uhr. Es war erst kurz nach fünf. Wann würden sie denn alle gehen? Gott, war sie müde. Phyliss sah ebenfalls erschöpft aus. Es gab auch so etwas wie zuviel Freundlichkeit.

»Soll ich den Massenaufbruch einleiten?« Alan war neben ihr. »Ich glaube, wir sollten uns verdrücken.«

»Du warst wunderbar, Alan.« Ihre Augen füllten sich mit Tränen. »Du und Betty. Ich weiß nicht, was ich ohne euch angefangen hätte.«

»Du hättest es auch geschafft. Egal, wie hart es manchmal war, du hast es immer geschafft. Michael hat immer damit angegeben, wie clever du bist.«

»Hat er?« Sie schüttelte den Kopf. »Ich glaube, ›angeben‹ ist nicht das Wort, das du meinst.«

»Nein, er war stolz auf dich. Und du lagst ihm immer am Herzen. Man kann jemanden bewundern, obwohl man Schwierigkeiten hat, mit ihm zusammenzuleben.« Er drückte ihre Schulter. »Aber manchmal brauchen wir alle ein bißchen Hilfe. Falls Betty und ich irgendwas für dich tun können, ruf uns an. Vielleicht möchte Joshua ein paar Tage bei uns bleiben.«

»Ich werde ihn fragen.« Ihr Blick wanderte zu Joshua. »Ich mache mir Sorgen um ihn.«

»Ich fand, er verhielt sich ziemlich normal.«

»Zu normal. Ich hab ihn nicht mehr weinen sehen, seit du ihn nach Hause gebracht hast.«

»Du weißt, daß das Revier einen Psychologen hat, der helfen kann, falls du oder Joshua Probleme mit …« Er verstummte. »Den Tod eines geliebten Menschen mitansehen zu müssen ist ein traumatisches Erlebnis. Ganz besonders, wenn man sieht …«

»Wie sie vor deinen Augen in die Luft gejagt werden«, beendete sie den Satz, als er erneut verstummte. »Ich hoffe, es wird nicht notwendig sein, aber ich werde nicht zögern, wenn Joshua anfängt Probleme zu zeigen.« Sie hielt inne. »Hast du schon eine Spur?«

»Der Security Guard an der Schule kennt die meisten Eltern, und er hat vor dem Spiel keinen Verdächtigen kommen sehen. Wer immer das getan hat, muß gekommen sein, nachdem alle auf der Tribüne waren.«

»Keinerlei Hinweise?«

»Wir untersuchen die Verbindungen mit der Drogenszene und sammeln alle, die möglicherweise Michael auf dem Kieker hatten.«

»Irgendwelches Beweismaterial von der Explosion?«

»Nicht viel.«

»Habt ihr den Timer gefunden?« Sie hatte erst gewußt, daß sie diese Frage stellen würde, als sie bereits heraus war.

Er nickte. »Sehr raffiniert.«

»Könnt ihr rausfinden, woher er kommt?«

»Wir werden es rausfinden. Vielleicht dauert es ein bißchen. Es ist kein hiesiges Produkt. Er war tschechoslowakischer Herkunft.«

Sie fühlte sich, als hätte sie einen Schlag in die Magengrube bekommen. Es könnte Zufall sein. Es bedeutete nicht, daß Noah Smiths wirres Geschwätz irgendwie auf Fakten basierte.

»Wir sollten darüber nicht reden. Du siehst aus, als würdest du jeden Moment umkippen.« Er wandte sich ab. »Ich werde die Herrschaften hinauskomplimentieren, damit du dich ausruhen kannst.«

»Danke«, sagte sie mit schwacher Stimme.

Tschechoslowakei. Das hatte vielleicht nichts zu sagen. Michael war wegen seines Jobs gestorben, nicht ihretwegen. Keiner wollte sie umbringen.

»Harter Tag.« Kate setzte sich neben Joshua aufs Bett und deckte ihn sorgfältig zu. »Danke, daß du so tapfer mitgemacht hast.«

»Is okay.« Joshua fielen die Augen zu. »Morgen wird's besser sein, ja, Mom?«

Sie nickte. »Es wird mit jedem Tag ein bißchen besser werden.« Oh, Gott, hoffentlich war das auch wahr. »Er wird mir fehlen. Er war eines der strahlendsten Bindeglieder.«

»Was?«

»Dein Großvater hat immer gesagt, daß nichts je verloren geht, daß nichts je verblaßt, sondern strahlender als je zuvor zurückkommt.«

»Du redest fast nie über Großvater.«

»Weil es weh tut, nicht, weil ich ihn vergessen habe. Er ist immer bei mir.« Sie strich mit den Lippen über Joshuas Stirn.

»Genauso wie dein Dad immer bei dir sein wird, solange du ihn nicht vergißt.«

»Ich werde ihn nicht vergessen.« Er drehte den Kopf und sah die Wand an. »Warum müssen Leute sterben? Es ist nicht fair.«

Was konnte sie sagen? »Manchmal passieren schlimme Dinge.« Toll, Kate. Sehr tiefgründig. Das erklärt alles. Das wird ihm eine große Hilfe sein.

»Aber du wirst nicht sterben, oder?«

Sie drückte ihn fest an sich und flüsterte: »Noch ganz, ganz lange nicht.«

»Ehrenwort?«

»Ehrenwort.«

Mach mich nicht zum Lügner, Gott. Momentan packt er das nicht. Sie spürte, wie er sich entspannte. »Soll ich das Licht ausdrehen?«

»Kannst du es heute abend anlassen? Ich hab gestern einen Traum gehabt.«

»Warum hast du nicht gerufen? Ich wär zu dir gekommen.«

»Du warst traurig.«

»Das heißt aber nicht, daß ich nicht bei dir sein will.« Sie hielt inne. »Willst du darüber reden?«

»Nein«, sagte er in scharfem Ton. »Es ist vorbei. Dad und Benny sind tot. Was gibt's da noch zu reden.«

Seine harsche Stimme schockierte sie. »Manchmal erleichtert es, wenn man über schlimme Dinge redet.«

»Es ist vorbei. Ich will nicht mehr daran denken. Ich werd überhaupt nicht mehr daran denken.«

Verdrängung. Sie hätte wissen müssen, daß er sich zu kontrolliert verhielt. Kein Wunder, daß sie ihn nicht weinen gesehen hatte seit dem Tag, an dem es passiert war. Sie mußte blind gewesen sein, daß sie die Wand, die er um sich gebaut hatte, nicht gesehen hatte.

»Also, wenn du reden möchtest, aber nicht mit mir oder deiner Großmutter, dann bringt dich Alan in die Stadt zu jemandem im Revier.«

»Einem Seelenklempner«, sagte Joshua angewidert.

»Zu einem Arzt wie ich oder dein Großvater«, korrigierte sie ihn. »Einem Arzt, der dir hilft, dich selbst und das, was du fühlst, zu verstehen.«

»Ein Seelenklempner.«

»Was immer.« Sie stand auf. »Ich werde meine Tür einen Spalt offenlassen, damit ich dich höre, wenn du rufst. Gute Nacht, Joshua.«

»Nacht, Mom.«

Sie blieb kurz vor der Tür stehen, bevor sie zurück zu Phyliss ins Wohnzimmer ging. Sie wünschte, sie könnte einfach ins Bett gehen, sich die Decke über den Kopf ziehen, Michael und diesen geschlossenen Sarg vergessen. Sie konnte es Joshua nicht verdenken, daß er sich dem nicht stellen wollte.

Nur noch ein kleines bißchen länger.

»Wie geht's ihm?« fragte Phyliss, als Kate ins Wohnzimmer kam.

»Er ist verletzt. Traurig. Verängstigt.« Kate schnitt eine Grimasse. »Wie wir.«

»Es wird seine Zeit brauchen.«

Kate nickte. »Aber er macht es sich nicht leicht. Er versucht so zu tun, als fühle er gar nichts.«

»Vielleicht ist er der Clevere«, sagte Phyliss. »Wir haben alle unsere eigene Methode, uns an das Unannehmbare anzupassen. Ich wünschte, ich könnte es aussperren.«

»Aber so bricht möglicherweise eines Tages alles über ihm und um ihn herum zusammen. Wenn du nicht mit ihm fertigwirst, laß es mich wissen.«

»Mir wird es guttun, beschäftigt zu sein.« Phyliss stand auf und streckte müde den Rücken. »Und Joshua ist immer ein Segen. Wir werden uns gegenseitig helfen zu heilen.«

Kate sah ihr nach, wie sie zur Haustür ging. »Ich will nur das Licht auf der Veranda ausmachen. Zeit, ins Bett zu gehen.« Sie öffnete die Tür und holte tief Luft. »Es riecht gut da draußen. Es wird Frühling. Das Haus ist so stickig. All die Leute …«

»Nette Leute.«

»Einer dieser netten Leute hat seinen Wagen unten an der Straße am Randstein stehenlassen.

»Was?«

»Da waren so viele Freunde von Michael vom Revier. Vielleicht hat sich einer von denen entschlossen, mit einem seiner Kumpel mitzufahren.«

»Und vielleicht gehört er einem der Nachbarn.«

Phyliss schüttelte den Kopf. »Ich kenne die Autos aller Nachbarn. Nein, es ist einer von Michaels Freunden.«

Kate ging langsam auf die Tür zu.

Das Auto, das vor dem Haus der Brocklemans stand, war ein Ford neueren Baujahrs. Zumindest dachte sie, es wäre ein Ford. Der Wagen stand drei Häuser vom nächsten Straßenlicht entfernt und war nur ein dunkler Schatten.

Und da war ein weiterer Schatten. Jemand saß hinter dem Steuer.

Sie ging rasch zum Korridorschrank und griff nach der gesicherten Schachtel mit der Pistole, die Michael ihr geschenkt hatte.

»Was machst du da?« fragte Phyliss.

»Da sitzt jemand in dem Wagen. Es kann nicht schaden, das zu überprüfen.« Kate tippte die Kombination ein und zog den Lady Colt heraus. Sie schnappte sich einen Regenmantel aus dem Schrank und drapierte ihn über den Arm, um die Pistole zu verdecken. »Du kennst doch die Geschichten, die Michael uns immer erzählt hat über Einbrecher, die sich Häuser aussuchen, in denen es kürzlich einen Todesfall gegeben hat.«

Sie verließ das Haus und ging die Treppe hinunter.

»Kate.« Phyliss stand hinter ihr in der Tür.

»Schon okay.« Sie grinste ihr über die Schulter zu. »Ich werde niemanden erschießen.«

»Du hast da draußen nichts verloren, das ist dumm.«

Es war dumm, dachte Kate, als sie sich die Straße hinunter auf den Wagen zubewegte. Sie hätte Alan anrufen sollen. Er hätte jemanden geschickt. Der Mann da draußen war womöglich völlig unschuldig, ein Freund der Brocklemans. Noah Smith und seine verrückten Andeutungen waren schuld an diesem Quatsch.

Das Wagenfenster war geöffnet, und sie sah glänzendes dunkles Haar, das zu einem langen Pferdeschwanz gebunden war, eingefallene Wangen, silbergraue Augen, die unter buschigen schwarzen Brauen versanken.

»Tag«, sagte Kate und stellte sich neben den Wagen. »Schöner Abend.«

»Wirklich schön.« Der Mann lächelte. »Ein bißchen kühl. Sie sollten den Regenmantel anziehen, wenn sie spazierengehen wollen, Mrs. Denby.«

Ihre Nervosität flaute etwas ab. »Sie kennen mich?«

Er schüttelte den Kopf. »Aber ich kannte Michael. Ich habe ein paarmal mit ihm zusammengearbeitet. Ein toller Typ.«

»Sie sind bei der Polizei?«

»Oh, Verzeihung. Ich hätte mich vorstellen sollen. Ich dachte, Alan hätte ihnen gesagt, wer die erste Wache hat.« Er nickte. »Ich bin Todd Campbell.«

Er sah nicht aus wie ein Todd. Jetzt, wo sie ihm so nahe war, schien er noch exotischer als auf den ersten Blick. Abgesehen von den grauen Augen, sah er aus wie ein eingeborener Amerikaner. Dunkle Haare, Adlernase. Er hatte sogar eine Perlenkette um den Hals. Aber seine Kleidung sollte keine Bedeutung haben, sagte sie sich. Polizisten, die überwachten, mußten wie ganz normale Leute aussehen, und die ausgewaschenen Jeans und das Hemd, das er trug, schienen sauber und sehr gewöhnlich. »Alan hat sie geschickt?«

»Er wollte sichergehen, daß Sie nicht von Reportern oder anderem Gesindel belästigt werden.«

Das ergab einen Sinn. Der Mann war freundlich und schien echt. »Dann haben Sie wohl nichts dagegen, wenn ich mir ihren Ausweis ansehe.«

»Was dagegen?« Er lächelte und griff in seine Tasche. »Ich wünschte, ich könnte meine Frau dazu kriegen, genauso vorsichtig zu sein. Sie läßt jeden ins Haus.«

Sie nahm die Marke und den Ausweis, sah sie sich kurz an und gab sie ihm dann zurück. »Danke.« Sie wandte sich ab und ging zurück zum Haus. »Sie haben nichts dagegen, wenn ich Alan anrufe und das überprüfe?«

»Im Gegenteil. Ich wäre enttäuscht, wenn Sie's nicht tun.« Todd winkte Phyliss fröhlich zu, die im Eingang stand, bevor er sich bückte und sein Radio einschaltete. »Gehen Sie schlafen, ich wünsche Ihnen eine gute Nacht. Ich werde hier sein, um Sie zu beschützen.«

Phyliss sah besorgt drein, als Kate wieder ins Haus kam. »Alles in Ordnung?«

»Wahrscheinlich.« Natürlich war es in Ordnung. Sie war nur paranoid. »Er sagt, Alan hat ihn geschickt, um das Haus zu bewachen.«

»Das war nett von Alan.« Sie schloß die Tür hinter ihnen und nahm Kate den Regenmantel ab. »Wirst du jetzt bitte die Pistole weglegen? Du hast ausgesehen wie Sam Spade, als du auf den Wagen losmarschiert bist.«

»Wer ist Sam Spade?«

»Vergiß es. Generationskluft.« Sie nahm die Sicherheitsschachtel und starrte die Pistole an. »Packen wir das Ding weg.«

»Moment noch.« Sie griff nach dem Telefon auf dem Tisch im Eingang, schlug ihr Telefonbuch auf und fand Alans Nummer. »Ich will nur bei Alan nachfragen.«

»Um diese Zeit?«

»Ich bin mir sicher, daß alles in Ordnung ist. Dann werd ich mich besser fühlen.« Sie tippte die Nummer ein. »Es ist erst kurz nach zehn.«

»Hallo«, antwortete Alan.

Er klang verschlafen. Schuldgefühle packten sie. »Ich wollte dich nicht stören.«

»Nein, schon okay.« Er unterdrückte offensichtlich ein Gähnen. »Möchtest du reden?«

»Nein, ich wollte dir nur für den Mann danken, den du vor meinem Haus postiert hast.«

Schweigen am anderen Ende der Leitung. »Wovon, zum Teufel, redest du?« Alan klang plötzlich hellwach.

Ihre Hand klammerte sich fester um den Hörer. »Todd Campbell. Der Polizist, den du gebeten hast, mein Haus zu bewachen.«

»Ich kenn keinen Tony Cambell.« Er hielt inne. »Das gefällt mir nicht, Kate.«

Ihr gefiel das genausowenig. Mit einem Mal hatte sie Todesangst. Sie warf einen Blick zur Haustür. Mein Gott, hatte Phyliss sie abgeschlossen? »Sperr die Tür ab«, flüsterte sie.

Phyliss stellte keine Fragen, ging sofort zur Tür und hatte im nächsten Moment den Riegel vorgeschoben.

»Wer hat dir gesagt, er sei vom Revier?« fragte Alan.

»Ich habe seine Ausweise gesehen.«

»Herrgott, Kate, du weißt doch, daß man die fälschen kann. Was für einen Wagen hatte er?«

»Einen ganz neuen Ford.«

»Hast du seine Autonummer?«

»Nein.« Und sie hatte geglaubt, sie wäre so vorsichtig gewesen. »Aber ich bin rausgegangen und hab mit ihm geredet. Er kannte dich. Er kannte Michael.«

»Den Teufel tut er. Er hätte sich einen Haufen Informationen aus den Zeitungen besorgen können. So schießen sie sich meist auf ein Opfer ein. Ich glaube, es besteht keine Gefahr für dich, nachdem er jetzt weiß, daß du dir bewußt bist, daß er dein Haus ausspioniert hat. Wahrscheinlich war es einer von diesen Leichenfledderern, die es auf trauernde Familien abgesehen haben.«

»Das hab ich Phyliss auch gesagt.«

»Ich möchte, daß du zum Fenster gehst und nachsiehst, ob der Wagen noch da ist.«

Sie nahm das tragbare Telefon mit zum Fenster im Wohnzimmer. Erleichterung durchströmte sie beim Anblick der leeren Straße. »Er ist fort. Der Wagen ist fort.«

»Gut. Und jetzt vergewissere dich, daß alle Türen und Fenster fest verschlossen sind. Ich schick dir einen Streifenwagen, der heute nacht das Haus beobachtet. Er wird in ein paar Minuten da sein. Du wirst vollkommen sicher sein. Möchtest du, daß ich rauskomme?«

»Nein. Schlaf weiter, Alan. Danke für alles. Jetzt fühl ich mich viel besser.«

»Okay. Ich ruf dich morgen früh an. Wenn du nervös wirst, ruf mich einfach an.«

»Keine Sorge, das werde ich.« Sie legte den Hörer auf und wandte sich zu Phyliss. »Er schickt einen Streifenwagen, der das Haus beobachtet, aber er glaubt nicht, daß das wirklich notwendig ist. Er glaubt, sie spionieren uns für einen Einbruch aus.«

Phyliss schüttelte den Kopf. »Wie können Menschen nur so furchtbar sein? Versuchen, in ein Haus der Trauer einzudringen.«

»Er hat gesagt, wir sollen das Haus absperren, für alle Fälle.«

»Es ist bereits abgeschlossen.«

»Dann geh ins Bett. Ich warte hier, bis ich den Streifenwagen sehe.« Sie küßte Phyliss auf die Wange. »Versuch zu schlafen.«

Phyliss wandte sich ab und bewegte sich schwerfällig den Gang hinunter auf ihr Zimmer zu. »Furchtbar …«

Kates Hände ballten sich in ohnmächtiger Wut zu Fäusten. Phyliss, die Kate nie mit Alter in Verbindung brachte, sah aus wie eine alte Frau. Es genügte nicht, daß sie heute Michaels Beerdigung hatte ertragen müssen, dieser Widerling hatte auch noch –

Sie erstarrte. Draußen erhellten Scheinwerfer die Straße.

Der Streifenwagen.

Sie beruhigte sich, als der Wagen am Randstein vor dem Haus hielt. In Sicherheit. Ein junger Beamter stieg aus dem Wagen und winkte ihr zu. Sie winkte auch und wandte sich vom Fenster ab. Jetzt war alles in Ordnung. Sie konnte zu Bett gehen …

Den Teufel konnte sie. Sie würde sich nicht noch einmal zum Narren halten lassen. Sie schrieb sich die Nummer des Streifenwagens auf und rief im Revier an, um sie bestätigen zu lassen.

Sie stimmte.

Sie ging trotzdem noch nicht zu Bett, sondern in Joshuas Zimmer.

Sie überprüfte die Schlösser am Fenster und ging dann zu ihm und sah ihn an. Er schlief tief und fest, Gott sei Dank. Sie spürte, wie die Tränen in ihren Augen brannten. Fast hätte sie ihn verloren. Wenn er ihrem Drängen, mit Michael und Benny zu gehen, nachgegeben hätte, dann wäre er auch tot.

Um Ihr Leben zu retten. Und vielleicht auch das Ihres Sohnes.

Sie wollte nicht über Noah Smiths Worte nachdenken. Keiner hatte einen Grund, sie umzubringen.

Der Zeitzünder, der die Bomben in meiner Fabrik gezündet hat, war in der Tschechoslowakei hergestellt.

Soweit sie wußte, konnte das Zufall sein.

Und der Dieb mit den erstaunlich echten Ausweisen, der ihr Haus beobachtet hatte?

Um so mehr Grund, hier in Sicherheit zu bleiben und nicht einem sinnlosen Hirngespinst quer durch die Stadt nachzujagen.

Joshua regte sich und drehte sich zur Seite.

O Gott, sie hätte ihn fast verloren.

Jonathan Ishmaru tippte Ogdens Telefonnummer ins Autotelefon.

»Ishmaru«, sagte er, als Ogden den Hörer abnahm. »Es kann heute nacht nicht passieren.«

»Warum nicht?«

»Ich mußte das Viertel verlassen. Sie ist rausgekommen und hat mich ausgefragt.« Er starrte in die Lichter, die über den Highway auf ihn zuströmten, erinnerte sich daran, wie Kate Denby nur wenige Zentimeter von ihm entfernt dagestanden hatte. Er war versucht gewesen, aus dem Auto zu steigen und sie fertigzumachen, aber dann hätte er nur eins seiner Zielobjekte erwischt. »Und dann wollte sie Eblund anrufen.«

»Wo bist du?«

»Etwa zwanzig Meilen vom Haus entfernt. Ich werde morgen nacht wieder hinfahren.«

»Und deinen Hintern ins Gefängnis stecken lassen?«

»Ich werde vorbereitet sein.«

»Und sie auch. Wahrscheinlich wird es dort vor Polizisten wimmeln.« Ogden hielt inne. »Eine Bombe hat schon einmal funktioniert. Wir werden eine Möglichkeit finden, es als Mafiamord hinzustellen. Es ist nicht ungewöhnlich, daß sie an einer ganzen Familie ein Exempel statuieren. Das ist sicherer, als zu versuchen, einzubrechen und sie umzubringen. Das wirst du tun.«

Das hatte er von Ogden erwartet, dachte Ishmaru voller Verachtung. Er wählte immer den Weg des Feiglings, wenn er Feinde besiegen wollte. »Ich hab dir deine Bomben in Seattle gegeben. Ich hab sogar eine dort gelegt. Du hast mir versprochen, daß ich den nächsten auf meine Art erledigen darf.«

»Du hast es verpatzt. Ich möchte, daß du das Auto wechselst, morgen wieder hinfährst und eine Bombe plazierst. Aber laß dich um Himmels willen nicht von ihr sehen.«

»Auf meine Art. Ich werde reingehen und die Großmutter und das Kind töten und dann den Mord an Kate Denby wie einen Selbstmord aussehen lassen, weil sie die anderen umgebracht hat.« Er fügte bedauernd hinzu: »Aber es wäre heute nach der Beerdigung viel effektvoller gewesen.«

»Du dämlicher Indianer, wer, glaubst du, bezahlt dich?« zischte Ogden. »Du wirst tun, was ich dir sage.«

Ishmaru lächelte. Ogden war der Dämliche, wenn er glaubte, daß er das um des Geldes willen machte. Ogden verstand nicht, wie glorreich, wie triumphal es war.

»Ich rufe dich heute abend an«, sagte Ishmaru. Er legte den Hörer auf, griff ins Handschuhfach und zog das Polaroid heraus, das er von Kate, Joshua und Phyliss Denby bei Michael Denbys Beerdigung gemacht hatte. Er lehnte es so an das Armaturenbrett, daß er es gelegentlich beim Fahren ansehen konnte. Die Vorfreude auf den kommenden Triumph erfüllte ihn immer mit Lust.

Eigentlich war es eine gute Sache, daß Kate Denby nicht in

dem Wagen gewesen war, den er mit der Bombe präpariert hatte. Um keinen Preis würde er noch einmal eine Bombe benutzen. Es war zu frustrierend.

Aber morgen nacht würde er drei Möglichkeiten haben. Ein Messer für das Kind und die Großmutter und eine Kugel für Kate Denby. Den Einsatz seiner Hände betrachtete er als ultimativen Coup, aber er mußte Ogden etwas geben. Ogden wollte, daß keine Fragen gestellt würden, und Ishmaru versuchte zu gehorchen, solange er bekam, was er wollte.

Und er wollte Kate Denby. Sie hatte ihn überrascht, als sie aus dem Haus marschiert war und ihn mit der Waffe unterm Regenmantel konfrontiert hatte. Sie hatte keine Angst gehabt wie ein Krieger, der in die Schlacht zieht. Es gab nur noch wenige Krieger auf dieser Welt. Er war erfreut gewesen, daß er heute nacht einen kennengelernt hatte, auch wenn sie eine Frau war und wahrscheinlich dieses Titels nicht würdig. Aber heutzutage mußte man Krieger akzeptieren, wo man sie fand.

Er fixierte mit gerunzelter Stirn das Bild. Sie erinnerte ihn an jemanden, den er nicht ganz … Na ja, es würde ihm schon wieder einfallen.

Und es fiel ihm ein. Emily Santos. Vor zwölf Jahren … Ein kleiner, unwichtiger Job. Das war passiert, bevor er sich als den Krieger, der er war, erkannt hatte. Ein Mann hatte ihn beauftragt, seine Frau wegen der Versicherungssumme zu töten. Sie war klein und blond gewesen und hatte sich wie ein Tiger gegen ihn gewehrt. Er hob die Hand und berührte eine kleine weiße Narbe an seinem Hals. Ja, er konnte Emily in Kate Denby sehen.

Konnte er sie wirklich sehen, fragte er sich. War Emilys Geist zurückgekehrt, um sich zu rächen? Der Gedanke faszinierte ihn. Wenn so etwas möglich war, dann war Kate in der Tat seine Aufmerksamkeit wert. Was für eine Schlacht zwischen ihnen toben würde!

Er streckte die Hand aus und berührte das Foto. »Emily?«

Es klang richtig. Aber er mußte sicher sein. Er mußte darüber nachdenken.

Er lächelte Kate/Emily auf dem Foto zu. Sie hatte einen wunderschönen Hals. Fast hoffte er, daß morgen abend alles schiefgehen würde, damit er Ogden erzählen könnte, es wäre unmöglich gewesen, das Selbstmordszenario zu inszenieren.

Er hatte seine Hände schon lange nicht mehr um den Hals eines Kriegers gelegt.

4

»Okay, reden Sie mit mir«, sagte Kate, als Noah Smith die Tür seines Motelzimmers öffnete. »Ich gebe Ihnen dreißig Minuten. Ich muß zurück zu meinem Sohn.«

»Unter Druck funktionieren wir am besten.« Noah trat von der Tür zurück. »Was, wenn ich nicht so schnell reden kann?«

»Ich glaube, sie werden keinerlei Probleme haben.« Sie betrat das Motelzimmer und sah sich um. Schäbig, sauber, unpersönlich, wie eine Million andere, drittklassige Motelzimmer. »Das bei der Beerdigung haben Sie ziemlich gut gemacht.«

»Ich war motiviert. Ich wußte nicht, wann ich noch mal die Chance hätte, Sie zu erwischen.« Er zog den Vorhang des Panoramafensters auf und sah hinaus auf den Parkplatz. »Sie haben wohl nicht zufällig bemerkt, ob Sie verfolgt wurden?«

Großer Gott, der Mann führte sich auf, als rechne er jeden Moment mit einem Überfall, dachte Kate. »Ich habe darauf geachtet. Ich war vorsichtig. Es ist mir niemand gefolgt.«

Er ließ den Vorhang zurückfallen. »Ich bin überrascht. Ich hab nicht gedacht, daß Sie mir glauben.«

»Ich hab Ihnen nicht geglaubt. Ich glaube Ihnen immer noch nicht.«

»Warum sind Sie dann hier?« Er musterte ihr Gesicht mit zusammengekniffenen Augen. »Ist etwas passiert?«

»Heute abend war ein Mann vor meinem Haus. Er hatte Polizeiausweise, aber er war kein Polizist. Er wußte von Michael. Er wußte von Michaels Partner, Alan. Alan dachte, er kundschafte das Haus für einen Einbruch aus.«

»Aber Sie glauben das nicht?«

»Es wäre möglich.«

»Aber Sie waren so mißtrauisch, daß Sie hierhergekommen sind.«

»Diese Ausweise waren sehr gut. Ich hab jahrelang den Ausweis und die Marke meines Mannes gesehen und bin schwer zu täuschen.«

»Es freut mich, daß Sie so logisch denken.«

»Ich fühle mich nicht logisch. Ich fühle mich sehr emotionell.« Sie stellte sich seinem Blick. »Sie haben gesagt, mein Sohn wäre in Gefahr. Wenn ich zu dem Schluß komme, daß Sie lügen, werde ich hier rausgehen und der Welt erzählen, daß Noah Smith definitiv am Leben ist und definitiv irgend etwas Böses plant.«

»Gut und Böse sind immer relativ.« Er hob die Hand. »Okay, ich krieg jetzt nicht meinen Philosophischen. Keiner von uns ist in der Stimmung für so was.«

Er sah müde aus, fiel ihr plötzlich auf. Nicht nur müde, sondern total erschöpft. »Wurden Sie bei dem Feuer verletzt?«

»Leichte Gehirnerschütterung.« Er sah hinunter auf seine verbundenen Hände. »Verbrennungen ersten Grades. Ich werde morgen die Verbände abmachen.«

»Wie sind Sie da rausgekommen? Das Bürogebäude brannte lichterloh. Ich hab den Film über die Explosion auf CNN gesehen.«

»Ich auch.« Sein Mund wurde schmal. »Zwei Tage später, nachdem ich wieder aufgewacht bin.«

Er hatte ihr immer noch keine Antwort gegeben. »Wie sind Sie rausgekommen?« wiederholte sie.

»Mein Freund Tony Lynski war gerade ins Gebäude gekommen. Als er die erste Explosion im Ostflügel hörte, lief er zu meinem Büro hoch. Er war im Vorzimmer, als die zweite Bombe im Stockwerk direkt unter mir hochging. Er fand mich bewußtlos daliegen und schaffte es, mich die Hintertreppe runterzubringen.«

»Warum waren Sie dann nicht im Fabrikhof mit den anderen verletzten Überlebenden?«

»Tony hielt es für das beste, mich in sein Auto zu schaffen und fortzubringen.«

»Warum?«

Ein schiefes Grinsen. »Er sagte, daß er sich an etwas erinnert hatte, was ich über RU2 und Hiroshima gesagt hatte, und nach der Explosion sprang ihm der Vergleich ins Gesicht. Er war sich nicht sicher, ob ich im Krankenhaus sicher sein würde. Tony hat sehr gute Instinkte.«

Sie starrte ihn ungläubig an. »Sie wollen damit sagen, daß Ihre Fabrik nur in die Luft gesprengt wurde, um Sie zu töten?«

»Nein, die Fabrik wurde in die Luft gesprengt, um jede Spur von RU2 auszumerzen. Nach den Bildern, die ich gesehen habe, würde ich sagen, es ist ihm gelungen.«

»Ihm?«

»Raymond Ogden. Sie haben von ihm gehört?«

»Natürlich. Wer hat das nicht?« Smiths Geschichte wurde immer bizarrer. »Sie beschuldigen *ihn*?«

»Verdammt richtig.« Er musterte sie. »Sie haben Schwierigkeiten, all das aufzunehmen.«

»Das könnte man sagen.« Sie fügte ironisch hinzu: »Ich frage mich, warum?«

»Weil sie die Schlüsselteile nicht kennen. Das ist, wie an einem Puzzle zu arbeiten, bei dem die Rahmenstücke fehlen.«

»Und ist Michaels Tod eines der Schlüsselstücke.«

Er schüttelte den Kpf. »Ich hab's Ihnen gesagt, er war überhaupt nicht beteiligt. Er starb nur, weil es gerade so paßte.«

Sie zuckte zusammen, als hätte er ihr die Worte an den Kopf geschleudert. »Gerade so paßte?«

»Sie wollten, daß Ihr Tod wie ein Unfall aussieht. Er war ein Polizist mit einem sehr gefährlichen Job. Wenn Sie mit

84

ihm gestoben wären, hätte man angenommen, die Bombe wäre für ihn bestimmt gewesen.«

»Sie war für ihn bestimmt.«

Er schüttelte den Kopf. »Sie war für Sie bestimmt.«

»Nein.«

»Ja.« Er zuckte die Schultern. »Ogden hat das mit Ihnen rausgefunden.«

Sie sah ihn fassungslos an. »Was rausgefunden?«

»Daß ich Sie brauche. Ogden denkt vielleicht, Sie arbeiten bereits mit mir zusammen. Wahrscheinlich denkt er das, sonst würde er Ihnen nicht soviel Wichtigkeit beimessen.«

»Woher sollte er wissen, daß Sie Kontakt mit mir aufgenommen haben?«

»Ich hab darüber nachgedacht. Ich hab eine Expertin kommen lassen und meine Telefone jede Woche nach Wanzen überprüfen lassen. Sie hat nie welche gefunden. Also weiß ich, daß Ogden keine Niederschriften unserer Gespräche hatte. Aber er wußte genug über Sie, um Schlüsse zu ziehen. Das einzige, was mir einfällt, ist, daß er vielleicht jemanden von der Telefongesellschaft bestochen hat, damit er ihm eine Liste meiner Anrufe gibt. Im letzten Monat sind Sie ziemlich häufig darauf aufgetaucht. Sobald er Ihren Beruf herausgefunden hatte, wurden Sie auch zum Ziel.«

»Einfach so?«

»Einfach so.«

»Und was ist mit Joshua?«

»Mit Joshua ist es dasselbe wie mit ihrem Exmann. Wenn's ihm gerade paßt, daß er stirbt, wird er auch sterben.«

»Ein kleiner Junge?«

»Er wird sterben«, wiederholte er. »Genauso wie siebenundfünfzig von meinen Leuten bei dieser gottverdammten Explosion gestorben sind.«

Meine Leute. Die Worte waren besitzergreifend und voller leidenschaftlicher Verbitterung. Gleichgültig, woran sie sonst zweifelte, an seinen starken Gefühlen, was das anging, konnte sie nicht zweifeln.

Kate lief es eiskalt den Rücken hinunter, als ihr klarwurde, daß, wenn dieser Teil der Geschichte stimmte, der Rest auch wahr sein könnte. Michael war möglicherweise ihretwegen gestorben. Joshua könnte immer noch sterben, weil es gerade »paßte«.

»Ich sage die Wahrheit.« Sein durchdringender Blick war auf ihr Gesicht gerichtet. »Welchen Grund sollte ich haben, Sie anzulügen? Welchen Grund sollte ich haben, durch das halbe Land zu reisen, wenn es viel sicherer für mich wäre, mich zu verstecken?«

»Ich weiß es nicht.« Sie rammte die Hände in ihre Jackentaschen, damit er nicht sehen konnte, wie sie zitterten. »Ich weiß nicht, warum Sie sich verstecken sollten. Ich versteh überhaupt nichts von all dem. Ich weiß nicht, warum irgend jemand mich umbringen sollte, nur weil er glaubt, Sie hätten mich angestellt.«

»RU2.«

»Was, zum Teufel, ist RU2?«

Er schüttelte den Kopf. »Ich glaube, Sie haben im Augenblick genug zum Verdauen.«

»Den Teufel hab ich. Sie sagen, ich werde wegen RU2 umgebracht werden, und dann wollen Sie mir nicht erklären, was das ist?«

»Ich hab nicht gesagt, daß ich es Ihnen nicht erklären werde.« Er nahm einen grünen Armeeanorak vom Bett und zog ihn an. »Ich hab nur gesagt, ich werde Ihnen eine kleine Verschnaufpause geben. Kommen Sie, gehen wir.«

»Gehen? Ich geh nirgendwohin.«

»Nur eine halbe Meile oder so den Highway runter«, sagte er. »Da ist ein Truckstop, und ich brauche eine Tasse Kaffee.«

»Holen Sie sich die, wenn ich fort bin.«

Er schüttelte den Kopf. »Jetzt.« Er öffnete die Tür. »Ich

hab noch zehn Minuten übrig, und die werden wir im Diner verbringen.«

Sie starrte ihn frustriert an. Es würde wahrscheinlich schon zehn Minuten dauern, bis sie an dem Diner waren. Aber eine Verlängerung der dreißig Minuten, die sie ihm zugestanden hatte, war nicht der eigentliche Grund für ihre Nervosität. Sie fühlte sich verängstigt, verunsichert und kurz davor, die Beherrschung zu verlieren. Sie hatte das Gefühl, daß sie in dem Augenblick, in dem sie Smiths Motel betreten hatte, in Treibsand geraten war.

»Hören Sie doch auf, gegen mich anzukämpfen«, sagte er erschöpft. »Wir werden beide Autos mitnehmen, damit Sie fahren können, wann Sie wollen. Was ist schon eine Tasse Kaffee?«

Er hatte recht, sie stritt wegen Banalitäten. Es war die Angst, die sie dazu brachte, instinktiv um sich zu schlagen. Sie mochte es nicht, Angst zu haben. Wenn man Angst hatte, konnte man nicht denken und Entscheidungen treffen. Für sich und für Joshua.

Sie ging an ihm vorbei zur Tür. »Okay. *Eine* Tasse Kaffee.«

»Eine Tasse Kaffee?« fragte sie sarkastisch mit einem Blick auf die leeren Teller, die sich vor Noah türmten. »Sie müssen die halbe Speisekarte bestellt haben.«

»Ich hatte Hunger«, sagte er schlicht. »Ich mußte den ganzen Abend im Hotelzimmer bleiben, denn ich wollte Sie nicht verpassen.« Er hob seine Gabel mit dem letzten Bissen Apfelkuchen und grinste sie an. »Und zum Teil hat's doch gestimmt. Sie haben eine Tasse Kaffee getrunken.« Er winkte der Kellnerin. »Und es ist höchste Zeit, daß Sie noch eine trinken.«

»Haben Sie immer so großen Appetit?«

Er nickte. »Ich mag gutes Essen.«

Aber er sah so kompakt und zäh aus wie Stacheldraht. Sie sagte mit säuerlicher Miene: »Und ich nehme an, Sie sind einer von diesen ekelhaften Menschen, die nie ein Pfund zunehmen.«

Er lächelte. »Tut mir leid.« Sein Blick glitt über sie. »Sie haben doch sicher keine Gewichtsprobleme.«

Sie machte ein grimmiges Gesicht. »Ich laufe jeden Tag. Wenn ich das nicht machen würde, wäre ich ein Zeppelin.«

»Aber ein interessanter.« Er wandte sich der Kellnerin zu, die dienstfertig neben ihm stand. »Könnten wir noch Kaffee haben?« Er lächelte. »Und noch ein Stück Kuchen, Dorothy?«

Sie erwiderte sein Lächeln, während sie sie bediente. Sie lächelte schon die ganze Zeit, seit Noah das Diner betreten hatte, dachte Kate. Frauen lächelten Noah Smith wahrscheinlich immer an. Er hatte etwas animalisch Anziehendes an sich und Charme. In den paar Minuten, in denen er mit Dorothy gesprochen hatte, hatte er ihr das Gefühl gegeben, sie wäre die wichtigste Frau der Welt.

Seine Augenbraue schoß nach oben, als er sah, daß Kate ihn beobachtete. »Was?«

»Nichts.« Sie schnitt eine Grimasse. »Ich hab mich nur gefragt, ob Dorothy die ganze Nacht an Ihnen kleben wird oder ob wir uns vielleicht ein bißchen privat unterhalten können.«

Sein Blick wanderte zu der Kellnerin, die gerade Kaffee an der Maschine einschenkte. »Nette Frau.« Er hob seine Tasse an den Mund.

»Werden Sie jetzt meine Fragen beantworten?« fragte Kate.

»Trinken Sie Ihren Kaffee.« Er machte sich über den Kuchen her. »Ich bin in einer Minute bei Ihnen.«

Sie schob ihre Kaffeetasse beiseite. »Jetzt.«

Er hob den Kopf und musterte sie. »Okay, ich glaube, Sie brauchen den Kaffee nicht. Sie haben aufgehört zu zittern.«

Sie hatte nicht bemerkt, daß er das registriert hatte. »Ich hab gefroren.«

»Sie hatten Angst. Sie hatten angefangen, mir zu glauben,

und das hat sie total verängstigt.« Er schob den Kuchenteller beiseite und sah wehmütig in seine Kaffeetasse. Er sagte: »Wissen Sie, ich hab vor zwei Jahren aufgehört zu rauchen, und die einzige Zeit, in der mir Zigaretten fehlen, ist nach einer guten Mahlzeit.«

Sie sah ihn erstaunt an. »Sie sind ein Experte in Krebsforschung, und Sie haben *geraucht*?«

»Ziemlich dämlich, was? Ich wollte immer morgen aufhören.« Er schnitt eine Grimasse. »Aber morgen hat mich eingeholt. Vor zwei Jahren hab ich entdeckt, daß ich Lungenkrebs habe.«

Sie riß die Augen auf. »Das hatte ich nicht gewußt.«

»Ich bin damit nicht an die Öffentlichkeit.« Er trank einen Schluck Kaffee. »Und Sie müssen mich nicht so zögernd ansehen. Ich hab ihn nicht mehr. Meine Lungen sind jetzt sauber.

»Das freut mich für Sie«, sagte sie und meinte es auch.

»Mich auch. Es passiert nicht oft, daß Dummheit so großzügig belohnt wird.« Er lächelte. »Aber dadurch habe ich erneut gelernt, die Freuden des Lebens zu schätzen. Obwohl ich die Krankheit trotz dieser Nebenwirkung nicht unbedingt verschreiben würde.«

»Nein.« Sie hatte Schwierigkeiten, sich Noah Smith krank oder sterbend vorzustellen. Er war zu lebendig. Und wie er ihr so gegenübersaß, so entspannt aussah, schien er sehr … menschlich. Gar nicht wie dieser aggressive Mensch, der er bei der medizinischen Konferenz gewesen war. Sie konnte nicht umhin, ihm seinen Kuchenteller wieder hinzuschieben, und sagte streng: »Sie sollten ihn besser aufessen. Dorothy wird sonst enttäuscht sein.«

»Ah, ich habe Ihre mütterlichen Instinkte geweckt. Und dazu hab ich nur eine tödliche Krankheit gebraucht.« Er machte sich wieder über den Kuchen her. »Sind Sie eine gute Mutter, Kate?«

»Eine verdammt gute. Deshalb bin ich hier.«

»Um Joshuas willen.« Er schluckte das letzte Stück Kuchen und lehnte sich in der Nische zurück. »Ein braver Junge?«

»Der beste!«

»Aber gute Kinder werden krank, gute Kinder haben Unfälle, Wunden infizieren sich.« Er sah sie an. »Gute Kinder sterben.«

Sie erstarrte. »Bedrohen Sie meinen Sohn?«

Er schüttelte den Kopf. »Das würde ich nicht wagen. Da würde ich selbst in einem hell erleuchteten Diner um mein Leben fürchten.«

»Was, verdammt noch mal, meinen Sie dann?«

»Ich versuche Ihnen zu erklären, warum in Seattle neunundsiebzig Leute gestorben sind und zwei hier in Drandridge getötet wurden.«

»Dann erklären Sie das nicht besonders gut. Warum?«

»RU2.« Er hob abwehrend die Hand, als sie den Mund öffnete. »Ich weiß, ich komme gleich dazu. Ich habe versucht, Sie darauf vorzubereiten.«

»Ich brauche keine Vorbereitung. Ich brauche Antworten. Was ist RU2, und was hat es mit Joshua zu tun?«

»Es könnte sein Leben retten«, sagte er schlicht. »RU2 ist ein universaler Immuncocktail. Ich habe ein Medikament entwickelt, das das zellulare Immunsystem so kräftigt, daß es praktisch jeden Angriff abwehren kann.«

Sie starrte ihn schockiert an. »Das ist nicht möglich«, flüsterte sie. »Wir sind zwanzig Jahre davon entfernt, auch nur annähernd so etwas herzustellen.«

Er zuckte die Schultern. »Ich habe eben ein paar Sprünge gemacht. Vor sechs Jahren habe ich interleukine Gene untersucht und habe dann einen Weg verfolgt, der mich fasziniert hat. Ich bin auf eine Schatztruhe gestoßen.«

Dann sind vielleicht Querschläge der Schlüssel, hatte Phyliss gesagt.

Sie schüttelte benommen den Kopf. »Das ist nicht möglich.«

»Ich hab es geschafft«, sagte Noah. »Zuerst konnte ich es selbst nicht glauben. Und es hat weitere vier Jahre Tests und Verfeinerung bedurft, um mich zu überzeugen, daß es kein Zufallstreffer war.« Er stellte sich ihrem Blick. »Es ist kein Zufallstreffer. RU2 funktioniert, Kate.«

»Das bedeutet …« Die Möglichkeiten purzelten durch ihren Kopf. »Alzheimer, AIDS, Krebs … Sind Sie sicher, daß es universal ist?«

»Wenn die Immunzellen stark genug sind und die Krankheit nicht im letzten Stadium ist, kann RU2 alles, was ich ihm vorgeworfen habe, besiegen.«

»Aber dann ist es ja ein Wunder.«

Er beugte den Kopf. »Sankt Noah, zu Ihren Diensten.«

»Bitte keine Scherze, Sie haben etwas … Wunderbares gemacht.«

»Ich habe etwas höllisch Gefährliches getan. Zuerst war ich sehr stolz, und dann bin ich sehr untypisch demütig geworden. Erst nachdem ich einige Zeit gehabt hatte, um die Euphorie zu überwinden, ist mir klargeworden, auf welchem Pulverfaß ich da sitze. Überlegen Sie mal.«

»Ich kann nur an eins denken, nämlich an die Leben, die es retten wird.«

»Ogden kann an etwas anderes denken. An die vielen Milliarden Dollar, die jedes Jahr für Medikamente ausgegeben werden, die verschwinden werden, wenn Krankheiten praktisch verschwinden. Und was ist mit den Versicherungsgesellschaften? Sie sind einer der finanziellen Giganten unserer Gesellschaft. Wie, glauben Sie, gefällt denen ein gigantischer Volltreffer gegen Krankenversicherungen. Sie schreien bereits jetzt, daß wir die Natur vergewaltigen bei den kleinen Schritten, die wir gemacht haben. Die werden total durchdrehen, wenn noch größere Eingriffe passieren. Soll ich fortfahren?«

»Nicht im Augenblick. Ich habe Schwierigkeiten, das alles aufzunehmen.«

»Sie schlagen sich tapfer. Gehen Sie's langsam an.«

»Und Ogden hat getötet, um Sie daran zu hindern, mit RU2 an die Öffentlichkeit zu gehen?«

»Ja.«

»Sind Sie sicher?«

»Er hat mir wenige Minuten vor der Explosion praktisch gesagt, daß er es tun wird.«

»Er muß ein totales Schwein sein.«

»Ein totales.«

Sie schwieg einen Augenblick, versuchte, ihre Gedanken zu sammeln. »Wenn Sie den Cocktail bereits haben, wieso brauchten Sie dann mich?«

»Gegenwart bitte, nicht Vergangenheit. Ich brauche Sie wirklich.«

»Warum?«

»Ich brauche ein Transportsystem für das Serum, und ich glaube, Sie haben es.«

Sie erstarrte. »Wie kommen Sie darauf?«

»Sie haben einen Artikel für ein medizinisches Blatt geschrieben.«

»Reine Spekulation.«

»Quatsch. Sie haben ein Gen isoliert, das Zellen daran hindert, sich abzustoßen. Sie arbeiten an einem narrensicheren Transfervehikel für Medikamente, das die Zellen akzeptieren. In Ihrem Artikel nennen Sie es das Trojanische Pferd, weil es sich an die Zellen anschleichen und liefern würde, bevor sie abstoßen können. Wie nah dran sind Sie?«

Sie gab keine Antwort.

»Verdammt noch mal, sagen Sie's mir. Glauben Sie etwa, ich werde Ihr Patent stehlen?«

»Ich habe noch kein Patent beantragt.« Ihre Reaktion war rein instinktiv gewesen. Noah war ihr gegenüber sehr offen gewesen, er verdiente ebensolche Ehrlichkeit. »Aber ich bin sehr nahe dran.«

»Wie viele Wochen?«

»Vier, vielleicht fünf. Ich muß in meiner Freizeit daran arbeiten.«

»Dann vielleicht drei, wenn Sie dem ihre ganze Zeit widmen?«

»Das kann ich nicht. Ich muß mir meinen Lebensunterhalt verdienen.«

Er beugte sich vor, sah sie mit eindringlichem Blick an. »Wie war Ihre Erfolgsrate bei den letzten Ergebnissen?«

»Siebenundachtzig Prozent.«

Er schlug mit der Hand auf den Tisch. »Mein Gott, das ist fantastisch.«

Sie spürte, wie ihr Gesicht vor Stolz glühte. »Das fand ich auch.«

»Aber Sie müssen die Rate auf achtundneunzig hochbringen.«

»Was?«

»Es muß so perfekt wie möglich sein. RU2 hat die Durchschlagkraft eines Nukleargeschosses.«

»Ich habe nicht daran gearbeitet, Ihnen einen Träger zu liefern.«

Er grinste. »Nein. Aber ist es nicht toll, daß Sie gerade zur rechten Zeit dahergekommen sind?«

»Moment mal.« Das ging ihr alles zu schnell. »Wie haben Sie denn getestet, wenn Sie kein Immunsuppressivum für das Medikament hatten?«

»Ich dachte mir, ich baue eines in die Formel mit ein. Bei den Tierversuchen hat es wunderbar geklappt. Astrein. Überhaupt keine Nebenwirkungen.« Er zuckte die Schultern. »Leider sind Schimpansen keine Menschen.«

»Mein Gott«, flüsterte sie. »Sie haben RU2 an Menschen getestet?«

»An einer Person.« Er klopfte sich auf die Brust. »Vor zwei Jahren.«

Mit einem Mal begriff sie. »Als Sie krank waren?«

»Ich wäre ohnehin innerhalb der nächsten sechs Monate gestorben. Ich hab mir gedacht, daß ich nicht viel zu verlieren habe.« Er verzog das Gesicht. »Aber das Zeug hat mich fast umgebracht. Ich bekam einen Schock.«

»Was hat Sie gerettet?«

»RU2. Die Wirkung hat rechtzeitig eingesetzt. Ich hab überlebt, und es hat funktioniert.« Er trank einen Schluck Kaffee. »Aber der Trip ist zu hart. Wahrscheinlich würde er einen großen Prozentsatz derer, die damit geimpft werden, umbringen. RU2 wird von dem Moment an, in dem ich damit an die Öffentlichkeit gehe, unter Beschuß stehen. Es muß supersicher sein.«

»Aber meine Formel und mein Verfahren sind vielleicht nicht kompatibel mit RU2.«

Er lächelte. »Das wird sich zeigen, nicht wahr? Es sollte nicht zu lange dauern. Drei Wochen, damit Sie Ihre Arbeit vervollständigen können. Ein weiterer Monat für mich zum experimentieren, wie man es am besten mit RU2 kombinieren kann.«

»Einen Monat? Es könnte Jahre dauern!«

»Wir haben aber keine Jahre.« Sein Lächeln verschwand. »Vielleicht haben wir nicht einmal Monate. Ogden wird irgendwann rausfinden, daß ich am Leben bin, und dann geht die Jagd los. Er hat bereits seine Hunde auf Sie angesetzt. Er hat einmal versucht, Sie zu töten, er wird es wieder versuchen.«

»Falls er wirklich versucht hat, mich zu töten. Ich verstehe, wie Ihr RU2 Sie in Gefahr bringen könnte, aber meine Verbindung zu Ihnen ist zu fadenscheinig. Ich habe keinen Beweis, daß –«

»Wenn Sie auf den Beweis warten, könnten Sie tot sein.«

Seine Worte erschütterten sie. »Und was, bitte, soll ich tun? Die Polizei anrufen und ihnen sagen, ich werde von einem Mörder verfolgt, der angeheuert wurde von einem –«

»Der Polizei kann man nicht vertrauen, wenn soviel Geld auf dem Spiel steht«, sagte er brutal.

»Die Polizei kann immer helfen.«

»Hören Sie, ist Ihnen zu Ohren gekommen, daß J. and S. Pharmaceuticals in finanziellen Schwierigkeiten wäre?«

Sie nickte.

»War es nicht. Uns ging es blendend. Aber es wurde soviel Geld unter die Leute gebracht, um sicherzugehen, daß die Buchhaltungskanzlei, die unsere Bücher führte, eine falsche Verlautbarung veröffentlichte.«

»Warum sollte irgend jemand dafür bezahlen, daß sie so etwas machen?«

»Damit es so aussieht, als hätte ich das Geld von der Versicherung gebraucht. Wenn ich nicht bei der Explosion getötet worden wäre, hätte ich mich mit Betrugs- und Mordanklagen herumschlagen müssen, bevor ich mit RU2 hätte weitermachen können. Ogden hat das alles als Rückversicherung inszeniert. Wieviel, glauben Sie, ist er bereit auszugeben, wenn er wirklich zum Angriff übergeht?« Er schüttelte den Kopf. »Keine Polizei. Der Einsatz ist zu hoch. Wir sind auf uns selbst angewiesen.«

»Ich habe sieben Jahre mit einem Polizeibeamten zusammengelebt. Ich glaube an das System. Ich weiß, daß es funktioniert.«

»Und Ihr Mann hat nie von Bestechung bei Kollegen erzählt?«

»Natürlich hat er das. Es gibt immer ein paar korrupte Polizisten. Das heißt aber nicht, daß ich allen mißtrauen sollte.« Sie hielt inne. »Oder daß ich Ihnen vertrauen sollte.«

»Aber Sie vertrauen mir doch.«

Sie sollte ihm nicht vertrauen. Er war ein Fremder, der ihr

die wahnsinnigste Geschichte auf Gottes Erdboden erzählt hatte. Und trotzdem mißtraute sie ihm nicht. Sie schüttelte erschöpft den Kopf. »Momentan bin ich zu verwirrt, um zu denken.«

»Dann lassen Sie es mich für Sie tun.« Er nahm ihre Hand und sagte mit sanfter Stimme: »Ich weiß, was zu tun ist, Kate. Ich habe genau geplant, wie ich Joshua und sie beschützen kann.«

»Während Sie mich dazu benutzen, RU2 perfekt zu machen?« fragte sie trocken.

»Verdammt, ja, erwarten Sie etwa, daß ich das bestreite?«

»Ich weiß überhaupt nicht, was ich erwarten soll.« Sie entzog ihm ihre Hand und zog ihre Jacke an. »Aber ich werde auf keinen Fall mein oder das Schicksal meines Sohnes einem anderen anvertrauen.«

»Hören Sie, Kate, der einzige Weg, Sie zu beschützen, ist, mir zu helfen, mit RU2 an die Öffentlichkeit zu gehen. Sobald wir das getan haben, bringt es nichts mehr, einen von uns umzubringen. Bis dahin wird Ogden alle Geschütze, die er hat, gegen uns auffahren, um –« Er hielt inne, sah sie genau an. »Ich dringe nicht zu Ihnen durch, stimmt's? Okay. Gehen Sie und denken Sie drüber nach. Wenn Sie Ihre Meinung ändern, ich bin die nächsten paar Tage noch hier im Hotel.«

Sie nickte und rutschte hastig aus der Nische.

Noah runzelte die Stirn. »Die Vorstellung, daß Sie allein losfahren, gefällt mir nicht. Warum erlauben Sie mir nicht, Ihnen nach Hause zu folgen?«

Sie schüttelte den Kopf. »Ich hab Ihnen gesagt, daß mich niemand verfolgt hat.«

»Warten Sie.«

Sie drehte sich noch einmal zu ihm.

»Wie sah der Mann vor Ihrem Haus aus?«

»Warum?« fragte sie überrascht.

»Es hilft, wenn man seine Feinde kennt. Außerdem habe ich ein paar Freunde, mit denen ich Kontakt aufnehmen kann. Ich könnte vielleicht herausfinden, wer er war?«

»Lange dunkle Haare zu einem Pferdeschwanz gebunden, hohe Wangenknochen, graue Augen. Er sah aus ... vielleicht war er Indianer. Vielleicht nicht. Diese Geschichten aus dem Südwesten sind ja jetzt sehr beliebt.« Sie versuchte zu überlegen. »Er hat irgendeine Kette getragen. Ich weiß nicht, wie groß er war. Er ist nicht aus dem Auto gestiegen. Er sah nicht sehr groß aus.«

»Okay, ich glaube, das kann ich mir merken.« Er hielt inne. »Gehen Sie nicht zur Polizei, Kate. Es könnte für uns beide gefährlich sein.«

»Ich werde das tun, was ich für das beste halte.« Sie zögerte und sagte dann mit stockender Stimme: »Aber ich möchte nicht, daß Sie verletzt werden. Wenn das, was Sie gesagt haben, stimmt, haben Sie etwas Außergewöhnliches für uns alle geschafft.«

»Dann darf ich also davon ausgehen, daß Sie mich nicht anzeigen werden?«

Sie schüttelte den Kopf. »Was immer ich tun werde, ich werde versuchen, Sie aus allem rauszuhalten.«

»Das können Sie nicht machen.« Er sah ihr in die Augen und klang fast traurig, als er sagte: »Sie begreifen es immer noch nicht, nicht wahr? Ob es uns nun gefällt oder nicht, von jetzt an stecken wir beide da drin.«

Er war nicht richtig mit ihr umgegangen.

Noah sah Kate nach, wie sie den Diner verließ und in ihr Auto stieg. Verdammt, am liebsten wäre er ihr nachgerannt und hätte sie richtig durchgeschüttelt, anstatt hier sitzen zu bleiben. Er hatte es nur geschafft, sie zu verwirren und zu verängstigen, wo er doch gehofft hatte, sie auf seine Seite zu bringen.

Da konnte er lange warten. Kate Denby war reiner Stahl und gewohnt, ihre eigenen Entscheidungen zu treffen.

Nein, reiner Stahl war sie nicht ganz. Als sie von ihrem Sohn gesprochen hatte, hatte sie sich verändert, war weicher geworden. Das könnte er vielleicht benutzen, das war vielleicht ein Knopf, den er drücken konnte.

Benutzen.

Er lehnte sich erschöpft in der Nische zurück. Wo lag denn das Problem? Er hatte gewußt, daß es zur Manipulation kommen würde, hatte es sogar eingeplant.

Aber sie war sauber und scharf wie ein Skalpell gewesen und hatte sich durch den ganzen Quatsch zur Wahrheit durchgeschnitten. Sie hatte ihm mit zitternden Händen und kühnen, klaren Augen gegenüber gesessen. Sie hatte Angst gehabt, hatte sich aber immer im Griff gehabt, und sie hatte angegriffen, als sie sich am verletzlichsten gefühlt hatte.

Eine einmalige Frau.

Er hoffte nur, verflucht noch mal, daß er eine Möglichkeit finden würde, sie am Leben zu erhalten.

Er nahm seine Brieftasche heraus, warf ein paar Scheine auf den Tisch und erhob sich. Er würde ins Motel zurückgehen, Tony anrufen und hören, ob er noch etwas über die Opfer der Explosion in der Fabrik erfahren hatte. Nach dem gestrigen Stand waren noch drei seiner Leute auf der Liste.

»Lars Franklin ist gestorben«, sagte Tony, als ihn Noah fünfzehn Minuten später erreichte. »Clara Brookin und Joe Bates sind noch am Leben.«

»Scheiße.« Er schloß die Augen und versuchte, dies zu verdauen. Er hatte Lars Franklin gekannt, seit er ein Junge war, und verzweifelt gehofft, der ältere Mann würde durchkommen. Vor ein paar Jahren hatte er Lars' Tochter einen Job in seinem Büro gegeben, und ihr Name stand auf der Vermißtenliste.

»Tut mir leid, Noah. Ich weiß, daß er dir viel bedeutet hat.«

»Sie haben mir alle viel bedeutet«, sagte er mit dumpfer Stimme. »Alle.«

»Ich halte mich auf dem laufenden. Wie kann ich dich erreichen?«

»Kannst du nicht. Ich rufe dich an.«

»Verflucht, willst du mir nicht sagen, wo du bist?«

»Ich muß jetzt auflegen. Es besteht die Möglichkeit, daß deine Leitung angezapft ist. Ich möchte, daß du morgen auf ein Digitalsystem umsteigst. Das ist fast unmöglich zurückzuverfolgen.«

»Warum? Du hast doch dafür gesorgt, daß keiner von der Lodge weiß und jeder glaubt, du wärst tot.«

»Ich habe dir gesagt, Ogden möchte, daß jeder, der mit RU2 in Verbindng steht, ausgeschaltet wird. Er hat deinen Namen erwähnt. Bleib also einfach, wo du bist, nämlich außer Sichtweite. Okay?«

»Ich versteh nicht, warum –«

»Ich muß auflegen.« Noah drückte den Unterbrecherknopf und legte den Hörer zurück auf die Gabel.

Lars Franklin. Er hatte gedacht, der schlimmste Schmerz und Schock wäre überwunden, aber dem war offensichtlich nicht so. Er hatte nur auf der Lauer gelegen.

Geh zu Bett, schlafe, denk nicht daran.

Er konnte nicht schlafen. Er hatte noch etwas zu tun.

Er rief Seth in seiner Eigentumswohnung in Miami an.

Eine Frau antwortete, mit atemloser Stimme. »Hallo.«

»Geben Sie mir Seth.«

»Ist es wichtig?« fragte sie verärgert.

»Noah?« Seth kam an den Apparat. »Verflucht, du rufst zur unpassendsten Zeit an.«

»Ich halte dich nicht lange auf. Ogdens Mann ist aufgetaucht. Kate Denby hat ihn heute abend gesehen. Ich muß wissen, was ich gegen ihn machen kann.«

»Name?«

»Ich habe keinen.« Er leierte die kurze Beschreibung, die Kate ihm gegeben hatte, herunter.

»Klingt vertraut. Laß mich eine Weile drüber nachdenken. Es wird mir wahrscheinlich wieder einfallen.«

»Ich brauche es jetzt.«

»Mir blutet das Herz. Du kriegst es, sobald ich es habe.«

»Laß dich, um Himmels willen, nicht von mir stören«, sagte Noah sarkastisch. »Mach da weiter, wo du aufgehört hast.«

»Wer hat aufgehört?«

Noah hörte das Kichern einer Frau, bevor er auflegte.

»Ishmaru«, sagte Seth, als Noah eine Stunde später den Hörer abnahm. »Jonathan Ishmaru. Verrückter Hund, aber gut. Sehr gut. Ich hab vor drei Jahren unten in Mexiko von ihm gehört, also hab ich Kendow angerufen.«

»Wer ist Kendow?«

»Informationsmakler. Lebt in L. A. ... Ishmaru hält sich für eine Art Apachen- oder Comanchenkrieger. Irgend so was.«

»Er ist Indianer?«

»Halb indianisch, halb arabisch. Ist in East L. A. aufgewachsen. Das reicht, um jeden verrückt zu machen.«

»Ogden würde den Job keinem geben, der nicht zurechnungsfähig ist. Er hätte sich mit einem Profi geschützt, der seine Entchen alle auf der Reihe hat.«

»Wenn sie erwischt werden, machen gesunde Leute einen Deal. Ishmaru würde Gefangenschaft als Feuerprobe betrachten.«

»Und Ogden nicht verraten?«

»Es gibt eine Geschichte über ihn. Er war in einer kleinen Stadt im Süden eingesperrt, nachdem er den Bürgermeister umgebracht hatte, der der Bruder des Sheriffs war. Der Sheriff wollte ganz dringend wissen, wer ihn angeheuert hat. Bevor es Ishmaru gelang zu fliehen, hat man ihm jeden Fingernagel an beiden Händen ausgerissen. Er hat nicht geredet.«

»Hätte er die Bomben legen können?«

»Nicht gern. Er arbeitet gern ganz nahe. Sehr nahe.«

»Aber er hätte es tun können?«

»O ja, er ist ein Multitalent. Kommt drauf an, was er als Anreiz gekriegt hat.«

»Arbeitet er mit jemandem zusammen?«

»Keiner würde mit einem so verrückten Kerl zusammenarbeiten, der dich lieber umbringt als dich anschaut. Sonst noch was?«

»Ja, ich möchte, daß du morgen in die Hütte fährst und auf uns wartest.«

Seth legte auf.

Ishmaru. Noah ging ins Badezimmer, streifte sich die Kleider ab und drehte die Dusche auf. Er würde Kate morgen anrufen und ihr erzählen, was er erfahren hatte. Das fehlte ihr vielleicht noch – zu wissen, daß ein verrückter Mann darauf angesetzt war, sie umzubringen. Er sollte froh sein, denn das könnte der Ansporn für sie sein, sich seinem Lager anzuschließen.

Er trat unter die warme Dusche und entspannte sich ein wenig unter dem harten Wasserstrahl.

Er war nicht froh. Er war wütend und traurig und ein bißchen eifersüchtig auf Seth, der sich keine Sorgen machen mußte, außer wie er die Frau in seinem Bett befriedigen konnte. Er wollte dieses Schuldbewußtsein und diese Verantwortung nicht. Er wollte nicht planen, wie er eine Frau, die er respektierte, einschüchtern könnte. Er wollte nicht, daß noch jemand starb.

Aber was half es ihm, daß er all das nicht wollte, dachte er voller Ungeduld. Jetzt gab es für ihn nur noch eine Richtung, die er einschlagen konnte. Er würde Kate anrufen und hoffen, daß er ihr Todesangst einjagen könnte. Die Zeit verrann. Wenn er sich in Bewegung setzte, dann mußte das schnell gehen.

Und Kate Denby mußte bei ihm sein.

Der Streifenwagen parkte immer noch vor dem Haus, als Kate in die Einfahrt fuhr. Sie stieg aus, ging zur Haustür und blieb einen Moment unter dem Verandalicht stehen, damit der Beamte sehen konnte, daß sie dieselbe Frau war, die vor drei Stunden hier weggefahren war.

Er winkte ihr zu. Ein netter junger Mann. Er hatte nicht gewollt, daß sie heute abend das Haus, das er bewachte, verließ.

Drei Stunden. Es schien eher wie ein Jahrhundert.

Sie sperrte die Tür auf, ging ins Haus und schloß sie leise hinter sich. Sie durfte Phyliss nicht aufwecken. Phyliss hatte heute ihren Sohn begraben und sollte sich nicht den Kopf darüber zerbrechen, warum Kate mitten in der Nacht in der Gegend herumfuhr. Sie sperrte die Tür ab und schob den Riegel zu.

In Sicherheit.

Aber sie fühlte sich nicht sicher. Ein Freund und Geliebter war gestorben, ein Mann hatte ihr Haus beobachtet, und Noah Smith hatte ihr gesagt, sie und Joshua würden getötet werden, wenn sie nicht mit ihm arbeitete. Von wegen Zwangsarbeit, dachte sie erschöpft.

Egal wie, auf jeden Fall war das jetzt alles zuviel für sie. Sie würde darüber nachdenken, sobald sie eine Nacht richtig durchgeschlafen hatte.

Sie drehte die Lichter aus und bewegte sich den Korridor entlang. Joshuas Tür stand offen, und sie spähte kurz hinein. Hoffentlich hatte er nicht nach ihr gerufen, als sie nicht zu Hause war. Der Gedanke, daß sie nicht für ihn dagewesen wäre, war ihr zutiefst zuwider.

Joshua lag auf dem Bauch ausgestreckt, und seine Decke lag auf dem Boden. Er bewegte sich nicht, als sie hineinging und ihn wieder zudeckte. Die beängstigende Bedrohung schien zu verblassen, während sie im Zimmer stand, Joshuas Zimmer – am Bettpfosten hing ein Baseballhandschuh, ausgeblichene Star-Wars-Vorhänge umrahmten die Rollos am Fenster, in der hinteren Ecke lag ein Dave-Justice-Büchersack.

Ich weiß, was das beste ist, Joshua.

Ich glaube, Noah Smith versucht etwas Wunderbares zu machen. Es könnte so vielen Menschen helfen, vielleicht sogar dir. Aber es ist ein Traum.

Joshua war ihre Realität.

Und diese Realität mußte sie beschützen. Sich mit Noah Smith einzulassen könnte das Schlimmste sein, was sie tun könnte, um ihren Sohn zu beschützen. Vielleicht wäre es besser für sie beide, wenn sie verreisen würde, eine Weile verschwinden, bis RU2 an die Öffentlichkeit ging.

Sie wandte sich vom Bett ab und verließ Joshuas Zimmer.

Sie ging zum Wandschrank, holte die Sicherheitsbox für die Pistole, öffnete sie und zog den Colt heraus. Verflucht, sie haßte Pistolen. Als Michael die Pistole für sie nach Hause gebracht hatte, hatte sie sich bereit erklärt, zu lernen, damit umzugehen, weigerte sich aber, die Pistole irgendwo im Haus zu haben, außer in der Sicherheitsbox. Jetzt steckte sie die Pistole in ihre lederne Umhängetasche, trug dann die Tasche in ihr Schlafzimmer und stellte sie mit offener Lasche neben ihr Bett.

Großer Gott, noch vor einer Woche hatte sie nicht im Traum daran gedacht, mit einer Pistole in Reichweite zu schlafen.

Sie spürte, wie ihr die Tränen in den Augen brannten, als sie sich aufs Bett legte und den Kopf in das Kissen kuschelte.

Alles ist total verrückt, Daddy. Ich bin es so leid, alles für alle zu sein. Ich bin nicht gut genug. Ich bin nicht gescheit genug. Ich brauche dich.

Ich fühle mich so verdammt allein.

Marianne schlief. Seth hörte das sanfte Geräusch ihres Atems.

Er rollte sich zur Seite und setzte sich im Bett auf.

Ishmaru.

Nicht gut.

Er stand auf und ging zu der offenen Glastür des Balkons. Der sanfte, warme Wind fühlte sich gut auf seinem nackten Körper an. Er starrte hinaus auf die Brandung unter sich. Er hatte schon immer die Freiheit des offenen Meeres gemocht, und seine Eigentumswohnung war ein Unterschied wie Tag und Nacht im Vergleich zu den engen Häusern, in denen er aufgewachsen war. Gott, wie er diese Häuser gehaßt hatte. Komisch, daß er es nicht hatte lassen können, wie der Teufel darum zu kämpfen, dorthin zu gehören. Aber er war eben ein so widerborstiger kleiner Bastard gewesen, hatte versucht, sich einen Platz zu krallen … Gott sei Dank, hatte er gelernt, loszulassen und wegzugehen.

Aber irgendein Teil dieses hungrigen, verzweifelten Kindes hatte wohl noch überlebt, weil eines der ersten Dinge, die er gekauft hatte, diese Eigentumswohnung gewesen war. Und er hatte sie all diese Jahre behalten, – einen Ort, an den man zurückkommen konnte, eine Zuflucht.

Hatte Ishmaru eine Zuflucht?

Ihm gefiel nicht, was Kendow ihm über Ishmaru erzählt hatte. Er war kein Mann, mit dem Noah leicht fertigwerden könnte.

Seth würde es auch nicht leicht mit ihm haben, aber zumindest war er es gewöhnt, mit Ungeziefer umzugehen. Doch Noah fehlte seine Erfahrung.

Selbst als sie zusammen bei der Spezialeinheit gewesen waren, war Noah nie vorsichtig genug gewesen. Ihm fehlte der grundlegende Zynismus, der einen guten Kämpfer ausmachte, und er wollte immer an das bestmögliche Szenarium glauben.

Seth glaubte an herzlich wenig und wußte, daß die meisten Szenarien in die Form, die er haben wollte, gebracht werden konnten.

Und trotzdem war es genau dieser Mangel an Vorsicht gewesen, der Noah dazu gebracht hatte, einfach loszurennen und Seth aus der Schußlinie zu schleifen, als er auf Grenada verwundet worden war. Seth war ihm etwas schuldig.

Aber er hatte vorgehabt, sich zu entspannen und Noah die Leitung der Show zu überlassen.

Verflucht noch mal, Noah war sein Freund. Er konnte nicht zulassen, daß er da einfach reinstolperte und sich umbringen ließ.

Er tat Noah Unrecht, denn Noah war kein Stolperer. Es würde schon gutgehen. Noah hatte gesagt, er sollte in die Hütte fahren und warten.

»Seth ...«

Marianne war wieder aufgewacht, und er kannte diesen Ton. Er drehte sich lächelnd zu ihr und ging zum Bett. Marianne verlangte nie mehr, als er bereit war zu geben. Sie war für gewöhnlich verfügbar, wenn er nach Miami zurückkam, und sie stellte keine Fragen. Sie mochte Sex und ein bißchen Spaß und zog dann weiter zu jemand anderem. Also gib ihr, was sie will. Nimm, was du willst. Vergiß Ishmaru.

Laß Noah die Show leiten.

5

»Der Mann ist wahnsinnig?« wiederholte Kate.

»Für mich hört sich das so an«, sagte Noah. »Für Sie nicht?«

»Vielleicht ist es nicht derselbe Mann. Er schien mir nicht – Er war sehr ... normal.«

»Ich erzähle Ihnen nur das, was ich durch Seth rausgefunden habe. Bei Ihrer Beschreibung hat's bei ihm geklingelt.«

»Wer ist Seth?«

»Ein Freund.« Er hielt inne. »Sehen Sie denn nicht, daß sich dadurch alles verändert, Kate? Jede Bedrohung ist doppelt so groß, wenn man es mit jemandem zu tun hat, der nicht wie erwartet handelt.«

Kate erschauderte und schloß die Augen. Die Vorstellung von krimineller Geisteskrankheit hatte sie immer mit Angst und Schrecken erfüllt. Wie konnte man sich vor einem Mann schützen, der keine Vernunft besaß? »Sein Name ist Ishmaru?«

»Ja«, sagte er. »Ich bin im Motel. Rufen Sie mich an.«

Sie starrte das Telefon an, nachdem sie aufgelegt hatte. *Clever, Noah. Sag mir nur soviel, daß ich mir vor Angst in die Hosen mache, und laß mich dann grübeln.*

»Du bist früh auf, Kate.« Phyliss kam in die Küche, in einem Chenille-Morgenmantel. »Hast du nicht gut geschlafen?«

»Nein.« Sie verschränkte die Arme vor der Brust, um die Kälte abzuwehren, die nicht verschwinden wollte. »Ich hab nachgedacht, Phyliss. Vielleicht wäre es eine gute Idee, wenn wir alle eine kleine Reise machen würden.«

»Kannst einfach nicht ohne uns leben, was?« Charlie Dodd rückte seine Brille zurecht, als Kate das Labor betrat. »Oder vielleicht liegt's an mir. Hegst du vielleicht all die Jahre eine geheime Leidenschaft für mich?«

»Genau das ist es, Charlie.« Kate lächelte und öffnete ihre oberste Schreibtischschublade. Sie blätterte die Papiere durch, auf der Suche nach den Ergebnissen der Tests, die sie am Tag vor Michaels Tod gemacht hatte. Sie war sich sicher, daß sie sie dort hineingetan hatte. »Ich kann einfach nicht anders.«

»Das hab ich mir gedacht.« Er stand auf und ging zu ihr. »Was machst du denn? Ich hab dir gestern gesagt, ich würde dir alles bringen, was du brauchst.«

Wo, zum Teufel, waren sie? »Ich weiß, aber ich wollte es sofort haben.« Sie waren nicht in der Schublade. Vielleicht hatte sie sie an dem Tag, bevor sie ging, in ihre Aktentasche gestopft. Sie war ziemlich aufgeregt gewesen. »Ich glaube, ich lasse nach. Ich hab sie wahrscheinlich mit nach Hause genommen.«

»Sonst noch was?«

»Nein.« Die Computerdiskette mit der Formel und den Berichten war mit ihrem Laptop in ihrem Kofferraum eingesperrt. »Ich wollte mir nur diese Berichte durchsehen.« Sie nahm das Telefon und wählte Alans Nummer im Revier. Es dauerte ein paar Minuten, bis sie zu ihm durchkam. »Hallo. Ich möchte dich um einen Gefallen bitten.«

»Dafür bin ich da.«

»Könnte ich heute abend wieder einen Streifenwagen vor dem Haus haben?«

»Klar. Ich hab es bereits eingeplant.« Er verstummte. »Irgendwelche Probleme?«

»Nein. Ich würde mich einfach wohler fühlen. Und könntest du veranlassen, daß die nächsten paar Wochen ab und zu ein Wagen vorbeifährt und ein Auge auf das Haus wirft? Ich werde eine Weile wegfahren.«

»Wohin?«

»Ich bin mir noch nicht sicher. Morgen werde ich Phyliss und Joshua einfach ins Auto packen und losfahren. Das wird uns allen vielleicht guttun.«

»Du fährst doch nicht etwa weg, weil du Angst hast? Du brauchst vor nichts Angst zu haben, Kate. Ich werde dafür sorgen, daß du in Sicherheit bist.«

»Ich will einfach nur weg.«

Schweigen. »Also gut. Bleib in Verbindung. Ich werde dafür sorgen, daß hier alles sicher ist.«

»Danke, Alan.« Sie zögerte. »Hast du je von einem Mann namens Ishmaru gehört?«

»Ich glaube nicht. Sollte ich?«

»Ich weiß es nicht.« Sie wußte gar nichts, dachte sie frustriert. Möglicherweise war das gar nicht der Name des Mannes. Sie hatte nur Noahs Wort darauf. »Könntest du den Namen überprüfen?«

»Worum geht's denn, Kate?«

»Könntest du es einfach machen?«

»Okay. Gleich jetzt?«

»Wann immer du kannst.«

»Es wird ein bißchen dauern.« Er verstummte, dann sagte er: »Du verschweigst mir etwas. Das gefällt mir nicht.«

Ihr gefiel es auch nicht. »Ich muß jetzt los, Alan. Danke für alles.«

Sie legte auf.

»Du wirst wohl nicht bei Bennys Trauerfeier dabeisein«, sagte Charlie. »Ich dachte, du bleibst in der Stadt.«

Sie hatte die Trauerfeier vollkommen vergessen, wurde ihr klar. Sie mußte dran denken, Blumen zu schicken. »Ich habe beschlossen, daß ein Tapetenwechsel das beste wäre.«

»Das hab ich dir ja gesagt.«

»Und du hast immer recht.«

»Meistens immer.«

»Bei dem Satz ist etwas ernsthaft falsch.«

»Na ja, ich wollte nicht zu egoistisch klingen.«

»Darauf würde ich im Traum nicht kommen.« Sie wandte sich zum Gehen. »Tschüß, Charlie. Wir sehen uns in ein paar Wochen.«

»Gut. Wirklich schlimm, das mit Rudy.«

Sie erstarrte mitten in der Bewegung und drehte sich zu ihm. »Was?«

»Hast du's nicht gehört? Rudy ist tot.«

»Wie?«

Er zuckte die Schultern. »Keine Sorge. Es hatte nichts mit deinen Experimenten zu tun. Ist vor zwei Nächten passiert.«

»Wie kannst du das sagen? Es könnte eine verzögerte Reaktion gewesen sein.«

Er schüttelte den Kopf. »Es war ein gebrochenes Genick.«

Sie sah ihn verwirrt an. »Gebrochenes Genick? War er aus seinem Käfig raus?«

»Nein, muß ein Freak-Unfall gewesen sein.« Er zog eine Augenbraue hoch. »He, krieg mir keinen Schock. Es war eine Laborratte, nicht dein bester Freund.«

Aber, verdammt noch mal, sie hatte diese Laborratte *gemocht:* Sie hatte die letzten vier Experimente mit Rudy gemacht und das Gefühl gehabt, als würde er irgendwie ihren Stolz und ihre Erregung teilen, als sie der endgültigen Lösung immer nähergekommen war. »Du bist sicher, daß er nicht aus seinem Käfig raus war?«

»Die Labortechnikerin hat gesagt, sie hätte ihn vor zwei Nächten um halb sieben gefüttert, und da hätte er quietschfidel in seinem Käfig gesessen.« Er lächelte. »Keine Sorge. Ich werde es zu meiner persönlichen Verantwortung machen, dir eine neue Laborratte mit allen zweifelhaften Reizen Rudys zu besorgen.«

»Danke«, sagte sie gedankenverloren, als sie zur Tür ging.

Fehlende Papiere. Eine tote Laborratte.

Die Fabrik wurde auch in die Luft gejagt, um jede Spur von RU2 zu vernichten.

Vielleicht glaubt Ogden, Sie würden bereits für mich arbeiten.

Aber eine Laborratte zu töten, weil sie sie für ihre Experimente benutzte? Und die Sicherheitsvorkehrungen von Genetech waren erstklassig. Wie hätte jemand in das Gebäude eindringen und ihr Büro und ihr Labor ausfindig machen können, ohne daß es jemand merkte? Es war wahrscheinlich ein Freak-Unfall, wie Charlie gesagt hatte. Jede andere Erklärung war lächerlich.

Nein, jede andere Erklärung war beängstigend.

»Du hast einen lausigen Geschmack bei Motels«, sagte Seth, als Noah die Tür öffnete. »Ich wette, hier hat's Flöhe.« Seth kam ins Zimmer und schloß die Tür. »Ich hab mir Gedanken über Ishmaru gemacht. Ich bin zu dem Schluß gekommen, daß du mich hier brauchst.«

»Ich werde schon mit Ishmaru fertig.«

Seth schüttelte den Kopf. »Das glaubst du nur.« Er ließ sich in einen Stuhl fallen und drapierte ein Bein über die Armlehne. »Du bist dafür nicht mehr qualifiziert. Vielleicht warst du es nie. Nicht, um mit Ishmaru fertigzuwerden.«

»Was ist denn so besonders an Ishmaru?«

»Er ist wahnsinnig ... und du bist geistig gesund. Du verstehst ihn nicht.«

»Und du schon?«

»Zum Teufel, ja. Ich hab auch meine wahnsinnigen Momente.« Er schnitt eine Grimasse. »Oder ich wäre nicht hier und böte dir an, diesen Wahnsinnigen kaltzustellen.« Er sah sich im Zimmer um. »Keine Kaffeemaschine. Jetzt weiß ich, daß das ein lausiges Motel ist. Komm, laß uns was essen. Ich hab seit gestern abend nichts mehr gegessen.«

»Ich kann hier nicht weg. Ich muß warten, für den Fall, daß

Kate kommt.« Er sah Seth an. »Fahr weiter zur Hütte, Seth. Du hättest nie hierherkommen sollen. Ich mag keine Einmischung in meine Pläne.«

Noahs Ton brannte wie eine Peitsche, und Seth richtete sich langsam im Stuhl auf. »Und ich mag keine Befehle. Früher haben wir immer gemeinsam geplant.«

»Diesmal nicht. Es muß so laufen, wie ich will.«

»Wie du willst ...« Er musterte ihn. »Weißt du, mir ist da gerade etwas eingefallen. Wir hatten uns seit über sechs Jahren nicht gesehen, als du dich vor fünf Jahren bemüßigt fühltest, mich aufzusuchen. Das war, nachdem du RU2 entwickelt hattest.«

Noah erstarrte. »Und?«

»Ich frage mich, ob es um der alten Freundschaft willen war oder ob du schon damals geplant hattest, mich zu benutzen.«

Noah schwieg.

Seth wurde klar, daß es stimmte. Noah war immer schon ein mieser Lügner gewesen. »Du hast viel Zeit darauf verwendet, mich zur Teilnahme an der Show vorzubereiten. Viel über die alten Zeiten geredet, damit ich mich daran erinnere, was ich dir schulde. All diese Wochen auf der *Cadro,* die Jagdtrips, die –«

»Sei kein Narr. Du bist mein Freund. Ich hätte dich wahrscheinlich früher oder später sowieso besucht.«

»Du hast nur einen Grund gefunden, es eher zu machen. Ich hasse es, benutzt zu werden, Noah. Das hinterläßt bei mir einen schlechten Nachgeschmack.«

»Heißt das, du willst nicht mehr mitmachen?«

»Nein.« Ein schiefes Lächeln. »Du hast mir einmal einen großen Gefallen getan, und ich hab dir ein Versprechen gegeben, und das werde ich halten. Aber dieses verfluchte RU2 muß dir verflucht viel bedeuten.« Er stand auf und machte sich auf den Weg zur Tür. »Also werde ich gehorsam zur Hütte eilen und auf dich warten.«

»Seth.« Noahs Miene war besorgt. »Du bist mein Freund. Mein bester Freund.«

»Ich weiß. Hat dich hinterlistig eingefangen, was? Mein tödlicher Charme.« Seth öffnete die Tür. »Keine Sorge. Ich kann es mir nicht leisten, dich abzustoßen. So viele Freunde habe ich nicht.« Er sah Noah direkt in die Augen. »Aber die, die ich habe, benutze ich niemals. Versuch nicht noch einmal, mich zu manipulieren, Noah.« Er schickte sich an zu gehen, blieb aber noch einmal kurz stehen. »Wenn du möchtest, daß Kate Denby am Leben bleibt, würde ich nicht auf meinem Hintern sitzen und auf sie warten. Setz dich in Bewegung und behalte sie im Auge, denn auf eines kannst du dich verlassen – Ishmaru wird es tun.«

»Einer ihrer Polizistenfreunde hat einen Streifenwagen vor ihrem Haus zur Bewachung abgestellt. Ich muß hierbleiben für den Fall, daß sie kommt.« Noah fügte hinzu: »Und ich bin nicht einer deiner Männer, Seth. Das ist mein Spiel.«

Ein Spiel, das ihm ins Gesicht explodieren könnte. Aber was, zum Teufel, scherte das ihn? Er hatte versucht, es ihm zu sagen. »Klar. Dein Spiel.«

Seth schloß die Tür und ging rasch zu seinem Mietwagen. Er war ein Narr gewesen hierherzukommen. Er hätte wissen müssen, daß Noah sich dagegen wehren würde.

Und er hatte mehr erfahren, als er gewollt hatte.

Vergiß es. Daß er wußte, daß Noahs weiße Weste ein bißchen schmuddelig an den Kanten war, änderte nichts. Er war ihm trotzdem noch etwas schuldig. Er war trotzdem noch sein Freund. Er warf einen Blick auf die Uhr. Drei Uhr fünfunddreißig. Er könnte heute abend einen Flug weg von hier kriegen. Ishmaru vergessen. Viel Glück, Noah.

Und viel Glück, Kate Denby.

Die Strahlen der spätnachmittäglichen Sonne zeichneten Flecken auf den Weg vor Ishmaru, als er rasch durch den Wald lief. Er suchte sich immer ein Motel, das am Waldrand stand. Es war notwendig für die Vorbereitung zum Töten.

Er rannte schneller. Sein Herz hämmerte vor heftiger Lust.

Er war schnell wie ein Reh.

Er war nicht aufzuhalten.

Er war ein Krieger.

Aber Krieger sollten nicht von Idioten wie Ogden geleitet werden. Der Todesstoß sollte in einer Explosion von Glorie durchgeführt werden, nicht kühl berechnet. Gestern abend hatte er lange wachgelegen und an den Mord des heutigen Abends gedacht, und die Störung in ihm war gewachsen.

Er erreichte den Gipfel und blieb stehen, rang keuchend nach Luft. Unter ihm breitete sich ein Viertel aus mit ordentlichen kleinen Häusern, wie das, in dem Kate Denby lebte. Wenn er die Hand schützend über die Augen legte, konnte er ihr Viertel gerade noch am Rand des Horizonts erkennen. Er war erfreut gewesen, daß ihr Haus so nahe an den anderen stand. Es war eine erregende Herausforderung für ihn, sich wie ein Schatten unter diesen Schafen zu bewegen und kühn zuzuschlagen.

Aber Ogden hatte nicht gewollt, daß er kühn zuschlug. Ogden wollte, daß er den Akt hinter Lügen und Täuschung versteckte.

Da dies Ishmaru störte, mußte es einen Grund geben. Sein Instinkt hatte ihm vom ersten Moment an gesagt, daß Kate Denby etwas Besonderes sein könnte. Er würde meditieren und auf ein Zeichen warten.

Er fiel auf die Knie und steckte seinen Finger in den Staub des Weges und zeichnete Streifen auf seine Wangen und Stirn. Dann breitete er die Arme aus. »Führe mich«, flüsterte er. »Laß es klar werden.«

Die Alten hatten zum Großen Geist gebetet, aber er war weiser. Er wußte, daß der Große Geist in ihm selbst wohnte. Er war sowohl der Geber des Ruhms als auch der Bestrafer.

Er blieb auf den Knien, mit ausgebreiteten Armen, ein, zwei, drei Stunden.

Die Strahlen der Sonne verblaßten. Schatten wurden länger.

Er würde bald aufgeben müssen. Ohne ein Zeichen würde er sich Ogdens Willen unterwerfen müssen.

Dann hörte er ein Kichern im Gebüsch zu seiner Rechten.

Freude jagte durch seinen Körper.

Er rührte sich nicht. Hielt den Kopf starr geradeaus, schielte aber aus dem Augenwinkel zu den Büschen.

Ein kleines Mädchen beobachtete ihn. Sie war höchstens sieben oder acht Jahre alt, trug ein kariertes Kleid und einen Rucksack. Seine Freude wuchs, als er sah, daß sie blondes Haar hatte. Nicht dasselbe Aschblond wie Kate Denby, ein blasses Gelbblond wie das von Emily Santos. Es konnte kein Zufall sein; seine Macht mußte das Kind angezogen haben.

Es war der Träger des Zeichens. Wenn er … dann mußte das bedeuten, daß er Ogden ignorieren und dem wahren Pfad folgen konnte.

Er erhob sich langsam und wandte sich dem kleinen Mädchen zu.

Sie kicherte immer noch. »Du hast ein schmutziges Gesicht. Was bist du …« Sie verstummte, und ihre Augen wurden groß. Sie machte einen Schritt zurück.

Sie spürte seine Macht, jubelte Ishmaru.

Sie wimmerte: »Ich wollte nicht … bitte nicht …«

Sie machte auf dem Absatz kehrt und rannte den Weg hinunter.

Er setzte ihr nach.

Laufen würde ihr nichts nützen.

Er war schnell wie das Reh.

Er war nicht aufzuhalten.

Er war ein Krieger.

»Hast du meinen Laptop und meine Videospiele einge-
packt?« fragte Joshua.

»Ich hab sie gleich nach deinem Baseballschläger und -hand-
schuh in den Kofferraum getan«, sagte Phyliss. »Und verlang
nicht, daß wir auch nur noch ein einziges Spielzeug mehr in
dieses Auto stopfen. Wir haben kaum Platz für die Koffer.«

»Da sind doch nur Kleider drin«, sagte Joshua. »Wer
braucht Kleider zum Schlafen? Wir könnten die Schlafanzüge
rausnehmen und –«

»Nein«, sagte Kate streng und schloß den Kofferraum.
»Jetzt geh ins Haus und wasche dich. Ich komm rein, sobald
ich die Reifen und das Öl gecheckt habe, und ich rate dir,
dann schon im Bett zu sein.«

»Okay.« Joshua schnitt eine Grimasse, bevor er zur Haustür lief.

»Er fängt sich wieder«, sagte Phyliss. »Ich glaube, dieser
Trip wird gut für ihn sein.«

»Das hoffe ich. Würdest du mir die Taschenlampe halten?
Es wird schon zu dunkel, ich seh nichts mehr.«

»Klar.« Phyliss trat einen Schritt näher und zielte mit dem
Strahl der Taschenlampe, als Kate die Haube öffnete und den
Meßstab herausnahm.

»Da fehlt ein Liter. Wir halten besser noch an einer Tankstelle, bevor wir morgen richtig losfahren.«

»Du hast dich Hals über Kopf entschlossen«, bemerkte
Phyliss. »Das sieht dir gar nicht ähnlich.«

Kate grinste sie an. »Die langsame, langweilige, methodi-
sche Kate?«

»Das hast du gesagt, nicht ich.«

»Ich hab auch ein Anrecht auf einen impulsiven Moment
ab und zu.«

»Vielleicht.« Phyliss hielt inne. »Und es sieht dir gar nicht
ähnlich, Angst zu kriegen, nur weil irgendein junger Gang-
ster beschlossen hat, uns auszurauben.«

»Ich dachte, wir hätten alle genug durchgemacht.«

Phyliss musterte Kates Gesicht. »Ist irgend etwas nicht in Ordnung, Kate?«

Kate hätte wissen müssen, daß Phyliss ihre Spannung nicht entgehen würde. »Natürlich stimmt etwas nicht. Wir sind ein Haus der Trauer.« Sie kniete sich hin und begann die Luft im linken Vorderreifen zu prüfen. »Würdest du bitte reingehen und aufpassen, daß Joshua nicht seinen Tennisschläger ins Kissen schmuggelt? Er war mir etwas zu sentimental mit dieser Ich-will-mein-eigenes-Kissen-dabeihaben-Nummer.«

»Das fand ich auch.« Kate kicherte. »So ein raffinierter Kerl.« Sie ging ins Haus.

Joshua war eine gute Ablenkung, dachte Kate. Oder vielleicht hatte sich Phyliss freiwillig ablenken lassen. Sie hatte großen Respekt für persönlichen Freiraum, sowohl für ihren eigenen und –

»Was haben Sie denn da?«

Kates Herz machte einen Satz, beruhigte sich aber sofort wieder, als sie den Kopf hob und sah, daß der Mann, der gesprochen hatte, eine blaue Polizeiuniform trug. Sie hatte den Polizeiwagen nicht vorfahren hören, aber da stand er.

»Ich wollte Sie nicht erschrecken.« Er lächelte. »Ich bin Caleb Brunwick. Sie sind Mrs. Denby?«

Sie kam sich dämlich vor. Niemand konnte weniger beängstigend aussehen. Caleb Brunwick war ein untersetzter Mann, mit graugefleckten Haaren und einem faltigen Gesicht. Sie nickte. »Sie hatten gestern abend nicht Dienst.«

»Nein. Ich bin grade aus dem Urlaub zurück. Hab meinen Enkeln die Grand Tetons gezeigt. Wunderbare Landschaft. Wyoming. Ich spiel mit dem Gedanken, mich dort zur Ruhe zu setzen.« Er ging neben ihr in die Hocke und nahm das Reifenmeßgerät. »Ich mach das für Sie fertig.«

»Danke.« Sie stand auf und wischte sich die Hände an

ihren Jeans ab. »Das ist sehr nett von Ihnen. Darf ich Ihren Ausweis sehen?«

»Natürlich.« Er reichte ihr seine Marke.

»Ich bring Ihnen das zurück, sobald ich im Revier angerufen habe.«

»Kein Problem.« Er ging zum nächsten Reifen. »Tut mir leid, daß ich zu spät dran bin. Aber ein kleines Mädchen aus dem Eagle-Rock-Viertel, etwa zehn Meilen von hier, wird vermißt. Nachdem ich auf dem Weg hierher dort vorbei mußte, haben sie mich gebeten, dort kurz anzuhalten und den Bericht zu machen.«

»Ein kleines Mädchen?«

Er nickte. »Sie hat den Schulbus verpaßt.«

Mein Gott, was für eine furchtbare Welt, in der ein Kind in Gefahr war, nur weil es den Bus verpaßte. Joshua fuhr jeden Tag mit dem Bus zur Schule. »Warum hat sie denn nicht einer von den Lehrern heimgebracht?«

»Sie hat nicht darum gebeten. Das Viertel, in dem sie lebt, ist gleich hinter dem Hügel an der Schule.« Er sah sie an. »Ich weiß, wie Ihnen zumute ist, aber sie suchen sie bereits. Vielleicht ist sie ja nur zu einer Freundin nach Hause. Sie wissen ja, wie Kinder sind.«

Ja, sie wußte wie Kinder sind. Gedankenlos. Vertrauensselig. Impulsiv. Schutzlos.

»Fahren Sie weg?« fragte er.

Sie nickte. »Morgen früh.«

»Wohin fahren Sie denn?«

»Ich hab mich noch nicht entschieden.«

»Sie sollten Wyoming versuchen.« Er beugte den Kopf über den Reifen. »Tolle Landschaft …«

»Vielleicht werde ich das.« Sie lächelte und hielt seine Marke hoch. »Ich bring das gleich wieder zurück.«

Es dauerte aber mehr als zehn Minuten, im Revier alles zu überprüfen und ihm seine Marke zurückzugeben.

Joshua hatte seinen Pyjama an und sah verärgert aus, als sie in sein Zimmer kam. »Ich brauche meinen Tennisschläger.«

»Du nimmst genug Ausrüstung mit, um ein Sportgeschäft aufzumachen.«

»Ohne meinen Tennisschläger geh ich nirgendwohin.«

»Ich mach einen Deal mit dir. Laß deinen Baseballhandschuh da, dann kannst du deinen Tennisschläger mitnehmen.«

Joshua riß entsetzt die Augen auf. »Mom!«

Sie hatte gewußt, daß er seinen alten Handschuh niemals zurücklassen würde. »Nein? Dann gib's auf, Kleiner.«

Er sah sie an, dann nickte er. »Okay, jetzt mach ich einen Deal mit *dir*. Wenn ich einen Tennisschläger brauche, dann gehen wir in einen Laden, und du kannst –«

Sie warf ihm ein Kissen an den Kopf. »Ratte.«

Er grinste. »Versuchen mußte ich es doch.« Er hopste ins Bett. »Oma sagt, wir müssen um fünf aufstehen.«

»Oma hat recht … wie gewöhnlich.« Sie deckte ihn zu und küßte ihn kurz auf die Stirn, dann richtete sie sich auf. »Joshua, was würdest du tun, wenn du den Schulbus, der dich nach Hause bringt, verpaßt?«

»Zurück in die Schule gehen und Oma anrufen.«

»Du weißt, daß wir nicht sauer auf dich wären. Du *würdest* uns wirklich anrufen?«

Er runzelte die Stirn. »Klar, das hab ich doch gesagt. Was ist denn los?«

»Nichts.« Sie hoffte um der Eltern des kleinen Mädchens willen, daß sie die Wahrheit sprach. »Gute Nacht, Joshua.«

»Mom?«

Sie drehte sich zu ihm zurück.

»Bleibst du ein bißchen in der Nähe?«

»Du kannst nicht –« Sie verstummte, als sie sein Gesicht sah. »Was ist denn los?«

»Ich weiß nicht – ich fühle – bleibst du ein bißchen in der Nähe?«

»Warum nicht? Sie setzte sich an die Bettkante. »Du hast viel durchgemacht. Es ist ganz natürlich, daß du ein bißchen nervös bist.«

»Ich bin *nicht* nervös.«

»Okay, tut mir leid.« Sie nahm seine Hand. »Hast du was dagegen, wenn ich sage, daß ich nervös bin?«

»Nicht, wenn es stimmt.«

»Es stimmt.«

»Ich hab eigentlich nicht richtig Angst. Mir ist nur irgendwie … unheimlich.«

»Willst du jetzt über die Beerdigung reden?«

Sofort erschien eine tiefe Sorgenfalte auf seiner Stirn. »Ich hab dir doch gesagt, daß ich daran nicht mehr denke.«

Sie bedrängte ihn nicht. Es war offensichtlich noch zu früh, ihn darauf anzusprechen. Auch recht. Wahrscheinlich war sie selbst noch zu empfindlich, um sich zu beherrschen. Und eines brauchte er ganz bestimmt nicht: mitanzusehen, wie sie zusammenbrach. »Ich hab nur gefragt.«

»Bleib einfach ein bißchen in der Nähe. Okay?«

»Solange du mich haben willst.«

Sie sah nicht aus wie ein Krieger, wie sie da so auf dem Bett des Jungen saß, dachte Ishmaru enttäuscht. Sie sah sanft und weiblich aus, ohne Geist und Wert.

Er spähte durch den engen Schlitz in den Rolladen vor dem Fenster des Zimmers des Jungen.

Schau mich an. Laß mich deinen Geist sehen.

Sie sah ihn nicht an. Wußte sie nicht, daß er da war, oder verschmähte sie die Bedrohung, die er für sie war?

Ja, das mußte es sein. Seine Macht war heute abend so groß, daß er sich fühlte, als müßten es selbst die Sterne spüren. Coup brachte immer Kraft und Jubel in seinem Kielwasser. Das kleine Mädchen hatte seine Macht gespürt, noch bevor sich seine Hände um ihren Hals geschlossen hatten. Die Frau wollte ihn reizen, indem sie so tat, als wäre sie sich nicht bewußt, daß er sie beobachtete.

Seine Hand packte den Glasschneider fester. Er könnte das Glas zerschneiden und ihr zeigen, daß man ihn nicht ignorieren konnte.

Nein, das war das, was sie wollte. Er war zwar schnell, aber dann wäre er im Nachteil. Sie versuchte, ihn in seine eigene Zerstörung zu locken, wie das ein kluger Krieger tun würde.

Aber er konnte auch klug sein. Er würde den Moment abwarten und dann vor den Augen der Schafe, mit denen sie sich umgab, kühn zuschlagen.

Und bevor sie starb, würde sie zugeben, wie groß seine Macht war.

Joshua blieb fast eine Stunde wach, und selbst nachdem ihm endlich die Augen zugefallen waren, schlief er sehr unruhig.

Es war wohl wirklich das beste, wenn sie eine Zeitlang wegfuhren, dachte Kate. Joshua war kein übersensibles Kind, aber was er durchgemacht hatte, reichte, um jeden aus der Bahn zu werfen.

Phyliss' Tür war geschlossen, das bemerkte Kate, als sie in den Korridor kam. Und sie selbst sollte wahrscheinlich auch zu Bett gehen. Sie würde zwar sicher nicht schlafen können, denn sie hatte Joshua nicht belogen, sie war nervös und besorgt … und verbittert und voller Haß. Das war ihr Zuhause, es sollte eine Zuflucht sein, und sie hatte keine Lust, es als Festung zu betrachten.

Aber gleichgültig, ob ihr das gefiel oder nicht, im Augenblick war es eine Festung, und sie sollte sich besser überzeugen, daß die Soldaten auf den Zinnen waren. Sie überprüfte das Schloß an der Haustür, bevor sie rasch weiter ins Wohnzimmer ging. Von dort aus war durchs Fenster der Streifenwagen zu sehen.

Phyliss hatte wie gewöhnlich die Vorhänge zugezogen, bevor sie zu Bett gegangen war. Der Höhleninstinkt, dachte Kate, bevor sie nach der Schnur griff. Die Außenwelt ausschließen und seine eigene Welt schaffen. Sie und Phyliss waren sich vollkommen ...

Er stand vor dem Fenster, so nahe, daß sie nur von einem Zentimeter Glas getrennt waren.

O Gott. Hohe, eingefallene Wangen, lange, glatte schwarze Haare, zu einem Pferdeschwanz gebunden, Glasperlenkette. Er war es ... Todd Campbell ... Ishmaru ...

Und er lächelte sie an.

Seine Lippen bewegten sich, und er war so nahe, daß sie die Worte durch das Glas hören konnte. »Es war nicht geplant, daß du mich siehst, bevor ich drin bin, Kate.« Er sah ihr direkt in die Augen und zeigte ihr den Glasschneider in seiner Hand. »Aber das ist in Ordnung. Ich bin fast fertig, und so gefällt's mir besser.«

Sie konnte sich nicht bewegen. Sie starrte ihn wie hypnotisiert an.

»Du kannst mich genausogut reinlassen. Du kannst mich nicht aufhalten.«

Sie riß den Vorhang zu, schloß ihn aus.

Sie hörte, wie die Klinge über das Glas kratzte.

Sie wich vom Fenster zurück, stolperte über den Hassock, fiel fast hin, fing sich wieder.

O Gott. Wo war der Polizist? Das Verandalicht war aus, aber er konnte doch sicher Ishmaru sehen.

Vielleicht war der Polizist nicht da.

Hat Michael Ihnen nicht von Bestechung bei Kollegen erzählt?

Der Vorhang bewegte sich.

Er hatte das Fenster zerschnitten.

»Phyliss!« Sie rannte den Gang hinunter. »Wach auf.« Sie riß Joshuas Tür auf, rannte durchs Zimmer und riß ihn aus dem Bett.

»Mom?«

»Sch, sei ganz leise. Mach genau das, was ich dir sage, okay?«

»Was ist los?« Phyliss stand in der Tür. »Ist Joshua krank?«

»Ich möchte, daß ihr von hier verschwindet.« Sie schob Joshua zu ihr. »Da ist jemand draußen.« Sie hoffte, daß er noch draußen war. Großer Gott, er könnte bereits im Wohnzimmer sein. »Ich möchte, daß du Joshua zur Hintertür raus und rüber zu den Brocklemans bringst.«

Phyliss nahm sofort Joshuas Hand und bewegte sich auf die Küchentür zu. »Was ist mit dir?«

Sie hörte ein Geräusch im Wohnzimmer. »*Geht*. Ich werde direkt hinter euch sein.«

Phyliss und Joshua rannten zur Hintertür hinaus.

»Wartest du auf mich, Kate?«

Er klang so nahe, zu nahe. Phyliss und Joshua konnten den Zaun noch nicht erreicht haben. Keine Zeit wegzulaufen. Halte ihn auf.

Sie sah ihn, einen Schatten in der Tür, die zum Gang führte. Wo war die Pistole?

In ihrer Handtasche auf dem Wohnzimmertisch. Sie konnte nicht an ihm vorbei. Sie wich zum Ofen zurück. Normalerweise stellte Phyliss darauf eine Bratpfanne fürs Frühstück bereit …

»Ich hab dir gesagt, daß ich reinkomme. Heute nacht kann mich keiner aufhalten. Ich hatte ein Zeichen.«

Sie sah keine Waffe, aber die Dunkelheit war nur durch das Mondlicht, das durchs Fenster hereinströmte, erhellt.

»Gib auf, Kate.«

Ihre Hand schloß sich um den Griff der Bratpfanne. »Laß mich in Ruhe.« Sie sprang los und schlug mit aller Kraft auf seinen Kopf.

Er bewegte sich zu schnell, aber ihr Schlag streifte ihn.

Er fiel …

Sie rannte an ihm vorbei den Gang hinunter. Sie mußte zu ihrer Handtasche, der Pistole.

Sie hörte ihn hinter sich.

Sie packte ihre Handtasche, stürzte sich auf die Tür und riß den Riegel zurück.

Sie mußte den Polizisten im Streifenwagen erreichen.

Sie kämpfte mit dem Verschluß ihre Handtasche, während sie auf den Streifenwagen zurannte. Ihre Hand umfaßte die Pistole, und sie warf die Tasche beiseite.

»Er ist nicht da, Kate«, sagte Ishmaru hinter ihr. »Nur wir beide sind hier.«

Auf dem Fahrersitz des Streifenwagens saß keiner.

Sie wirbelte herum und hob die Pistole.

Zu spät.

Er warf sich auf sie und schlug ihr die Pistole aus der Hand, die davonflog. Wie konnte er sich so schnell bewegen?

Sie lag auf dem Boden, schlug wie eine Besessene um sich.

Sie konnte nicht atmen. Seine Daumen bohrten sich in ihren Hals.

»Mom.« Joshuas ängstlicher Schrei durchschnitt die Nacht.

Was machte Joshua hier? Er sollte doch … »Geh weg, Josh –« Ishmarus Hände packten fester zu, schnürten ihr die Kehle zu. Sie starb. Sie mußte sich bewegen. Die Pistole. Sie hatte sie fallen lassen. Auf die Erde …

Sie tastete blindlings um sich. Das Metall des Pistolengriffs war kühl und naß vom Gras.

Sie würde es nicht schaffen. Ihr wurde schwarz vor Augen.

Sie versuchte, ihm ein Knie in den Unterleib zu rammen.

»Hör auf zu kämpfen«, flüsterte er. »Ich hab mir viel Mühe gegeben, um dir den Tod eines Kriegers zu schenken.«

Verrücktes Schwein. Den Teufel würde sie tun.

Sie hob die Pistole und drückte ab.

Sie spürte, wie der Aufprall der Kugel seinen Körper erbeben ließ.

Sein Griff um ihren Hals lockerte sich. Sie bäumte sich auf, rutschte unter ihm heraus und kämpfte sich auf die Knie hoch.

Er lag auf dem Rücken auf dem Boden. Hatte sie ihn getötet, fragte sie sich benommen.

»Er hat dir weh getan.« Joshua war neben ihr, Tränen liefen ihm übers Gesicht. »Ich war zu weit weg. Ich konnte ihn nicht aufhalten. Ich konnte nicht –«

»Sch.« Sie legte einen Arm um ihn. »Ich weiß.« Sie fing an zu husten. »Wo ist Phyliss?«

»Sie telefoniert bei den Brocklemans. Ich bin aus dem Haus gerannt –«

»Das hättest du nicht tun sollen.«

»Und du hättest mit uns kommen sollen«, sagte Joshua heftig. »Er hat dir *weh getan.*«

Sie konnte das kaum abstreiten, nachdem sie gerade noch ein Krächzen rausbrachte. »So schlimm ist es nicht –«

»Es ist schlimm genug.« Sie drehte sich beim Klang der Stimme um und sah einen schlanken, dunkelhaarigen Mann die Einfahrt hochrennen.

Sie hob instinktiv die Pistole und zielte auf ihn.

»Sachte.« Er hob die Hände. »Noah Smith schickt mich.«

»Woher soll ich das wissen?« Wie sollte sie irgend etwas glauben, fragte sie sich benommen.

»Sie brauchen es nicht. Zielen Sie nur weiter mit der Pistole auf mich, dann fühlen Sie sich besser. Ich bin Seth Drakin.«

Seth. Noah hatte einen Seth erwähnt. »Was machen Sie hier?«

»Ich hab's Ihnen gesagt. Noah dachte, Sie könnten vielleicht Hilfe gebrauchen. Ich habe Sie beschützt.« Er fügte hinzu: »Obwohl ich anscheinend ein bißchen spät dran bin.« Er drehte Ishmarus Körper mit dem Fuß um. »Das ist derselbe Mann, der gestern nacht hier war?«

Sie nickte.

»Ich glaube, es besteht kein Zweifel, daß es Ishmaru ist.«

124

»Ist er tot?«

Er bückte sich und untersuchte die Wunde. »Nein. Böse Fleischwunde an der rechten Seite. Sieht nicht so aus, als hätten Sie eine Arterie getroffen. Sehr schmerzhaft, aber nicht ernst. Schade. Möchten Sie, daß ich es zu Ende bringe?«

»Was?« fragte sie schockiert.

»Nur so ein Gedanke.« Er wandte sich zu Joshua. »Geh und hol deine Großmutter, Sohn.«

Joshua sah zu Kate.

Sie nickte. »Sag ihr, sie soll einen Krankenwagen rufen.«

Joshua rannte über den Rasen.

»Einen Krankenwagen für einen Mann, der gerade versucht hat, Sie umzubringen?« fragte Drakin.

»Nein, für mich. Ich möchte nicht für den Tod eines Mannes verantwortlich sein, wenn ich es vermeiden kann.«

»Nobel«, sagte er. »Ich fürchte, ich wäre nicht so großzügig.« Er sah sich um, ließ den Blick über die dunklen Häuser entlang der Straße schweifen. »Nette, hilfsbereite Nachbarn haben Sie. Jemand muß doch diesen Schuß gehört haben.«

»Die meisten von ihnen wissen, wie Michael gestorben ist, und sie haben zwei Nächte hintereinander hier den Polizeiwagen gesehen. Natürlich haben sie Angst.« Sie erschauderte. »Hätte ich auch.«

Er sah sie an und lächelte. »Aber ich glaube nicht, daß Sie sich hinter geschlossenen Türen verstecken würden, wenn Sie glauben, ein Nachbar wäre in Not. Ich bin gleich wieder da.« Er verschwand im Haus und kehrte mit einem Stück Vorhangschnur zurück. Dann fesselte er Ishmaru rasch die Hände auf dem Rücken.

»Was machen Sie da? Er ist hilflos.«

»Sie lassen nicht zu, daß ich ihn umbringe. Ich muß sichergehen, daß er außer Gefecht ist. Ishmaru hat den Ruf, daß er immer mehr tut, als man erwartet. Kommen Sie, wir müssen weg hier, bevor die Polizei und der Krankenwagen da sind.«

»Weglaufen?« Sie schüttelte den Kopf.

»Sie haben gerade einen Mann angeschossen.«

»Es war Notwehr. Sie werden mich nicht einsperren.«

»Vielleicht nicht für längere Zeit. Aber wollen Sie wirklich Ihren Sohn allein und schutzlos zurücklassen, während Sie Erklärungen auf dem Polizeirevier abgeben?«

»Jetzt ist er in Sicherheit.«

»Wirklich? Und wo ist der Beamte, der Sie angeblich beschützen sollte?«

Sie warf einen Blick auf den Streifenwagen. »Ich weiß es nicht.«

»Wahrscheinlich irgendwo unterwegs, um Ogdens Geld auszugeben. Angenommen, die Polizei schickt einen Beamten, um Joshua zu beschützen, während sie Sie festhält?«

»Hören Sie auf damit. Ich werde nirgends mit Ihnen hingehen. Sie könnten lügen. Ich kenne Sie nicht mal.« Sie strich sich mit den Fingern durchs Haar. Sie konnte nicht denken. »Und Sie verwirren mich.«

»Sie müssen nicht mit mir gehen. Fahren Sie zu Noah ins Motel. Jetzt ist nicht die Zeit, um Fehler zu machen, denn Sie wären diejenige, die dafür bezahlen müßte.«

Joshua würde bezahlen. Joshua mußte beschützt werden. Vielleicht hatte Drakin recht. Auf jeden Fall brauchte sie Zeit, um alles zu überdenken. Sie nickte hastig. »Ich fahr ins Motel.«

»Gut. Ich werde Noah anrufen und ihm sagen, daß Sie kommen. Brauchen Sie irgend etwas aus dem Haus?«

»Nein.«

»Überlegen Sie sich's nicht anders.« Er sah sie eindringlich an. »Kehren Sie nicht auf halbem Weg um. Sie brauchen jede Hilfe, die Sie kriegen können.«

»Ich werde ins Motel fahren«, wiederholte sie. Sie drehte sich um und beobachtete, wie Joshua und Phyliss über den Rasen auf sie zukamen. Sie merkte, daß sie immer noch die

Pistole umklammerte. Sie nahm ihre Tasche und steckte die Waffe hinein. »Mehr verspreche ich nicht.«

»Beeilen Sie sich. Sie müssen rasch handeln.« Er warf einen Blick auf Ishmaru. »Und binden Sie ihn nicht los. Ich hab das Gefühl, er spielt tot. Sind Sie sicher, daß ich ihn nicht in die ewigen Jagdgründe schicken soll?«

So beiläufig. So kalt. Was war das für ein Mann? Sie erschauderte. »Ich habe nein gesagt.«

»Wollte nur gefragt haben.« Er zögerte. »Ich möchte Sie nicht allein lassen. Wär's nicht besser, ich warte, bis Sie weg sind, und gehe dann?«

»Und was werden Sie tun, wenn ich weg bin? Ihn töten? Sie gehen zuerst. Ich trau Ihnen nicht.«

Er nickte anerkennend. »Gut, das sollten Sie auch nicht.«

»Gehen Sie.«

»Versprechen Sie, daß Sie ihn nicht losbinden.«

»Ich versprech es«, sagte sie mit zusammengebissenen Zähnen.

»Dann bin ich schon unterwegs.« Er schritt die Einfahrt hinunter.

Sie sah ihm nach. Das Erscheinen dieses Fremden war so verwirrend gewesen wie alles andere an diesem Abend. Verwirrend und beängstigend. Er schien genau zu wissen, welche Knöpfe er bei ihr drücken mußte, um sie dazu zu bringen, das zu tun, was er wollte.

»Emily ...«

Das Flüstern ließ sie erstarren, dann drehte sie sich um und schaute den Mann am Boden an.

Seine Augen waren offen, und er sah sie direkt an. Wie lange war er schon bei Bewußtsein?«

»Ich hab gewußt, daß du es bist, Emily.«

»Mein Name ist Kate.«

»Ja, das auch.« Er lächelte. »Du ... Du bist wunderbar, Kate. Das hast du gut gemacht.«

Gänsehaut lief ihr über den Rücken. Da lag er mit einer Wunde, die sie ihm zugefügt hatte, und in seiner Stimme schwang echte Bewunderung mit. Noah hatte recht, der Mann war wahnsinnig. »Warum haben Sie das getan?« flüsterte sie.

»Coup ... Ich werde drei haben, wenn ihr alle tot seid.« Er schloß die Augen. »Aber du allein wirst mir große Ehre bringen, Kate. Ich kann es ... kaum erwarten.«

Sie wich einen Schritt zurück, bevor sie merkte, was sie getan hatte. Es gab keinen Grund, Angst zu haben. Er war keine Bedrohung. Er war verletzt, gefesselt, und die Polizei würde bald hier sein. Jetzt konnte sie die Sirenen hören. Sie würde Alan vom Motel aus anrufen und ihm sagen, was passiert war, und er würde dafür sorgen, daß dieser Abschaum im Gefängnis blieb, weg von ihnen.

Sie wandte ihm den Rücken zu und ging Phyliss und Joshua entgegen.

Ishmaru schlug die Augen auf und beobachtete, wie sich die Rücklichter des Honda von ihm wegbewegten, die Straße hinunter.

Glücksgefühl durchströmte ihn, wärmte ihn. Die Frau hatte ihn erlegt, aber er fühlte keine Scham. Die Frauen waren immer am kältesten, heftigsten, und deshalb überließen Krieger ihre Gefangenen den Frauen zum Foltern. Diese Wunde, die sie ihm zugefügt hatte, war große Folter. Jeder Atemzug war Schmerz, und das hatte sie gewußt. Als der Mann gefragt hatte, ob er ihn töten sollte, hatte sie nein gesagt, und der Mann hatte sie für gnädig gehalten.

Ishmaru wußte es besser. Sie hatte ihn leiden lassen wollen. Sie wollte, daß er dalag und ihm bewußt wurde, daß sie ihm das angetan hatte. Er hatte recht gehabt mit der Kraft, die er bei ihr gespürt hatte.

Sirenen ... weit weg ...

Es machte keinen Unterschied, was sie gesagt hatte. Sie

hatte einen Krankenwagen gerufen, um ihn zu heilen, damit er wieder gesund genug wurde, um ihr noch einmal entgegenzutreten. Sie hatte erkannt, daß er ihr Schicksal war.

Aber die Polizei würde auch kommen. Ein Spießrutenlaufen für ihn, das er überstehen mußte, bevor er wieder an sie rankam.

Clever, Kate. Sie testete ihn, um zu sehen, ob er es wert wäre, ihr noch einmal zu begegnen.

Er war es wert.

Er rollte sich herum und begann die Einfahrt zur offenen Haustür hochzukriechen. Er würde sich eine Scherbe von dem Fenster, das er zerschnitten hatte, holen und diese Fesseln durchschneiden, dann würde er durch die Hintertür gehen und sich in dieser suburbanen Wildnis von Reihenhäusern verlieren.

Er blutete, und jede Bewegung war Agonie. Es spielte keine Rolle. Er war Schmerz gewohnt. Er begrüßte ihn.

Er befand sich in dem Schatten an der Seite des Hauses.

Die Sirenen kamen näher.

Er mußte sich schneller bewegen. Er drückte seinen Rücken gegen die Ziegelwand und schob sich hoch, bis er stand.

Schwindel überflutete ihn, und er schwankte.

Er kämpfte dagegen an und stolperte auf die Haustür zu.

Siehst du, Kate, ich komme.

Ich bin deiner würdig.

6

»Sie ist im Anmarsch«, sagte Seth. »Und sie denkt, du hättest mich geschickt. Nachdem ich mich auf meine übliche, heldenhafte Art verhalten habe, solltest du sie nicht desillusionieren.«

»Verflucht noch mal, Seth. Ich hab dir gesagt, du sollst dich nicht einmischen.«

»Ich saß im Flughafen. Mir war langweilig, und so bin ich ins Grübeln geraten. Du weißt, das ist einer meiner fatalen Fehler. Jetzt sag: Danke, du hattest recht, Seth, dann leg auf.«

Schweigen am anderen Ende der Leitung. »Danke.«

»Du hattest recht, Seth«, gab er ihm das Stichwort.

»Das hattest du wohl. Wieviel Angst hast du ihr gemacht?«

»Ich war zahm wie ein Kätzchen. Na ja, fast, denke ich. Ich werde wohl ein paar Brücken zu reparieren haben. Ruf mich auf meinem Handy an, wenn du mit ihr geredet hast. Sie ist eine schwierige Kundschaft. Es wird dir vielleicht nicht gelingen, sie dazu zu überreden, in die Hütte zu fahren.«

Noah wartete auf dem Gehweg vor dem Motelzimmer, als Kate vorfuhr.

»Ich habe für Sie zwei Zimmer neben meinem gemietet«, sagte er, als Kate aus dem Wagen stieg. »Ich finde nicht, daß wir heute nacht hierbleiben sollten, aber Sie können sich alle ausruhen, während ich die Pläne vervollständige.« Er öffnete die Beifahrertür für Phyliss. »Ich bin Noah Smith, Mrs. Denby. Ich weiß, daß das alles für Sie sehr beunruhigend ist. Wieviel hat Kate Ihnen erzählt?«

»Nicht genug«, sagte Phyliss mit grimmiger Miene. »Daß derjenige, der Ihre Fabrik in die Luft gesprengt hat, möglicherweise Michael getötet hat. Das erklärt nicht, warum wir weglaufen, wenn wir eigentlich mit der Polizei reden sollten.«

»Dafür war keine Zeit«, sagte Kate. »Ich werde Alan später anrufen.« Sie öffnete die hintere Tür. »Komm, Joshua.«

»Mir gefällt's hier nicht«, flüsterte er, als er aus dem Wagen stieg. »Wie lange bleiben wir?«

»Nicht lange.« Noah lächelte Joshua an. »Wir sind uns noch nicht vorgestellt worden. Ich bin Noah Smith, und ich werde dafür sorgen, daß deine Mutter und deine Großmutter von jetzt an in Sicherheit sind.«

»Sind Sie ein Polizist?«

»Nein, aber ich kann euch trotzdem helfen.«

»Sehr gut sind Sie aber nicht. Sie waren nicht da, um Mom zu helfen. Sie wär fast gestorben.«

Noah schnitt eine Grimasse. »Ich weiß. Es wird nicht wieder passieren.« Er reichte Phyliss einen Zimmerschlüssel. »Würden Sie ihn bitte reinbringen und es ihm bequem machen? Ich muß mit Kate reden.«

Phyliss sah ihre Schwiegertochter mit fragend hochgezogenen Augenbrauen an.

Kate nickte. »Bitte. Ich bin bald bei euch und werde alles erklären.« Sie gab Joshua einen kleinen Schubs in Richtung Phyliss. »Geh mit ihr, Schatz.«

»Nein.« Seine Hände arbeiteten nervös. »Ich laß dich nicht allein. Was, wenn der Mann wieder auf dich losgeht?« Er warf Noah einen verächtlichen Blick zu. »Er taugt nichts. Er hätte dich fast sterben lassen.«

»Er wird nicht mehr auf mich losgehen. Er ist schwer verletzt. Ich hab ihn angeschossen.«

»Aber du hast ihn nicht umgebracht. Du hättest noch mal schießen sollen. Oder ihn von diesem Seth umbringen lassen, wie der es wollte.«

»Ich verspreche dir, daß ich nicht in Gefahr bin, Joshua. Ich werde direkt nebenan sein.«

Phyliss trat vor und nahm seine Hand. »Komm, Joshua, machen wir, daß wir ins Haus kommen. Ich fang an zu frieren.«

Er bewegte sich nicht. »Du versprichst, daß du gleich kommst, Mom.«

»Ich verspreche es.«

»Und mich rufst, wenn du mich brauchst.«

Kate nickte.

»Ich werde nicht schlafen.« Er ließ sich von Phyliss wegführen. »Ich werde auf dich warten.«

»Cleveres Kind«, sagte Noah, als sich die Tür hinter Phyliss und Joshua schloß. »Ausgezeichneter Instinkt.« Er öffnete die Tür seines Zimmers und ließ Kate vorausgehen. »Ausgenommen was mich betrifft, natürlich.«

»Er hat einen sehr starken Beschützerinstinkt.« Sie schloß die Tür. »Aber Kinder haben die Instinkte Wilder. Erwachsene sollten sie eigentlich vom Barbarentum wegführen und sie nicht darin ermutigen. Ich bin nicht gerade begeistert, daß Sie einen Mann wie Seth Drakin geschickt haben, um ihm zu zeigen, wie barbarisch wir sein können.«

»Barbarentum hat seinen Platz. Joshua hatte recht. Sie wären sicherer, wenn die Gefahr eliminiert worden wäre.«

»Sie wird eliminiert werden – von der Polizei. Wie sich das gehört.«

Sie ließ sich in einen Stuhl fallen. »Ich weiß überhaupt nicht, warum ich hier bin. Ich hätte auf die Polizei warten sollen.«

»Weil Sie auch gute Instinkte haben. Sie kämpfen nur noch dagegen an.« Er lehnte sich mit dem Rücken an die Tür. »Seth sagte, Sie sind heute abend alle nur knapp dem Tod entronnen.«

»Es war ein Alptraum«, erwiderte sie erschöpft. »Ishmaru ist zu sich gekommen, bevor ich wegfuhr. Er hat mich Emily genannt, aber ich glaube, er wußte, wer ich bin. Auf jeden Fall ist er verrückt.«

»Was hat er gesagt?«

Sie lächelte ohne eine Spur von Humor. »Er will Coup zählen.«

Er erstarrte. »Sie wissen, was das heißt?«

»O ja. Joshua ist auf Cowboys und Indianer abgefahren, bevor er Baseball entdeckte. Ich habe versucht, ihm die prachtvolle Integrität der Kultur der eingeborenen Amerikaner nahezubringen, aber er war nur an Schlachten und Coup interessiert. Es ist ein charmanter alter Brauch. Es heißt, daß man so nahe an seinen Feind rankommt, daß man ihn mit einer Handwaffe töten und irgendeine mystische Ehre erlangen kann.« Sie packte die Stuhllehne, um ihre Hände am Zittern zu hindern. »Er wollte mich und Phyliss und Joshua. Uns alle.«

Er durchquerte das Zimmer und kniete sich vor sie. »Aber er hat Sie nicht gekriegt, und er wird Sie nicht kriegen«, sagte er leise. Er nahm ihre Hände und hielt sie fest. »Jetzt nicht mehr. Hier bei mir sind Sie sicher.«

Fast konnte sie ihm glauben. Seine Hände waren stark und warm, und er hielt ihren Blick mit derselben Willenskraft. Sie wollte, daß er sie in seine Arme zog und wiegte, wie sie es mit Joshua machte, wenn er aus einem schlechten Traum erwachte.

»Darf ich Ihnen jetzt sagen, was ich geplant habe?« fragte er.

Sie nickte.

»Vor vier Monaten hab ich ein Haus in den Bergen in der Nähe von Greenbriar, West Virginia, gemietet. Ich war einmal dort mit einem alten Freund. Es liegt abseits jeder Straße, es sind sogar fünfzehn Meilen bis zum nächsten Laden. Ich habe ein komplett ausgerüstetes Labor und einen Computer-Linkup installieren und genug Lebensmittelvorräte für sechs Monate einlagern lassen. Ich hab den Papierkram darüber begraben, um sicherzugehen, daß man es nicht zu mir zurückverfolgen kann.«

»Vor vier Monaten?« wiederholte sie langsam.

»Ich wußte, daß wir einen sehr privaten Ort brauchen, falls Sie sich einverstanden erklären, mit mir zusammenzuarbeiten.«

»Aber vor vier Monaten hatte ich nicht die Absicht, mit Ihnen zusammenzuarbeiten.«

Er schwieg.

Mit einem Mal brandete Unbehagen in ihr auf, fast so etwas wie Angst. Sie sah ihn an und wußte, daß sie noch nie einem gnadenloseren Menschen begegnet war. »Ich sollte wohl dankbar sein, daß Sie mich nicht entführt und in Ihren Bau geschleppt haben«, sagte sie ironisch.

Er schüttelte den Kopf. »Sie mußten freiwillig kommen.«

»Damit ich gefügig bin und an Ihrem Wunderprojekt mitarbeite.« Sie schüttelte den Kopf. »Unglaublich.«

»Das alles spielt keine Rolle. Das einzig Wichtige ist, daß ich einen sicheren Platz habe, an den ich Sie und Ihre Familie bringen kann. Ich werde arrangieren, daß Sie Tag und Nacht bewacht werden. Werden Sie kommen?«

»Setzen Sie mich nicht unter Druck. Ich habe mich noch nicht entschlossen.« Sie griff nach dem Telefon auf dem Nachttisch. »Aber jetzt muß ich erst einmal die Polizei anrufen und ihnen sagen, warum ich weggelaufen bin.«

»Sie werden kommen und Sie holen. Joshua wird allein sein, nur mit Ihrer Schwiegermutter zum Schutz.«

Angst durchströmte sie. Seth Drakin hatte dasselbe Argument benutzt, das einzige Argument, von dem Noah wußte, daß es sie erschüttern würde. »So wird es nicht sein. Ich rufe einen Freund auf dem Revier an.«

Er zuckte die Schultern. »Bedienen Sie sich.«

Sie wählte rasch Alans Nummer. Er nahm beim zweiten Klingeln ab.

»Wo, zum Teufel, bist du?« fragte er. »Ich komme gerade von deinem Haus. Was ist da draußen passiert?«

»Ich hab ihn angeschossen, Alan. Er hat versucht, mich zu töten.«

»Wer?«

»Derselbe Mann, der gestern nacht gekommen ist. Ich hab auf ihn geschossen. Ich weiß nicht, wo Officer Brunswick hingegangen ist, aber er –«

»Brunswick ist tot. Wir haben ihn hinten auf dem Boden seines Wagens gefunden, mit gebrochenem Genick.«

»Gebrochenes Genick?« Sie hob die Hand zu ihrem malträtierten Hals. Einen Augenblick lang spürte sie wieder, wie sich diese Finger in ihr Fleisch bohrten. »Ist er im Krankenhaus?«

»Ich hab's dir doch gesagt, Brunswick ist tot.«

»Nein, der Mann, den ich angeschossen habe. Ishmaru.«

»Der einzige Mann, den ich gefunden habe, war Brunswick, plus ein bißchen Blut auf dem Gras und in deinem Wohnzimmer und das Glas, das aus deinem Fenster geschnitten war. Außerdem haben wir ein paar ziemlich wilde Geschichten von deinen Nachbarn gehört.«

Sie umklammerte das Telefon so heftig, daß ihre Knöchel weiß wurden. »Er ist weg? Aber das kann nicht sein. Er war verletzt. Ich hab ihn angeschossen.«

»Hör mal, Kate. Ich hab keine Ahnung, was zum Teufel passiert ist, aber ein Polizist ist tot, und du weißt, was das heißt. Jeder Cop in der Stadt, einschließlich des Captains, will Antworten. Du mußt reinkommen und mit uns reden.«

Coup.

Ich kann es kaum erwarten.

»Er kann nicht fort sein. Du mußt ihn finden, Alan.«

»Sag mir, wo du bist. Ich schick dir einen Wagen.«

Panik brandete in ihr hoch. »Ich ruf dich zurück«, flüsterte sie und legte auf.

»Wenn ich recht verstehe, ist Ihr Problem eskaliert«, sagte Noah hinter ihr.

»Er kann nicht einfach aufgestanden und weggegangen sein.«

Coup.

»Die Alternative wäre, daß er einen Komplizen hatte, der ihn aufgelesen und weggeschaft hat. Haben Sie sonst noch jemanden gesehen?«

»Nein.« Wenn da irgend jemand außer Ishmaru gewesen wäre, hätte sie ihn wahrscheinlich sowieso nicht bemerkt. Ishmaru hatte von dem Augenblick an, in dem sie ihn vor ihrem Fenster entdeckt hatte, das Bild total beherrscht. »Und Officer Brunswick hat sich nicht verkauft. Er ist tot. Sein Genick war gebrochen.« Er würde seine Enkelkinder nie wiedersehen, dachte sie. »Er war ... ein netter Mann. Er wollte sich in Wyoming zur Ruhe setzen.«

»Er mag vielleicht nicht korrupt gewesen sein, aber er war nicht fähig, Sie zu beschützen. Er hat Ishmaru so nahe herangelassen, daß er ihn mit bloßen Händen töten konnte. Es könnte wieder passieren.« Er hielt inne. »Und Ihr Freund Alan will, daß Sie aufs Revier kommen?«

»Ja.«

»Das würde bedeuten, daß Sie Stunden weg von –«

»Halten Sie den Mund«, sagte sie barsch. »Ich habe all Ihre Argumente gehört. Ich weiß, was Sie wollen. Ich muß nachdenken.«

Noah ließ sich in einen Stuhl neben dem Fenster fallen. »Was immer Sie wollen.«

Klar, solange es ihm in den Kram paßte, dachte sie verbittert.

Coup.

Joshua wird allein sein.

Der Polizei kann man nicht vertrauen, wenn soviel Geld auf dem Spiel steht.

Die einzige Möglichkeit, Sie in Sicherheit zu bringen, ist, mit RU2 an die Öffentlichkeit zu gehen.

Sie wirbelte herum und sah ihn an.

»Wer weiß von diesem Haus in den Bergen?«

»Keiner.«

»Absolut niemand?«

Er nickte. »Ich habe alles selbst geregelt.«

»Und da wird keiner sein, außer uns?«

»Nur Ihre Familie und ich.«

»Dann geh ich mit. Ich werde tun, was Sie wollen.« Sie fügte hinzu: »Aber ich möchte ein Versprechen von Ihnen. Meinem Sohn und Phyliss darf nichts passieren. Was immer mit mir oder mit Ihnen geschieht, ihnen darf nicht weh getan werden.«

»Erledigt«, sagte er sofort.

»Das ist mein Ernst«, sagte sie mit eindringlicher Stimme. »Ich brauche kein aalglattes Versprechen. Das ist nicht verhandelbar. Ich mache Sie für ihre Sicherheit verantwortlich.«

»Darf ich wagen zu fragen, was passieren würde, wenn ich versage?«

»Sie werden die wahre Bedeutung von Barbarentum kennenlernen.«

Er lächelte. »Ich habe Ihnen gesagt, daß Sie gute Instinkte haben.«

Sie ging zur Tür. »Ich werde jetzt gehen und versuchen, Phyliss und Joshua diesen Schlamassel zu erklären. Danach sollten wir uns besser auf den Weg machen. Alan sagt, die Polizei sucht mich. Wir fahren mit dem Auto nach West Virginia?«

Er nickte. »Das ist die sicherste Art zu reisen. Keine Aufzeichnungen, und wir brauchen meinen Jeep sowieso, um in die Berge raufzukommen.«

»Wir werden beide Autos nehmen. Ich möchte einen Ausweg, wenn mir die Einrichtung nicht gefällt. Wie lange werden wir brauchen?«

»Zweieinhalb Tage.« Er stand auf und ging zum Schreibtisch. »Ich werde nur ein paar Minuten brauchen, um zu packen und die Rechnung zu bezahlen. Können Sie in zwanzig Minuten bereit zur Abfahrt sein?«

Zwanzig Minuten Zeit, um Joshua und Phyliss zu erklären, warum sie wie Kriminelle von zu Hause flohen? Sie war sich nicht einmal selbst sicher, ob sie das Richtige tat. »Ich werde fertig sein.«

Noah wartete, bis sich die Tür hinter ihr geschlossen hatte, dann nahm er das Telefon und wählte Seths Nummer.

»Ishmaru ist frei«, sagte er, als Seth abnahm. »Er war nicht mehr da, als die Polizei eintraf.«

»Dieses Stück Dreck. Ich hab gewußt, daß ich nicht auf sie hätte hören sollen.«

»O nein, du hättest ihn vor ihr und Joshua umbringen sollen.«

»Du tust mir Unrecht. Ich hätte das Kind weggeschickt. Wird sie in die Hütte fahren?«

»Ja. Wir fahren sofort los. Wir nehmen die Autos und sollten in drei Tagen dasein.«

»Was ist mit Ishmaru?«

»Vergiß Ishmaru.«

»Er ist schwer zu vergessen.« Seth hielt inne. »Kate Denby hat Mumm. Sie hat nicht verdient, daß sie dieser Bastard abschlachtet.«

»Ich bring sie weg von hier. Sie wird nicht in Gefahr sein. Sorg nur dafür, daß du in der Hütte bist, wenn wir ankommen.«

Seth zögerte. »Ich werde dasein.«

»Seth.«

»Ich verspeche es. Ich werde dasein.«

Noah war einigermaßen befriedigt, denn Seth brach nie sein Wort. Er legte den Hörer auf. Er hatte Kate nur ungern angelogen, aber er wollte nicht, daß irgend etwas Negatives ihre Entscheidung beeinflußte. Seth hatte ihr offensichtlich angst gemacht, und vielleicht wäre eine vollendete Tatsache das beste.

Er begann Kleidungsstücke in seine Tasche zu werfen und spürte, wie das Adrenalin durch seinen Körper raste. Es war verdammt schwer gewesen, in dieser letzten Woche das Wartespiel zu spielen. Jetzt konnte er sich *bewegen*.

Endlich fielen die Puzzlestücke an ihren Platz.

Noah irrte sich.

Seth klappte sein Handy zu und steckte es in die Hosentasche.

Es wäre ein großer Fehler, Ishmaru zu vergessen. Nach dem, was Kendow ihm erzählt hatte, würde Ishmaru niemals aufgeben, wenn er eine Niederlage erlitten hatte. Noah war von seinem Verlangen, RU2 fertigzustellen, so besessen, daß er nur noch den Plan sah, den er vor Monaten entworfen hatte. Er sah nicht, daß Kate Denby jetzt in genauso großer Gefahr war wie vorher.

Oder er wollte es nicht sehen.

Aber Seth sah die Gefahr, und sie hinterließ einen schlechten Geschmack in seinem Mund. Sie hatte sich nicht freiwillig da hineinziehen lassen, und Noah sollte zuerst an sie denken. An sie und ihren Sohn Joshua. Das Kind war ein weiterer unschuldiger Zuschauer. Gott, wie er es haßte, wenn Kinder mit hineingezogen wurden.

Wenn Hindernisse auftauchten, mußte man sie sofort angehen, oder sie gerieten außer Kontrolle. Ishmaru sollte jetzt erledigt werden.

Aber wo würde er ihn finden?

Ein verwundetes Tier kehrt in seinen Bau zurück.

Wo ist dein Bau, Ishmaru?

Kendow könnte es vielleicht wissen. Oder er kantne vielleicht jemanden, der es wußte.

Er nahm sein Handy wieder heraus und drückte Kendows Nummer.

»Du Idiot«, sagte Ogden mit eisiger Stimme. »Es war nur eine gottverdammte Frau, und du konntest den Job nicht erledigen.«

Er sollte von Kate nicht so reden, dachte Ishmaru. Sie hatte etwas Besseres verdient als diesen Mangel an Respekt. »Ich werde es tun. Geduld.«

»Ich bin kein geduldiger Mann. Ich möchte, daß du sie findest, und ich will sie tot haben. Hast du ihre Aufzeichnungen?«

Er war versucht zu lügen, aber große Krieger lügen gegenüber Ungeziefer nicht. Es war unter ihrer Würde. »Nein, nur die zwei Seiten, die ich Ihnen gefaxt habe. Die anderen waren nicht bei Genetech. Sie muß sie bei sich haben.« Er hielt inne. »Aber Sie haben ein weiteres Problem. Noah Smith ist noch am Leben. Er ist bei der Explosion nicht umgekommen.«

Schweigen am anderen Ende der Leitung. »Woher weißt du das?«

»Ich hab sie miteinander reden hören. Die Frau und der Mann, der später kam. Sie war auf dem Weg zu Smith in sein Motel.«

Ogden murmelte einen Fluch. »Sie sind zusammen?«

»So scheint es. Keine Sorge. Das macht die Sache nur einfacher für mich.«

»Nichts ist einfach für einen Narren, der –«

»Genug«, sagte Ishmaru leise. »Ich werde mir nichts mehr anhören. Finden Sie sie und verständigen Sie mich. Ich erledige den Rest.« Er legte den Hörer auf, bevor Ogden antworten konnte.

Er würde Ogden töten müssen, dachte er. Aber nicht gleich. Ogden bezahlte ihn. Er war der Köcher der Ishmarus Pfeile bewahrte, das Pony, das ihn auf seiner Suche nach Ruhm trug.

Er war der Pfadfinder, der ihm den Weg zum Coup wies.

Ishmaru nahm die eingefädelte Nadel, die er neben dem Telefon bereitgelegt hatte. Zuerst mußte er seine Wunde versorgen, dann würde er in seine Medizinhöhle zurückkehren, um seine Kräfte aufzufrischen. Aber er konnte nicht lange bleiben. Kate wartete.

Schmerz brannte durch seinen Körper, als er die Nadel in sein Fleisch stieß und auf der anderen Seite der klaffenden Wunde herauszog.

Er wollte schreien.

Er schrie nicht.

Er stieß die Nadel wieder hinein und machte noch einen Stich.

Siehst du, wie ich für dich leide, Kate?

Siehst du, wie würdig ich deiner bin?

»Idiot.« Raymond Ogden knallte den Hörer auf und fixierte wütend William Blount, der auf der anderen Seite des Raums in einem Stuhl saß. »Und du auch, weil du diesen Hurensohn empfohlen hast.«

Blount zuckte die Achseln. »Sie haben jemanden gebraucht, bei dem Sie sich darauf verlassen können, daß er nicht redet. Über seine Arbeit an Smiths Fabrik haben Sie sich auch nicht beschwert.«

»Das hat er auch vermasselt. Smith lebt noch, und Kate Denby ist bei ihm.«

»Nicht gut«, sagte Blount. »Aber auch nicht so schrecklich.«

»Was soll das heißen? Glaubst du, Smith wird dasitzen und darauf warten, daß wir's noch mal versuchen? Er wird in den Untergrund gehen, bis er bereit ist, wieder aufzutauchen.«

»Dann werden wir einfach ein Netz auswerfen müssen und sie finden.«

»Wie?«

»Die Welt ist klein.« Blount gönnte sich ein kleines Lächeln.

141

»Jeder ist mit jedem anderen verbunden. Wir müssen nur die entsprechende Verbindung finden und ihr folgen.« Er stand auf. »Ich werde ein paar Anrufe machen.«

»Da hast du verdammt recht, das wirst du.« Ogden stand auf, ging zum Spiegel und rückte seine Smokingjacke zurecht. »Aber du wirst nicht nur deine Mafiafreunde anrufen. Ich kann nicht riskieren, daß die das auch vermasseln. Ich muß mich schützen und den Horizont erweitern.«

Das gefiel ihm nicht, dachte Ogden, als er Blounts Gesichtsausdruck im Spiegel sah. Der junge Rowdy hatte gern das Gefühl, alles unter Kontrolle zu haben. Na ja, er war es nicht, der die Kontrolle hatte. Ogden leitete die Show, und er würde nicht zulassen, daß sich dieser Bastard etwas anderes einbildete. Er hatte den Schnösel ohnehin nie leiden können, mit seinen perfekten Zähnen und seinem hochnäsigen Getue. Er hatte Blount als seinen Assistenten angeheuert, weil er der uneheliche Sohn von Marco Giandello war und die Verbindung nützlich war, um Dinge zu erledigen. Aber heutzutage war es nicht mehr wie in alten Zeiten. Die Dons schickten ihre Kinder aufs College, und dann kamen sie zurück wie Blount, mit seinem strahlenden Lächeln, Armani-Anzügen und einer kaum verhohlenen Verachtung. Sollten Sie doch verächtlich die Nase rümpfen. Ogden hatte es zwar nur bis zur achten Klasse geschafft, aber er hatte ein pharmazeutisches Imperium aufgebaut, und er war derjenige, der Blounts Gehalt bezahlte und die Drähte zog. »Ich möchte, daß du Ken Bradton von der American Mutual Insurance, Paul Cobb von Undercliff Pharmaceutical und Ben Arnold von Jedlow Laboratories anrufst. Arrangier ein Treffen in zwei Tagen.«

»Ist das diskret?« fragte Blount. »Ich dachte, wir hätten uns darauf geeinigt, je weniger Leute von RU2 wissen, desto besser.«

Wir. Dieser kleine Scheißer dachte tatsächlich, er wäre an

Ogdens Entscheidungen beteiligt. »Wenn Smith an die Öffentlichkeit geht, muß ich für ihn bereit sein. Ich hab nicht genug Durchschlagskraft, um RU2 allein auszumerzen.«

»Es wäre diskreter, wenn Sie meinem Vater erlauben, die Sache zu regeln.«

Und diesen Spaghettifressern die Möglichkeit geben, Ogden Pharmaceutical in den Würgegriff zu kriegen? Keine Chance. »Wir werden es auf meine Art machen.« Er rückte seine Fliege zurecht. »Ich muß mich heute abend bei der Spendenaktion des Gouverneurs sehen lassen. Ich bin in ein paar Stunden wieder zu Hause, und ich möchte dann hören, daß das Treffen steht.

»Hier ist es fast Mitternacht, und Ken Bradton lebt an der Ostküste.«

»Dann weck den Scheißkerl auf. Weck alle auf.« Er wandte sich vom Spiegel ab. »Sag ihnen, ich hab gesagt, wenn sie ihren Arsch retten wollen, dann sollen sie in zwei Tagen hier erscheinen.« Er machte sich auf den Weg zur Tür. »Und wenn du schon mal dabei bist, ruf Senator Longworth in Washington an und sag ihm, ich will ihn auch hierhaben.«

»Zu dem Treffen?«

»Nein, einen Tag später. Unter vier Augen.«

»Sind Sie sicher, daß er kommen wird? Für einen Politiker wird das eine ganz schön heiße Sache.«

»Er wird kommen. Er mag Geld, und ich weiß, wo die Leiche begraben ist.« Er lächelte Blount sarkastisch an. »Ihr beide werdet euch sehr gut verstehen. Er ist auch ganz wild auf Diskretion.«

»Ich wollte Sie nicht beleidigen.« Blounts perfekte Zähne schimmerten in einem strahlenden Lächeln. »Ich bin überzeugt, Sie wissen, was das beste ist, Mr. Ogden.«

»Du machst es einem wirklich nicht leicht«, murmelte Kendow, als Seth am Flughafen von Los Angeles in sein Auto stieg. »Du erwartest immer über Nacht Ergebnisse. Solche Sachen brauchen Zeit.«

»Ich habe keine Zeit. Ich muß in drei Tagen dort sein, und ich habe ein Versprechen gegeben.« Er lehnte sich im Sitz zurück. »Und einer dieser Tage ist fast vorbei. Wo wohnt Ishmaru, wenn er hier ist?«

Kendow warf ihm einen erbosten Blick zu. Er kannte Seth Drakin seit über zehn Jahren, und seine Sturheit war nichts Neues. Als er ihm das erste Mal begegnet war, war er auf seine lockere, leise Art hereingefallen und hatte geglaubt, sein beachtlicher Ruf wäre maßlos übertrieben. Und in diesem Zustand seliger Ahnungslosigkeit war er verblieben, bis er ihn in Aktion gesehen hatte. Drakin war nur locker, solange er bekam, was er wollte. Wenn man ihm in die Quere kam, wurde er sowohl schwierig als auch tödlich.

»Ishmaru«, sagte Seth herausfordernd. »Du sagst, er wohnt noch hier in L. A.«

»Ich hab gesagt, ich hätte ihn hier mehrmals gesehen. Ich weiß nicht, wo er wohnt.«

»Er ist hier aufgewachsen. Hat er Familie oder Freunde?«

»Keine Familie. Freunde? Du machst wohl Scherze. Der Scheißkerl ist total irre.«

»Es muß jemanden geben.« Seth lächelte. »Ich will ihn haben, Kendow. Ich wäre sehr unglücklich, wenn du mir nicht hilfst.«

Kendow spannte sich instinktiv an. Seths Ton war sanft, aber er hatte diesen Ton schon einmal gehört. Er holte tief Luft. »Ich versuch's ja. Da ist ein Mann, den er gekannt hat: Pedro Jimenez. Ein totaler Widerling. Als Ishmaru angefangen hat, hat er die Kontrakte für ihn gemacht.«

»Jetzt nicht mehr?«

Er schüttelte den Kopf. »Ishmaru hat ihn weit hinter sich gelassen. Aber er weiß wahrscheinlich mehr über Ishmaru als irgend jemand sonst in der Stadt.«

»Wo ist Jimenez?«

»Immer noch in East L. A. Gutes Rekrutierungsgebiet für Scharfschützen. Jetzt hat er zwei junge Südamerikaner unter seinen Fittichen.«

»Bring mich zu ihm.«

»Ich hab ihn noch nicht ausfindig gemacht. Er ist viel unterwegs.« Er fügte hastig hinzu: »Ich soll heute abend einen Mann treffen. Ich verspreche dir, daß du Jimenez morgen siehst. Ich kann dir nicht versprechen, daß er redet. Er ist schlau genug, um vor Ishmaru Angst zu haben, genau wie alle anderen.«

»Oh, ich glaube, er wird reden«, murmelte Seth. »Es hat mich immer wieder überrascht, wie zuvorkommend Leute sein können, wenn man ihnen Gelegenheit dazu gibt.«

Jimenez Stirn war von Schweißperlen bedeckt. »Ich kann Ihnen nicht helfen, Señor. Ich hab Ihnen gesagt, ich weiß nicht, wo er ist.«

Seth musterte ihn einen Augenblick. Der mollige kleine Mann war wirklich so ein Widerling, wie Kendow gesagt hatte. Seth würde nur noch ein bißchen mehr Druck ausüben müssen. Der Bastard wußte, daß er ihm, ohne mit der Wimper zu zucken, das Genick brechen würde. Seth hatte ihm das in den zehn Minuten, in denen er in der Bar war, hinreichend klargemacht. »Ich glaube, du weißt es. Du mußt Ishmaru kontaktiert haben, um ihm seine Aufträge zu übermitteln. Ich bezweifle, daß du eine rote Fahne aus dem Fenster gehängt hast.«

Jimenez quälte sich ein Lächeln ab, während er mit zitternder Hand seine Zigarre mit einem reich verzierten, goldenen Feuerzeug anzündete. »Das ist lange her.«

»Du hast ihn in letzter Zeit nicht gesehen?«

Er schüttelte heftig den Kopf.

Seth glaubte ihm. Jimenez hatte ungefähr soviel Rückgrat wie eine Qualle. »Oder etwas gehört?«

Jimenez befeuchtete seine Lippen. »Jemand hat ihn gestern nachmittag gesehen.«

»Hier?«

Er schüttelte den Kopf. »Er geht nie in Bars. Er sagt, Schnaps verdreckt seine Seele.«

»Wer hat ihn gesehen?«

»Maria Carnales. Sie hat einen Laden ein paar Straßen von hier. Er kauft immer sein Räucherwerk bei ihr.«

»Räucherwerk?«

Jimenez zuckte die Achseln. »Ich hab ihn nie gefragt, wofür er es benutzt. Ich hab Ishmaru nie etwas gefragt. Warum gehen Sie nicht und fragen sie, ob sie weiß, wo er ist?«

»Vielleicht weißt du's.« Er beugte sich vor. *Setz ihn schwer unter Druck. Laß ihn den Abgrund sehen.* »Und du wirst es mir sagen.«

»Er wird mich umbringen.«

Seth lächelte.

»Ich sag's Ihnen, er würde mich umbringen, wenn ich's Ihnen sage.«

Seth streckte die Hand aus und berührte sanft, fast zärtlich Jimenez' Halsschlagader. »Und was glaubst du, mache ich, wenn du es nicht tust?«

Jimenez schlug die Wagentür zu und zeigte auf den Wald, der sich vor ihnen erstreckte. »Da ist eine Höhle ungefähr eine Meile von hier. Er nennt sie sein Medizinzelt. Er hat sie mit Ästen getarnt.« Er schob sein Kinn vor. »Ich geh keinen Schritt weiter.«

»O doch, das wirst du.« Seth schickte sich an, dem Weg zu folgen. »Ich brauche dich vielleicht.«

Jimenez folgte ihm widerwillig. »Warum sollten Sie mich brauchen?«

Seth zog die Brauen hoch. »Als Köder für den Tiger natürlich.«

Seth hörte, wie er betend und fluchend hinter ihm herstolperte. Er hätte ihn wahrscheinlich besser im Wagen gelassen, dachte Seth. Wahrscheinlich würde er ihm im Weg sein. Aber er konnte sich nicht darauf verlassen, daß dieser Wurm nicht die Seiten wechselte. Jimenez hatte entsetzliche Angst vor Ishmaru, und Seth konnte nicht sicher sein, ob er ihn genug beeindruckt hatte.

Es wurde dunkel, die Schatten sammelten sich zu beiden Seiten des Wegs.

Er blieb stehen, horchte.

Nichts.

»Was ist denn?« flüsterte Jimenez.

»Hab nur gecheckt.«

Er bewegte sich rasch den Weg hinunter.

Er hörte Jimenez keuchenden Atem hinter sich.

Er blieb wieder stehen.

»Verflucht noch mal, was hören Sie?«

»Nichts.« Aber er roch etwas. Räucherwerk. Verkohlte Eiche. »Die Höhle ist gleich da vorn, nicht wahr?«

»Ich weiß es nicht mehr. Es ist schon Jahre her.«

Seth zog seine Pistole. »Bleib hier. Beweg dich nicht.«

»Ich will zurück zum Auto.«

»Keinen Schritt.« Er verschwand im Gebüsch und bewegte sich parallel zum Weg.

Das Gebüsch war dicht, die Tarnung so gut gemacht, daß er nicht geahnt hätte, daß da eine Höhle war.

Der Geruch von Räucherwerk war stark, überwältigend.

Vor der Höhle war die Asche eines ausgebrannten Lagerfeuers, von Steinen eingefaßt.

Die Mündung der Höhle war dunkel.

Ishmaru war nicht da. Aber er war hier gewesen. Die Zeichen waren frisch. Seth schätzte, daß er noch heute morgen hiergewesen war. Er hatte ein Feuer gemacht, sein Räucherwerk verbrannt …

Und was sonst noch?

»Jimenez.« Er gab keine Antwort. »Jimenez!«

Jimenez brach aus dem Unterholz, den Blick mißtrauisch auf den Höhleneingang gerichtet. Er atmete erleichtert auf. »Er ist nicht hier. Können wir jetzt gehen?«

»Gib mir dein Feuerzeug.«

Jimenez reichte ihm sein goldenes Feuerzeug. »Wir sollten gehen. Er ist weg, und er wird erst zurückkommen, wenn er es wieder braucht.«

Braucht? »Komm mit.«

»Ich möchte da nicht reingehen.«

»Komm trotzdem mit.« Er schritt in die Höhle, dicht gefolgt von Jimenez.

Der Geruch des Räucherwerks war hier stärker. Sehr stark.

Er ließ das Feuerzeug aufleuchten.

Jimenez wimmerte.

Skalps. Sieben oder acht Stück, die im Kreis auf Pfähle gesteckt waren.

Skalps. Natürlich. Indianer betrachteten Skalps als Zeichen der Ehre, und Ishmaru hatte seine indianische Herkunft zu seiner Religion gemacht.

Er drehte sich zu Jimenez. »Du hast davon gewußt.«

»Nein, ich –« Er schluckte. »Es hatte etwas mit Alpträumen und Macht zu tun. Ich weiß es nicht. Er nannte sie Wächter. Er saß oft stundenlang innerhalb des Kreises und hat Räucherwerk verbrannt. Zuerst wollte er bei jedem Auftrag den Skalp nehmen, aber ich hab ihn davon überzeugt, es nur zu tun, wenn es sicher war und ihn nicht behinderte.«

»Sehr vernünftig«, sagte Seth sarkastisch.

»Können wir jetzt gehen?«

»Noch nicht.«

Sein Blick war auf eine kleine Pappschachtel in der Ecke gefallen. Er kniete sich daneben.

Uhren, Schmuck, ein Taschenmesser – mehr Trophäen?

Ein Buch, ziemlich zerlesen und verblaßt. *Krieger.* Offensichtlich Ishmarus Lesebuch.

Als er sich erhob, streifte er einen der Pfähle. Er hielt ihn mit der Hand fest.

Langes, seidiges blondes Haar.

Der Skalp war nicht wie die anderen. Er war frisch.

Und er stammte von einem Kind.

Seth starrte ihn an, versuchte den Zorn, der ihn fast zerriß, unter Kontrolle zu bringen.

Offensichtlich hatte Ishmaru auf seiner Reise nach Dandridge eine neue Quelle der Macht gefunden.

»Es hat keinen Sinn, hierzubleiben und zu warten«, sagte Jimenez. »Er war nie länger als vierundzwanzig Stunden hier. Er hat gesagt, er bräuchte nie länger Zeit, um –« Er verstummte, als er Seths Gesichtsausdruck sah. »Ich hatte nie etwas damit zu tun. Ich hab's Ihnen gesagt, ich hab versucht, ihn daran zu hindern –«

»Halt die Klappe.« Er wandte sich ab und schob die Schachtel mit dem Fuß zu Jimenez. »Sammle die Skalps ein, und leg sie in die Schachtel zusammen mit allem anderen, was du von Ishmaru finden kannst.«

»Ich soll die anfassen?« Er schüttelte den Kopf. »Das wird ihm nicht gefallen. Er würde das als Sakrileg sehen.«

»Du kannst sie entweder einsammeln oder einer davon werden«, sagte Seth mit sanfter Brutalität. »Und mir ist ziemlich egal, wofür du dich entscheidest.«

Jimenez ging hastig zu den Pfosten.

Fünf Minuten später hielt er die übervolle Pappschachtel. »Was jetzt?«

»Jetzt gehen wir.« Er zündete das trockene Gras und die Äste auf dem Höhlenboden mit Jimenez Feuerzeug an. Die Flammen loderten hoch empor.

»Warum?« jammerte Jimenez.

»Ich will es vernichtet haben.« Auch wenn er nie vergessen

könnte, was er hier gesehen hatte. Er wollte nicht daran denken, daß Ishmaru je hierher zurückkehren würde. Er wollte dem Dreckschwein weh tun.«

»Das war ein spezieller Platz. Er wird durchdrehen«, stammelte Jimenez.

»Das hoffe ich.« Seth beobachtete einen Augenblick lang die Flammen, bevor er sich zum Gehen wandte. »Komm.«

»Was wollen Sie denn mit dem ganzen Zeug machen?«

Seth gab keine Antwort.

Erst als sie am Wagen angelangt waren, sagte Jimenez wieder etwas. »Kann ich mein Feuerzeug zurückhaben?«

»Ich muß es verloren haben.«

Jimenez riß die Augen auf. »Was soll das heißen? Auf dem Feuerzeug waren meine Initialen eingraviert.« Seine Stimme wurde schrill vor Angst. »Was, wenn Ishmaru zurückkommt und es findet? Er wird glauben, ich hab das getan.«

Seth drehte sich zu ihm und sah ihn an. »Oje.«

Sein Flug wurde aufgerufen.

Seth tippte rasch die Adresse auf der Adressiermaschine, die er im Drugstore auf dem Weg zum Flughafen gekauft hatte, zu Ende. Er zog das *Mystic-Warrior*-Buch aus dem kleinen Karton, bevor er ihn versiegelte. Er könnte es vielleicht später brauchen.

Er drückte den Adressenkleber auf die Schachtel, klebte die Marken, die er auf dem Postamt des Flughafens gekauft hatte, darauf und machte sich auf den Weg zum Briefkasten am Ende der Halle. Es gelang ihm mit einiger Mühe, die Schachtel in die Öffnung zu stopfen.

Zweiter Aufruf für seinen Flug.

Er streifte die Handschuhe ab und steckte sie in seine Hosentasche. Auf der Schachtel waren keine Fingerabdrücke, außer denen von Ishmaru und Jimenez, und die war jetzt auf dem Weg zum Büro des Bezirksstaatsanwalts von L. A. Er hatte nur wenig Vertrauen darauf, daß sie Ishmaru erwischen würden, aber vielleicht war es ein Weckruf. Selbst wenn es ihnen gelänge, diesen Bastard Jimenez festzunageln, wäre das ein Plus. Er war versucht gewesen, das Arschloch selbst umzubringen. Seth hatte geglaubt, er hätte alles gesehen, aber der Anblick des seidigen Haares dieses kleinen Mädchens –

Letzter Aufruf für seinen Flug.

Denk nicht dran. Er konnte nichts mehr für dieses arme Kind tun, und Ishmaru war immer noch da draußen. Er hatte einen Job zu erledigen.

Er eilte auf sein Abfluggate zu.

Noahs Hütte lag weit von der Straße weg, geschützt von Bäumen und Büschen. Kate hätte nicht einmal ihre Existenz bemerkt, wenn sie Noah nicht dicht gefolgt wäre.

»Sind wir da?« fragte Phyliss.

»Scheint wohl so.« Kate hielt hinter Noahs Jeep an. »Höchste Zeit.« Ihr kam es vor, als wären sie stundenlang über holprige Wege gefahren. Sie warf einen Blick auf Joshua, der auf dem Rücksitz schlief, und beschloß, ihn nicht aufzuwecken. Sollte er doch schlafen. Es war eine anstrengende Fahrt gewesen, emotionell wie auch körperlich. Sie würde ihn aufwecken, sobald sie ein Bett für ihn vorbereitet hatten.

Kate stieg aus dem Wagen und sah hoch zu der Hütte. Eigentlich war sie größer als ihr Haus in Dandridge, aber aus Stämmen und Steinen gebaut, rustikal genug, um als Hütte bezeichnet zu werden. Eine breite Veranda zog sich ums ganze Haus. »Wie viele Zimmer gibt es?«

»Sieben.« Noah zog seine Tasche aus dem Jeep. »Küche und Wohnzimmer kombiniert, drei Schlafzimmer, zwei Bäder. Plus hinten das Labor.«

»Ich werde anfangen auszupacken«, sagte Phyliss, als sie aus dem Auto stieg.

»Sparen Sie sich die Mühe«, sagte Noah. »Sie bleiben nicht.«

Kate erstarrte. »Was?«

Er begann die Treppe zur Veranda hochzusteigen. »Ich bringe Phyliss und Joshua in der Ranger Station vier Meilen von hier unter.«

»Warum? Hier gibt's doch offensichtlich Platz genug für uns alle.«

»Sie werden beschäftigt sein.«

Sie folgte ihm die Stufen hoch. »Nicht zu beschäftigt für meinen Sohn. Er bleibt bei mir.«

Er sah sie an. »Nein, er bleibt nicht bei Ihnen. Ich hab Ihnen das Versprechen gegeben, Ihren Sohn zu beschützen, und ich habe vor, es einzuhalten.«

»Indem Sie uns trennen?«

»Überlegen Sie doch.« Er senkte seine Stimme, damit nur sie ihn hören konnte. »Wir sind die Hauptziele. Wir sind die ersten auf der Liste. Das Risiko, daß Joshua und Phyliss etwas passiert, ist wesentlich größer, wenn sie in Ihrer Nähe bleiben.«

Aber sie wollte nicht von Joshua und Phyliss getrennt werden. Allein bei dem Gedanken fühlte sie sich isoliert und schockiert. »Sie haben gesagt, dieser Platz wäre sicher.«

»So sicher ich ihn machen kann.« Seine Lippen wurden schmal. »Ich habe keine Möglichkeit, Ihnen zu versichern, daß Sie aus der Sache lebend rauskommen, aber der Junge *wird* überleben. Es haben bereits genug unschuldige Unbeteiligte gelitten.«

Sie mußte sich seiner Logik und seiner leidenschaftlichen Argumentation fügen. »Ich mag es nicht, wenn sie dort allein sind.«

»Sie werden nicht allein sein. Ich hab Ihnen gesagt, ich werde sie bewachen lassen.«

Sie runzelte die Stirn. »Vom Forest Ranger?«

»Na ja, so in etwa.« Er hielt inne. »Um ehrlich zu sein, Seth hat den Ranger überredet, Urlaub zu machen und ihn übernehmen zu lassen.«

Sie erstarrte. »Seth?«

Er zog an der Eingangstür und stellte fest, daß sie offen war. Er rief: »Seth?«

»Er ist hier?« fragte sie schockiert.

»Verdammt richtig, ich bin hier. Ihr habt euch ganz schön Zeit gelassen. Es wurde allmählich langweilig.« Seth erhob sich aus dem Sessel auf der hinteren Seite des Raumes. »Schön, Sie wiederzusehen, Kate. Wie geht's Joshua?«

»Okay«, erwiderte sie automatisch und beobachtete ihn, wie er auf sie zukam. Es war das erste Mal, daß sie ihn wirklich ansah. Sein Haar war sehr dunkel, sehr kurz geschnitten, um die Tendenz zu Locken zu unterdrücken. Er war Mitte Dreißig, bewegte sich aber mit derselben jugendlichen Elastizität wie Joshua. Sein Gesicht war so hager und kantig wie sein Körper und wurde von einem breiten, sensiblen Mund und hellen blauen Augen dominiert. »Was, zum Teufel, machen Sie hier?«

»Ich wurde eingeladen.« Er sah zu Noah. »Du hast es ihr nicht gesagt?«

Noah schüttelte den Kopf. »Sie war zickig.«

Zickig? Der Zorn ließ Kate ihre Verwirrung vergessen. Sie fuhr Noah an. »Sie haben gesagt, keiner wüßte von diesem Platz.«

»Ich hab gelogen«, erwiderte Noah schlicht.

»Weil ich ›zickig‹ war?«

»Sein Wort, nicht meines«, sagte Seth.

Noah ignorierte ihn. »Weil ich Sie brauchte und Sie nach einer Entschuldigung suchten, nicht hierherzukommen.«

Sie deutete auf Seth. »Eine Entschuldigung wie ihn?«

»Meine Gefühle sind verletzt«, sagte Seth. »Meine Gesellschaft wird im allgemeinen von allen und jedem begehrt.«

»Wer weiß es sonst noch?« fragte Kate Noah.

»Niemand.« Er hob eine Hand gegen den Angriff, der, wie er wußte, kommen würde. »Und das ist keine Lüge.«

»Wie könnte ich jemals sicher sein?« Es war zuviel nach der Erschöpfung und den Schrecken der letzten paar Tage. Sie explodierte. »Sie verfluchtes Schwein. Ich bin weg.«

Sie machte auf dem Absatz kehrt, eilte aus dem Haus und lief die Treppe hinunter. »Steig wieder ins Auto, Phyliss.«

»Schon wieder?« Phyliss schnitt eine Grimasse und setzte sich auf den Beifahrersitz. »Entscheide dich.«

»Ich habe mich entschieden.«

»Wohin, zum Teufel, wollen Sie fahren?« rief Noah von der Veranda hinter ihr.

Sie gab keine Antwort, als sie sich hinters Steuer setzte.

»Verflixt, so hören Sie doch auf mich«, rief Noah. »Ich kann Sie so nicht gehen lassen, Kate.«

Sie startete den Motor und fuhr los.

»Schwierig, was?« Seth kam aus der Hütte und reichte Noah das Springfield-Gewehr, das er aus dem Schrank neben der Tür genommen hatte.

»Was soll ich denn damit? Sie erschießen?«

»Nur den linken Hinterreifen. Sie fährt langsam genug.« Seth legte schützend die Hand über die Augen. »Und du solltest es tun, bevor sie an der Kurve ist, sonst kommt sie vielleicht von der Straße ab, wenn der Reifen platzt.«

»Nachdem du hier scheinbar der Dirigent bist, würdest du es vielleicht lieber selber machen«, sagte Noah sarkastisch.

Seth schüttelte den Kopf. »Ich bin sowieso schon der Buhmann, und ich werde mit dem Kind und der Großmutter leben müssen. Ich möchte nicht, daß sie jedesmal, wenn ich ins Zimmer komme, das große Zittern kriegen.« Er grinste boshaft. »Außerdem möchte ich sehen, ob du's noch kannst. Komm schon, das sind nur fünfhundert Meter.«

»Sechshundert.«

»Was immer. So wie ich das sehe, haben wir die Wahl zwischen einer Verfolgungsjagd, bei der sie über eine Klippe stürzen könnten, oder einer netten kleinen Kugel auf der Geraden.« Er sah zurück zur Straße. »Meiner Schätzung nach hast du noch vierzig Sekunden, bevor sie die Kurve erreicht.«

Seth war der Beste, wenn es um die Einschätzung dieses Kampfplatzes ging, dachte Noah. Und er hatte recht. Es war der einzige ungefährliche Weg, Kate aufzuhalten, und sie mußte aufgehalten werden. Er hob das Gewehr und zielte und drückte den Abzug.

Der Reifen platzte. Kate mühte sich, den Wagen auf der Straße zu halten. Der Honda kam zwei Meter vor der Kurve zum Stehen.

»Nicht schlecht«, murmelte Seth. »Manche Leute verlernen es nie. War's ein gutes Gefühl?«

»Nein.« Er warf Seth das Gewehr zu und machte sich auf den Weg die Treppe hinunter. »Und es wird noch weniger gut sein, wenn ich da runterkomme und mich Kate stellen muß.«

Seth lächelte. »Ich glaube, du lügst. Ich hab dich beobachtet. Ich wette, es war ein gutes Gefühl.« Er machte sich auf den Weg zurück ins Haus. »Ich muß mein Zeug holen und mich auf den Weg zur Rangerstation machen. Ich bin ein friedfertiger Mann. Ich will wirklich nicht dabei sein, wenn's einen Streit gibt.

Noah schnaubte verächtlich, als er in den Jeep sprang.

Kate lehnte ihren Kopf aufs Steuerrad. Ihr Herz klopfte wie verrückt. Verflucht sollte er sein, dieser verrückte, besessene Dreckskerl.

»Mein Gott, was ist passiert?« fragte Phyliss, nachdem sie wieder Luft bekam.

»Er hat einen Hinterreifen zerschossen.« Das Geräusch

des Schußes und der Knall waren fast simultan gewesen, aber für Kate bestand kein Zweifel.

Phyliss blinzelte. »Er wollte dich wirklich nicht gehen lassen, was?«

»Nein, wirklich nicht.«

»Warum bleiben wir stehen?« fragte Joshua verschlafen vom Rücksitz. Er setzte sich auf und sah sich um. »Sind wir da? Ich seh keine Hütte.«

Sie war dankbar, daß Joshua alles verschlafen hatte, aber jetzt war keine Zeit für Erklärungen. »Bleib im Wagen.« Sie packte ihre Handtasche und stieg aus dem Honda.

Phyliss folgte ihr, als sie zum Kofferraum ging. »Warum hast du deine Meinung geändert, was das Bleiben angeht?«

»Er hat mich angelogen. Da war jemand in der Hütte.«

»Oh, und du hattest Angst?«

»Nein.« Angst spielte keine Rolle. Sie hatte gewußt, daß weder Noah noch Seth ihnen weh tun würden. Aber Noah hatte sie angelogen. Sie hatte sich benutzt und manipuliert gefühlt, und er hatte *dieses* Wort benutzt. Pferde waren zickig; Frauen waren nicht zickig.

»Da kommt er«, sagte Phyliss, die die Straße hochsah. »Was machen wir jetzt?«

»Wart's ab.« Kate zog den Colt aus ihrer Handtasche, als der Jeep hinter ihnen anhielt.

»Um Himmels willen, stecken Sie den weg.« Noah sprang aus dem Jeep. »Sie wissen, daß ich keine Bedrohung für Sie bin.«

»Sie haben auf uns geschossen«, sagte Kate mit eisiger Stimme. »Ich würde sagen, das ist eine Bedrohung.«

»Ich mußte sie aufhalten.« Er hob die Hände. »Sehen Sie irgendeine Waffe?«

»Ich sehe einen Lügner und einen Mann, der auf mich geschossen hat.«

»Ich hab auf Ihren Reifen geschossen, nicht auf Sie.« Er

ging zum Kofferraum des Wagens. »Geben Sie mir Ihre Schlüssel. Ich wechsle Ihren Reifen, und Sie können dann zum Haus zurückfahren.« Er warf einen Blick auf die Pistole. »Stecken Sie sie weg. Wenn Sie nicht so müde wären, dann würde Ihnen klarsein, daß Sie übertrieben reagiert haben. Sie wissen, daß ich keinerlei Absicht habe, Ihnen etwas anzutun.«

»Ich würde sagen, Sie sind derjenige, der übertrieben reagiert hat«, erwiderte Phyliss spitz.

»Vielleicht haben Sie recht.« Er schnitt eine Grimasse. »Ich war verzweifelt, und ich hatte keine andere Wahl. Ehrlich, ich hatte ganz bestimmt nicht die Absicht, Sie zu verletzen, Mrs. Denby.« Er stellte sich ihrem Blick. »Ich verspreche, daß ich alles, was in meiner Macht steht, tun werde, damit Ihnen nichts passiert.«

Phyliss musterte ihn kurz, dann sagte sie: »Steck die Pistole weg, Kate.«

Kate zögerte, dann ließ sie die Pistole erschöpft in ihre Tasche gleiten. Bei dem Anblick der Pistole wurde ihr übel. Sie kam sich vor wie die zweite Besetzung für Annie Oakley. Sie hatte diese Waffe in den letzten paar Tagen öfter in der Hand gehabt als in all den Jahren, seit Michael sie ihr gegeben hatte. Sie warf ihm die Kofferraumschlüssel zu. »Wechseln Sie den Reifen, und dann nichts wie weg von hier.«

»Ich möchte, daß Sie mit zurück zur Hütte kommen, und dann werde ich für uns alle Abendessen machen. Okay, ich habe einen Fehler gemacht. Ich hätte Ihnen von Seth erzählen müssen.«

»*Und* von der Ranger Station.«

Er nahm den Reservereifen und den Wagenheber aus dem Kofferraum. »Aber ändert denn die Tatsache, daß Sie mich verlogen und skrupellos finden, wirklich etwas an dem Grund, warum Sie hierhergekommen sind? Sie wollten in Sicherheit sein. Ich werde sie beschützen.«

»Das könnte auch eine Lüge sein.«

»Trauen Sie denn Ihrem eigenen Urteilsvermögen nicht? Vorher haben Sie das auch nicht für eine Lüge gehalten.« Er kniete sich hin und begann den Wagen aufzubocken. »Kommen Sie einfach mit zurück ins Haus, und geben Sie sich die Chance nachzudenken. Sie standen unter ungeheurem Druck, und ich habe wie ein Idiot das Faß zum Überlaufen gebracht. Ich werde das nicht mehr tun. Selbst wenn Sie –«

»Was ist mit dem Reifen passiert?« Joshua stand neben Noah und musterte neugierig das Loch im Gummi.

»Ich hab gesagt, du sollst im Wagen warten, Joshua«, sagte Kate.

»Aber er hat geschaukelt. Außerdem kann ich vielleicht helfen. Du hast mir beigebracht, wie man einen Platten richtet.« Er berührte das Loch. »Geplatzt?«

Noah nickte. »Meine Schuld, fürchte ich.«

»Warum?«

»Ich hab den Reifen zerschossen.«

Joshua bekam große Augen und wich einen Schritt zurück.

»Ich wollte nur die Aufmerksamkeit deiner Mom.« Noah verzog das Gesicht. »Aber sie ist sauer und bestraft mich, indem sie mich zwingt, ihn zu wechseln und zu reparieren.«

Joshua sah zu Kate.

Was konnte sie sagen. Sie wollte ihn nicht verängstigen. »Das stimmt, Joshua. Es ist okay.«

Er sah wieder zu Noah. »Ja, ich muß auch immer alles richten, was ich kaputtmache.« Er schüttelte den Kopf. »Aber so was Dämliches hab ich noch nie gemacht. Mit Pistolen muß man vorsichtig sein. Mein Dad hätte mir für so was den Hintern versohlt. Er hat mich immer auf den Schießstand mitgenommen, aber ich hab nie –« Er verstummte abrupt, und Kate sah, wie sich seine Hände verkrampften.

»Ich war vorsichtig«, sagte Noah hastig. »Ich hatte das schon einmal gemacht, als ich noch beim Militär war. Ihr wart nicht in Gefahr, aber ich war wohl ziemlich dämlich. Es wird

158

nicht mehr passieren.« Noah nahm den Reifen ab und legte ihn auf den Boden. »Es wird schon dunkel. Ich würde das gern fertigmachen und zurück in die Hütte fahren und mit dem Abendessen für uns anfangen. Ich könnte ein bißchen Hilfe gebrauchen.«

»Abendessen«, wiederholte Joshua. Dann nickte er eifrig, schob den Reifen beiseite und kniete sich neben Noah. »Ich mach die Schrauben rein, Sie ziehen sie fest, Okay?«

»Okay«, sagte Noah. Er sah zu Kate. »Okay?«

Er bat nicht nur um Erlaubnis für Joshuas Hilfe, das wußte Kate.

»Wir haben alle Hunger, Kate«, sagte Phyliss ruhig. »Was kann das schon schaden?«

Sie war sich nicht sicher. Innerhalb weniger Sekunden hatte Noah Smith Phyliss, die sich nicht so leicht beeindrucken ließ, für sich gewonnen, und jetzt arbeitete er an Joshua. Nicht nur das, er hatte Kate fast davon überzeugt, daß sie durch ihr impulsives Handeln Joshua in Gefahr gebracht hatte.

Vielleicht stimmt es ja, dachte sie erschöpft. Auf jeden Fall hatte sie nicht mit ihrer üblichen kühlen Überlegung gehandelt. Sie war wütend geworden und einfach abgehauen. Vielleicht hätte sie zuhören sollen und –

Mein Gott, was machte sie denn da? Sie gab sich selbst die Schuld, obwohl dieses Arschloch ihr gerade den Reifen zerschossen hatte.

Und sie zickig genannt hatte. Irgendwie wog dieses widerliche Adjektiv fast so schwer wie der Schuß.

»Bitte«, sagte Noah leise.

Und das sollte wieder alles in Ordnung bringen? Wohl kaum.

Aber sie war hungrig und müde und Joshua und Phyliss auch. Sie würde sie nicht alle leiden lassen, nur weil sie Noah Smith am liebsten den Schädel einschlagen würde. Möglicherweise war es sogar angenehm, zuzusehen, wie er sich für sie alle abrackerte. »Okay«, sagte sie. »Abendessen.«

»Dessert«, verkündete Noah. »Tut mir leid, ich hatte keine Zeit, irgend etwas zu machen. Wir müssen uns mit einem Kirschkuchen aus dem Laden zufriedengeben. Er stand vom Tisch auf und verschwand hinter der Frühstücksbar in den Küchenbereich.

»Er ist gut«, sagte Phyliss, als sie sich im Stuhl zurücklehnte. »Steak, Kartoffeln, Kuchen und hausgemachte Brötchen.«

»Er mag Essen«, sagte Kate.

Joshua nahm das letzte Brötchen und wischte die Sauce in seinem Teller auf. »Hast du gewußt, daß er den Reifen aus sechshundert Meter Entfernung zerschossen hat?«

»Nein«, sagte Kate. »Hat er dir das erzählt?«

Joshua nickte. »Er hat es ständig gemacht, als er noch Scharfschütze bei den Special Forces war.« Er steckte das Brötchen in den Mund. »Er sagt, Seth kann aus tausend Metern ins Schwarze treffen.«

»Du sollst nicht mit vollem Mund reden«, sagte Kate.

»Tut mir leid.«

»Und wer ist Seth?« fragte Phyliss Joshua.

»Noahs Freund. Er war der, der in dieser Nacht ins Haus gekommen ist.«

Phyliss sah Kate an. »Das war der Mann? Ich hab ihn nur ganz kurz gesehen.«

Kate nickte.

»Er wohnt in der Ranger Station ein paar Meilen von hier. Noah hat gesagt, er wird mich morgen dorthin bringen.« Joshua schüttelte den Kopf. »Tausend Meter ... Dad hat mir gesagt, daß das praktisch niemand kann. Und Seth weiß alles über Fährtensuche.«

»Das ist schön.« Noah hatte die Zeit gut genutzt, in der

Joshua ihm beim Kochen geholfen hatte. Er hatte Joshua nicht nur mit Bewunderung und Begeisterung erfüllt, sondern ihn auch darauf vorbereitet, seine Bekanntschaft mit Seth zu erneuern. Der Mann gab nie auf. Kate fragte sich, warum sie das nicht mehr ärgerte. Vielleicht hatte es etwas mit den knisternden Flammen im Kamin auf der anderen Seite des Raumes zu tun, dem vollen Bauch und dem Gefühl heimeliger Abgeschiedenheit in diesem Adlernest in den Wäldern. Manipulierte er sie schon wieder? Wahrscheinlich, aber es spielte keine Rolle, solange sie es erkannte und damit umgehen konnte. »Aber es hängt davon ab, was man verfolgt und was passiert, wenn man die Beute findet.«

»Oh, Seth schießt keine Tiere. Er spürt sie nur auf und nimmt sie ins Visier. Noah sagt, Tiere sind keine faire Beute für ihn.«

Und was war eine faire Beute für einen Mann, der auf tausend Meter ein Ziel treffen konnte?

»Noah sagt, Seth würde mich wahrscheinlich mitnehmen, wenn ich ihn drum bitte.« Er sah sie vorsichtig an. »Keine Gewehre. Ich weiß, daß du Jagen nicht magst. Ich würde nur meine Kamera mitnehmen. Leute gehen doch dauernd auf Fotosafaris. Ich wette, da würde ich ein paar extra Punkte kriegen, wenn ich wieder in der Schule bin.«

»Wir werden später drüber reden.«

»Aber es wäre gutes Training, und du sagst immer, ich sollte –«

»Laß es gut sein, Joshua«, riet ihm Phyliss. »Deine Mom ist müde.«

Er seufzte und schob seinen Stuhl zurück. »Ich werde Noah helfen.«

Phyliss lächelte, als sie Joshua hinterhersah. »Er ist ganz aufgeregt. Neue Interessen sind im Augenblick gar nicht schlecht. Es war dieser Seth, der hier war, als du ankamst?«

Sie nickte. »Noah möchte, daß du und Joshua mit Seth in

161

diese Ranger Station zieht, damit er sich um euch kümmern kann. Er sagt, es wäre dort sicherer für euch als hier bei mir.«

»Erzähl das nicht Joshua, sonst wird er nie hier weggehen.«

»Ich weiß nicht, ob ich überhaupt will, daß er irgendwohin geht. Und ganz bestimmt nicht mit einem Fremden, der vielleicht einen furchtbaren Einfluß auf ihn hat. Vielleicht sollte nicht mal ich hier sein.« Sie rieb sich erschöpft die Schläfen. »Hab ich das Richtige getan, Phyliss?«

»Ich weiß nicht. Michael würde sagen, du hast nicht. Michael würde sagen, vertrau dem System. Geh zur Polizei.« Sie lehnte sich im Stuhl zurück. »Aber man sieht so viele furchtbare Dinge im Fernsehen, gegen die scheinbar keiner etwas machen kann. Detectives, die Bestechungsgelder annehmen, Drogen, mißbrauchte Kinder.« Ihre Lippen zitterten. »Und wenn sie Michael töten konnten und es ihnen gelungen ist, Alan und den Rest der Polizei hinters Licht zu führen und zu behaupten, es wäre um Drogen gegangen, versteh ich, daß du keinem außer dir selbst vertrauen willst. Deshalb hab ich mich nicht dagegen gewehrt mitzukommen. Wir können Joshua nicht auch noch verlieren.«

Kate streckte die Hand aus und nahm Phyliss'. »Wir werden ihn nicht verlieren.«

»Und daran zu arbeiten, dieses RU2 zu vollenden, wird ihn beschützen?«

»Ich glaube schon. Es macht Sinn.« Sie schnitt eine Grimasse. »Aber ich weiß nicht, ob RU2 das ist, was Noah behauptet. Ich habe nur sein Wort darauf.«

»Es wäre ziemlich dumm von ihm, sich all diese Mühe zu machen, wenn es das nicht wäre.« Phyliss hielt inne. »Ich mag ihn.«

»Er hat sich auch redliche Mühe gegeben, dich dazu zu bringen. Aber er hat mich angelogen, und er wird es wieder tun.«

»Wir alle haben Dinge, die so wichtig für uns sind, daß wir

lügen würden, um sie zu beschützen.« Phyliss lächelte. »Sogar du. Du würdest lügen, bis du schwarz im Gesicht bist, wenn dadurch Joshua beschützt wäre. Vielleicht ist RU2 Noahs Joshua.«

»Vielleicht. Es tut mir leid, daß ich dich in all das hineingezogen habe. Das hast du nicht verdient.«

»Du und Joshua, ihr seid meine Familie. Ihr gehört zum Territorium«, sagte Phyliss. »Und ich werde mich um Joshua kümmern. Du wirst dich darum kümmern, uns aus diesem Schlamassel rauszuholen. Okay?«

»Du glaubst, ich werde bleiben.«

»Und wirst du?«

»Ja«, sagte sie. Die Erkenntnis, daß ihre Entscheidung so aussehen würde, war den Abend über gewachsen. Zum ersten Mal seit Michaels Tod hatte sie wieder das Gefühl, die Welt hätte sich stabilisiert. Hier waren sie in Sicherheit, und es war zu Noahs Vorteil, sie in Sicherheit zu wissen. Fast alles andere könnte sie übersehen. »Solange es zu meinen Bedingungen ist.«

7

Die Luft war frisch, als Kate die Gittertür öffnete und auf die Veranda trat, nachdem sie Joshua zu Bett gebracht hatte.

Noah drehte sich zu ihr um. »Schläft Joshua?«

Sie schüttelte den Kopf. »Es wird eine Weile dauern.« Sie sah ihn an. »Da haben Sie eine echte Nummer abgezogen, als Sie ihm von Ihrem Freund Seth erzählten.«

»Es war alles wahr.« Er fügte nüchtern hinzu: »Keine Lügen mehr, Kate.«

»Phyliss sagt, jeder lügt, wenn der Einsatz hoch genug ist. Das entschuldigt Sie nicht oder macht das, was Sie getan haben, akzeptabel für mich.« Sie sah ihn eindringlich an: »Was würden Sie tun, wenn ich genau jetzt gehen würde?«

»Versuchen, Sie mit allen mir zur Verfügung stehenden Mitteln aufzuhalten. Aber ich bin nicht Ogden. Ich würde Ihnen oder Ihrer Familie nie weh tun. Wenn nichts helfen würde, würde ich versuchen, ohne Sie weiterzukommen.« Er fügte hinzu: »Und hoffen, daß ihr alle am Leben bleibt, bis ich an die Öffentlichkeit gehe.«

Sie glaubte ihm. »Phyliss sagte, RU2 wäre vielleicht wie ein Kind für Sie.«

»Vielleicht. Ich weiß es nicht mehr. Zuerst war es ein Egotrip, dann war es eine Art heilige Mission, dann hat es sich in etwas anderes verwandelt. Wenn es mein Kind wäre, dann ist es ein Kind, das bereits neunundneunzig menschliche Wesen umgebracht hat. Ich habe mit einem Kampf gerechnet, aber damit nicht.« Er hielt inne. »Aber der Preis ist bereits zu hoch, um aufzuhören. Ich kann nicht zulassen, daß all diese Leute umsonst gestorben sind. Ich muß es versuchen. Werden Sie es mit mir versuchen?«

Sie gab ihm keine direkte Antwort. »Wer ist Seth Drakin?«
»Ein Freund. Wir waren zusammen beim Militär.«

»Ein Freund, der auf tausend Meter ins Schwarze treffen kann?«

»Ich versuche nicht, Ihnen etwas zu verheimlichen. Seth hatte eine schreckliche Kindheit, und er ist nach dem Militär nie seßhaft geworden. Er war schon alles, vom Söldner bis zum Schmuggler.«

»Und Sie setzen ihn ein, um meinen Sohn zu bewachen?«

»Ich würde ihn unter denselben Umständen auch einsetzen, um meinen Sohn zu bewachen. Es gibt niemanden, bei dem Joshua sicherer wäre. Er ist nicht das, was Sie glauben. Sein IQ ist wahrscheinlich höher als meiner. Er ist auf jeden Fall gebildeter und kann besser mit Leuten umgehen als jeder andere Mann, den ich kenne.«

»Wenn er sie nicht umbringt.«

Er schnitt eine Grimasse. »Reden Sie mit ihm. Lassen Sie mich sie alle morgen zur Ranger Station bringen.«

Sie nickte. »Aber ich möchte klarstellen, wenn ich beschließe, daß die Situation nicht das ist, was ich für Joshua möchte, hindern Sie mich nicht daran zu gehen.«

»Das läuft nicht. Ich werde meine Argumente vorbringen. Jeder hat ein Recht darauf.« Er lächelte. »Aber ich werde Sie nicht zu sehr bedrängen.«

Sie mußte feststellen, daß sie sein Lächeln erwiderte, bevor ihr noch etwas einfiel. »Noch eines. Wenn Sie mich je wieder als zickig oder mit einem anderen demütigenden Wort bezeichnen, schlage ich Ihnen den Schädel ein.«

Er schauderte. »Ich wußte, daß es ein Fehler war, sobald ich das Wort ausgesprochen hatte.«

»Ein gewaltiger Fehler. Und jetzt will ich das Labor sehen.«
Er nickte. »Und ihre Notizen und Testergebnisse über RU2.«

»Jetzt? Wäre es nicht einfacher, wenn ich Ihnen die Computerdiskette gebe?«

»Nein. Ich werde die Papiere mit ins Bett nehmen und durchlesen, bevor ich schlafe.« Sie ging zur Tür. »Ich muß für mich selbst entscheiden, ob Sie ein Genie oder ein Irrer sind.«

»Oh, ich bin ein gottverdammtes Genie«, murmelte er. »Daran gibt's keinen Zweifel.«

Er war ein gottverdammtes Genie.

Kein Zweifel.

Kate steckte die letzten Seiten zurück in die Aktentasche, die er ihr gegeben hatte, und ließ sie auf den Boden neben dem Bett fallen. Sie drehte das Licht auf dem Nachttisch aus, aber das graue Licht der Morgendämmerung erhellte bereits den Raum. Sie hatte nur einen flüchtigen Blick auf Noahs Arbeit werfen wollen, aber sie war gefangen gewesen, gebannt von den Möglichkeiten.

Nein, nicht Möglichkeiten, Wunder.

Wenn RU2 doch nur vor drei Jahren verfügbar gewesen wäre …

Noah hatte RU2 bereits entwickelt und testete es zu der Zeit, als Daddy sie gezwungen hatte, diese entsetzliche Entscheidung zu treffen.

Sie schluckte gegen ihre zugeschnürte Kehle an. Es war dumm zurückzuschauen. Was getan war, war getan.

Schau nach vorn. Wenn sie hart genug arbeitete, könnte sie etwas weit Wichtigeres tun, als sie sich je hätte träumen lassen.

Sie könnte Teil eines Wunders werden.

Phyliss, Joshua und Noah waren bereits an der Frühstücksbar, als Kate am nächsten Morgen ins Zimmer kam. »Guten Morgen.« Sie reichte Noah die Aktentasche. »Danke. Interessanter Lesestoff.«

»Hallo, Mom. Noah hat gesagt, wir sollen dich schlafen lassen. Magst du Pancakes?«

»Nur Orangensaft.« Sie goß sich ein Glas ein und setzte sich. »Ihr seid fast fertig?«

Joshua nickte. »Wir fahren rüber zu der Ranger Station.«

Noah runzelte die Stirn. »Wie meinen Sie das – ›interessant‹?«

Er war wie ein kleiner Junge, der, nachdem er einen Wettbewerb gewonnen hatte, um Lob bettelte. Von ihr würde er es nicht kriegen. Sie würde so anfangen, wie sie plante vorzugehen. Nach einer Nacht intensiver Beschäftigung mit RU2 war sie bereits genug eingeschüchtert von Noah. Es würde schwierig werden, sich auf professioneller Ebene zu behaupten. »Um ehrlich zu sein, sehr interessant.« Sie nippte an ihrem Orangensaft. »Wie hast du geschlafen, Phyliss?«

»Wie ein Stein«, sagte Phyliss. »Und du?«

»Gut genug. Die Landluft tut mir scheinbar gut.« Sie sah zu Noah. »Ich muß zuerst mit Seth Drakin reden, aber ich glaube, wir bleiben für eine Weile.«

Ein strahlendes Lächeln überzog Noahs Gesicht.

»Das ist Klasse«, rief Joshua vom vierten Treppenabsatz der Ranger Station. »Das ist wie ein Baumhaus. Beeil dich, Mom.«

»Ich beeil mich ja«, sagte Kate. »Wenn ich nicht vorher einen Herzinfarkt kriege.« Sie warf einen Blick zurück über die Schulter zu Noah. »Sie haben mir nicht gesagt, daß das Ding so viele Stockwerke wie das Washington-Denkmal hat.«

»Sie übertreiben«, sagte Noah. »Der Ranger muß hoch genug sein, um Waldbrände erkennen zu können.«

»Wenn ich je hier raufkomme, geh ich vielleicht nie wieder runter«, sagte Phyliss mit grimmiger Miene.

»Hallo.« Seth Drakin lehnte über die oberste Veranda, sein Gesichtsausdruck war genauso jungenhaft begeistert wie der Joshuas. »Ziemlich cool, was?«

»Gigantisch«, sagte Joshua, als er die letzten Stufen hochsprang. »Wie weit können wir sehen?«

»Etwa dreißig Meilen. Schön, dich wiederzusehen, Joshua.« Er reichte ihm das Fernglas, das er in der Hand hielt. »Im Norden kannst du einen großen See erkennen.«

Joshua runzelte die Stirn. »Wo?«

»Hier, laß dir beim Einstellen helfen.« Er ging neben ihm in die Hocke und richtete das Fernglas ein. »Jetzt?«

Joshua nickte. »Wow. Ich kann sogar einen Vogel auf der Kiefer am Ufer sehen.« Er überquerte die Veranda und beugte sich über das Geländer, das Fernglas an die Augen gepreßt. »Und da ist ein Lagerfeuer …«

Kate wollte ihm gerade sagen, er solle weg vom Geländer gehen, als Seth sich rasch neben ihn stellte.

»He, häng dich nicht so übers Geländer. Lyle haßt Schreinerarbeiten, und ich hab ihm versprochen, diese Geländer zu behandeln, als wären sie aus Stroh.«

»Tut mir leid.« Joshua wich zurück. »Wer ist Lyle? Der Ranger?«

»Jap.« Er deutete nach Norden. »Willst du die Hütte sehen, in der du gestern übernachtet hast? Das sieht so nahe aus, als wäre es nebenan.« Er lächelte Kate an, die gerade den obersten Treppenabsatz erreicht hatte. »Sie waren gestern lange wach.«

»Sie können in mein Schlafzimmer sehen?« fragte sie mißtrauisch.

»Na ja …« Er grinste spitzbübisch. »Ja.«

Sie versuchte sich zu erinnern, ob sie sich gestern abend im Bad oder im Schlafzimmer ausgezogen hatte.

»Ich bin kein Spanner. Ich hab nur schnell mal reingeschaut und bin dann ausgestiegen.«

Vielleicht. Sein Lächeln war etwas zu unschuldig.

»Konnten Sie auch in mein Zimmer sehen?« fragte Joshua.

»Nee. Du warst wohl auf der anderen Seite des Hauses.«

»Vielleicht könnten Mom und ich tauschen, und wir könnten uns gegenseitig signalisieren.«

»Wir werden darüber reden. Ich glaube, ich habe eine bessere Idee.« Seth drehte sich um und sah, wie Phyliss sich die letzten Stufen hochkämpfte. »Ich bin Seth. Sie müssen Phyliss Denby sein.«

»Ich bin mir nicht sicher«, keuchte sie. »Ich war es, als ich anfing, diese Treppen hochzusteigen. Vielleicht bin ich inzwischen im Jenseits gelandet.« Sie sah hinaus über die weitläufigen Wälder zu den Bergen in der Ferne. »Aber wissen Sie was, es könnte die Sache wert sein.«

»Lagerfeuer?« fragte Noah, den Blick nach Norden gerichtet.

»Ein Pärchen auf Hochzeitsreise«, sagte Seth. »Ich hab ihnen heute morgen um fünf einen Besuch abgestattet, und sie haben mich nicht mal zum Frühstück eingeladen.« Er warf einen traurigen Blick zu Phyliss. »Ich hab nur eine Schlüssel Cornflakes und Kaffee gehabt.«

»Hört sich an wie ein wohlausgewogenes Mahl«, sagte Phyliss, ohne eine Miene zu verziehen.

»Was sind Sie denn für eine Großmutter?« fragte Seth angewidert. »Auf diese Einleitung hätte eine Einladung zu Plätzchen und einem Braten zum Abendessen folgen müssen.«

»Haben Sie die letzten dreißig Jahre in einer Höhle gelebt?« fragte Phyliss.

»Gelegentlich.« Seth lächelte sie an. »Okay. Wir teilen uns die Kocherei.«

»Oder handeln Tauschgeschäfte aus.« Sie lächelte. »Falls Kate entscheidet, daß wir bleiben.«

Seth wandte sich zu Kate. »Sie würden mich doch nicht zwingen, allein hier zu bleiben? Ich hab wirklich nicht heimlich geguckt, ehrlich.«

»Wir werden hier wohnen?« fragte Joshua mit vor Aufregung ganz großen Augen.

Kate sagte: »Du und deine Großmutter und Mr. Drakin könnten hier wohnen. Würde dir das gefallen?«

»Das wäre cool.« Er runzelte plötzlich die Stirn. »Du wärst nicht hier?«

»Deine Mom muß im Labor in der Hütte arbeiten, und hier gibt's nur ein Schlafzimmer.« Seth fügte hinzu: »Das wirst du dir mit deiner Großmutter teilen, und ich werde auf der Couch im Wohnzimmer kampieren.«

Joshua schüttelte langsam den Kopf. »Ich glaube nicht. Ich muß bei Mom bleiben.«

»Du könntest die Hütte mit dem Fernglas im Auge behalten«, sagte Noah. »Ich verspreche, daß ich auf sie aufpasse. Ich weiß, daß ich das letzte Mal Mist gebaut habe, aber das mach ich nicht sehr oft.«

»Vielleicht ist es dann ja okay«, sagte Joshua zweifelnd.

»Der Handel ist noch nicht perfekt«, sagte Kate. »Ich werde zuerst noch mit Mr. Drakin reden müssen. Aber wenn wir uns entscheiden, daß es das beste ist, werde ich jeden Tag hier rüberjoggen und dich besuchen.« Sie fügte hinzu: »Und du kannst in die Hütte kommen.«

Seth schüttelte hastig den Kopf. »Er wird zu beschäftigt sein. Ich hab Lyle versprochen, daß wir Ausschau nach Feuern halten, und Joshua wird auch Wache halten müssen. Aber Sie können herkommen und uns helfen.«

»Gibt's ein Telefon?« fragte Joshua.

Seth nickte. »Und ich hab die Hüttennummer schon eingespeichert.«

»Phyliss?« fragte Kate.

Phyliss nickte. »Ich werd schon mit ihnen fertig.«

Kate zögerte immer noch.

»Sie kann sich nicht entscheiden, bevor sie sich nicht umgesehen und sich überzeugt hat, daß das hier kein Slum ist«, sagte Seth. »Würdest du bitte die Wache übernehmen, solange ich mit deiner Mom im Haus bin, Joshua?«

»Klar.« Er hob das Fernglas an die Augen. »Halte ich Ausschau nach Rauch?«

»Und nach allem anderen, was ein Problem werden könnte.« Seth hielt Kate die Tür auf. »Behalt die Flitterwöchner genau im Auge. Sie haben heute morgen nicht auf ihr Lagerfeuer aufgepaßt.«

»Ich bin mir nicht sicher, ob ich möchte, daß Joshua diese Flitterwöchner beobachtet«, murmelte Kate, als sie die Station betraten. Der Raum war überraschend gemütlich eingerichtet, mit einer Couch und einem Sessel, die mit Denim bezogen waren, einer Kochnische und einer Frühstücksbar am anderen Ende des Raumes.

»Er wird wahrscheinlich ein paar Lektionen in Biologie kriegen, solange er hier ist, aber die Flitterwöchner waren in ihrem Zelt, als ich das letzte Mal nachgesehen habe.« Er drehte sich zu ihr, und das Jungenhafte fiel ab wie ein beiseite geworfener Hut. »Okay. Sie sind sich meiner nicht sicher. Also stellen Sie Ihre Fragen.«

»Werden Sie sie beantworten?«

»Die meisten.«

»Warum glaubt Noah, Sie können Joshua beschützen?«

»Ich kann schießen. Ich kenn mich in den Wäldern aus. Ich vertraue niemandem, und ich habe Noah ein Versprechen gegeben.«

»Versprechen werden ständig gebrochen.«

Er zuckte die Schultern. »Ich ziehe es vor, meine zu halten.«

»Sonst noch etwas?«

»Ich mag Kinder.«

Das hatte sie an seinem Umgang mit Joshua gemerkt, aber sie war sich nicht sicher, wieviel Kind noch in ihm selber steckte. Er hatte ihr eine völlig andere Seite des Mannes gezeigt, der in dieser Nacht ihre Einfahrt hochgerannt war.

»Fifty-fifty«, sagte er, als könne er ihre Gedanken lesen. »Joshua und ich werden uns gut vertragen, aber ich kann es unter Kontrolle halten.«

»Sie sind derjenige, der Noah von Ishmaru erzählt hat.«

»Das heißt nicht, daß wir Kumpel sind. Ich kenne viele Leute. Was haben Sie Joshua von Ishmaru erzählt?«

»Die Wahrheit.«

»Haben Sie ihm erzählt, daß Sie ihn zu seinem Schutz hier oben bei mir lassen?«

»Nein, glauben Sie, ich will ihn zu Tode erschrecken?«

»Ich glaube, er hat mehr Angst davor, daß Ihnen etwas passieren könnte.« Er lächelte. »Netter Junge. Und gescheit ist er auch.«

»Ich möchte nicht, daß er sich bedroht fühlt.«

»Ich werd's versuchen, aber versprechen kann ich das nicht. Blindheit kann ein Risiko sein.« Er sah ihr direkt in die Augen. »Wenn Sie mir Joshua anvertrauen, dann gehört er mir. Er wird nicht in die Hütte kommen, weil das seinen Umzug hierher sinnlos machen würde. Sie können ihn hier besuchen, aber nicht ohne anzurufen, damit ich es weiß und sie abholen und sichergehen kann, daß Sie niemand verfolgt. Wenn ich es für sicherer halte, ihn wegzubringen, bringe ich ihn weg. Ich werde versuchen, es Sie wissen zu lassen, aber wenn ich dabei ein Risiko sehe, werde ich es nicht tun. Ist das klar?«

»Sehr klar.« Eigentlich sollte es ihr zuwider sein, wie er Joshua einfach übernahm, er war ihr Sohn und ihre Verantwortung. Aber es war ihr nicht zuwider. Sie fühlte sich erleichtert und getröstet durch die Wand, die Seth um Joshua errichtete. »Aber er gehört nicht Ihnen, sondern mir. Und wenn ich das Gefühl habe, daß Sie nicht gut für ihn sorgen, dann stoß ich Sie von diesem Turm. Ist das klar?«

Er grinste. »Kapiert.« Er deutete zur Tür. »Und jetzt sollten Sie besser gehen und Joshua sagen, daß ich Ihren Unbedenklichkeitsstempel habe.«

Sie sagte spitz: »Den werden Sie nie kriegen, wenn Sie ihn mit diesem Fernglas zu einem verdammten Voyeur machen.«

Es dauerte fast einen halben Tag, bis Phyliss' und Joshuas Sachen ausgepackt waren und die beiden sich in der Station eingerichtet hatten. Es war schon fast Sonnenuntergang, als Kate und Noah in die Hütte zurückkehrten.

Sie fühlte sich seltsam ausgelaugt, als sie die Stufen zur Veranda hochstieg.

»Sie sind sehr still«, sagte Noah, als er die Tür aufsperrte. »Es wird schon alles gut. Joshua ist glücklich.«

»Ich weiß.«

»Seth wird gut auf ihn aufpassen.«

»Wehe, wenn nicht.«

»Wenn Sie Zweifel hätten, hätten Sie Joshua nicht dagelassen.« Sein Blick prüfte ihren Gesichtsausdruck. »Was ist denn los? Ich möchte Ihnen alles recht machen. Was kann ich tun?«

»Er fehlt mir einfach«, sagte sie schlicht.

»Sie sind doch erst zehn Minuten weg von ihm. Sie waren jeden Tag Stunden von ihm getrennt, wenn Sie arbeiteten.«

»Dann bin ich eben nicht vernünftig. Das hier ist anders. Ich komme mir vor, als hätte ich ihn ins Internat geschickt oder so was. Das können Sie nicht verstehen.«

»Nein, tu ich auch nicht.« Er ging quer durch den Raum zum Wandtelefon in der Küche. »Aber ich werde sehen, ob ich es richten kann.« Er drückte eine Nummer auf der Tastatur. »Zwei ist die Ranger Station.« Er sagte in den Hörer: »Seth, laß mich mit Joshua reden.« Er reichte ihr den Hörer. »Reden Sie mit ihm.«

Sie nahm den Hörer. »Was soll ich sagen?«

»Was immer Sie sagen wollen. Fragen Sie ihn nach seinem ersten Tag im Internat.« Er ging um die Frühstücksbar in die Kochnische. »Wie wär's mit Pasta zum Abendessen?«

»Gut«, sagte sie automatisch. »Hallo, Joshua.« Sie überlegte hastig. »Ich hab mich gefragt, ob du vielleicht noch ein Fernglas brauchst …«

Zehn Minuten später legte sie den Hörer auf.

»Fühlen Sie sich besser?« fragte Noah.

Sie fühlte sich tatsächlich besser. Sie hatte gewußt, daß Joshua nur einen Anruf entfernt war, aber die kurze Verbindung hatte die Tatsache bestärkt und ihr Gefühl von Isolation gemindert. »Ja. Woher wußten Sie das?«

»Wahrscheinlich kommt das daher, daß ich nicht nur genial, sondern auch sensibel bin.« Er hob den Blick von der Tomatensauce, die er gerade rührte, und grinste. »Gut geraten.«

Sie erwiderte sein Lächeln. Mit dem Geschirrtuch, das er um die Taille gebunden hatte, und dem Klecks Tomatensauce auf seinem Kinn wirkte er alles andere als genial. »Das hab ich mir gedacht.« Sie ging um die Frühstücksbar herum. »Was kann ich helfen?«

»Raus aus meiner Küche. Ich bin sehr eigen, wenn es um meine Gerichte geht.«

»Sie haben ein Geheimrezept?«

»Verflucht, ja.« Er schnitt eine Grimasse. »Haben Sie's nicht bemerkt? Ich bin ganz groß in Geheimrezepten. Aber ich verspreche, das ist kein zweites RU2. Kein Catch 22. Es wird nur den Gaumen entzücken.«

Sie spürte Bitterkeit hinter der Heiterkeit dieser letzten Sätze. »RU2 ist möglicherweise der größte medizinische Durchbruch der Geschichte. Es wird Millionen von Leben retten.«

»Und hat schon fast hundert gekostet.« Er hielt inne. »Nein, *ich* habe diese Leben genommen. Ich habe RU2 geschaffen und wußte, was der Fallout sein könnte, und habe trotzdem weitergemacht. Alles, was passiert, geht auf meine Kappe.« Er nahm den Saucentopf vom Feuer. »Genauso wie es auf Ihre gehen wird, wenn Sie mir helfen.«

Sie sah ihn verwirrt an. »Warum warnen Sie mich? Sie haben mich doch praktisch gekidnappt, damit ich bei dem Projekt mitarbeite.«

»Ich will nur, daß Sie wissen – Verdammt, ich weiß es nicht.« Er zuckte erschöpft die Schultern. »Ich hab wahrscheinlich Schuldgefühle und möchte sie ein bißchen teilen.

Oder vielleicht möchte ich, daß Sie mir sagen, fahr zur Hölle, und einfach gehen.«

»Und dann würden Sie mich verfolgen und mich überreden zurückzukommen.«

»Wahrscheinlich.«

»Ganz bestimmt«, sagte sie barsch. »Also halten Sie den Mund, Sie haben mich nicht unter Hypnose dazu gebracht hierzubleiben. Ich habe meine Entscheidung getroffen. Ich hätte weggehen können und habe es nicht getan.« Sie ging zum Schrank. »Diese idiotische kulinarische Eifersucht bezieht sich auch aufs Tischdecken?«

»Nein.« Er sah zu, wie sie die Teller hinstellte, und ein Lächeln huschte über sein Gesicht. »Sie finden mich nicht hypnotisch?«

»Tut mir leid.«

»Verdammt.« Er nahm die kochenden Nudeln vom Feuer und ging zum Spülstein, um sie abzutropfen. »Ich lasse wohl nach.«

Sie mußte lächeln, als sie den Tisch deckte. Allmählich begann sie, sich in seiner Umgebung wohlzufühlen, stellte sie fest. Das war nicht der brillante Wissenschaftler, dessen Arbeit sie in Erstaunen versetzt, und auch nicht der gnadenlos entschlossene Mann, der ihr den Reifen zerschossen hatte. Er war menschlicher, verletzlich. Er war der Noah, der in dem Diner saß und die Kellnerin anlächelte und ihr das Gefühl gab, sie wäre der wichtigste Mensch auf Erden.

Aber Kate war nicht Dorothy, sie mußte die nächsten Wochen mit Noah zusammenleben. Sie mußte mit ihm arbeiten und sich behaupten können.

»Beeilen Sie sich«, sagte Noah, als er die Sauce über die Nudeln goß. »Wenn Sie Glück haben, laß ich Sie das Knoblauchbrot aus dem Ofen nehmen.«

»Das ist Sklavenarbeit.«

»Genau.«

Zur Hölle damit, Barrieren zu errichten. Sie konnte nicht in einer Atmosphäre arbeiten, in der sie ständig auf der Hut war. Wie er schon sagte, sie steckten da zusammen drin. Es könnte nichts schaden, Freunde zu werden. »Nehmen Sie's doch selber raus. Ich such mir meine Arbeit aus.« Sie setzte sich an den Tisch, breitete ihre Serviette über den Schoß und verkündete: »Ich warte darauf, bedient zu werden.«

Als sie in dieser Nacht in ihr Zimmer ging, war das erste, was sie sah, eine Sturmlaterne auf dem Fenstersims. Die Kerze war angezündet und warf Schatten an die Wand. Daneben lag ein Zettel von Noah.

Dieses Zimmer kann man wirklich von der Ranger Station aus sehen. Seth dachte, Sie könnten jeden Abend eine Kerze anzünden und Joshua erklären, Sie würden ihm so gute Nacht sagen.

Sie lächelte, als sie behutsam die Glaskugel mit den Fingern berührte. Sehr nett von Seth. Auf sie hatte er nicht den Eindruck eines Mannes gemacht, der an solche Kleinigkeiten denken würde. Jetzt war ihr bei dem Geanken, Joshua in seiner Obhut zu lassen, wohler.

Sie sah hinaus in die Dunkelheit und flüsterte: »Vielleicht wird das alles doch funktionieren. Gute Nacht, Joshua.«

Noah wartete nur, bis sich die Tür hinter Kate geschlossen hatte, bevor er Tonys Nummer in der Lodge wählte.

»Na endlich«, sagte Tony säuerlich. »Ich dachte, du wärst vom Planeten gefallen.«

»Bist du auf digital umgestiegen?«

»Ja, an dem Tag danach, als du's mir gesagt hast.«

»Gut. Noch mehr Tote?«

»Nein.« Er hielt inne. »Was, zum Teufel, ist in Dandridge passiert?«

»Nichts Gutes.«

»Ich würde sagen, das ist eine Untertreibung. Sie hat einen Polizisten getötet?«

Noah erstarrte. »Was?«

»Gegen sie ist Haftbefehl erlassen worden wegen des Mordes an einem gewissen Caleb Brunswick. Das hast du nicht gewußt?«

Noah murmelte einen Fluch. »Natürlich hab ich es nicht gewußt. Das ist verrückt.« Nicht so verrückt, wurde ihm klar. Es gab keine bessere Möglichkeit, Kate in ein falsches Licht zu setzen und sie in Verruf zu bringen, nachdem Ishmaru versagt hatte. »Welches Motiv?«

»Angeblich ist sie nach dem Tod ihres Exmannes ausgeflippt und hat dem Polizeirevier die Schuld gegeben. Sie hat dem Police Commissioner einen Brief geschickt, in dem sie behauptet, sie hätte ein Leben für ein Leben genommen.«

»Eine Fälschung.«

»Und mehrere Kollegen haben bezeugt, daß sie unter Erschöpfung und Depressionen gelitten hat.«

Ogden hatte sein Netz gewoben und zog es jetzt fester zu. Mein Gott, er hatte wesentlich schneller gehandelt, als Noah es für möglich gehalten hatte. »Lügen.«

»Na, dann sollte sie sich besser stellen und das aufklären.«

Genau das wollte Ogden. Wenn die falschen Beweise gut genug waren, würde man sie festnehmen. Wenn nicht, dann würde man Ishmaru wieder auf sie loslassen. »Was passiert bei Ogden?«

»Barlow sagt, er hat sich gestern mit drei ganz großen Bossen getroffen.«

»Mit wem?«

»Er konnte nur einen identifizieren: Ken Bradton.«

»Scheiße.«

»Und heute hat er ein Gasthaus am Rand der Stadt besucht, in dem Senator Longworth unter falschem Namen abgestiegen war.«

177

»Er ist sicher, daß es Longworth war?«

»Longworth ist nicht schwer zu finden. Er liebt das Rampenlicht und hat mehr Senatsuntersuchungen geleitet als Joe McCarthy.« Tony schwieg einen Moment. »Ogden setzt alles in Bewegung. Diese Washington-Connection sieht nicht gut aus. Was wirst du tun?«

Es gab nicht viel, was er tun konnte, dachte Noah frustriert. Ihm waren die Hände gebunden, bis er mit seiner Arbeit hier fertig war. »Warte ab. Halt die Augen offen. Ich möchte, daß du morgen nach Washington fährst. Geh in ein Hotel außerhalb der Stadt, und halte dich bedeckt. Ich will nicht, daß Ogden erfährt, daß du in der Stadt bist.«

»Du meinst, ich kann von meinem Berg runterkommen?« fragte Tony sarkastisch. »Ich dachte, ich würde für den Rest des Jahrtausends hier festsitzen.«

Er hatte keine andere Chance, er mußte Tony enttarnen. Alles ging den Bach hinunter. »Ich ruf dich morgen auf deinem digitalen Telefon an und hol mir die Hotelnummer.«

»Was ist mit Barlow?«

»Für den Augenblick soll er in Seattle bleiben und Ogden im Auge behalten«, sagte Noah. »Sei vorsichtig, Tony.«

»Immer.« Tony legte auf.

Was jetzt, fragte sich Noah. Sollte er Kate von dem Haftbefehl erzählen? Er könnte sie vielleicht davon überzeugen, wie gefährlich es wäre zurückzukehren, aber ihr Instinkt würde ihr raten, ihrem Freund Alan zu vertrauen und sich von aller Schuld zu befreien. In diesem Fall war das beste, worauf sie hoffen konnten, eine Verzögerung von RU2, das schlimmste, daß Kate sterben könnte. Keine der Konsequenzen war akzeptabel. Also würde er Kate nichts sagen.

Großer Gott, er grub sich da ein tiefes Loch.

Seth atmete befriedigt die saubere, nach Kiefern duftende Luft ein, während er in die Dunkelheit hinaussah.

Es war gut hier, nicht perfekt. Nichts war perfekt. Aber diese Ecke West Virginias würde er jederzeit den Vorzug gegenüber diesem Höllenloch in Kolumbien geben.

Er konnte das Klappern von Geschirr und laufendem Wasser im Haus hören, wo Phyliss das Geschirr vom Abendessen abwusch. Nette Frau. Netter Junge. Netter Platz. Vielleicht könnte er noch eine Weile hierbleiben, auch nachdem Noah Ordnung in das Chaos um sie herum gebracht hatte. Noah hatte es immer verstanden, Situationen geduldig zu formen, bis sie ihm paßten. Ganz anders als Seth. Er hatte nie Geduld gehabt. Wenn die Dinge nicht rasch genug passierten, dann ließ er sie passieren, ohne Rücksicht auf die Konsequenzen.

Und dann zog er weiter.

Wer, zum Teufel, wollte auch an einem Ort bleiben? Dieser Job würde sein wie jeder andere, abgesehen davon, daß er Noah half. Wenn es vorbei war, würde er ruhelos werden oder sich langweilen, oder etwas würde passieren, das ihn dazu veranlaßte zu gehen.

Er hörte, wie die Gittertür sich öffnete, warf einen Blick über die Schulter und sah Joshua aus dem Haus kommen. »Hallo. Schöne Nacht, was?«

Joshua stellte sich neben ihn. »Es ist still.« Seine Hände klammerten sich um das Geländer. »Ich hab nicht gedacht, daß es so still ist.«

»Es ist nicht wirklich still. Hör auf die Geräusche der Nacht.«

Joshuas Hände arbeiteten am Geländer. »Ja … aber es ist irgendwie einsam. Irgendwie macht es einen –« Er verstummte und wandte sich ab. »Ich glaub, ich geh auf die andere Seite, wo ich die Hütte sehen kann.« Er entfernte sich rasch und bog um die Ecke.

Zu rasch.

Er sah aus, als wolle er vor etwas fliehen.

Wie der Rest von uns, dachte Seth. Willkommen auf der Welt, Kleiner.

Aber das Kind gehörte ihm für die Zeit, die es hier war, und Flucht führte oft zu Katastrophen. In Momenten wie diesen setzte meist die Schockwirkung des Ortswechsels und traumatischer Erlebnisse ein.

Er folgte Joshua.

Aber er blieb stehen, als er an der Ecke angelangt war.

Joshua saß auf der Veranda mit bebenden Schultern, stumme Tränen liefen über seine Wangen. Er war hier herausgerannt, um seinem Gram da, wo ihn keiner sehen konnte, freien Lauf zu lassen. Seth konnte das verstehen. Er hatte auch nie gewollt, daß jemand seine Tränen sah.

Sollte er Joshua allein lassen und zurück ins Haus gehen?

Wahrscheinlich. Der Kleine war stolz und wollte sicher nicht, daß es jemand wußte. Er würde sich vielleicht von seiner Mutter oder von einem Mann wie Noah trösten lassen, aber Seth würde es nur vermasseln.

Er wollte sich abwenden, aber dann drehte er sich wieder zurück. Zum Teufel damit. Dann war er eben nicht Noah. Der Kleine litt. Er würde das auf die einzige Art, die er kannte, handhaben.

»Ich komme rüber«, sagte Kate zwei Tage später am Telefon zu Phyliss. »Sag's Seth. Er hat gesagt, ich soll anrufen und es ihn wissen lassen, wenn ich komme.«

»Er ist nicht da. Er und Joshua sind auf Manöver.«

»Was?«

»Du hast mich gehört. Ich hab ihm gesagt, daß es dir nicht gefallen wird.«

»Wo sind sie?«

»In der Nähe des Sees. Zehn Meilen südlich. Er hat seinen Piepser. Soll ich ihn anfunken?«

»Nein. Ich bin unterwegs.« Sie legte auf.

»Probleme?« fragte Noah.

»Wie kommen Sie denn auf die Idee?« Ihr Ton triefte vor Sarkasmus. »Nur weil Ihr Freund einen Neunjährigen auf Manöver mitgenommen hat? Geben Sie mir die Schlüssel zu Ihrem Jeep.«

»Ich komme mit.«

»Mir reicht einer von euch beiden. Geben Sie mir die Schlüssel.«

Er zuckte die Schultern und warf ihr die Schlüssel zu.

Zehn Minuten später holperte sie über die rauhe Schotter-straße, die den See entlangführte.

Keine Spur von ihnen.

Sie hielt den Jeep an und sprang heraus.

»Joshua?«

Keine Antwort.

Wo, zum Teufel, waren sie?

»Seth?«

Keine Antwort.

Der Zorn verebbte, und Angst machte sich breit. Sie be-wegte sich rasch in den Wald hinein. »Joshua?«

»Zeit zu antworten. Sie ist besorgt, Joshua. Man darf sich nicht vor jemandem verstecken, der sich Sorgen um einen macht.« Seth trat nur wenige Meter entfernt aus dem Schatten.

»Tag, Mom.« Joshua kam hinter ihm her. »Ich hab gewußt, daß du es bist, bevor du gerufen hast.« Er warf einen Blick auf Seth. »Mensch, du hast eine Supernase. Du hattest recht. Sie stinkt tatsächlich.«

»Wie bitte?« fragte sie mit eisiger Stimme.

Seth schnitt eine Grimasse. »Nichts für ungut. Es geht nicht um Sie speziell, nur menschliche Wesen im allgemeinen.«

Joshua kicherte. »Aber wir stinken nicht, stimmt's? Wir haben uns gestern abend nicht geduscht und uns heute mor-gen im Dreck gewälzt.«

»Wir stinken ein bißchen«, sagte ihm Seth. »Es braucht

181

gute zwei Tage im Freien, bevor man den Geruch der Zivilisation los wird.«

»Wovon redet ihr überhaupt?« fragte Kate. »Gehört das zu diesen dämlichen Manövern?«

Joshuas Lächeln verblaßte. »Bist du sauer, Mom?«

»Sie versteht es nicht«, sagte Seth hastig. »Warum gehst du nicht ein Stück den Weg voran und läßt es mich ihr erklären.«

»Wir machen nichts Schlechtes, Mom. Wir sind nur im Manöver.«

»Manöver sind Kriegsspiele. Du weißt, wie ich über –«

»Ich werde in zehn Minuten kommen, und dann möchte ich, daß du mir alle Gerüche erzählst, die du identifizieren kannst.« Seth deutete mit dem Daumen. »Komm in die Gänge, Kleiner.«

Joshua grinste und rannte den Weg hinunter.

Es schmerzte, ihn wegrennen zu sehen. Sie fühlte sich … ausgeschlossen.

»Tut mir leid, daß wir nicht in der Station waren«, sagte Seth. »Sie haben uns nicht gesagt, daß Sie heute kommen wollen.«

»Ich hab's auch nicht gewußt.« Sie drehte sich zu ihm und ging zum Angriff über. »Manöver? Er ist doch nur ein kleiner Junge. Ich werde nicht zulassen, daß er solche Spiele spielt.«

»Es ist kein Spiel.« Er hob die Hand, um ihren Protest abzuwehren. »Ich werde ihm kein Gewehr und keine Machete geben. Obwohl, wie ich höre, sein Vater keine Bedenken hatte, Joshua das Schießen beizubringen.«

»Auf Zielscheiben. Und das hat mir auch nicht gefallen.«

»Es überrascht mich, daß Sie etwas dagegen haben. Sie sind auch ein Kämpfer. Das hab ich in dem Augenblick, in dem ich Sie das erste Mal sah, gewußt.«

»Schlachten sollten nicht mit Pistolen ausgetragen werden.«

»Aber das werden sie. Schauen Sie doch die Abendnachrichten an.«

»Nun, mein Sohn wird nicht in einem Ghetto leben, wo man dieser Bedrohung ausgesetzt ist.«

»Nein, er lebt in einem stillen kleinen Viertel, wo nie etwas Schlimmes passiert. Aber sein Vater ist ermordet worden, und er glaubt, seiner Mutter könnte das jeden Augenblick auch passieren.«

Es war wie ein Schlag ins Gesicht. »Ich hab alles getan, was ich konnte, um ihn zu beschützen.«

Seth zuckte die Schultern. »Dinge passieren. Ghettos haben kein Monopol auf Pech.« Sein Gesichtsausdruck wurde sanfter. »Hören Sie, ich mach mit dem Kind keine Nahkampfausbildung. Ich versuche nur, ihm den Glauben zu geben, daß er mit dem, was ihm passiert ist, fertigwerden kann. Im Augenblick fühlt er sich hilflos und entsetzlich besorgt. Er hat Ihnen nicht helfen können, als er dachte, Sie brauchen ihn.«

»Er ist nur ein Kind.«

»Mit einem Riesengefühl für Verantwortung. Es muß in den Genen liegen.« Er hielt inne. »Er hat gestern abend geweint.«

Sie erstarrte. »Was haben Sie getan?«

»Es ignoriert. So getan, als hätte ich es nicht gesehen. Er wollte nicht, daß ich es weiß. Also weiß ich es nicht.« Er schüttelte den Kopf. »Ich bin nicht seine Mutter. Die einzige Möglichkeit, ihn zu trösten, war, ihm seine Hilflosigkeit zu nehmen.«

»Ich hätte dasein müssen.«

»Nicht, wenn Sie ihn in Sicherheit haben wollen. Ich möchte Ihnen keinen Schuldtrip aufhalsen, ich wollte nur, daß Sie wissen, daß Joshua das Gefühl haben muß, daß er dem Kampf, der um ihn tobt, gewachsen ist.«

»Nicht auf diese Art. Ich kann nicht ...« Sie verstummte,

als sie merkte, daß sie nicht überlegte. Seit dieser Alptraum begonnen hatte, agierte sie nur noch impulsiv, und das konnte sie sich nicht erlauben, wenn es um Joshua ging. »Einen Moment.« Sie schwieg kurz und versuchte, einen klaren Kopf zu bekommen. »Was genau bringen Sie ihm bei?«

»Nichts Gewalttätiges. Wie man sich im Wald verhält, wie man sich lautlos bewegt und nicht gesehen wird.«

»Warum nennen Sie es dann Manöver?«

»Es schien logisch. Joshua hat das Gefühl, er ist im Krieg.«

»Hat er das?« flüsterte sie entsetzt.

»Schauen Sie, das ist völlig natürlich. Es gibt nichts, was irgend jemand tun kann, um ihm dieses Gefühl zu nehmen. Er ist zu gescheit. Mein Gott, er *ist* im Krieg. Wenn Sie ihm sagen, daß Sie sich um ihn kümmern, fühlt er sich auch nicht sicherer. Sie sind diejenige, um die er sich Sorgen macht.«

»Aber ich sollte mich um ihn kümmern, das ist meine Aufgabe.«

»Und Sie mußten sie delegieren.« Er sah ihr direkt in die Augen. »Lassen Sie mich meinen Job auf meine Art machen, Kate.«

»Den Teufel werde ich.« Sie seufzte erschöpft. »Aber vielleicht haben Sie recht. Vielleicht fühlt er sich sicherer, wenn er diese dummen Kriegsspiele spielt.«

»Gut. Dann gehen wir und sagen Joshua, daß Sie nicht sauer auf ihn sind.« Er streckte die Hand nach ihrer aus. »Wenn Sie brav sind, lassen wir Sie vielleicht sogar mitspielen.«

Sie zögerte, dann legte sie ihre Hand in Seths. Er führte sie den Weg hinunter in die Richtung, die Joshua eingeschlagen hatte.

Sie fühlte sich wie als sehr kleines Mädchen, als Daddy sie durch Jenkins Wald geführt hatte. Seths Hand war hart, schwielig … und sicher. Seltsam, daß sie sich sicher bei einem Mann fühlte, der seinen Lebensunterhalt mit Tod verdiente. Lag es daran, daß Joshua ihm instinktiv vertraute? Sie sollte sich losreißen. Sie war kein kleines Mädchen mehr. Sie brauchte niemanden, der sie führte. Aber sie wollte kein Problem daraus machen.

Er regelte ihr Dilemma, indem er ihre Hand losließ. »Joshua ist direkt vor uns.«

»Woher wissen Sie das?«

»Ich rieche ihn. Prell-Shampoo, Dove-Seife. Die verraten einen immer.« Er grinste. »Ein Tag ohne zu duschen, reicht nicht.«

»Sollte er aber besser. Weil ich Phyliss sagen werde, daß noch einer ohne nicht läuft.«

»Spielverderberin.«

»Kann man wirklich jemanden nur auf Grund seines Geruchs ausmachen?«

»Klar. Wie Joshua schon sagte, ich hab eine gute Nase. Und in den Wäldern sind menschliche Gerüche wie ein brennender Busch. Bevor ich ins Feld ziehe, begrab ich sogar meine Ausrüstung einen Tag im Boden, damit sie einen Erdgeruch annimmt.«

Sie verzog das Gesicht. »Angenehm.«

»Besser als tot«, sagte er fröhlich.

Wie war das, wenn man so lebte wie er, fragte sie sich. Sein Leben, erfüllt von Tod und Mißtrauen, war so flüchtig, wie ihres stabil war. Oder stabil gewesen war, dachte sie reumütig. Ihr Leben hatte nichts Stabiles mehr. »Dem wird wohl so sein.«

»Ich weiß es.« Er lächelte sie an. »Leben am Abgrund hat aber auch seine Vorteile. Man lernt die Zwischenzeiten genießen. Ich wette, ich genieße mein Leben verdammt viel mehr als Sie oder Noah.«

»Ist das, wie wenn man sich mit dem Hammer auf den Daumen haut, weil es ein so gutes Gefühl ist, wenn man aufhört?« fragte sie mit zuckersüßer Stimme. »Ich glaube, man nennt das Masochismus oder vielleicht auch schlichten Irrsinn.«

»Oje.« Er begann zu traben und rief: »Komm raus und hilf mir, Joshua, deine Mom greift mich an.«

Joshua tauchte hinter einer Eiche auf. »Sie ist noch sauer?«

»Nein, ich bin nicht sauer«, sagte Kate. »Ich hab Hunger. Hat einer von euch was zu essen mitgebracht, oder sollen wir uns vom Land ernähren?«

»Nicht auf diesem Trip«, erwiderte Seth. »Mein Rucksack ist unten am See. Aber Joshua muß sich sein Mittagessen verdienen. Und? Was hast du gerochen?«

»Blätter, faulendes Holz, etwas Minziges, Scheiße.« Er sah zu Kate. »Ich fluche nicht Mom. Da war wirklich irgendein Tier dahinten.«

»Soviel ich weiß, habe ich dir andere Worte dafür beigebracht.«

Er grinste spitzbübisch. »Seth sagt, in den Wäldern muß man schnell sein.« Er sah Seth an. »Hab ich sie alle?«

»Nein«, sagte Seth. »Aber für einen Anfänger warst du ziemlich gut. Jetzt geh runter zum See, und hol meinen Rucksack, damit wir deine Mom füttern können. Nach dem Lunch werden wir diesen Haufen suchen, und du wirst lernen, welche Art von Tier ihn gemacht hat.«

»Genau.« Joshua rannte, so schnell er konnte, den Weg hinunter.

»Setzen Sie sich.« Seth deutete auf das Gras unter dem Baum, hinter dem Joshua hervorgesprungen war. »Sie sehen müde aus.«

»Ich bin nicht müde. Ich bin nur eine Viertelmeile gegangen. So gebrechlich bin ich noch nicht.«

»Okay. Sie sind nicht müde, Sie sind verspannt. Das muß vom Einsatz all dieser Gehirnzellen kommen.« Er setzte sich und streckte seine Beine aus. »Sie sollten meinem Beispiel folgen.« Er lehnte den Kopf an den Stamm und schloß die Augen. »Denke niemals, wenn du fühlen kannst.«

»Sind Sie deshalb so ein erfolgreicher Mensch?«

»Jawohl« Er öffnete ein Auge. »Oder wollten Sie mich beleidigen?«

»Ja.« Sie ließ sich neben ihn fallen. »Aber Ihnen ist das sowieso egal.«

Er gähnte. »Das stimmt nicht. Aber ich verzeihe Ihnen.«

»Danke.« Sie verstummte. »Ist es ungefährlich, Joshua allein gehen zu lassen?«

»Ja.«

»Ich nehme an, Sie hätten jemanden gerochen, Tarzan.«

»Oder gehört.«

»Sogar Ishmaru?« Sie erschauderte. »Er hält sich für eine Art indianischer Krieger.«

»Nicht genug. Er ist ein Drogerieindianer. Er hat sich selbst erfunden. Er riecht nach Mennen-Aftershave, Räucherwerk und Sesam.«

»Das konnten Sie in der kurzen Zeit, in der Sie neben ihm knieten, erkennen?«

»Ich hab aufgepaßt. Wenn man auf so jemanden wie Ishmaru stößt, versucht man, sich alles an ihm zu merken. Es könnte einem den Hals retten.«

»Ich verstehe.« Sie neigte den Kopf zur Seite. »Was ist mit mir? Wie rieche ich?«

»Das erste Mal, als ich Sie sah, rochen Sie nach einem botanischen Shampoo. Cassis, glaube ich. Es muß Ihnen ausgegangen sein, oder Sie haben es nicht mitgebracht, weil Sie heute morgen Ihre Haare mit Prell gewaschen haben. Kein Parfüm, aber Sie benutzen Opium-Körperpuder.« Er lächelte. »Nett. Sauber und nett.«

»Danke«, sagte sie mit schwacher Stimme. »Ich nehme an, Sie wissen auch, welche Zahnpasta ich benutze.«

»Colgate. Scope-Mundspülung.«

Sie lachte. »Ich glaube, ich fände es furchtbar, wenn ich so einen scharfen Geruchssinn hätte. Nicht alle Gerüche sind angenehm.«

Sein Lächeln verschwand. »Nein, einige sind gar nicht angenehm.« Er schloß wieder die Augen. »Also bringen wir sie
hinter uns und versuchen dann, uns nicht zu erinnern.«

Sie ahnte, daß er etwas Spezielles meinte. Seth Drakin war
in seinem Leben wohl mit vielen unangenehmen Dingen konfrontiert worden.

»Hat Joshua einen Hund?« fragte Seth.

Der plötzliche Themenwechsel überraschte sie. »Nein.«

»Möchten Sie einen? Ich hab versucht, ihn Noah zu geben,
aber er ist vielleicht zu beschäftigt, um sich um ein Haustier
zu kümmern.«

»Ihr Hund?«

»Irgendwie schon. Ich hab ihn in Kolumbien aufgelesen.
Momentan ist er in Quarantäne.«

Bei der Erinnerung an eine dieser unangenehmen Sachen
war Seth der Hund eingefallen. Sie spürte, wie sich ihre Neugier regte, widerstand aber dem Impuls, ihn zu fragen. Es
ging sie nichts an, und obwohl er sich so offen gab, ahnte sie,
daß Seth längst nicht so offen und unkompliziert war, wie er
den Anschein erweckte. »Ich glaube, darüber sollten wir später reden.«

»Okay. Ich habe nicht gedacht, daß Sie sich gleich festlegen
würden. Sie sind zu vorsichtig.«

»›Vorsicht‹ ist kein Schimpfwort, wissen Sie.«

»Nein, es ist ein braves, stämmiges Wort. Wie ›Verantwortung‹ und ›Ernsthaftigkeit‹ und ›Pflicht‹. Der Floh, der Noah
in den Hintern gebissen hat. Er war früher wesentlich unterhaltsamer.«

»Wenn Sie erwarten, daß ich mit Ihnen streite, muß ich Sie
enttäuschen. Ich hab mir den Tag freigenommen, um zu entspannen, und genau das werde ich tun.

»Dann lehnen Sie sich zurück, anstatt dazusitzen, als hätten Sie einen Besenstiel verschluckt.«

Sie zögerte, dann lehnte sie sich zurück. Die Baumrinde

fühlte sich durch das Sweatshirt rauh an. Sie war ungefähr so gelöst wie ein gespanntes Drahtseil. Sie warf Seth einen Blick aus dem Augenwinkel zu. Das Sonnenlicht, das durch die Bäume brach, beleuchtete die sonnengebleichten Strähnen in seinen dunkelbraunen Haaren. Seine Augen waren geschlossen, der lange, muskulöse Körper schien vollkommen entspannt. Er brauchte nur noch eine Angel, dann würde er aussehen wie eines der Kinder in einem Norman-Rockwell-Gemälde, dachte sie erbost.

Aber er war kein Kind. Er war sehr maskulin, und sie reagierte auf diese Männlichkeit, stellte sie erstaunt fest. Die sexuelle Reaktion war scharf, intensiv, fast animalisch. Woher kam sie? Es mußte etwas damit zu tun haben, daß sie im Wald war, umgeben von Natur.

»Joshua hat mir erzählt, daß Sie ein ziemlich guter Pitcher sind.«

»Ja.«

»Haben Sie als Kind gespielt?«

»Sie haben Mädchen nicht in die Kinderliga gelassen, aber mein Dad hat mit mir gespielt. Spielen Sie Baseball?«

»Ein bißchen. Sandlot in Newark, New Jersey. Ich war Catcher. Ich dachte immer, die Catcher wären die Gladiatoren des Spiels. Die Vorstellung gefiel mir.«

»Auch damals schon Kriegsspiele?«

»Sie reden hier vom großen amerikanischen Freizeitvergnügen.«

Sie begann sich zu entspannen, merkte sie. Die Sonne wärmte ihr Gesicht, und sie konnte das Gras und die Erde und den dumpfen Geruch Seths ein paar Meter entfernt riechen. Nicht unangenehm. Er paßte zu den Erddüften, die sie umgaben.

»So ist's recht, ganz locker lassen«, murmelte Seth. »Sie mögen den Wald, nicht wahr?«

»Können Sie das auch riechen? Hinter dem Haus, in dem

ich aufwuchs, gab es einen Wald. Mein Vater und ich haben jeden Samstag lange Spaziergänge gemacht. Aber der Wald dort war anders als dieser hier. Keine Berge.«

»Sind Sie in Oklahoma aufgewachsen?«

Sie nickte. »Etwa fünfzig Meilen südlich von Dandridge. Mein Vater war Hausarzt.«

»Was ist mit Ihrer Mutter?«

»Sie starb, als ich vier war. Dann gab's nur noch Dad und mich.«

»Sie haben sich gut verstanden?«

»O ja, das kann man wohl sagen.« Sie fügte schlicht hinzu: »Er war mein bester Freund.«

»Er fehlt Ihnen.«

»Jeden Tag.«

Er sagte nichts weiter. Gott sei Dank, gehörte er nicht zu den Leuten, die glaubten, sie müßten Mitgefühl äußern. »Er war ein sehr guter Arzt und ein außergewöhnlicher Mann. Ich hatte Glück, ihn zum Vater zu haben.«

»Noch eine weiße Weste. Wie Noah.«

Überraschung durchströmte sie. »Ja.« Sie hatte es bis jetzt nicht bemerkt, aber Noah erinnerte sie tatsächlich an ihren Vater. Er war genauso fanatisch engagiert und hatte ein starkes Gefühl für Verantwortung.

Mach es um Joshuas willen. Versuch nicht, mich wieder an meinen Ast zu nageln. Ich habe keine Lust auf Kreuzigung.

Sie zuckte vor der Erinnerung zurück, unterdrückte sie, wie sie das immer tat. Sie war Expertin im Verdrängen dieses Gedankens geworden. Es war eine Frage des Überlebens.

»Noah erwähnte, daß er an Krebs starb?«

»Ja. Vor drei Jahren.«

Joshua kam den Weg entlang, den Rucksack schleppend. Er winkte ihr zu.

Sie winkte zurück, beobachtete ihn zufrieden. Die schmerzliche Erinnerung an Daddy verblaßte, und die seltsame sexuelle Flamme, die Seth in ihr entfacht hatte, war erloschen, als wäre es nie passiert. Gott sei Dank, hatte Seth nichts bemerkt. Sie konnte sich vorstellen, daß ihm nur wenig entging, aber sie würde sich deshalb nicht den Kopf zerbrechen. Sie fühlte sich sicher. Die Sonne strahlte. Es war schwer zu glauben, daß heute irgend etwas Schlimmes passieren könnte.

»Immer eine Minute nach der anderen«, murmelte Seth.

Sie drehte sich zu ihm, sah, daß seine Augen offen waren und er sie ansah.

»Das ist etwas, was Sie und Noah lernen sollten. Sie lassen sich vom Leben runterziehen.« Er lächelte ein seltsam schönes Lächeln.

»Nichts ist ganz schlecht, wenn man es eine Minute nach der anderen genießt. Genießen Sie den Augenblick, Kate.«

8

Tony rief Noah eine Woche später an. »Gestern gab's vor dem Obersten Gerichtshof eine kleinere Demonstration.«

»Gegen was?«

»Genetische Experimente und Versuche.«

»Scheiße. Wie klein?«

»Etwa fünfhundert Leute. Aber es könnte die Spitze des Eisbergs sein.«

»Ich will es wissen, wenn es noch mehr gibt.«

»Glaubst du, Ogden zettelt die an?«

»Teufel, ja, das wäre ein zu schöner Zufall.«

»Ich bleib dran. Wie läuft's bei dir?«

»Gut genug.«

»Das ist eine vorsichtige Antwort.«

»Vorsicht heißt die Regel dieses Spiels. Paß bloß auf, daß du dich an die Regeln hältst.«

»Es ist fast Mitternacht. Gehn Sie zu Bett.«

Kate hob den Kopf von der Probe, die sie unter dem Mikroskop studiert hatte, und sah, daß Noah neben ihr stand. »Sofort.« Sie sah wieder auf den Objektträger. »Ich will nur sichergehen, daß –«

»Jetzt.« Er zog den Objektträger aus dem Mikroskop. »Sie sind so müde, daß ich Ihrem Urteilsvermögen ohnehin nicht mehr vertrauen würde.«

»Mir geht's gut.« Sie versuchte, ihm den Objektträger wegzunehmen. »Und Sie haben kein Recht, sich einzumischen.«

Er wich ihr aus. »Wer hat ein besseres Recht? Ich bin der Mann, der mit der Peitsche geknallt und sie an die Galeerenruder gekettet hat.«

Sie versuchte noch einmal, den Objektträger zu erhaschen. »Diese Kultur wird schlecht werden. Geben Sie sie mir zurück.«

»Machen Sie morgen eine neue.« Er zog sie vom Stuhl hoch. »Sie haben für heute genug getan. Sie brauchen nicht vierundzwanzig Stunden am Tag zu arbeiten.«

»Das hab ich auch nicht. Ich war heute nachmittag drei Stunden bei Joshua auf der Ranger Station.«

Er zog sie zur Tür. »Wie geht's ihm?«

»Was glauben Sie denn? Er ist auf der Schatzinsel und hopst mit Peter Pan herum.«

»Ich glaube, Sie haben Ihre Geschichten durcheinandergebracht.« Er schloß energisch die Labortür hinter ihnen. »Und ich hab noch nie gehört, daß jemand Seth mit Peter Pan vergleicht. Soweit ich mich erinnern kann, haben Sie ihn, als er Ihnen das erste Mal begegnet ist, für Jack the Ripper gehalten. Diese neue Identität würde ihn sicher wahnsinnig amüsieren.«

Er hatte recht. Dieses erste Bild war immer mehr verblaßt, je mehr Zeit sie in Seth Drakins Gesellschaft verbracht hatte. Es war ein bißchen beunruhigend. Der Mann hatte scheinbar die Fähigkeit, jede Persönlichkeit, die er wählte, zu projizieren, und trotzdem schien er total echt. »Sie wissen, was ich meine.« Sie warf einen sehnsüchtigen Blick zurück auf die Labortür, als er sie zur Küche führte. »Ich brauche nur noch eine Stunde.«

»Ich trau Ihnen nicht. Ich würde Sie noch im Morgengrauen hier finden.«

Wahrscheinlich hatte er recht, dachte sie. Die Erregung wuchs mit jedem Tag, jeder Minute. »Sie haben mich zum Arbeiten hierhergebracht.«

»Aber nicht dazu, daß sie Frondienst bis zum Umfallen leisten. Was würden Sie mir dann noch nützen?«

»Sie können nicht alles haben.« Sie sah ihn anklagend an. »Obwohl Sie sich wirklich redlich Mühe geben.«

»Tun wir das nicht alle?« Er goß ihr eine Tasse Kaffee ein. »Trinken Sie das, und dann ab ins Bett.«

Sie zog die Augenbrauen hoch. »Kaffee?«

»Koffeinfrei.«

Sie hätte es wissen müssen. Noah würde darauf achten, daß er nie von seinem Ziel abweichen würde. Das war nicht das erste Mal, daß er sie fast mit Brachialgewalt aus dem Labor geworfen hatte. Er war die letzten zwei Wochen wie eine Mutterhenne um sie herumgegluckt, hatte ihr Mahlzeiten gekocht und aufgepaßt, daß sie sie auch aß, dafür gesorgt, daß sie schlief und jeden Tag zum Laufen rauskam, selbst wenn es nur ein Besuch bei Joshua in der Ranger Station war. »Sie machen mich nervös. Ich fühle mich wie eine Jungfrau, die gemästet wird, bevor man sie auf dem Altar opfert.«

»Das muß Ihre Nacht für Ungenauigkeiten sein.« Er grinste sie an. »Ich glaube, es waren Tiere, nicht Menschen, die man gemästet hat. Und wenn Joshua nicht adoptiert ist, sind Sie definitv keine Jungfrau.« Sein Lächeln verschwand. »Ich geb mir größte Mühe, damit Sie nicht auf meinem Altar oder dem irgendeines anderen geopfert werden.«

Mit einem Mal sah er so müde und entmutigt aus, daß sie Mitleid bekam. Sie wandte den Blick ab und zwang sich, jedes Anzeichen von Sanftheit zu zügeln. »Na ja, die Jungfrauen sind wahrscheinlich sowieso fett geworden. Wie ich höre, hat man sie irrsinnig verwöhnt.« Sie trank einen Schluck Kaffee und stellte die Tasse auf die Arbeitsfläche. »Keinen Kaffee mehr. Wenn er keinen Kick hat, hat's keinen Sinn, ihn zu trinken.«

»Morgen abend werde ich's mit heißer Schokolade versuchen. Gehen Sie ins Bett.«

Sie schüttelte den Kopf. »Noch nicht.« Sie machte sich auf den Weg zur Veranda. »Ich brauch ein bißchen Luft.«

Er folgte ihr aus der Tür und schloß sie hinter sich. »Brauchen Sie Ihre Jacke?«

Wieder die Mutterhenne, dachte sie traurig. Er hatte kein Wort von dem, was sie gesagt hatte, gehört. »Nein, ich werde nicht lange draußenbleiben. Sie können wirklich zu Bett gehen.«

»Ich warte auf Sie.«

Sie bewegte sich am Verandageländer entlang und starrte hinaus in die Finsternis, lauschte den Nachtgeräuschen. Er blieb an der Tür stehen, aber sie spürte seinen Blick. »Ich werde nicht weglaufen.«

»Ich weiß. Sie sind zu aufgeregt. Jetzt müßte ich Sie von hier wegsprengen.«

»Heute bin ich bei zweiundneunzig Prozent angelangt.«

»Es müssen achtundneunzig sein.«

»Dann sollten Sie mich heute nacht ins Labor zurücklassen.«

»Kommt nicht in Frage.«

Sie hatte gewußt, daß er nicht nachgeben würde, aber es zu versuchen konnte nichts schaden. »Bis nächste Woche bin ich bei achtundneunzig Prozent.«

»Gut.«

»Gut? Das ist Wahnsinn. Das ist doch, was Sie wollten, nicht wahr?«

»Und was Sie wollten.«

Sie nickte und atmete die Nachtluft tief ein. »Mir gefällt es hier. Ich war noch nie in West Virgina. All diese wunderschönen Bäume. Ich hab immer gedacht, das ganze Land ist von Kohlenminen durchzogen.«

»Wenn Sie Bäume mögen, sollten Sie meinen Heimatstaat sehen. Meine Eltern hatten ein Sommerhaus nördlich der Stadt, und einige der Wälder dort sind so dicht, daß man das Gefühl hat, in einen Tunnel zu gehen.«

»Und leben Ihre Eltern noch?«

»Nein. Meine Mutter starb, als ich noch ein Teenager war, und mein Vater hatte vor zwölf Jahren einen Herzinfarkt.« Er schnitt eine Grimasse. »Und ich fürchte, ich bin mit keinem von beiden sehr gut ausgekommen. Mein Vater war immer zu beschäftigt mit der Fabrik, um sich um mich und meine Mutter zu kümmern. Sie hat sich scheiden lassen, als ich noch klein war. Er hat gekämpft und das Sorgerecht für mich bekommen.«

»Dann müssen Sie ihm ja etwas bedeutet haben.«

»Vielleicht. Ich weiß es nicht. Als sein Sohn war ich der Erbe seiner Firma.« Er schüttelte den Kopf. »Mein Gott, wie er diese Firma geliebt hat. Er hat alles, was er war, in den Aufbau von J. and S. gesteckt. Ich nehme an, da war nicht viel übrig für jemand anderen.«

»Aber Sie haben sie auch geliebt.«

»Er hat mich früh eingefangen, und das hab ich nie überwunden. Aber ich hab verdammt schwer daran gearbeitet. Ich wollte nie eine Firma leiten. Ich hab meinen Abschluß auf der Johns Hopkins machen wollen, aber er hat mir das Geld gestrichen und mich rausgeholt, bevor ich fertig war.« Er lächelte etwas verbissen. »Er hat mir gesagt, ein bißchen medizinisches Wissen wäre ein Plus für die Leitung einer pharmazeutischen Firma, aber einen Abschluß bräuchte ich nicht.«

»Was haben Sie dann getan?«

»Ich bin explodiert. Hab ihm gesagt, er soll zur Hölle gehen, und das gemacht, von dem ich wußte, daß er es am meisten haßte: Ich bin zur Armee.«

»Dort haben Sie Seth kennengelernt?«

»Seth, Tony Lynski und ich waren zusammen bei den Special Forces. Wir waren in einer Einheit, die vom CIA für geheime Missionen angezapft wurde.« Er zuckte die Achseln. »Ich brauchte nicht lange, um festzustellen, daß ich für diese Arbeit nicht geschaffen war. Als meine Zeit vorbei war, bin ich nach Hause. Ich habe einen Deal mit meinem Vater gemacht, die Schule zu Ende gemacht und bin in die Fabrik eingetreten. Nachdem er gestorben war, war ich wild entschlossen, ein Management-Team anzuheuern, das die Leitung von J. and S. übernehmen sollte, und ein unabhängiges Labor auf dem Gelände zu errichten.«

»Warum haben Sie es nicht getan?«

»Es war meines. Die Fabrik, die Leute …«

»Es wird gesagt, wenn man uns genug Zeit gibt, werden wir alle wie unsere Eltern.«

»Sie glauben, ich bin wie mein Vater geworden? Ganz bestimmt nicht. Ich hab dafür gesorgt, daß ich nicht nur gearbeitet habe. Das Leben ist dazu da, gelebt zu werden. Aber ich versuchte, das Gleichgewicht zu halten. Die Angestellten von J. and S. waren meine Leute. Ich mußte mich um sie kümmern.« Sein Mund wurde schmal vor Schmerz. »Das ist mir nicht ganz gelungen, was?«

»Sie konnten doch nicht wissen, daß Ogden –«

»Ich bitte Sie nicht, Entschuldigungen für mich zu finden. Ich weiß, was ich getan habe.« Er öffnete die Tür. »Es ist Zeit, daß Sie zu Bett gehen.«

Er war durcheinander, deshalb sollte *sie* ins Bett gehen? Sie war versucht zu streiten, gab aber dann zu ihrem Erstaunen klein bei. Er war verletzt. Es könnte nichts schaden, die Unabhängigkeit einen Moment lang schleifen zu lassen. Sie blieb stehen und fragte: »Was tun Sie, wenn sie mir nicht Essen oder Kaffee aufzwingen?«

»Telefonieren. Mit Seth reden und ihn über alles auf dem laufenden halten.« Er hielt inne. »Mich bereit machen.«

»Bereit machen wofür?«

»Die Apokalypse. Designed und choreographiert von Mr. Raymond Ogden.«

Sie runzelte die Stirn. »Wovon reden Sie?«

»Wir werden darüber reden, wenn RU2 fertig ist.«

»Warum nicht jetzt? Glauben Sie, ich wäre zu ›zickig‹, um mich auf zwei Sachen gleichzeitig zu konzentrieren?«

Er zuckte zusammen. »O Gott, ich wünschte ich hätte dieses Wort nie benutzt.«

»Es sollte aus der englischen Sprache verbannt werden. Und, glauben Sie das?«

»Ich glaube, daß Sie wirklich brillant und solide wie der Fels von Gibraltar sind. Ich finde nur, daß Sie nicht alles auf Ihrem Teller haben müssen, während ich nichts zu tun habe.« Er lächelte. »Ich kann nicht nur Däumchen drehen. Geben Sie mir eine Chance, Kate.«

»Ich seh nicht ein, warum …« Oh, was spielte das schon für eine Rolle, dachte sie voller Ungeduld. Sie wollte momentan gar nicht weiter denken als an ihre Arbeit im Labor. Der Weg war zu aufregend, der Sieg zu nah. »Ich werde nicht rumsitzen und Sie alles planen lassen, wissen Sie.«

»Das wär mir nie in den Sinn gekommen.«

»Ja, klar.« Sie warf ihm einen skeptischen Blick zu, als sie an ihm vorbei ins Haus ging.

»Was möchten Sie zum Frühstück?« rief Noah.

»Echten Kaffee.«

»Kein Problem. Um sieben Uhr morgens ist das erlaubt.«

»Sechs.«

»Die Labortür wird bis sieben Uhr fünfzehn geschlossen bleiben, also können Sie genausogut noch eine Stunde länger schlafen. Um sieben Uhr werde ich Eier, Speck und ›echten‹ Kaffee auf dem Tisch haben.« Er lächelte sie an. »Und ich werde Ihnen eine Thermoskanne mit Kaffee mit ins Labor geben, dann brauchen Sie bis Mittag nicht mehr aufzutauchen.«

»Sie sind zu gütig.«

»Ich versuche, gütig zu sein, Kate.«

Der fremde Tonfall in seiner Stimme zwang sie, ihn anzusehen. Sie verkrampfte sich, als sie seinem Blick begegnete. Plötzlich war etwas anders. Noch vor einer Sekunde war sie verärgert und ungeduldig gewesen, aber jetzt fühlte sie sich … seiner bewußt.

O Scheiße.

Was, zum Teufel, war mit ihr los? Es war, als hätte all die Angst und das Durcheinander, das sie seit Michaels Tod erlebt hatte, die Mauern der vergangenen Jahre eingerissen und sie offen und verletzlich gemacht. Sie hatte für niemanden etwas empfunden, seit sie und Michael geschieden waren, und jetzt fühlte sie sich mit einem Mal zu zwei Männern hingezogen. Vor ein paar Tagen war sie nur vom Betrachten Seth Drakins sexuell erregt gewesen, und jetzt empfand sie etwas für Noah. Aber dieses Bewußtsein war nicht so wie das andere. Es war milder, nicht so animalisch. Mehr wie eine warme Brise als wie ein Sturm der Gefühle. Vielleicht war es nicht sexuell. Es war mehr wie eine tiefe Bewunderung und das Bedürfnis, jemandem nahe zu sein.

Aber sie wollte trotzdem von ihm berührt, festgehalten werden.

Und er wollte sie auch berühren. Sie konnte es an der leichten Verkrampfung seines Körpers erkennen.

Sie spürte seinen Blick, als sie rasch durchs Wohnzimmer und den kurzen Gang hinunter zu ihrem Schlafzimmer ging.

Morgen würde wieder alles normal sein. Noah wollte genausowenig Komplikationen wie sie. Sie würden diesen kurzen Moment ignorieren und sich auf das, was wichtig war, konzentrieren.

Sie öffnete die Tür zu ihrem Schlafzimmer. Die Sturmlampe brannte auf dem Fenstersims. Sie war im Labor so vertieft gewesen, daß sie vergessen hatte, sie heute abend für Joshua anzuzünden, dachte sie voller Schuldbewußtsein.

Aber Noah hatte es nicht vergessen.

Ich versuche, gütig zu sein, Kate.

Beschütztwerden, Güte und Wärme. Sie fühlte sich wie ein bedürftiges Kind, das die Hände in die Dunkelheit streckte. Sie wollte nicht bedürftig sein. Sie wollte sich auf niemanden verlassen, außer auf sich selbst.

»Punkt Sieben«, sagte Noah, als sie am nächsten Morgen in die Küche kam. Er nahm den brutzelnden Speck aus der Pfanne und teilte ihn zwischen den beiden Tellern auf dem Tresen auf. Dann schlug er die Eier in die Pfanne. »Holen Sie den Kaffee, ich bin beschäftigt.«

Es war, als wäre der Moment gestern nacht nie passiert, dachte Kate. Na ja, was hatte sie denn erwartet? Daß Noah sie auf den Küchenboden werfen und heftig lieben würde? Natürlich war sie erleichtert.

Und ganz unvernünftig enttäuscht. Soviel zu ihrem Sexappeal.

»Beeilen Sie sich, ich hab versprochen, Sie bis um sieben Uhr fünfzehn im Labor zu haben«, sagte Noah, während er die Rühreier verteilte.

»Geben Sie mir eine Chance.« Sie nahm Tassen und Untertassen aus dem Schrank. »Tut mir leid, wenn ich Ihren Zeitplan durcheinanderbringe.«

»Es ist Ihr Zeitplan.« Er trug die Teller zur Frühstücksbar, wo er bereits mit Platzmatten und Orangensaft gedeckt hatte. »Sie sind diejenige, die gestern nacht nicht aus dem Labor wollte. Ich versuche nur, es Ihnen recht zu machen.«

»Von wegen.« Sie waren jetzt wieder in die netten Wortgefechte der letzten Wochen zurückgefallen, stellte sie fest. Sie goß Kaffee in die Tassen und trug sie zur Frühstücksbar. »Kein Toast? Wozu sind Sie überhaupt gut?«

»Ich bin der Beste.« Er grinste und ging zum Backofen. »Hausgemachte Brötchen, aus selbstgemachtem Teig.«

Was bedeutete, daß er schon sehr lange wach sein mußte. »Ihnen ist hoffentlich klar, wenn ich Ihnen meine Arbeit überlasse, dann werden Sie von mir weder für Geld noch gute Worte so einen Service kriegen?«

»Ich finde schon einen Weg, das zu kompensieren.«

Sie erstarrte.

»Wirklich.«

»Verflucht.« Er stoppte mitten in der Bewegung. »Das war's, nicht wahr? Jetzt sollten wir besser darüber reden.« Er stellte die Brötchen auf den Schrank und drehte sich zu ihr. »Ich kann nicht zulassen, daß Sie ständig unter Spannung stehen.«

»Ich bin nicht unter Spannung.«

»Von wegen.« Er schnitt eine Grimasse. »Okay, ich bin auch nur ein Mensch. Ich will mit Ihnen in die Kiste. Ich will das schon seit einiger Zeit, aber das heißt nicht, daß ich Sie deswegen stressen werde. Ich habe Ihnen schon genug Probleme aufgehalst.«

»Schon seit einiger Zeit?« fragte sie überrascht.

»Glauben Sie, das hat wie der Blitz eingeschlagen? Für Sie vielleicht, aber ich war nicht anderweitig beschäftigt.« Er sagte locker: »Sie sind ein echter Leckerbissen, meine liebe Dr. Denby.«

Röte ließ ihre Wangen glühen. Dumm von ihr, sich so aus der Fassung bringen zu lassen, vor allem, da er offensichtlich dachte, der Augenblick gestern nacht wäre rein sexuell gewesen. Vielleicht für ihn. Das Bedürfnis zu umsorgen stand bei Männern nur selten an erster Stelle, und er würde ihr es nicht danken, wenn sie ihm sagte, ihr Gefühl wäre mehr ein Verlangen nach Trost und emotioneller Nähe gewesen als nach Sex. »Wahrscheinlich ist es die Nähe.«

»Wahrscheinlich«, stimmte er zu. »Und es passiert vielleicht wieder. Wir sind beide gesunde Exemplare mit den üblichen Trieben. Ich möchte nur, daß Sie wissen, daß es keinerlei Einfluß auf die anderen Sachen hat.«

»Danke. Das habe ich auch nicht erwartet.« Sie setzte sich und begann ihr Frühstück zu essen. Und sie versuchte, die Enttäuschung zu ignorieren, die genauso irrational war, wie Noahs Sezierung der Angelegenheit rational war. Er hatte nur ihre eigenen Gedanken ausgesprochen. Sie waren Kollegen, und sie waren hier, um zu arbeiten. Sie hatten keine Zeit, eine

Beziehung aufzubauen, weder sexuell noch emotional. »Aber ich bin froh, daß wir die Luft gereinigt haben.«

»Es sind schon fast vier Wochen«, sagte Ishmaru, als er zu Ogden durchkam. »Sie haben mich nicht angerufen.«

»Ich hab nicht gesagt, daß ich das tun würde. Ich brauch dich nicht mehr, du unfähiger Arsch.«

»Wo ist Kate Denby?«

»Ich weiß es nicht. Ruf mich nicht wieder an.« Ogden legte den Hörer auf.

Ishmaru wählte die Nummer noch mal, und William Blount nahm ab. Das war auch recht. Blount hatte ihn ursprünglich angeheuert und respektierte seine Macht. Ogden war ein großer, unbeholfener Bär, aber Blount hatte Ishmaru immer an eine geschmeidige schwarze Schlange erinnert, die sich an den Boden schmiegte und auf eine Gelegenheit wartete zuzuschlagen. »Wo ist Kate Denby?«

»Hallo Jonathan.« Blounts Stimme war seidig, aalglatt. »Mr. Ogden ist sehr unzufrieden mit Ihnen. Ich glaube, unsere Wege müssen sich trennen.«

»Wo ist sie?«

»Es ist uns noch nicht gelungen, sie zu finden.«

»Ich will sie haben.« Er hielt inne. »Oder Ogden. Oder Sie. Sie haben die Wahl.«

Blount lachte. »Interessante Auswahl. Ich wünschte, ich könnte Ihnen bei den beiden ersten behilflich sein, aber im Augenblick ist das unmöglich.«

»Wie kann ich sie kriegen?«

»Warten Sie einen Moment.« Ishmaru hörte, wie er den Hörer abdeckte, und dann ein gedämpftes: »Ich werde das ganz sicher regeln, Sir. Auf Wiedersehen, Mr. Ogden.« Schweigen, und dann sprach er wieder. »Wir haben darauf gewartet, daß sie auftauchen. Der einzige Hinweis, den wir haben, ist Tony Lynski, Smiths Anwalt.«

Ishmaru erkannte den Namen. »Lynski war auf meiner Liste.«

»Das ist richtig. Er ist zur selben Zeit, als die Fabrik zerstört wurde, verschwunden. Vor kurzem haben wir ihn bis zu einem Holzhaus in der Sierra Madre verfolgt, aber er war ausgeflogen, als unser Mann dort eintraf.«

»Sie glauben, er weiß, wo sie ist?«

»Möglicherweise.«

»Geben Sie mir die Adresse der Lodge.«

»Er ist nicht mehr da.«

»Geben Sie sie mir.«

»In Ordnung.« Blount ratterte die Adresse herunter. »Viel Glück. Wenn Sie irgend etwas rausfinden, werde ich Sie natürlich großzügig belohnen.«

Er meinte sich selbst, nicht Ogden, bemerkte Ishmaru. Die Schlange zeigte ihre Fänge.

»Aber es wäre besser, wenn Sie mich unter meiner Privatnummer anrufen. Mr. Ogden weiß Ihre Einmischung vielleicht nicht zu schätzen. Sie wissen, daß ich Ihnen geben werde, was Sie wollen.«

»Versuchen Sie, mehr rauszufinden«, sagte Ishmaru, bevor er auflegte.

Ogden war vielleicht nicht mehr der Wegweiser zum Coup, aber Blount würde seinen Platz einnehmen. Es gab immer jemanden, der mit Tod und Ruhm handeln wollte. Schon beim ersten Treffen hatte er vermutet, daß Blount so ein Mann war. Blount hatte den dunklen Instinkt. Er war zu hinterlistig, um ein Krieger zu sein, aber Ishmaru konnte ihn als Schamanen sehen, wie er in seinem Medizinzelt saß und Ränke schmiedete, um selbst Ruhm zu erlangen.

Er sah sich die Adresse in seiner Hand an. Ogden hatte aufgegeben. Er würde nicht aufgeben. Er würde Lynski finden. Vielleicht gab es sogar noch ein paar Coups zu verdienen auf dem Weg zu Kate.

Kate. Seltsam, wie sie in seinen Gedanken manchmal Kate
und manchmal Emily war. Aber Kate verblaßte immer mehr,
und Emily wurde immer klarer.

»Ich komme, Emily«, flüsterte er. »Hab Geduld. Ich werde
dich finden.«

Ishmaru.

Kate setzte sich mit einem Ruck im Bett auf, ihr Herz hämmerte wie verrückt.

Es war nichts, sagte sie sich. Ein Alptraum.

O Gott. Ishmaru.

Sie stieg aus dem Bett und stolperte zum Fenster. Joshua …

Joshua war in Sicherheit. Seth und Phyliss kümmerten sich
um ihn.

Es war nur ein Alptraum gewesen, verschwommen und
bruchstückhaft … und beängstigend. Joshua war in Sicherheit. Sie war auch in Sicherheit.

Aber sie fühlte sich nicht sicher. Zum ersten Mal, seit sie
hier in die Hütte gekommen war, hatte sie Angst. Ihr war es
egal, wenn das dumm war. Sie wollte Joshua hierhaben, wo sie
ihn anfassen konnte, nicht oben in den Wolken in dieser verdammten Ranger Station.

Verrückt. Sie konnte nicht einfach anrufen und ihn mitten
in der Nacht aufwecken.

Sie zitterte am ganzen Körper. Ihre Hände krallten sich in
den Fenstersims.

Hilf mir. Ich will nicht mehr allein sein.

Hör dir nur an, wie sie jammert, laut ruft.

Sie wußte nicht einmal, nach wem sie rief.

Seth.

Sie verdrängte den Gedanken sofort. Sie wußte nicht, wo
der plötzlich hergekommen war. Seth war der letzte Mensch,
den sie in ihrem Leben brauchte. Also gut, da war diese starke
körperliche Anziehung. Sie hatte sich in eine katastrophale

Ehe gestürzt, als sie von Jugend und Ungestüm so geblendet war, daß sie nicht wie üblich kühl und analytisch denken konnte. Sie hatte Glück gehabt, daß Michael so solide gewesen war, sonst wäre ihre Beziehung noch schlimmer gewesen. Seth Drakin hatte gar nichts Solides.

Noah. Bei dem Gedanken an ihn wurde ihr warm ums Herz. Ja, sie hatte wohl an Noah gedacht. Noah bedeutete Sicherheit. Noah würde ihr helfen. Sie kamen aus einer ähnlichen Umgebung, hatten ähnliche Ziele. Er war ein enger Freund geworden, und dieser einzige Moment von Intimität zwischen ihnen könnte zu mehr werden, wenn man sich Zeit ließ.

Allein der Gedanke an ihn ließ die Angst verblassen.

Aber er wollte sie für nichts anderes haben als für die Arbeit, die sie machte. Heute war sie auf sechsundneunzig Prozent, und bald würde sie mit ihrem Teil fertig sein.

Und was spielte das schon für eine Rolle, daß er sie nicht wollte? Gar keine. Nur in Momenten der Schwäche wie diesem brauchte sie jemanden. Er würde vorübergehen, wie die anderen auch.

Morgen würde sie wieder stark sein.

Kate saß an der Frühstücksbar und trank Kaffee, als Noah am nächsten Morgen um halb sechs in die Küche kam. »Ich dachte, ich hätte Sie gehört. Sie sind früh auf den Beinen.« Sein Blick streifte Kates graues Sweatshirt, Hosen und die Laufschuhe. »Ich nehme an, Sie wollen heute morgen nicht arbeiten.«

»Tut mir leid, Sie zu enttäuschen«, erwiderte sie knapp.

»Ich finde, Sie sind nicht fair«, sagte er leise. »Ich kann mich nicht erinnern, daß ich Sie in letzter Zeit ins Labor gesperrt habe.«

»Mir ist nicht danach, fair zu sein. Ich hab nicht gut geschlafen. Ich hab Kopfschmerzen, und ich hab es satt, mich für ihr verdammtes RU2 zu stressen.« Sie trank ihren Kaffee aus und setzte die Tasse ab. »Und ich will meinen Sohn sehen.«

Er musterte sie aus zusammengekniffenen Augen. »Warum haben Sie nicht gut geschlafen?«

»Woher soll ich das wissen?«

»Ich glaube, Sie wissen es.«

»Vielleicht glauben Sie, ich hab Bock auf Sie?« Ihr Blick musterte ihn verächtlich vom Scheitel bis zur Sohle. »Vergessen Sie's.«

»Oh.« Er verzog das Gesicht. »Sie haben miese Laune.«

»Ich habe ein Recht darauf. Ich muß nicht von morgens bis abends zuckersüß und heiter sein.« Sie ging zur Tür. »Rufen Sie Seth an und sagen Sie ihm, ich bin unterwegs.«

»Ja, Ma'am.«

Sie ignorierte seinen Sarkasmus und rannte die Treppe hinunter in den Wald. Unter dem Blätterdach war es dämmrig und kühl.

Es war gut, wieder zu laufen. Sie spürte, wie das Blut durch ihren Körper pumpte, ihren Kopf klärte, die Spannung aus ihren Muskeln trieb.

Sie konnte das feuchte Holz und die Blätter riechen, konnte spüren, wie die feuchte Erde unter ihren Tennisschuhen nachgab.

Der Weg war ziemlich eben auf den ersten zwei Meilen und wurde erst unwegsamer, als sie sich der Anhöhe näherte, auf der die Station stand.

Ihre Lunge begann zu brennen, als sie bergauf sprintete, aber der berauschende Adrenalinstoß setzte bereits ein und nahm den Schmerz.

Es gab niemanden außer ihr auf dem Planeten.

RU2 verblaßte.

Noah war weg.

Ishmaru existierte nicht.

»Ich freue mich, daß Sie so wild drauf sind, mich zu sehen, Kate.«

Ishmaru.

Sie blieb, wie vom Blitz getroffen, stehen.

»He, ich wollte Sie nicht erschrecken.« Seth joggte auf sie zu. »Sie sind weiß wie die Wand.«

Natürlich war es nicht Ishmaru. Diesen Alptraum war sie wohl noch nicht los. »Sie haben mich erschreckt. Normalerweise kommen Sie mir erst auf der letzten Meile entgegen.«

»Ich hab gesehen, wie Sie die Meilen fressen, und dachte, ich schließe mich Ihnen an.« Er grinste. »Wer als erster an der Station ist.« Er drehte sich um und sprintete los.

»Sie mogeln«, rief sie, als sie die Verfolgung aufnahm.

Seine einzige Antwort war ein Indianergeheul und ein Lachen.

Peter Pan, dachte sie resigniert.

Er saß auf der Treppe, als sie die Station erreichte.

Er gähnte. »Was hat Sie aufgehalten?«

»Sie haben gemogelt.« Sie sah ihn grimmig an, rang nach Luft und ließ sich neben ihn fallen. Sein Gesicht war gerötet, und er sah ungeheuer lebendig aus, und es war ihrer Laune nicht gerade zuträglich, daß er nicht einmal schwer atmete. »Und ich hätte einen Vorsprung kriegen müssen, denn Sie haben von dieser ewigen Treppensteigerei Lungen aus Eisen.«

»Jawohl.« Er ließ die Muskeln seines rechten Arms spielen. »Ich bin ein echter Mann aus Stahl.« Er streckte seine Beine aus. »Aber Sie sind ziemlich schnell.« Er warf ihr einen boshaften Blick zu. »Für eine Frau.«

»Sollte mich das ärgern?« Allmählich atmete sie wieder normal. »Die Befriedigung werde ich Ihnen nicht geben. Wie geht's Joshua?«

»Wunderbar. Wir waren gestern nachmittag jagen. Er hat ein Reh aus vier Metern Entfernung geschossen.« Er schüttelte den Kopf. »Aber ich hab Schwierigkeiten, weil er es nicht erwarten kann, daß der Film entwickelt wird. Er hat von den letzten paar Wochen einen ganzen Stapel.«

»Können Sie das nicht per Post machen?«

Er schüttelte den Kopf. »Kein Kontakt. Noahs Anweisung.«

»Und Sie gehorchen Noah immer?«

»Klar. Es ist sein Spiel. Außerdem hat er meistens recht.« Er stand auf und zog sie hoch. »Aber sagen Sie ihm nicht, daß ich das gesagt habe.«

»Keine Sorge, das werde ich nicht. Er bildet sich ohnehin viel zuviel auf seine Allmacht ein.«

Er pfiff durch die Zähne. »Noah sagte, Sie hätten einen schlechten Tag.«

»Ihr habt über mich geredet? Und was ist nach Noahs Meinung nicht in Ordnung?« fragte sie sarkastisch. »Daß ich prämenstruale Beschwerden habe?«

»Nein. Er sagte, Sie wären überarbeitet, stünden unter ungeheurem Druck, und Sie hätten mehr Mumm als jede andere Frau, die ihm bisher begegnet ist, und es wäre nur normal, daß es ab und zu mit Ihnen durchgeht.« Er hielt inne. »Enttäuscht?«

Ja. Sie wollte den kleinen Vorteil, den ihr der Zorn gab, wahren. »Sind Sie sicher, daß Sie das nicht erfunden haben?«

»Ich wünschte, ich hätte es. Klingt ziemlich gut, was?« Er grinste. »Könnte ich bei Ihnen ein paar Punkte machen, wenn ich ihm zustimme?«

O Scheiße.

Sie spürte wieder denselben sexuellen Drang wie an dem Tag im Wald. Eine Sekunde lang war sie verärgert gewesen, hatte um sich schlagen wollen, und in der nächsten fragte sie sich, wie es wäre, wenn er über sie gebeugt wäre, in ihr. Was, zum Teufel, war denn los mit ihr? Es war, als wären heute all ihre Emotionen außer Kontrolle geraten.

Er sah sie fragend an. »Und, würde ich?«

»Nein.« Sie schickte sich an, die Treppe hochzusteigen. »Bei mir brauchen Sie keine Punkte. Joshua und Phyliss fressen Ihnen sowieso schon aus der Hand.«

»Sie unterschätzen sie.« Er holte sie ein. »Phyliss ist zu raffiniert, um mich nicht zu durchschauen, und Joshua ist ein cleveres Kind. Er würde mich fallenlassen wie eine heiße Kartoffel, wenn ich etwas täte, das im Widerspruch zu dem steht, wie Sie ihn erzogen haben. Sie haben bei ihm gute Arbeit geleistet.«

»Danke.« Sie sah ihn neugierig an. »Wie meinen Sie das – Phyliss hätte Sie durchschaut? Was gibt's denn da zu sehen?«

»All die Löcher«, grinste er. »Glauben Sie, ein Mann, der all die Jahre Söldner war, ist normal? Da muß man ein bißchen verdreht sein. Nachdem ich aus der Armee raus war, hätte ich zurück in ein normales Leben gehen können wie Noah und Tony. Ich hab's nicht getan.«

»Warum nicht?«

Er gab keine Antwort, sondern sah die Treppe hinauf. »Ich wette, ich bin als erster oben.«

»Warum nicht?« wiederholte sie.

Er sah sie an. »Sie fangen auch schon an, mich zu durchschauen. Vielleicht ist es Zeit, daß ich weiterziehe.«

»Ziehen Sie immer weiter, wenn Sie sich durchschaut fühlen? Was ist mit Noah? Er kennt Sie seit Jahren.«

»In seiner Gesellschaft fühle ich mich wohl. Noah hat ziemlich viel von mir in sich. Ohne die Löcher natürlich.«

»Na ja, Sie werden bald noch ein paar Löcher mehr haben, wenn Sie weiterziehen und meinen Sohn unbeschützt zurücklassen.«

Er lachte lauthals. »Mein Gott, ich mag Sie, Kate.«

Sie mochte ihn auch, dachte sie resigniert. Es war schwer, Peter Pan nicht zu mögen. »Das ist mein Ernst, Seth.«

Er wurde schlagartig ernst. »Keine Chance. Ich bin verrückt nach dem Kleinen.«

Sie lächelte. »Sie haben einen guten Geschmack.«

»Wollen Sie mich dann heiraten und einen Haushalt führen?«

»Was?«

»Ich würde es vermasseln, wenn ich ein eigenes Kind aufziehen müßte. Sie haben mir die Mühe erspart.«

Sie kicherte. »Sie würden ganz schön Angst kriegen, wenn Sie nur wittern würden, daß ich Sie ernst nehmen könnte.«

»Wer weiß, wer weiß.« Sein Blick ging hinaus über die oberste Plattform, wo Phyliss am Geländer stand und sie beobachtete. Er rief hoch zu ihr: »Phyliss, ich hab Kate gerade einen Heiratsantrag gemacht, und sie hat mich ausgelacht.«

»Weil sie vernünftig ist.«

»Dann werden Sie mich wohl auch nicht heiraten?«

»Nein, aber vielleicht adoptiere ich Sie. Ich brauch auf meine alten Tage eine Herausforderung.«

»Da läuft nichts.« Er erschauderte. »Sie würden alle meine Löcher stopfen und mich zwingen, den geraden Weg zu gehen.« Er fügte hinzu: »Und vom Alter hab ich nichts gemerkt. Wenn Sie das nächste Mal die Zipperlein plagen, sagen Sie Bescheid. Da will ich zugucken.«

Kate lächelte amüsiert, als sie sah, mit welchem totalem Verständnis sich die beiden anlachten. Es war nicht das erste Mal, daß sie das bei ihnen beobachtet hatte. Sie gingen so selbstverständlich miteinander um, als würden sie sich seit Jahren kennen. Sie hatte Phyliss nie so locker mit Michael gesehen, wurde ihr klar. Da war Liebe gewesen, aber Mutter und Sohn waren charakterlich meilenweit voneinander entfernt gewesen. Michael hatte nie Phyliss' Sinn für Spaß und ihre Lebensbejahung gehabt.

»Ist Joshua schon auf?« fragte sie, als sie die Plattform erreicht hatte.

Phyliss schüttelte den Kopf. »Es ist erst sechs. Irgend etwas nicht in Ordnung?«

»Nein. Ich wollte ihn nur sehen. Alles ist okay.« Und das war die Wahrheit. Mit dem, was nicht in Ordnung war, würde sie ohne weiteres fertigwerden. Sie fühlte sich ruhiger, seit sie hier war. Der Schatten Ishmarus verblaßte. Jede Bedrohung schien weit entfernt. Diese verrückte Sehnsucht, mit Seth ins Bett zu steigen, war kontrollierbar. Die Spannung, die zwischen ihr und Noah Funken schlug, konnte man in den Griff kriegen. Alles rückte wieder in die richtige Perspektive. »Warum machst du uns nicht Frühstück, während ich Joshua aufwecke?«

»Sie war wirklich sehr angespannt«, sagte Phyliss zu Seth, als sie Kate beobachteten, die jetzt die unterste Treppe erreicht hatte und losrannte. »Hat sie mit Ihnen geredet?«

»Na ja, sie hat mein Leben bedroht, wenn ich ihren Jungen nicht richtig behandle.« Seth lächelte und lehnte sich übers Geländer. »Ich hab gesagt, Sie werden mich bei der Stange halten.«

»Lügner.« Phyliss warf ihm einen Blick zu. »Obwohl ich es könnte, wenn ich mich drauf konzentrieren würde.«

»Das weiß ich. Sie sind stärker als ich. Sie könnten mich wegblasen.«

Sie sah ihn genauer an. »Höre ich da einen ernsten Ton?«

Sein Blick wanderte zurück zu Kate, die allmählich aus dem Blickfeld verschwand. »Ich habe es genossen, mit Ihnen und Joshua hier zu sein«, sagte er zögernd. »Es war … schön.«

»Großer Gott, krieg ich jetzt etwa noch einen Antrag?«

»Nein, Sie sind zu vernünftig.« Er zuckte die Schultern und fuhr verlegen fort: »Ich wollte nur, daß Sie wissen, daß Sie … mir ist noch nie jemand begegnet … Sie sind ein ganz besonderer Mensch, Phyliss.«

»Ich weiß. Haben Sie mir sonst noch etwas mitzuteilen?«

»Nein.«

»Dann hören Sie mit diesem wehleidigen Schwachsinn auf und gehen abwaschen. Sie sind dran.«

Er seufzte halb erbost, halb erleichtert. »Ich hab gestern abend abgewaschen.«

»Und ich hab Frühstück gemacht.« Sie lächelte. »Keine Widerrede. Sie können nicht alle gewinnen, Seth.«

Er ging mit grimmiger Miene zur Tür. »Nein, aber eine würde ich gerne gewinnen.«

Noah stand auf der Veranda, als Kate an der Hütte ankam.

»Fühlen Sie sich besser?« fragte er.

»Ja.« Sie rannte die Treppe hoch. »Ich hab den Tag mit Menschen verbracht, die ich liebe, und ich bin gut gejoggt. Ein guter Lauf ist das beste, um Dämonen auszutreiben.«

»Und war ich einer Ihrer Dämonen, Kate?«

»Vielleicht.« Sie lächelte. »Aber wenn ja, können Sie sich auch als ausgetrieben betrachten.«

»Aber ich will nicht einer Ihrer Dämonen sein, Kate.«

»Ich hab Ihnen gesagt …« Sie verstummte, als sie seinen Gesichtsausdruck sah. Sprich es frei aus, sagte sie sich. Sie konnte nicht mit diesem Chaos in ihrem Inneren leben, es würde ihre Arbeit beeinträchtigen. Sie schüttelte den Kopf. »Das sind Sie auch nicht. Ich habe mich idiotisch benommen. Tut mir leid. Verdrängung ist normalerweise nicht mein Ding.«

»Verdrängung?«

»Ich bin schon sehr lang allein. Sie sind hier. Ich habe etwas gefühlt … Ich weiß nicht. Die ganze Welt dreht sich um mich, und ich denke, ich brauche jemanden, an dem ich mich festhalten kann.« Sie hielt abwehrend die Hand hoch, als er etwas sagen wollte. »Ich weiß, daß es unpassend ist. Ich weiß, daß es der schlimmstmögliche Zeitpunkt ist. Verstehen Sie mich nicht falsch. Ich mach Ihnen keinen Antrag, ich wollte nur ehrlich sein. Sie verdienen Ehrlichkeit.«

»Tu ich das?«

»Ja. Sie waren immer ehrlich zu mir, seit wir hierhergekommen sind.« Sie zuckte die Schultern. »So, jetzt ist es gesagt, und ich kann wieder an die Arbeit.« Sie wechselte das Thema. »Was gibt's zum Abendessen? Ich bin am Verhungern.«

»Gebratene Ente.« Er bewegte sich nicht. »Sie haben recht. Es ist der falsche Zeitpunkt.« Dann fügte er leise hinzu: »Aber so wird es nicht immer sein, Kate.«

Sie sah ihn an, und Wärme durchströmte sie, als sie die Zärtlichkeit in seinem Gesicht sah. Das war es, was sie wollte, nicht ein paar wilde, sinnliche Momente im Wald mit Seth Drakin. Sie brauchte Zärtlichkeit, Sicherheit und eine solide Beziehung.

Aber nicht jetzt, dachte sie. Es war zu früh für sie beide.

Vielleicht irgendwann.

Ein Versprechen, das in der Luft schwebte.

Nur vielleicht …

»Ich hab's geschafft«, verkündete Kate, als sie vier Tage später aus dem Labor schwebte. »Und Sie kriegen es. Ich übergebe an Sie, Dr. Smith.«

Noah strahlte vor Freude. »Achtundneunzig?«

»Genau auf den Punkt.« Sie ließ sich in den Sessel fallen und streckte die Beine aus. »Meine Diskette und die Papiere sind auf dem Schreibtisch.«

»Sie wissen aber, daß ich Sie ins Labor zurückschleifen muß, sobald ich in der endgültigen Phase bin?«

»Ich dachte mir, daß es so kommt, aber das liegt in weiter Ferne. Wenn Sie irgendwelche Erklärungen brauchen, ich werde noch zwei, drei Tage hier rumhängen. Danach müssen Sie sich einen Termin geben lassen, denn ich werde viel Zeit mit Joshua und Phyliss verbringen.«

»Sie strahlen.« Er lächelte. »Gratuliere, Kate.«

»Danke.« Sie fühlte sich, als würde sie mehr als strahlen.

Sie leuchtete von innen heraus. »Ich weiß nicht, warum ich so aufgeregt bin. Ich hab doch seit Tagen gewußt, daß es kommen wird.«

»Aber jetzt ist es hier. Sie haben etwas ganz Besonderes gemacht.«

»Ich weiß. Jetzt muß Champagner her.«

»Kein Champagner, wie nachlässig von mir. Kann ich Ihnen eine Tasse Kaffee machen?«

»Nicht gut genug.« Sie sprang auf. »Ich hab das Gefühl, ich schwebe davon. Ich geh laufen. Wollen Sie mitkommen?«

»Klar, warum …« Er verstummte. »Laufen Sie nur. Ich geh besser rein und schau mir Ihre Notizen an. Vielleicht kann ich später mit der Arbeit anfangen.«

Sie spürte, wie das Strahlen etwas schwächer wurde. Sie hätte wissen müssen, daß er auch nicht einen Tag warten würde, wenn RU2 der Vollendung nähergebracht werden könnte. »Wie Sie wollen.« Sie zog ihren Laborkittel aus und warf ihn in den Stuhl. »Bis später.«

Sie rannte aus der Hütte und die Treppe hinunter. Vergiß es. Es machte ihren Erfolg nicht weniger wichtig, daß sie ihn nicht teilen konnte.

Aber sie konnte. Sie konnte das mit Joshua und Phyliss und Seth teilen. Sie brauchte Noah nicht.

Sie machte sich in scharfem Tempo auf zur Station.

9

»Komm da raus, Noah«, rief Seth, als er die Tür zum Labor aufriß. »Es wird Zeit, von deinem Hintern hochzukommen und mir zu helfen.« Kate sah erschrocken von der Zentrifuge hoch. »Ist etwas passiert?«

»Tag, Kate. Nein, nichts ist passiert. Ich muß nur mit Noah reden.«

»Ich bin beschäftigt, Seth«, sagte Noah. »Wir sind nah dran …«

»Auf der Veranda«, unterbrach ihn Seth. »Jetzt.« Er machte kehrt und verließ das Labor.

Noah sah mit einem Achselzucken zu Kate. »Tut mir leid. Ich bin gleich wieder da.«

»Okay, was ist los?« fragte Noah, als er auf die Veranda kam.

Seth sagte mit grimmiger Miene: »Du mußt ein bißchen Zeit mit Joshua verbringen.«

»Und deshalb die ganze Aufregung? Das ist dein Job.«

»Und den mache ich. Seit du Kate zurück ins Labor gezerrt hast, verbringt er fast seine ganze Zeit mit mir.« Er schwieg einen Moment, dann murmelte er: »Das ist nicht gut für ihn, verdammt noch mal.«

»Warum nicht?«

»Er … mag mich. Großer Gott, er fängt an, mich für eine Art Vorbild zu halten.«

Noah begann zu lachen.

»Das ist nicht komisch.«

»Ich bin mir sicher, Kate würde dir da zustimmen.«

»Da hast du verdammt recht. Kate weiß, was für Joshua das beste ist. Also mach was. Lenk ihn ab, geh mit ihm spazieren, sag ihm, daß niemand, der bei Trost ist, so sein möchte wie ich.«

»Glaubst du, das würde etwas helfen?«

»Ich weiß es nicht«, erwiderte Seth mit düsterer Miene. »Vielleicht nicht. Ich bin zu verflucht charismatisch.«

Noah hatte Mühe, sich ein weiteres Lächeln zu verkneifen. »Mir wird allmählich klar, daß das immer schon ein Problem für dich war.«

Seth schnitt eine Grimasse. »Ich sage dir, wir haben hier eine brenzlige Situation. Der Junge hat gerade seinen Vater verloren. Er ist verletzlich. Er braucht es nicht, daß er sich an jemanden hängt, der abhauen wird. Regle du das.«

»Wie kommst du drauf, daß ich nicht abhauen werde, wenn das vorbei ist?«

»Du könntest nicht mal ein angreifendes Rhinozeros im Stich lassen, wenn du das Gefühl hättest, es braucht dich. Du bist momentan ekelerregend aufrichtig und verantwortungsbewußt.«

»Das nehm ich dir übel. Obwohl du in den letzten paar Wochen auch bemerkenswert standhaft warst.«

»Das ist nur vorübergehend.«

»Das hab ich auch gedacht, als ich J. and S. übernommen habe. Du stellst fest, daß es sich hinterlistig an dich ranschleicht.« Noah lächelte. »Bei Gott, ich glaube, ich habe einen Weg gefunden, dich einzufangen, Seth.«

»Kein Drandenken. Als nächstes zwingst du mich noch, einen Armani-Anzug und eine Aktentasche zu tragen wie Tony. Mensch, vielleicht können wir sogar in denselben Squashclub eintreten.«

»Tony wäre nicht amüsiert.«

Seth grinste boshaft. »Dann wäre es die Sache fast wert.« Sein Lächeln verblaßte. »Klar, ich mag den Kleinen, aber nicht genug, um dazubleiben und den liebenden Onkel zu spielen. Außerdem, wenn das vorbei ist, wird mir Kate einen rosa Zettel reichen und zum Abschied winken.«

Noah schüttelte den Kopf. »Sie mag dich, Seth.«

»Solange ich ihren Sohn beschütze. Wenn ich für sie keinen Nutzen mehr habe, wird sie mich als ›Unannehmlichkeit‹ betrachten. Mein Gott, du solltest es besser wissen als ich. Sie ist noch verantwortungsbewußter als du, Noah.«

»Ich halte dich nicht für eine Unannehmlichkeit.«

»Doch, das tust du. Warum solltest du sonst versuchen, mich zu ändern, damit ich in deine Gußform passe?«

»Es könnte deshalb sein, weil du mein bester Freund bist und ich dich öfter als nur ein- bis zweimal im Jahr sehen will.«

Seth wandte sich hastig ab. »Dann akzeptiere mich so, wie ich bin.«

»Das würde ich, wenn du mit deinem Leben zufrieden wärst.«

»Hör mal, ich bin kein Wunderkind, das irgend etwas erfinden wird, was die Welt aus den Angeln hebt. Laß mich nur weiter das tun, was ich am besten kann.«

»Und das wäre?« Noah musterte ihn. »Du weißt verdammt gut, daß du alles sein könntest, was du sein willst.«

»Und ich will sein, was ich bin. Hör auf, Noah.«

»Okay … für den Augenblick.«

»Mein Gott, du bist vielleicht stur. Du nervst mich schon seit fünfzehn Jahren. Wann wirst du aufgeben?«

»Sobald du in dem Squashclub bist.« Er lächelte. »Und ich werde dich nicht mal zwingen, Armani-Anzug und Aktentasche zu tragen.«

»Das würde schon kommen.« Seth schnitt eine Grimasse. »Kate würde es ganz oben auf ihre Liste von Prioritäten setzen.«

Noah erstarrte. »Was hat Kate damit zu tun?«

»Komm schon. Ich kenne dich zu lange, und ich hab dich mit Kate beobachtet. Da ist etwas, etwas Gutes.«

Noah schwieg. »Möglicherweise. Wir werden sehen.«

»Du wirst schon so vorsichtig wie Tony«, sagte Seth angewidert. »Was willst du noch mehr? Kate und du, ihr könntet siamesische Zwillinge sein. Ihr seid beide ekelerregend pflichtbewußt, langweilig loyal, abgrundtief solide Menschen. Ihr paßt zusammen wie die sprichwörtlichen Handschuhe.«

»So ähnlich sind wir uns nicht.«

Seth schnaubte verächtlich.

»Meine Angelegenheit, Seth.« Dann wiederholte Noah leise Seths Worte. »Hör auf.«

Seth zuckte die Achseln. »Es ist auch meine Angelegenheit, wenn ich mich um deinen zukünftigen Stiefsohn kümmere.«

»Herrgott, wir reden noch nicht einmal von –« Noah zuckte die Schultern. »Es hat keinen Sinn, mit dir zu reden, was?«

»Wirst du morgen rüber in die Station kommen und mit Joshua etwas unternehmen?«

Noah runzelte die Stirn. »Kann das warten? Wir werden in ein paar Tagen fertig sein. Wir sind nur um Haaresbreite davon entfernt, die richtige Kombination zu finden.«

»Nein, es kann nicht warten. Ich hab schon zu lange gewartet. Ein freier Tag kann dir nicht weh tun. Laß Kate übernehmen.«

»So was nennt man überreagieren.«

»Den Teufel nennt man das so. Wenn du nicht für einen Tag RU2 vergißt, werde ich hierherkommen und dich am Kragen rausschleifen. Zieh deine Nase aus diesen Reagenzröhrchen und hilf mir.«

»Okay, okay. Es liegt ja nicht daran, daß ich etwas dagegen habe, Zeit mit Joshua zu verbringen. Das ist keine Mühe.«

Seth zwang sich ein Lächeln ab. »Und ich weiß, daß es dir praktisch unmöglich ist, etwas Negatives über mich zu sagen, aber versuche, ihn ein bißchen zu desillusionieren, was mich angeht.« Er drehte sich um, lief die Treppe hinunter und sprang in seinen Landrover. »Ich muß zurück. Acht Uhr morgen früh.«

Noah beobachtete ihn, bis er außer Sichtweite verschwand.

Es war klar, daß Seth sich gegen das Geschirr auflehnte. Oder vielleicht war es gar nicht klar, vielleicht hatte Peter Pan Wachstumsschmerzen. Auf jeden Fall war er durcheinander, und jede Instabilität, die auch nur entfernt mit RU2 zu tun hatte, war gefährlich.

Herrgott, konnte er denn an gar nichts anderes denken, außer welchen Einfluß es auf RU2 hatte. Seth war keine Bedrohung, er war der einzige Mensch auf dieser Welt, dem Noah trauen konnte.

Aber er mußte trotzdem alle Auswirkungen auf RU2 in Betracht ziehen. Zu viele Menschen waren gestorben. RU2 hatte Vorrang. Es mußte geschützt werden.

Aber schützte er es, fragte er sich. Hatte er genug getan?

Er ging zum Telefon und drückte Tonys Nummer in Washington.

»Ich brauche dich. Du mußt etwas für mich tun«, sagte er, als Tony antwortete.

»Auch dir ein nettes Hallo«, erwiderte Tony in säuerlichem Ton. »Ich mache bereits etwas für dich. Ich bin herumgeschlichen und habe mit Politikern und Lobbyisten verhandelt. Ich verdiene eine Medaille für die Waterei durch diese ganze Scheiße.«

»Darf ich dich daran erinnern, daß die meisten Politiker auch Anwälte sind.«

»Nein, darfst du nicht. Ich bin nicht in Stimmung.«

»Was passiert mit Longworth?«

»Nichts. Oder so gut wie nichts, dieser Windbeutel.«

»Gab's noch mehr Demonstrationen?«

»Gestern eine bei der Federal Drug Association. Ich wollte dich anrufen und dir davon erzählen. Sie war kleiner als die letzte, aber sie haben ein paar Berühmtheiten geködert als Anführer. Wie lange dauert es noch, bis du fertig bist?«

»Ich weiß es nicht. Bald.«

»Es sollte verdammt bald sein. Ich hab die Nase voll von

dieser Geschichte. Warum schickst du Seth nicht hierher und läßt mich raus. Ich mache nichts, außer beobachten und warten.«

»Ich brauche Seth da, wo er ist. Du wirst auf die Kugel beißen müssen.« Er grinste, als er Tonys frustriertes Stöhnen hörte. »Aber ich gebe dir was anderes, bevor du eine Überdosis von dem ganzen Quatsch abkriegst.«

»Egal was, her damit.«

»Du bist vielleicht nicht mehr so begeistert, wenn ich dir sage, was das ist.«

»Zeit zum Schlafengehen«, sagte Phyliss, dann warf sie einen strengen Blick auf Seth. »Tun Sie die Gitarre weg. Sie wissen, daß er vor einer Stunde im Bett sein sollte.«

»Tut mir leid.« Seth stellte brav die Gitarre auf die Plattform. »Die Zeit ist uns davongelaufen.«

»Noch fünfzehn Minuten, Oma? Ich hab schon meinen Schlafanzug an«, bettelte Joshua. »Ich kann den Akkord schon fast.«

»Er wird morgen auch noch dasein.«

»Man kann nie wissen«, murmelte Seth. »Haben Sie noch nie was vom verlorenen Akkord gehört?«

»Ich habe von Verzögerungstaktik gehört.« Sie deutete mit dem Daumen zur Tür. »Bett.«

»Ich muß Mom noch gute Nacht sagen.« Joshua warf einen letzten, sehnsüchtigen Blick auf die Gitarre, dann stand er auf. »Ich geh und hol mein Fernglas.«

»Vergiß nicht, dir das Gesicht zu waschen und die Zähne zu putzen.«

»Ja, Ma'am.« Er verschwand im Haus.

Phyliss blieb noch. Sie sah Seth an. »Sind Sie okay?«

»Klar.« Er nahm die Gitarre wieder hoch und schlug einen Akkord an. »Warum denn nicht? Ein bißchen unruhig vielleicht.«

»Sie haben nicht unruhig ausgesehen, als ich hier rauskam. Sie sahen ...« Sie zuckte die Schultern. »Ich weiß nicht, melancholisch ...«

Sie hatte wirklich Adleraugen. »Melancholisch?« Er tat so, als würde er drüber nachdenken. »Oh, das gefällt mir. Es klingt so verdammt sensibel. Ich glaube, das hat man mir bis jetzt noch nie vorgeworfen.«

»Sie sind sensibel.«

»Wirklich? Würden Sie gerne wissen, wie viele Männer ich umgebracht habe, Phyliss?«

»Nein, aber wenn Sie so hart wären, wie Sie mir gerne einreden würden, dann würden Sie nicht wissen, wie viele es waren.«

»Wahrscheinlich weiß ich das auch nicht.« Er schlug noch einen Akkord. »Aber ich bin gut im Schätzen.«

»Hören Sie auf, mir auszuweichen, und sagen Sie mir, was los ist.«

Sie war wie ein Bulldozer durch seine Ausflüchte gepflügt. Kate machte dasselbe. Die beiden Frauen ähnelten sich in vielerlei Hinsicht. »Woher soll ich das wissen? Sagen Sie's mir. Sie können ja anscheinend meine Gedanken lesen.«

»Nein, ich kann Ihre Gedanken nicht lesen. Sie sind zu gut im Leuteausschließen. Aber ab und zu lassen Sie kleine Schnipsel raus.« Sie runzelte die Stirn. »Haben Sie etwas rausgefunden, als Sie in der Hütte waren? Sind wir hier noch sicher?«

»Soviel ich weiß, ja. Mir gefällt es nicht, wie lange die Fertigstellung von RU2 dauert. Es ist immer besser, in Bewegung zu bleiben, wenn jemand wie Ishmaru hinter einem her ist.« Er zuckte die Achseln. »Aber das ist Noahs Entscheidung. Er ist der Sheriff. Ich bin nur der angeheuerte Revolverheld in der Stadt.«

»Und das gefällt Ihnen so?«

»Klar.«

»Ich glaube, Sie lügen mich an. Ich seh Sie nicht als ange-
heuerten Revolverhelden.«

»Nein?« Er warf ihr einen Blick zu. »Sie glauben, ich hab
was gegen Noah?« Er schüttelte den Kopf. »Er ist für mich
beinahe ein Bruder. Wir haben unsere Differenzen, aber ich
liebe den Scheißkerl.«

»Warum sind Sie dann –«

»Ich hab's.« Joshua kam mit dem Fernglas auf die Veranda.

»Gut.« Seth stand auf und lehnte die Gitarre an die Wand.
»Komm.« Er schlenderte um die Ecke zum nördlichen Geländer. »Wir brauchen nur eine Minute, Phyliss.«

»Eure eine Minute kenn ich schon. Wenn Joshua nicht in
zehn Minuten im Bett ist, komm ich und hol euch.« Sie ging
ins Haus.

Seth schnitt eine Grimasse. »Hart.«

Joshua nickte mit einem verschwörerischen Lächeln. »Ja.«
Er ließ sich auf den Boden fallen und verschränkte die Beine.
»Aber wir haben zehn Minuten.« Er lehnte sich an die Wand.
»Horch. Ist das eine Eule?«

»Ja. Sie ist in der Platane, dritter Ast von unten.«

»Ich seh sie nicht.« Joshua hob das Fernglas. »Da ist sie. Ich
seh ihre orangefarbenen Augen. Es ist dunkel. Wie hast du sie
ohne das Fernglas gesehen?«

»Übung. Manchmal hocken weniger friedliche Tiere als
Eulen im Baum.«

»Wie Schlangen? Ich hab über Anakondas gelesen. Sie leben in Südamerika. Hat du je mit einer Anakonda gerungen,
Seth?«

»Hältst du mich für doof? Warum sollte irgend jemand mit
einer Anakonda ringen?«

»Na ja, in Florida machen sie Ringkämpfe mit Alligatoren.
Das hat mir mein Dad erzählt.«

Der letzte Satz kam sehr locker, bemerkte Seth. Vielleicht
stumpfte der Schmerz schon etwas ab. Mein Gott, hoffentlich.

»Also, ich wette, dein Dad war nicht so dumm, daß er mit Alligatoren gerungen hat. Er hört sich an wie ein ziemlich cooler Typ.«

»Das war er.« Schweigen staute sich zwischen ihnen. »Du hast Männer gemeint, die sich in Bäumen verstecken, stimmt's?«

Er sollte es wahrscheinlich abstreiten. Man redete mit Kindern nicht über Tod und Gewalt. Noah würde es abstreiten.

Er war nicht Noah. Er hatte Joshua Ehrlichkeit versprochen. »Ja.«

»Heckenschützen?«

»Manchmal. Aber nur, wenn Krieg ist. Hier gibt's keine Heckenschützen.«

»Das weiß ich.« Wieder Schweigen. »Was werden wir morgen machen?«

»Ich werde beschäftigt sein, aber Noah kommt rüber. Ich glaube, er will mit dir fischen.«

Joshua runzelte die Stirn. »Und was wirst du machen?«

»Ich muß ein paar Anrufe erledigen.«

»Könntest du das nicht abends machen?«

»Nein.« Er hielt den Blick starr geradeaus. »Du brauchst mich nicht. Du wirst mit Noah prima auskommen.«

»Ja.« Joshua schwieg einen Moment. »Vielleicht könntest du deine Anrufe vormittags machen, dann könnten wir nachmittags alle zusammen gehen.«

»Ich glaube, du solltest besser ohne mich gehen. Ich kann vielleicht nicht weg.«

»Okay.« Wieder Schweigen. »Will er wirklich mit mir gehen?«

»Klar. Warum sollte er denn nicht?«

»Es ist nur … er ist immer so beschäftigt.«

»Das ist deine Mom auch. Aber sie verbringt gerne ihre Zeit mit dir. Oder vielleicht glaubst du, daß sie nur so tut.«

»Mom macht so was nie«, sagte Joshua erbost. »Sie lügt nie.«

»Okay, okay. Ich versuche nur, dich drauf hinzuweisen, daß du ein ziemlich toller Junge bist.«

Joshua grinste plötzlich. »*Das* weiß ich.«

»Und es wird dir gefallen, wenn du Noah besser kennenlernst. Er ist auch ziemlich toll.«

»Nicht so toll wie du.«

Oh, Scheiße. »Klar ist er das. Nur auf eine andere Art.« Er hielt inne. »Eine bessere Art.«

Joshua schüttelte den Kopf.

Er hatte sein Bestes getan. Er würde es einfach Noah überlassen. »Unsere zehn Minuten sind fast vorbei. Jetzt sag besser deiner Mom gute Nacht.«

Joshua stand auf und hob das Fernglas. »Die Kerze brennt. Aber ich seh sie nicht. Sie arbeitet wohl heute abend wieder.«

»Aber sie hat die Kerze angezündet. Und sie weiß, daß du sie gesehen und gute Nacht gesagt hast.«

»Ja. Die Flamme ist hübsch, heute abend flackert sie gar nicht. Sie ist ganz ruhig und stark.«

Wie Kate, dachte Seth. Ruhig und stark und hell brennend.

»Sag gute Nacht, Joshua.«

»Gute Nacht, Mom, schlaf gut.«

Seths Blick wanderte zur Hütte und der Kerze, die er ohne Fernglas gerade noch erkennen konnte.

Stark und kühn und hell brennend.

»Gute Nacht, Kate«, sagte Seth leise.

»Einen schönen Abend, Mr. Blount.« Der Mann vom Sicherheitsdienst in der Garage lächelte unterwürfig. »Bis morgen.«

»Danke, Jim.« Blount ging zwischen den Autos zu seinem reservierten Platz hindurch und verspürte eine gewisse Freude über Jims unterwürfigen Ton. Da war nicht das Element der Angst, die die Anwesenheit seines Vaters auslöste,

224

aber es war trotzdem befriedigend. Die Leute hier bei Ogden Pharmaceuticals wußten, daß er die Macht hatte, anzuheuern und zu feuern, willkürlich zu zerstören. Sein Vater hatte im selben Alter nicht soviel Macht gehabt. Er war ein dämlicher Schläger gewesen, der ein Wettbüro in den Slums von Chicago betrieben hatte.

Und bald würde Blount mehr Macht haben, als sein Vater sich je erträumt hatte.

Er sperrte seinen Lexus auf und setzte sich auf den Fahrersitz. Den Wagen hatte er mit großer Sorgfalt ausgesucht, nichts Auffälliges oder zu Teures wie der Rolls seines Vaters. Dieser Wagen war solide und sah gut aus – der Wagen eines jungen Mannes, der in der legalen Geschäftswelt auf dem Weg nach oben war. An Ogden war zwar nicht sehr viel legal, aber der Schein war alles, wie Blount festgestellt hatte. Schein und die Fähigkeit, besser als die Narren zu sein, die …

»Keine Bewegung.«

Blount erstarrte, sein Blick huschte zum Rückspiegel.

Ishmaru.

Er zügelte die Panik, die ihn packte, und lächelte den schleimigen Dreckskerl an, der sich vom Boden erhoben hatte und auf dem Rücksitz saß. »Das ist nicht notwendig. Warum haben Sie mich nicht angerufen? Wir hätten uns auf einen Drink treffen können.«

»Sie haben mich auf eine sinnlose Jagd geschickt.«

»Was soll das heißen? Ich hab Ihnen alle Informationen, die ich über Lynski hatte, gegeben. Ich hab Ihnen gesagt, es wäre eine Sackgasse.«

»Es war eine Sackgasse, weil sie Lynskis Handyaufzeichnungen haben verschwinden lassen.«

»Die Telefongesellschaft erwies sich als unnachgiebig. Wir arbeiten noch daran.«

»Ich glaube, Sie haben die Aufzeichnungen. Ich glaube, Sie wissen, wo Lynski im Augenblick ist.«

»Und das würde ich Ogden und Ihnen nicht erzählen?«

»Wo ist er?«

»Wirklich, Ishmaru, das wäre doch sehr dumm von mir. Ich weiß, wie dringend Sie …« Er hielt die Luft an, als er spürte, wie sich eine Messerklinge schmerzhaft in seinen Nacken bohrte. »Übereilen Sie nichts. Ich hätte es Ihnen sowieso demnächst gesagt, ich hab nur auf den richtigen Zeitpunkt gewartet. Lynski benutzt jetzt ein Digitaltelefon. Digitale können wir nicht abhören, und es ist uns bis jetzt noch nicht gelungen, Zugang zu seinen neuen Telefonaufzeichnungen zu kriegen. Wir wollen nicht nur ihn. Wir wollen Smith und die Frau, und wenn Sie jetzt einen Fehler machen, vermasseln Sie alles.«

»Ich werde keine Fehler machen. Er wird mir sagen, was Sie wissen wollen. Wo ist er?«

Blount brach der Schweiß aus. Wenn er es ihm sagte, glaubte Ishmaru vielleicht, seine Nützlichkeit für ihn wäre vorbei, und würde ihm die Kehle durchschneiden. Wenn nicht, würde es dieser wahnsinnige Wichser vielleicht auch tun. »Vielleicht haben Sie recht, vielleicht ist Warten nicht die richtige Methode. Aber es besteht immer die Chance, daß Smith und Dr. Denby sich getrennt haben. Wenn ja, werden Sie meine Hilfe brauchen, um die Frau aufzuspüren.« Er spürte, wie das Blut seinen Hals hinunterlief, und fügte rasch hinzu: »Ich arbeite an ein paar Hinweisen, die vielversprechend aussehen. Ich stehe Ihnen natürlich zur Verfügung. Wir sind schließlich im selben Team.«

»Wo ist Lynski?«

»Im Brenden Arms Hotel, Georgetown. Er ist unter dem Namen Carl Wylie abgestiegen.« Das Messer in seinem Fleisch wurde nicht zurückgezogen. Seine Hände umklammerten das Steuerrad. »Ja, gehen Sie doch zu Lynski, aber halten Sie mich auf dem laufenden. Inzwischen arbeite ich an der anderen Spur, die ich habe. Okay?«

Schweigen. »Okay.«

Das Messer war nicht mehr da. Ihm war schlecht vor Wut und Erleichterung. Verflucht sollte er sein, dieser Bastard, der ihm das Gefühl gab, schwach und ineffizient zu sein. »Aber geben Sie mir ein paar Tage Zeit, damit ich noch mehr Informationen von der Telefongesellschaft kriegen kann. Es kann nichts schaden, ihn ein, zwei Tage zu beobachten. Werden Sie mir diesen Gefallen tun?«

»Vielleicht.« Ishmaru stieg aus dem Wagen. Er stand im grellen Licht der Parkgarage und starrte Blount mit ausdruckslosem Gesicht an. »Lügen Sie mich nicht an.«

»Es war keine wirkliche Lüge. Ich hab nur abgewartet, um –« Ishmaru ging einfach weg, ignorierte ihn wie eine Fliege, die er gerade erst erschlagen hatte. Zorn packte Blount. Er würde das verfluchte Arschloch umbringen lassen. Er würde seinen Vater anrufen und ihm sagen … nein, das war die Methode seines Vaters. Blount wußte, daß man nicht aus Zorn tötet. Man tötet, weil es schlau ist.

Er holte sein Taschentuch heraus und tupfte seinen blutenden Hals ab. Wie war Ishmaru überhaupt in die Garage gekommen? Er würde diesen inkompetenten Wichser vom Sicherheitsdienst feuern. Nach diesem Entschluß fühlte er sich etwas besser, wenigstens war seine Macht noch intakt.

Das war nur ein Rückschlag. Er würde einen Weg finden, Ishmaru dazu einzusetzen, RU2 zu kriegen.

Und dann würde er den Scheißwichser kastrieren und in den Puget Sound werfen lassen.

10

»Ich hab Angst«, flüsterte Kate. Sie hielt Noah die Ergebnisse des letzten Tests hin. »Schauen Sie sie an.«

»Feigling.« Er holte tief Luft und sah die Ergebnisse durch. »Wollen Sie sie den ganzen Tag anstarren? *Sagen* Sie's.«

»Geben Sie mir eine Chance.« Er hob den Blick und lächelte. »Bingo.«

Freude stieg in ihr auf. Sie warf sich in seine Arme, riß ihn fast um. »Sie sind sich sicher? Kein Irrtum?«

»Lesen Sie selbst.« Er nahm sie hoch und drehte sie im Kreis. »Wir haben's geschafft!«

»Was, wenn wir einen Fehler gemacht haben? Wir sollten noch einen Test machen.«

»Das haben Sie das letzte Mal auch gesagt. Keine Sorge, die Hälfte aller Labors im Land wird unser RU2 testen, bevor sie es benutzen. Deshalb mußte der Immunrepressiv-Faktor so hoch sein.«

»Das weiß ich.« Sie trat zurück und lächelte zu ihm hoch. »Und es ist nicht unser RU2, es ist Ihr RU2.«

Er schüttelte den Kopf. »Es ist unseres. Ich habe Tony gesagt, ich will die Patentpapiere geändert haben, damit unsere beiden Namen auf dem Antrag stehen.«

Sie sah ihn sprachlos an. »Das kann ich nicht zulassen. Ich war nur in der Endphase an diesem Projekt beteiligt.«

Er zog die Augenbrauen hoch. »Sie finden nicht, daß Sie einen entscheidenden Beitrag geleistet haben?«

»Und ob ich das habe, verdammt noch mal. Ich bin stolz wie der Teufel auf meine Arbeit, aber ich habe RU2 nicht entwickelt.«

»Sie sind fast dafür gestorben. Das sollte doch zählen.« Er

legte ihr die Hand auf den Mund, als sie protestieren wollte. »Es ist bereits entschieden. Tony sollte inzwischen den Papierkram fertig haben, und er wird nörgelig, wenn ich noch Änderungen vornehme.«

Sie wandte ihren Kopf zur Seite. »Ich werde keine Lorbeeren für etwas ernten, das ich nicht getan habe. Wenn Sie das Patent unter meinem Namen eintragen lassen, dann werde ich eine Pressemitteilung herausgeben, daß sie nur über die Maßen großzügig mit einem Kollegen sind.« Ihr Lächeln war spitzbübisch. »Dann hält Sie die Welt wirklich für Sankt Noah, und darauf sind Sie sicher ganz wild.«

»Ich kann es ertragen.«

Sie erstarrte, als sie seinem Blick begegnete. Da war etwas, etwas Gutes und Süßes und Erregendes.

Das Versprechen …

Seine Hand strich über ihre Wange. »Kate …«

Ja, das war richtig, dachte sie, das war gut. Nicht diese primitive Sexualität, die sie packte, wenn sie bei Seth war. Das war vernünftig und hatte Substanz.

Er trat zurück und lächelte. »Noch nicht. Ich weigere mich, Sie zu verführen, wenn Sie so auf Wolke sieben reiten. Jetzt haben wir alle Zeit dieser Welt.«

Ja, sie hatten Zeit. Sie erwiderte sein Lächeln. »Sie wissen, daß Sie meiner Story noch Zündstoff geben. Nicht nur Sankt Noah, sondern auch noch ein Mönch.«

»Oh, das würden Sie mir doch nicht antun.«

Sie spürte, wie sie Wärme durchströmte. »Nein, das würde ich nicht«, sagte sie leise.

Er machte einen Schritt nach vorn und blieb dann stehen, pfiff leise. »Ich glaube, ich muß ein paar Barrieren aufschütten. Rufen wir Seth und die anderen an und teilen die guten Neuigkeiten. Dann werde ich ein Dinner für uns alle erschaffen, das Sie –«

Das Telefon läutete.

»Vom Gong gerettet.« Er ging grinsend zum Telefon. »Mein Gott, ich kann nicht glauben, daß ich das gesagt habe.«

»Ich auch nicht«, sagte sie trocken. »Bis jetzt wollte noch nie jemand vor mir gerettet werden. Ich bin wohl nicht gerade eine Femme fatale.«

»Aber Sie kommen der Sache ziemlich nahe.« Er nahm den Hörer ab. »Hallo?«

Sie sah ihn fragend an.

»Tony«, flüsterte er.

Tony Lynski. Sie verspürte eine leichte Unruhe, denn sie wußte, daß Noah häufig mit ihm redete, aber er war für sie die Welt da draußen. Eine Welt, der sie sich jetzt bald stellen müßten, da RU2 vollendet war.

»Nein, ich hab meine Meinung nicht geändert«, sagte er ins Telefon. »Hast du sie fertig? Okay, ich treffe dich morgen nachmittag in deinem Hotel.

Sie riß schockiert die Augen auf.

Sie beobachtete, wie er den Hörer auflegte. »Sie fahren weg?«

»Nur den Tag über. Ich muß Papiere unterzeichnen.«

»Könnte er nicht hierherkommen?«

»Er könnte, aber ich möchte nicht, daß Tony weiß, wo wir sind.«

»Meinetwegen?«

»Ich habe versprochen, Sie und Ihre Familie zu beschützen. Ich möchte kein Risiko eingehen.«

»Heißt das, daß Sie ein Risiko eingehen?«

»Um Himmels willen, was wollen Sie denn, daß ich sage? Ich glaube nicht, daß etwas passieren wird, aber es könnte sein.«

»Dann bleiben Sie hier. Es ist verrückt, wegzufahren, wenn Sie nicht müssen. Ich möchte nicht, daß Sie das verdammte Patent ändern.«

»Es ist nicht nur das Patent. Ich muß auch noch ein paar

andere Papiere unterschreiben.« Er fügte leise hinzu: »Ich muß weg, Kate.«

Er würde seine Meinung nicht ändern, stellte sie voller Panik fest. Er würde fahren, und sie konnte ihn nicht daran hindern. »Dann sind Sie ein Narr.« Sie ging weg von ihm.

»Heißt das, Sie werden mein Abendessen ablehnen?« fragte er mit schmeichelnder Stimme. »Es wird Weltklasse sein.«

»Scheiß auf Ihr Dinner. Wenn Sie nicht –« Er würde nicht auf ihre Argumente hören, aber Seth könnte ihn vielleicht überreden. »Okay, rufen Sie Seth an, und sagen Sie ihm, sie sollen kommen.«

»Er wird nicht hören, Kate«, murmelte Seth an der Tür am Ende des Abends. Phyliss und Joshua gingen bereits die Treppe hinunter. »Ich hab's versucht. Ich hab sogar angeboten, daß ich die Papiere für ihn hole.«

»Es ist verrückt«, sagte sie wütend. »Er muß dieses Risiko nicht eingehen.«

»Irgendwann muß er es. Wir können hier nicht ewig bleiben.«

»Dann fahren Sie mit ihm. Beschützen Sie ihn. Sind Sie nicht deshalb hier?«

»Nein, ich bin hier, um Joshua und Phyliss zu beschützen, und während er weg ist, gehören Sie auch zum Paket.« Sein Mund verzog sich zu einem teuflischen Lächeln. »Ich weiß, daß es Ihnen lieber wäre, wenn ich meinen Kopf in die Schlinge stecke, aber den Gefallen wird uns Noah nicht tun.«

Das hatte sie bestimmt nicht gemeint, nur dachte sie im Zusammenhang mit ihm nicht an Gefahr. Er war scheinbar fähig, mit allem fertigzuwerden. »Ich will, daß überhaupt niemand fährt. Ich dachte nur, Sie beide wären –«

»Ich weiß«, sagte Seth locker. »Ich bin ersetzbar. Noah nicht.«

»Niemand ist ersetzbar.« Sie legte impulsiv ihre Hand auf seinen Arm. »Tut mir leid, Seth. Ich war aufgeregt und hab geredet, ohne zu überlegen.«

»Dann kommt immer die Wahrheit ans Licht. Es ist okay. Ich weiß, wo Ihre Prioritäten liegen.« Er schaute zurück in die Küche, wo Noah gerade die Geschirrspülmaschine füllte. »Ich kann ihn nicht zwingen, sich helfen zu lassen, Kate. Ich bin mir nicht einmal sicher, ob ich es versuchen sollte. Er kann wesentlich besser auf sich aufpassen als Sie. Ihm wird nichts passieren.«

»Das können Sie nicht versprechen.« Sie erschauderte. »Ishmaru ist da draußen.«

»Nein, ich kann, verdammt noch mal, gar nichts versprechen.« Er drehte sich um und begann die Treppe hinunterzusteigen. »Gute Nacht. Ich schau morgen nach Ihnen.«

Sie hatte das ungute Gefühl, daß sie ihn verletzt hatte. Es war schwierig, hinter dieser harten, spöttischen Fassade den komplizierten Mann zu sehen. Einmal hatte sie das Gefühl, ihn sehr gut zu kennen, und in der nächsten Sekunde war er ihr wieder ein Rätsel. Gott sei Dank, war Noah so solide, wie Seth quecksilbrig war. Sie fühlte sich nie ganz wohl mit Seth.

Nein, das stimmte nicht. Sie hatte sich gelegentlich bei ihm wohl gefühlt, und er konnte so beruhigend sein wie ein Sommerwind. Er war nur nicht ... solide.

»He, krieg ich vielleicht Hilfe mit diesem Geschirr?« rief Noah.

»Klar.« Noch eine Gelegenheit, mit ihm zu reden, ihn vielleicht zu überreden. Obwohl Hoffnung und Zeit verrannen. »Ich bin sofort da.«

Noah fuhr am nächsten Morgen um fünf Uhr ab.

Kate sah den glühenden roten Rücklichtern des Jeeps nach, bis sie um die Kurve verschwanden.

Er war fort.

Ihre Hände ballten sich zu Fäusten.

Verflucht, warum hatte er nicht hören wollen?

Sie ging in die Hütte. Beschäftige dich, beschäftige dich so intensiv, daß du keine Zeit zu denken hast. Er hatte versprochen, anzurufen, wenn er bei Lynski in Washington angekommen war, damit sie wußte, daß er in Sicherheit war, das würde schon in ein paar Stunden sein. Sie würde sich einen Kaffee machen und dann ins Labor gehen, die Ergebnisse noch einmal überprüfen, mehrere Kopien von den Disketten und den Dokumenten machen. Bis sie damit fertig war, würde sie von ihm hören.

Sie wußte, daß sie zu negativ dachte. Noah wäre nicht gefahren, wenn er es für zu riskant gehalten hätte. RU2 war zu wichtig, er würde es nicht gefährden. Lynski war seit Wochen mit ihnen in Kontakt, und es hatte keine Bedrohung gegeben. Noah sagte, Lynski hätte alle Vorsichtsmaßnahmen getroffen, nachdem er in Washington angekommen war.

Es gab keinen Grund, zu glauben, Noah wäre in Gefahr.

Das war Noah Smith, der da ins Hotel ging.

Ishmaru war sich nicht sicher gewesen, als er ihn im Jeep vorbeifahren sah. Smith war sehr vorsichtig gewesen. Er war dreimal um den Block gekreist, bevor er auf den Hotelparkplatz gefahren war. Selbst jetzt sah er sich noch nach allen Seiten um, versuchte auszumachen, ob es eine Bedrohung gab. Sehr schlau.

Nicht schlau genug. Ishmarus Hände krampften sich um das Steuerrad des Lieferwagens, den er in der Gasse neben dem Hotel geparkt hatte. Ein Rausch der Erregung explodierte in ihm. Er haßte es, zuzugeben, daß dieser Bastard Blount recht hatte, aber da war Smith, der in die Falle spazierte, und er hatte Lynski nur ein paar Tage beobachten müssen.

Und wo Smith war, konnte man wahrscheinlich auch Kate finden.

Die Freude, die ihn durchströmte, war fast Ekstase.

Komm raus, Smith. Geh zurück zu ihr.

Ich werde dir auf den Fersen sein.

Noah unterzeichnete das letzte Papier und gab Tony seinen Füller zurück. »Ist das alles?«

»Es ist genug«, sagte Tony. »Zuviel. Es ist ein verdammt großer Fehler.« Er faltete die Papiere und steckte sie in seine Aktentasche.

»Aber sie sind hieb– und stichfest?«

»Jawohl. Ich bring sie in ein Schließfach in der First Union Bank of Georgetown.«

»Sofort.«

»Sobald du hier weg bist.«

»Warte nicht. Ich muß Kate anrufen und ihr sagen, daß ich auf der Fahrt zurück zur Hütte bin. Geh jetzt.«

»Warum die Eile? Ich hab dir gesagt, es gibt keinerlei Anzeichen für Überwachung. Warum trinkst du nicht einen mit mir?

»Ein anderes Mal.« Er lächelte. »Danke, Tony.«

»Ich hab nur meinen Job gemacht. Wie geht's Seth?«

»Im Moment fühlt er sich in der Falle. Er hat Angst davor, daß du darauf bestehst, daß er in deinen Squashclub eintritt.«

»Keine Chance. Ich würde meinen Schläger wegwerfen und mit Glasbläserei anfangen, wenn er auch nur in die Nähe kommt.« Tony wandte sich zur Tür. »Wirst du hier sein, wenn ich zurückkomme?«

»Nein. Ich muß zurück zu Kate.«

»Hm. Das ist interessant.« Sein Lächeln verblaßte. »Hier ist noch was, das du interessant finden wirst. Gestern hat Longworth eine Gesetzesvorlage eingereicht, die der Regierung die Macht gibt, genetische Forschung, Experimente und Produktkontrolle zu regulieren.«

»Scheiße.«

»Er hat es mit einem Paket Sozialprogramme eingeschmuggelt, nach denen der Präsident schreit.«

»Wieviel Zeit haben wir?«

Tony zuckte die Schultern. »Kommt drauf an, wieviel Presse die Gesetzesvorlage kriegt und wieviel die Lobbyisten dafür oder dagegen tun. Ich habe die großen genetischen Forschungslabore verständigt. Vielleicht machen die ja ein bißchen Krawall.«

»Darauf kann ich mich nicht verlassen.«

»Dann solltest du besser rasch handeln.« Er öffnete die Tür. »Wir bleiben in Verbindung.«

Noah blieb noch ein paar Minuten stehen, nachdem er die Tür geschlossen hatte. Verdammt, ja, er mußte rasch handeln.

Noah nahm Tonys digitales Telefon. Eine Minute später hatte er Kate dran.

»Ich komme nach Hause«, sagte Noah.

»Ist alles in Ordnung?«

»Es könnte besser sein. Longworth hat eine Gesetzesvorlage eingebracht, die die genetische Forschung total abwürgen wird.«

»Verflucht. Na ja, wir werden einen Weg finden müssen, damit fertigzuwerden.« Sie hielt inne. »Aber ich habe nach Ihnen gefragt? Sind Sie in Sicherheit?«

»Mir geht's gut. Alles ist fertig, und ich bin auf dem Heimweg. Ich sollte bis Mitternacht da sein.«

»Seien Sie vorsichtig. Hier gießt es wie aus Kübeln. Sie werden die Straße kaum sehen.«

»Mitternacht.«

»Gut.« Ihre Stimme war ein bißchen belegt, als sie hinzufügte: »Ich könnte mich vielleicht sogar dazu überreden lassen, Ihnen einen kleinen Imbiß zu machen.«

»Keinen Imbiß. Wir haben unsere persönliche Feier immer noch nicht gehabt. Ich glaube, es ist höchste Zeit, daß ich Champagner bringe.«

Schweigen am anderen Ende der Leitung. »Bring dich nur selbst mit, verdammt noch mal.«

Sie legte auf.

Ein Lächeln umspielte seine Lippen, als er auflegte. Zuhause und Kate und der –

Schmerz brannte in seinem Rücken.

»Herrgott, was –«

Etwas traf ihn in den Hals.

Er stolperte und fiel zu Boden. O Gott, der Schmerz …

Er rollte sich instinktiv herum, um dem Angreifer ins Gesicht zu sehen.

Ishmaru. Er stand lächelnd da, mit dem blutigen Messer in der Hand. Der Bastard hatte ihn mit dem Messer getroffen.

Ishmaru bückte sich und zog die Pistole aus Noahs Jacke. »Jetzt werden wir reden. Und wenn du mir sagst, wo ich Kate finden kann, wirst du vielleicht nicht lange leiden müssen.«

»Fahr … zur Hölle.«

Ishmaru setzte sich neben ihn. »Ich wollte dir folgen, aber es besteht immer die Chance, daß man jemanden im Verkehr verliert. Das wollte ich nicht riskieren. Als ich Lynski gehen sah, wußte ich, daß war ein Zeichen. Es ist viel sicherer, wenn du mir hier sagst, wo Kate ist.«

Er blutete, lag im Sterben.

Die ganze Arbeit für nichts …

Nein, RU2 war nicht nichts.

Ishmarus Messer bohrte sich in seinen rechten Arm.

Er biß die Zähne zusammen, um nicht zu schreien.

»Sag's mir«, flüsterte Ishmaru. Er zog das Messer heraus. Noah verlor die Besinnung. Nein, kämpf gegen das Schwein …

»Sag's mir.«

Er warf sich nach oben, schlug Ishmaru aufs Kinn, Ishmaru fiel zurück, und seine Augen wurden glasig. Mein Gott, das Schwein hatte ein Glaskinn. So ein Glück …

Noah war auf den Knien, dann stand er. Mußte hier raus, bevor Ishmaru –

Mein Gott, tat das weh.

Er stolperte auf die offene Tür zu. Er war im Korridor und konnte die Aufzüge vorn sehen. Er mußte die Aufzüge erreichen. Mußte zu Kate ... mußte zu Seth.

RU2 ... zu viele Leute waren gestorben ... seine Leute.

RU2 ...

Er sah nicht, wie Ishmaru hinter ihm in der Tür erschien.

Er hörte die Kugel nicht, die sein Herz zerfetzte.

Ishmaru rannte los, fluchend.

Warum hatte er nicht gemerkt, daß Noah nicht entfliehen konnte? Er war Ishmaru, der Krieger. Der Schlag hatte ihn nur für ein paar Augenblicke benommen gemacht. Dann war er gezwungen gewesen, es zu schnell zu beenden. Und mit einer Pistole, dachte er angewidert. Kein Coup.

Die Aufzugtür öffnete sich, und ein Stubenmädchen schickte sich an, ihren Karren aus der Kabine zu rollen.

Sie sah Noahs Leiche. Sie sah Ishmaru mit der Pistole auf sie zurennen.

Sie schrie. Im nächsten Augenblick schloß sich die Aufzugstür, und sie drückte in Panik den Knopf.

Das Luder würde das ganze Hotel alarmieren.

Er kniete sich hin und durchwühlte Smiths Taschen. Autoschlüssel, Brieftasche, Zettel. Er nahm alles heraus und stopfte es in seine Jackentasche.

Keiner rechnete damit zu sterben. Sie hinterließen fast immer Hinweise auf ihr Leben. Er bezweifelte, daß Smith anders war.

Er rannte zur Ausgangstür am Ende des Korridors.

»Wo ist Seth? Ich muß mit Seth reden.«

»Wer ist da?«

»Lynski.« Eine Pause. »Sie sind Kate?«

»Ja.«

»Ich muß mit Seth reden. Geben Sie mir seine Nummer.«

»Was ist denn los?«

»Alles ist los. Die ganze verdammte Welt ist eingestürzt.«
Panik brandete in ihr hoch. »Wo ist Noah? Ist er auf dem
Weg zurück?«

»Geben Sie mir Seths Nummer.«

Sie ratterte die Nummer herunter. »Verflucht noch mal, sagen Sie mir, was los ist. Ist Noah verletzt?«

»Noah ist tot.«

Er legte auf.

Der Hörer fiel aus ihrer Hand. Es konnte nicht wahr sein.
Sie hatte erst vor ein paar Stunden mit Noah geredet. Er hatte
gesagt, er wäre in Sicherheit. Noah würde heute nacht
zurückkommen. Sie würden feiern. Das Versprechen würde
Wirklichkeit werden.

Das Versprechen ...

Tränen liefen ihr über die Wangen. Sie sollte nicht weinen.
Es konnte nicht wahr sein. Noah konnte nicht tot sein. All
diese Genialität und Hingabe einfach weg.

Und der Mann selbst, stark, gütig, rücksichtsvoll ...

Michael, Benny ...

Und jetzt Noah?

Nein, das war zuviel. Sie sank auf die Couch und kauerte
sich zusammen. Sie würde hier bleiben, und Seth würde kommen und ihr sagen, daß alles ein Mißverständnis gewesen war.

Seth würde kommen.

Ishmaru warf Smiths Brieftasche ungeduldig auf den Boden
des Autos. Nichts drin, was ihm helfen konnte.

Die Autoschlüssel folgten.

Jetzt war nur noch ein Kaugummi und ein schmaler Zettel
übrig.

Ein Kreditkartenbeleg von einer Tankstelle. Dieser war von Pine Mountain Gulf ausgestellt. Eine Adresse und eine Telefonnummer in West Virginia war oben aufgeführt.

»Ich hab dich, Smith«, murmelte er. Es war überraschend, wie selbst die vorsichtigsten Leute bei Kleinigkeiten versagten. Kreditkartenbelege waren immer nützlich. Jeder stopfte sie einfach in die Tasche oder Handtasche, ohne nachzudenken, weil sie Angst vor Kreditkartenbetrug hatten.

Smith hatte wahrscheinlich in der Nähe seines Ausgangspunktes getankt, um unterwegs nicht anhalten zu müssen. Somit hatte Ishmaru einen Ort, wo er anfangen konnte, und meistens brauchte er nicht mehr. Er würde Fragen stellen und suchen, und bald würde er Kate haben.

Er ließ seinen Van an und steuerte hinaus auf den Freeway. *Ich komme, Kate.*

»Warum, zum Teufel, haben Sie den Hörer nicht aufgelegt?« fragte Seth, als er durch die Tür kam. »Ich dachte, Sie —« Jetzt entdeckte er sie. »O mein Gott.« Er fiel neben der Couch auf die Knie und zog sie in seine Arme. Er war naß, dachte sie dumpf. Es regnete wohl immer noch. Es spielte keine Rolle. Jetzt war er hier. Er würde ihr sagen, daß alles in Ordnung war.

Er wiegte sie wie ein kleines Mädchen. Sie fühlte sich wie ein kleines Mädchen, verwirrt, verwirrt.

»Sie sind steif wie ein Eisblock«, sagte er.

»Er ist nicht tot«, flüsterte sie. »Sie sind gekommen, um mir zu sagen, daß alles ein Mißverständnis war. Nicht wahr, Seth?«

»Es ist kein Mißverständnis.« Seine Stimme war zittrig, seine Augen glänzten feucht. »Noah ist tot. Ishmaru hat ihn getötet.«

Ishmaru. Sie hätte wissen müssen, daß es Ishmaru war. Er war der Alptraum, die Nemesis. »Er tötet alle. Michael, Benny … all diese Leute in Noahs Fabrik. Aber ich hätte nicht gedacht ... Nicht Noah. Ich hab gehofft, er könnte Noah nicht töten.«

»Er muß Noah in einem unvorsichtigen Augenblick erwischt haben.« Er schlang seine Arme enger um sie und drückte ihr Gesicht in seine Schulter. Seine Stimme bebte vor Schmerz. »Ich kann nicht dran denken, ohne —« Er verstummte, und einen Augenblick später schob er sie weg. »Hören Sie, Kate, ich kann nicht zulassen, daß Sie so leiden. Wir können später trauern. Jetzt gibt es zuviel zu tun. Ishmaru ist immer noch da draußen.«

Natürlich war er das. Allmählich glaubte sie, daß er nicht aufzuhalten wäre. Er würde einfach weitermachen, bis —

»Kate.« Er schüttelte sie heftig. »Tony ist sich nicht sicher, wieviel Noah ihm gesagt hat. Er hatte Messerwunden —« Er hielt inne, als sie zusammenzuckte. »Ich glaube nicht, daß er dem Schwein etwas gesagt hat, aber ich muß Vorsichtsmaßnahmen treffen.«

»Natürlich«, erwiderte sie mit dumpfer Stimme.

Er murmelte etwas. »Joshua. Ishmaru verfolgt jetzt vielleicht Sie und Joshua.« Sein Ton wurde hart. »Wollen Sie hier herumliegen, während er Joshua in Stücke schneidet, wie er es bei Noah gemacht hat?«

Schock brannte durch ihren Körper. »Joshua.« Sie schob sich weg von ihm. »Ishmaru kommt hierher?«

»Wir wissen es nicht.«

Joshua könnte in Gefahr sein. Sie mußte denken. Leicht gesagt. Sie hatte das Gefühl, ihr Verstand wäre eingefroren. »Tut mir leid, Sie werden mir helfen müssen. Ich hab Probleme zu funktionieren.«

»Warum wohl? Ich bin selbst nicht ganz auf dem Damm.« Er ging zur Küche. »Ich mach Ihnen Kaffee. Waschen Sie sich das Gesicht, und fangen Sie an zu packen.«

»Joshua ... Sie sollten zu Joshua zurückkehren.«

»Er und Phyliss packen. Wir holen sie ab. Beeilen Sie sich.«

»Sie sollten zu ihnen zurückfahren. Ishmaru …«

»Selbst wenn er weiß, wo wir sind, wird er mindestens vier Stunden brauchen, bis er hier ist.« Er warf einen kühlen Blick über die Schulter. »Beweg dich.«

Das letzte Wort war wie ein Peitschenhieb und holte sie aus ihrer Starre. Er hatte sich verändert, dachte sie, als sie zu ihrem Schlafzimmer eilte. Der sanfte Seth, der sie gewiegt und getröstet hatte, war verschwunden, als hätte er nie existiert. Sogar die Art, wie er ging, war anders. Sein trabender Gang, der sie an Joshua erinnert hatte, war jetzt gespannt, knisterte vor Energie.

Das war der Mann, dem sie das erste Mal in ihrer Einfahrt begegnet war. Der Mann, den sie als Jack the Ripper gesehen hatte. Noah hatte darüber gelacht und sie damit geneckt, aber er hatte gewußt, daß Seth so sein konnte. Er hatte darauf gezählt.

Noah…

Sie schob den Schmerz beiseite. Sie durfte jetzt nicht an Noah denken. Sie mußte an Joshua und Phyliss denken. Sie nahm ihren Koffer aus dem Schrank und begann Kleider hineinzuwerfen.

»Fertig?« fragte Seth, als sie zehn Minuten später in die Küche kam. Er reichte ihr eine Tasse Kaffee und schraubte den Deckel einer großen Thermoskanne zu. »Wo ist das Zeug für RU2?«

»Das hab ich schon vorher gepackt.« Sie stellte ihren Koffer ab und trank einen Schluck Kaffee. »Ich wollte mich beschäftigen, während Noah weg war. Es ist in einer Ecke des Labors gestapelt.«

»Ich hol es. Bringen Sie Ihren Koffer und die Thermoskanne in den Jeep.«

»Ich will mit meinem Auto fahren.«

»Nein, ein Auto. Ich brauch euch alle nah bei mir, wo ich euch sehen kann.« Er verschwand im Labor.

241

Sie trank noch einen Schluck Kaffee, dann stellte sie die Tasse auf den Tresen und nahm die Thermoskanne und ihren Koffer. Er war schwer, aber sie begrüßte die Anstrengung, ihn die Treppe hinunterzuzerren und ihn hinten im Jeep zu verstauen. Es regnete immer noch wie aus Eimern, und bis sie auf dem Beifahrersitz saß, war sie völlig durchnäßt. Gott sei Dank, versuchte Seth nicht, sie in Watte zu packen. Sie mußte in Bewegung bleiben, um nicht daran zu denken –

Warum brauchte Seth so lange? Sie hatte alles ordentlich in eine Ecke gestellt. Oder vielleicht kam es ihr nur so vor, als würde er so lange brauchen.

Seth kam die Treppe herunter, die Arme voller Schachteln und Aktentaschen. Er stellte sie auf den Vordersitz. »Überprüfen Sie das. Ist alles da?«

Sie schaute die Aktentaschen, die Schachteln und die Disketten durch. »Ja.«

Er nahm die Schachteln und verstaute sie hinten. Dann war er auf dem Fahrersitz, fuhr aus der Einfahrt.

»Wohin fahren wir?«

»Wir fahren in Richtung White Sulphur Springs. Ich hab Tony gesagt, er soll uns dort in einem Motel treffen.«

»Warum?«

»Er sagt, er müßte uns sehen.«

»Was, wenn Ishmaru ihm folgt?«

»Dann bring ich das Schwein um.«

»Lynski oder Ishmaru?«

»Vielleicht beide.« Er hielt den Wagen an, als sie die Hauptstraße erreicht hatten. »Sind Sie sicher, daß Sie alles haben?«

»Ich hab's doch gesagt.«

»Wollte es nur noch mal überprüfen.« Er zog etwas aus der Jackentasche. »Los geht's.«

Die Explosion brachte das Auto zum Schaukeln, als die Hütte hinter ihnen in die Luft flog.

Sie starrte schockiert auf die flammende Ruine. »Was ist passiert?«

»Ein bißchen Plastik am rechten Fleck.« Er steckte den Auslöser zurück in die Tasche und ließ den Wagen wieder an.

»Sie haben sie in die Luft gejagt?« flüsterte sie.

»Irgendein Computerkünstler hätte vielleicht etwas aus dem Labor rausholen können. Noah ist für dieses verdammte RU2 gestorben. Glauben Sie, ich würde zulassen, daß irgend jemand es ihm jetzt stiehlt?«

Der Schein des Feuers beleuchtete sein Gesicht und wurde in seinen blauen Augen reflektiert. Nie zuvor hatte sie ein so hartes, wildes Gesicht gesehen.

»Nein, das werden Sie wohl nicht.« Sie erschauderte und wandte sich von ihm ab.

Sie hatte Noah verloren.

Und sie hatte den Seth verloren, den sie kennengelernt hatte.

Es dauerte nur dreißig Minuten, bis sie Phyliss und Joshua abgeholt und ihr Gepäck im Wagen verstaut hatten. Sie waren beide still, erschüttert, als sie auf den Rücksitz kletterten.

»Da ist ein Feuer«, sagte Joshua. »Die Hütte brennt. Ich hab's vom Haus aus gesehen. Sollten wir Lyle anrufen?«

»Das hab ich schon getan, bevor ich die Station abgeschlossen habe«, erwiderte Seth. »Ich hab ihm gesagt, er soll zurückkommen und seinen Job wieder übernehmen.«

»Wird das einen Waldbrand auslösen?«

»Keine Gefahr. Es regnet so heftig, daß es aus sein wird, bevor wir zehn Meilen von hier weg sind.«

Joshua leckte sich die Lippen. »Hat *er* es getan?«

»Nein, ich hab's getan. Ishmaru ist nicht in unserer Nähe, Joshua.«

»Warum fliehen wir dann?«

»Damit er nicht in unsere Nähe kommt.« Seth ließ den Wagen an. »Alles wird gut.«

»Wirklich?« flüsterte Joshua. »Er hat Noah umgebracht.«

»Seth sagt, alles wird gut, nicht wahr?« Phyliss legte ihren Arm um Joshuas magere Schultern. »Er sagt uns immer die Wahrheit.«

Joshua saß stocksteif auf dem Sitz. Seine Haare waren naß und klebten an seinem Gesicht, und im Licht des Armaturenbretts sah er hager und vertrocknet aus. Mein Gott, was hatte sie ihm angetan?

Er starrte Seth an. »Seth?«

Seth sah ihm in die Augen. »Im Augenblick ist es okay, aber es ist nicht vorbei. Aber ich … wir werden damit fertig, ja, Joshua?«

Joshua nickte langsam und ließ sich in den Sitz zurückfallen. »Klar.«

Schroffe Ehrlichkeit statt Trost. Kate wäre mit Joshuas Ängsten anders verfahren, aber vielleicht war Seths Methode besser. Sie war sich nicht sicher, dachte Kate erschöpft. Scheinbar funktionierte es. Alles, was funktionierte, war momentan ein Plus.

Die Fahrt nach White Sulphur Springs verlief fast völlig schweigend. Im Morgengrauen des nächsten Tages erreichten sie das Dinmore Motel am Rand der Stadt. Seth besorgte ein Zimmer für Phyliss und Joshua und ein separates für Kate. Nachdem er sie untergebracht hatte, reichte er Phyliss den Schlüssel. »Sperren Sie die Tür ab. Duschen Sie und ziehen Sie sich um, aber gehen Sie nicht ins Bett. Wir müssen vielleicht weiter, wenn ich mit Tony geredet habe.«

»Gut«, sagte Phyliss. »Kann ich in den Laden an der Ecke gehen und uns etwas zu essen besorgen?«

Seth schüttelte den Kopf. »Bleiben Sie drin, bis ich Sie abhole.« Zu Kate sagte er: »Sie kommen mit mir.« Er drehte sich um und verließ den Raum.

»Ich komme wieder, sobald ich kann«, sagte Kate.

»Mach dir keine Sorgen um uns. Du bist diejenige, die aussieht, als wäre sie von einem Laster überfahren worden«, sagte Phyliss. Und genauso fühlte sie sich auch, dachte Kate, plattgewalzt von einem Laster mit rasiermesserscharfen Reifen.

»Geh schon, Mom«, sagte Joshua und ging zum Badezimmer. »Seth wird dich brauchen.«

Sie lächelte zittrig. »Und Seth weiß, was am besten ist?«

Er sah sie ernst an. »Seth ist schlau. Er kennt sich mit so was aus.« Er verschwand im Badezimmer.

»Er hat recht«, sagte Phyliss. »Ich glaube, wir sollten im Augenblick Seth vertrauen.«

»Das sollten wir wohl.« Sie beugte sich vor und küßte sie auf die Wange. »Danke, Phyliss.«

»Wofür?«

»Daß ihr den Schlamassel, in den ich uns reingeritten habe, so tapfer erduldet.«

»Sei nicht dämlich. Du gibst dir die Schuld an etwas, das du nicht hättest verhindern können. Hast du Michael oder Benny oder Noah getötet? Wenn etwas passiert, muß man reagieren. Mehr hast du nicht getan. Reagiert, so wie du glaubtest, daß es für alle das beste wäre.« Sie schnitt eine Grimasse. »Jetzt geh. Ich will raus aus diesen Klamotten und trocken werden.«

»Okay.« Kate verließ das Zimmer.

Seth wartete draußen. »Ich geb Ihnen Zeit, sich zu entspannen und zu waschen, sobald ich kann.« Er nahm ihren Arm und führte sie an den Zimmern entlang. »Tony ist in Zimmer 34, laut Pförtner. Wir bringen das so schnell wie möglich hinter uns.«

»Und dann?«

»Wir werden sehen.« Er blieb vor einer Tür stehen und klopfte. »Ich hab da ein paar Ideen.«

Und das war mehr, als Kate im Augenblick hatte. Sie lief nur noch auf Automatik. Sie hatte auf der Fahrt hierher viel zuviel Zeit gehabt, um über Noah nachzudenken. Noah …

Die Tür wurde von einem großen, massigen Mann im Khakianzug und gestreiften Hemd geöffnet. »Es wurde aber auch Zeit.«

»Tony, das ist Kate Denby.« Er schob sie ins Zimmer. »Ich bin in ein paar Minuten zurück. Ich will mich umsehen.«

»Mir ist niemand gefolgt. Glaubst du, ich mache diesen Fehler noch einmal?« fragte Tony Lynski verbittert.

»Ich überprüfe es selbst. Wenn du ihn beim ersten Mal nicht gemacht hättest, wäre Noah jetzt noch am Leben.«

»Bastard«, murmelte Tony, als sich die Tür hinter Seth schloß. Er wandte sich zu Kate, sein Gesicht war vor Schmerz verzerrt. »Aber er hat recht. Ich war nicht vorsichtig genug. Ich hätte wissen müssen, daß Ishmaru mich beobachtet.«

Wollte er, daß sie ihm widersprach? Sie wußte nicht, was sie Tony Lynski gegenüber empfand, aber ein Impuls, ihn zu trösten, war es nicht. »Was ist mit Noah passiert?«

»Ishmaru hat ihn in meinem Hotel getötet. Er wurde in der Nähe des Aufzugs vor meinem Hotelzimmer gefunden.«

»Das weiß ich. Was ist mit …« Sie verstummte, um sich zu fangen. »Was ist mit seiner Leiche passiert?«

»Leichenschauhaus. Er hatte keinen Ausweis bei sich. Ishmaru muß alles mitgenommen haben. Sie werden ihn als John Doe führen.«

Sie zuckte zusammen. Diese unpersönliche Entsorgung war fast so furchtbar wie der eigentliche Mord. »Und Sie haben das zugelassen?«

»Ich kam zurück, als man ihn in den Wagen des Gerichtsmediziners lud. Ich hatte keine Ahnung, was ich tun sollte, und ich habe versucht, soviel Informationen wie möglich zu sammeln.«

»John Doe.«

»Glauben Sie, mir hat das gefallen? Aber ich mußte Seth kontaktieren, bevor ich eine Entscheidung traf.« Er hielt inne.

»Sie lagen Noah sehr am Herzen. Er konnte es kaum erwarten zurückzukommen.«

»Warum waren Sie nicht bei ihm, als es passierte?«

»Er hat mich losgeschickt, damit ich die Dokumente, die er unterzeichnet hat, in einem Bankschließfach deponiere.«

Die Patente. Also war Noahs Tod auch ihre Schuld. »Sie waren nicht da, um ihm zu helfen. Keiner war da.«

»Ich konnte nicht wissen, daß –«

Seth kam ins Zimmer. »Das Gebiet ist sicher. Du hast etwas richtig gemacht, Tony.«

Tony holte tief Luft. »War das nötig?«

»Nein, aber es war ein gutes Gefühl.« Er sah sich im Zimmer um, entdeckte eine Kaffeemaschine auf dem Schreibtisch und ging darauf zu. »Warum, zum Teufel, hast du ihr nicht etwas Heißes zu trinken gegeben? Siehst du denn nicht, daß sie unter Schock steht?«

»Du warst doch nur – Oh, verflucht, was soll's.« Er warf sich in einen Stuhl. »Red's dir von der Seele.«

»Das kann ich nicht.« Er goß Kaffee in zwei Becher, brachte Kate einen und schob sie auf den anderen Stuhl. Er trank einen Schluck aus seiner Tasse, dann sagte er: »Nicht, ohne dir den Hals zu brechen. Warum sind wir hier?«

»Weil Noah euch hier haben wollte«, sagte Tony. »Er kam nach Washington, weil ich ein paar Dokumente aufgesetzt hatte, die er unterschreiben mußte. Ich hab ihm gesagt … Ein Dokument waren die Patente.« Tony sah Seth an. »Das andere Dokument war ein Testament, das all seinen Besitz, inklusive RU2, dir vermacht, Seth.«

Seth erstarrte. »Was?«

»Du hast mich gehört. Er war zu dem Schluß gekommen, daß er nicht ausreichend Vorkehrungen getroffen hatte, um RU2 im Falle seines Todes zu schützen. Also hat er es deinen Händen überlassen.«

»*Meinen* Händen?«

»Ich hab ihm gesagt, daß er verrückt ist. Ich habe ihm gesagt, daß du der letzte Mensch wärst, dem ich etwas Wichtiges anvertrauen würde.« Sein Lächeln war schief. »Er wollte nicht hören. Noah hat nie auf mich gehört.«

»Dieser *gottverfluchte* Kerl.«

Kate sah Seth schockiert an.

»Ich werde es nicht nehmen.« Er schleuderte den Kaffeebecher gegen die hintere Wand. »Er kann sein RU2 nehmen und es sich in den Hintern stecken. Er hat mich nicht in diese Falle gelockt, als er noch am Leben war, und ich laß mir das auch jetzt nicht von ihm gefallen.«

»Nette, erwachsene Art, seine Dankbarkeit zu zeigen«, sagte Tony säuerlich. »Warum ziehst du jetzt nicht eine Pistole und erschießt jemanden?«

»Führ mich nicht in Versuchung.«

»Also, ich hab getan, was Noah von mir erwartet hat.« Er lehnte sich im Stuhl zurück. »Was wirst du tun?«

»Ich werde dir sagen, was ich tun werde. Ich werde Ishmaru finden und ihm die Eingeweide rausreißen.«   .

»Und was ist mit RU2?«

»Ich will es nicht. Ich werde es nicht annehmen.«

»Du meinst, du willst die Verantwortung nicht.«

»Können Sie es ihm übelnehmen?« sagte Kate. »Um Himmels willen, finden Sie einen Weg, ihn da rauszulassen. Er muß nicht auch noch sterben.«

»Das Testament ist hieb- und stichfest. Er hat RU2, ob er es nun will oder nicht.« Tony lächelte. »Wenn ich gewußt hätte, daß ihn das so aufregt, hätte ich nicht mit Noah gestritten.«

»Ich überschreibe es Kate.«

»Das kannst du nicht. Es gehört dir auf Lebenszeit.« Offensichtlich genoß Tony die Sache. »Ich nehme an, das heißt, du hast mich auch geerbt. Wie lauten deine Anweisungen? Soll ich eine Aufsichtsratssitzung …«

248

»Fahr zur Hölle.« Seth riß die Tür auf und knallte sie hinter sich zu.

»Trinken Sie Ihren Kaffee«, sagte Tony zu Kate. »Er kommt zurück, sobald er sich beruhigt hat. Mein Gott, das hat richtig gutgetan, zur Abwechslung mal ihn zu ärgern.« Sein Lächeln verschwand. »Das ist wohl ziemlich kindisch. Noah ist tot. Ich sollte nicht –« Er zuckte die Schultern. »Was soll ich sagen, ich bin auch nur ein Mensch.«

»Ja.« Sie hob die Tasse an ihren Mund und bemerkte, daß ihre Hand zitterte. Sie stellte die Tasse vorsichtig auf den Tisch neben sich. »Warum Seth? Warum hat Noah alles Seth vermacht?«

»Das hab ich ihn auch gefragt. Er sagte, Seth könnte diesen Job durchziehen.« Er schnitt eine Grimasse. »Wenn er sich nicht entschließt, RU2 an irgendeinen kolumbianischen Drogenbaron zu verkaufen.«

»Das würde er nicht tun. Er hat die Hütte gesprengt, um sicherzugehen, daß keiner etwas in die Finger kriegen würde.«

»Wer weiß, was Seth tun wird? Er ist schon immer unberechenbar gewesen.« Er schüttelte den Kopf. »Es war ein Fehler. Alles fällt auseinander. Noah ist tot, und wir sind hilflos. RU2 ist auf dem Weg zum Müllhaufen.«

Sie sprang auf. Sie konnte das nicht ertragen, und sie konnte nicht mehr länger hier sitzen. Sie kam sich vor, als würde sie durch seine Worte erstickt werden. »Ich brauche frische Luft. Sagen Sie Seth, ich bin spazierengegangen.«

»Tut mir leid. Ich nehme an, ich war nicht sehr taktvoll. Ich habe Schwierigkeiten mit …«

Die Tür fiel hinter ihr ins Schloß, schnitt seine Worte ab. Sie holte tief Luft, aber es half nichts. Sie spürte immer noch, wie etwas sie herunterzog. Sie rammte die Hände in ihre Jackentaschen und machte sich auf den Weg zum Highway, während sich ihre Gedanken im Kreis drehten.

Noah ist tot.

RU2 ist auf dem Weg zum Müllhaufen.
Ishmaru.
Joshua.
Seth ist unberechenbar.
Wir sind hilflos.
Hilflos ...

Zwei Stunden später kam Seth Kate entgegen, als sie ins Motel zurückkehrte.

Erleichterung durchströmte ihn. »Ich verstehe ja, daß Sie Schwierigkeiten hatten, Tony länger zu ertragen, aber hätten Sie nicht jemanden wissen lassen können, wohin Sie gehen?«

Sie warf ihm einen kühlen Blick zu. »Ich hab nicht gesehen, daß Sie Landkarten verteilt haben, als Sie nach Ihrem kleinen Trotzanfall davonstürmten.«

»Es war kein Trotzanfall. Ich war ...« Er zuckte die Achseln. »Okay. Ich bin ausgerastet. Jetzt sind wir quitt. Aber Sie hätten ...«

»Sie sagten, es wäre sicher. War das eine Lüge?«

»Nein, aber Sie haben nie –« Er blieb stehen, musterte sie. Als er sie das letzte Mal gesehen hatte, war sie hölzern, lethargisch, fast benommen gewesen. Jetzt war sie anders. Ihre Augen strahlten, die Lippen zitterten nicht, und sie reagierte scharf und präzise. Was hatte sie hinter sich gelassen?«

»Für wie lange?« fragte sie.

»Was?« Er war so in ihre Veränderung vertieft, daß er den Gesprächsfaden verloren hatte. Sicherheit. Sie hatte gefragt, wie lange sie in Sicherheit wären. »Ich glaube nicht, daß wir Spuren hinterlassen haben, aber zumeist gibt es irgendwo ein paar lose Fäden – ein paar Tage vielleicht.«

»Und dann rennen wir weiter?« Sie schüttelte heftig den Kopf. »Ich denk nicht dran. Ich bin ein für allemal damit fertig, wegzurennen und mich zu verstecken und zuzusehen, wie Ishmaru Leute umbringt, die mir etwas bedeuten. Ich hab es satt, entgültig satt, daß dieses Arschloch meine Familie bedroht.«

Ein Lächeln zog über sein Gesicht. »So wütend hab ich Sie seit dem ersten Tag in der Hütte nicht mehr gesehen.«

»Damals war ich nicht wütend. Nicht so, wie ich es jetzt bin.« Sie ging schneller, die Worte kamen schnell und vibrierten vor Emotionen. »Ich werde *nicht* hilflos sein. Tony sagte, wir wären hilflos, aber das ist eine Lüge. Ich werde nicht aufgeben und Sie auch nicht. Hören Sie mich? Sie werden RU2 nicht an irgendeinen Abschaum von Drogenbaron verkaufen, und Sie werden nicht einfach davonlaufen.«

Er zog eine Augenbraue hoch. »Und was würden Sie machen, wenn ich es täte?«

Sie sah ihn an. »Sie verfolgen, Ihnen weh tun, was immer nötig ist. Ich werde Sie nicht gehen lassen. Ich werde kein Opfer mehr sein.«

»Selbst wenn das bedeutet, daß Sie mich strampelnd und schreiend hinter sich herzerren müssen?«

»Ich werde *kein* Opfer mehr sein«, wiederholte sie.

Er überlegte einen Augenblick. »Sie brauchen eine Dusche und ein paar Stunden Ruhe. Wir reden darüber, wenn Sie nicht mehr so aufgeregt sind.«

»Ich bin nicht aufgeregt. Zum ersten Mal, seit das begonnen hat, ist alles kristallklar.«

»Wir reden später.«

Sie zuckte die Schultern. »Es wird keinen Unterschied machen.« Sie ging vor ihm her auf den Parkplatz des Motels.

Er beobachtete, wie bestimmt sie sich bewegte, mit geradem Rücken und festem Schritt.

Stark und kühn und hell brennend.

Nein, es würde keinen Unterschied machen. Nicht bei der Kate, die er jetzt sah. Keine Sanftheit, keine Unsicherheit, nur Zorn und Entschlossenheit.

Es gab keine tödlichere Kombination.

11

»Herein.« Kate trocknete gerade ihr Haar mit einem Handtuch, als Seth sechs Stunden später an ihre Tür klopfte.

»Ich hab Ihnen gesagt, Sie sollen Ihre Tür absperren«, sagte Seth, als er das Zimmer betrat und die Tür hinter sich schloß.

»Ich hatte sie zugesperrt, als ich ein Nickerchen gemacht habe. Ich wußte, daß Sie bald kommen würden, und ich war unter der Dusche.«

»Das ist nicht gut genug.«

»Okay.« Sie warf das Handtuch beiseite und strich sich mit den Fingern durch das feuchte Haar. »Ich werde nächstes Mal dran denken.«

»Sie sind aber sehr sanftmütig.«

»Ich bin nur vernünftig. Sie wissen mehr darüber, ich werde von Ihnen lernen. Ich hab Ihnen gesagt, daß ich Sie brauche.« Sie setzte sich aufs Bett und zog ihren Frotteemantel fester um sich. »Ich werde, verdammt noch mal, nichts mehr tun, wobei ich umgebracht werden kann.« Sie stellte sich seinem Blick. »Aber ich werde mich nicht mehr verstecken.«

»Was ist mit Joshua und Phyliss? Wollen Sie die auch in Gefahr bringen?«

»Natürlich nicht. Ich habe nachgedacht … Noah sagte, sie wären am meisten gefährdet, wenn sie bei mir sind.«

»Das stimmt.«

»Dann dürfen Sie auf keinen Fall in meiner Nähe sein, wenn ich sichtbar werde.«

Er schüttelte den Kopf. »Sie wollen doch Joshua nicht aus den Augen lassen.«

Ihre Hände krallten sich in den Gürtel ihres Morgenmantels. »Das werde ich, wenn es sein Leben retten kann.«

»Es ist nicht nötig«, sagte er grob. »Ich hole mir Ishmaru.«

»Und nachdem Sie ihn getötet haben, wird Ogden jemand anderen schicken. Ich möchte das zu Ende bringen. Wir müssen mit RU2 an die Öffentlichkeit.«

»Gehen Sie an die Öffentlichkeit. Ich will nichts damit zu tun haben.«

»Nein. Sie wollen nur losziehen, Ishmaru den Bauch aufschlitzen und dann im Sonnenuntergang verschwinden. Das werde ich nicht zulassen.«

»Und wie wollen Sie mich aufhalten?«

»Ich werde Sie nicht aufhalten müssen. Sie mögen Joshua. Sie werden ihn nicht sterben lassen, denn so abgebrüht sind Sie nicht.«

»Ich habe Noah sterben lassen. Er war mein bester Freund.«

»Und Sie sind so wütend auf sich selbst, daß Sie jeden in Sichtweite treten wollen.«

»Vielleicht.«

»Nicht vielleicht.« Sie schüttelte erschöpft den Kopf. »Schauen Sie, mir ist egal, was Sie machen, nachdem RU2 angenommen und meine Familie in Sicherheit ist. Sie können nach Tibet gehen oder zurück nach Südamerika und sich von Kopfjägern skalpieren lassen. Ich brauche nur jetzt Ihre Hilfe. Werden Sie sie mir geben?«

»Ich war schon in Tibet. Es macht mich nicht an.«

»Werden Sie mir helfen?«

Er sah zu Boden. »Da Sie Ihre Bitte so liebevoll formulieren, kann ich wohl nicht nein sagen.«

Erleichterung durchflutete sie. Sie hatte nicht glauben können, daß Seth sie im Stich lassen würde, aber sie war sich nicht sicher gewesen. Wie Tony gesagt hatte, er war unberechenbar.

»Aber Ishmaru gehört mir. Keine Fragen, keine Gegenargumente. Ich bringe ihn zur Strecke.«

»Keine Gegenargumente.« Sie erschauderte. »Ich hab Sie

einmal aufgehalten, als Sie die Chance hatten, ihn zu töten. Ich wünschte, ich hätte Sie gelassen.«

»Es war mein Fehler. Ich habe gewußt, daß es falsch ist, als ich Sie allein gelassen habe.« Er zuckte die Schultern. »Aber Sie hatten Angst vor mir, und ich wußte, daß Noah mehr Angst davor hatte, das, was er brauchte, nicht von Ihnen zu kriegen, als vor Ishmaru.«

»Das hat er Ihnen gesagt?« flüsterte sie.

Er nickte. »Er hat mir alles gesagt, was mit RU2 zusammenhing. Es war klug, das zu tun. Die Verbündeten im Dunkeln tappen zu lassen ist eine gute Methode, sie umzubringen.« Er ging zur Kaffeemaschine auf dem Schreibtisch. »Kaffee?«

Sie nickte gedankenverloren. »Dann wissen Sie alles, was Noah wußte.« Mit einem Mal kam ihr ein Gedanke. »Über mich auch?«

»Die meisten Sachen. Über Ihre Herkunft und wie Sie dachten.« Er vermied es, ihr in die Augen zu sehen, während er den Kaffee eingoß. »Keine Sorge, er hat mir nicht gesagt, wie Sie im Bett waren.«

Der Schock ließ sie erstarren. »Er hat Ihnen gesagt, er wäre mit mir im Bett gewesen?«

»Nicht direkt. Ich hab nur angenommen …« Er zuckte die Schultern. »Sie waren das ideale Paar. Wirf einen Mann und eine Frau zusammen, und du kriegst Verbrennung.«

»Also die Verbrennung fand nie statt. Wir waren zu beschäftigt, um – es hätte uns behindert.«

»Wieder RU2, wie klinisch und praktisch für Sie beide.« Er lächelte. »Wissen Sie was? Noah war ein verdammter Narr.«

Sie verspürte eine leichte Unruhe. »Es war nicht Noahs alleinige Entscheidung.«

»Aber Sie waren allein und verletzlich und nicht von RU2 besessen. Ein leichter Schubs hätte Sie umgestimmt.«

»Das geht Sie überhaupt nichts an, Seth.«

»Ich hätte geschubst, und scheiß auf die Konsequenzen.«
Er durchquerte den Raum und reichte ihr die Tasse. »Aber es
ist meine philosophische Überzeugung, mich selbst nicht zu
kasteien.«

»Genieße den Augenblick?«

»Richtig.«

»Na ja, Noah hatte andere Prioritäten.«

»Ich weiß, wie zum Beispiel die Menschheit retten.« Er
breitete die Hände aus und pendelte damit wie eine Waage.
»Menschheit retten? Sex?« Plötzlich ließ er sich, auf die linke
Hand gestützt, auf den Boden fallen. »Tut mir leid, Kate.« Er
seufzte. »Sex gewinnt jedesmal.«

Sie hatte seit gestern abend nicht mehr gelächelt, aber jetzt
mußte sie lächeln. »Sie sind albern.«

»Ich wollte nur die Tatsache klarmachen, daß ich nicht
Noah bin. Ich werde nie ein Heiliger oder ein Mönch sein,
und ich habe definitiv keine weiße Weste. Schwarz auch
nicht, aber vielleicht schmutzigbraun.« Er setzte sich auf den
Boden und verschränkte die Beine. »Ich werde versuchen, Sie
nicht zu schonen oder zu benutzen, und ich werde so ehrlich
sein, wie ich kann. Was mehr ist, als Sie von Noah bekommen
haben.«

Sie runzelte die Stirn. »Was soll das heißen?«

»Er hat Ihnen nicht gesagt, daß man Sie in Dandridge wegen Mordes sucht.«

»Was?«

»Der Polizist in dem Streifenwagen. Sie sind angeblich
nicht mehr ganz dicht und wütend auf die Polizei wegen des
Todes Ihres Exmannes.«

Sie schüttelte den Kopf. »Das ist verrückt.«

»Nein, das ist eine sehr geschickte Methode, um sie festzuhalten und zu diskreditieren, falls Sie versuchen, RU2 zu veröffentlichen. Ein paar nette Sümmchen müssen da über den
Tisch gegangen sein.«

»Es konnte doch unmöglich jemand – Alan muß versucht haben, denen zu sagen – es ergibt keinen Sinn.«

»Die Anklage wird nicht zu halten sein, aber sie ist ein Hindernis. Es macht Sinn.«

Er hatte recht, stellte sie benommen fest. Sie hatten nach der Explosion in der Fabrik dasselbe mit Noah gemacht. Das Opfer beschuldigen – das war ihre Strategie. »Wie lange wußte Noah das?«

»Seit der Nacht, in der Sie in der Hütte ankamen. Er brauchte Sie, um an RU2 zu arbeiten, und er hatte Angst, Sie würden zurück nach Dandridge rasen und versuchen, sich zu entlasten.«

»Vielleicht hätte ich das getan.« Sie benetzte ihre Lippen. »Aber er hatte kein Recht, es mir zu verschweigen, das war nicht richtig.«

»Er hat Sie gebraucht.« Seth schüttelte den Kopf. »Wir haben den Bastard beide geliebt, und es hat keinen Sinn, ihn jetzt zu beschuldigen. Er ist einfach von etwas gefangen gewesen, das alles andere um ihn herum in den Schatten gestellt hat.« Sein Mund wurde schmal.

»Er versucht sogar noch aus dem Grab heraus, Sie zu beschützen.«

»Ja.« Das geteilte Patent, das Testament – scheinbare Großzügigkeit, die sie aber beide an RU2 kettete, zumindest sie. Kate bezweifelte, das Seth von irgend etwas länger festgehalten werden könnte. Er mußte nur lang genug dasein, um sicherzugehen, daß Joshua und Phyliss in Sicherheit waren. »Ich gebe ihm keine Schuld. Er hat es gut gemeint.«

»Sankt Noah.«

So hatte sie ihn genannt, wurde ihr mit leiser Wehmut bewußt. »Er war ein guter Mensch.«

»Der beste.« Er wandte sich ab. »Aber er war kein Heiliger, er war menschlich wie wir alle, und er hat Fehler gemacht.«

»Was für Fehler?«

»Er hat auf seinen Händen gehockt und gewartet, bis Ogden seine Streitkräfte mobilisiert hat. Jetzt wird es um so schwerer für uns sein.«

»Wir mußten die Formel für RU2 vervollständigen.«

»Und ich hätte in Washington sein und Ogden den Boden unter den Füßen wegziehen können.«

»Sie mußten Joshua beschützen.«

»Es hätte andere Lösungen, sicherere Lösungen gegeben. Noah wollte nur, daß Sie zufrieden sind, damit Sie um so härter arbeiten. Er wußte, wenn er Joshua bei Ihnen in der Nähe verwahrt, würde das funktionieren. Wir waren mitten im Wald. Da ist es schwer, irgend jemanden zu bewachen.«

»Sie haben es getan.«

»Aber ich bin ja auch scheiß-wunderbar. Ich hätte das nicht so gehandhabt, aber Noah leitete die Show. Jetzt nicht mehr.« Sein Blick wanderte zu ihr zurück. »Und Sie leiten sie auch nicht, Kate. Wenn Sie mich haben wollen, dann muß es nach meiner Methode laufen.«

Sie richtete sich auf. »Den Teufel wird es.«

»Ich werde nicht sagen, daß ich Sie nicht fragen werde. Sie sind gescheit, und Sie wissen alles über RU2. Ich sage Ihnen nur, daß ich nicht wieder den Rücksitz nehmen werde.«

Das war sein Ernst, wurde ihr klar. »Ich mag Rücksitze auch nicht. Ich hab zugelassen, daß Noah alles regelt, und jetzt muß ich feststellen, daß ich wegen Mordes gesucht werde und –«

»Wählen Sie, Kate.«

Sie sah ihn lange an, bevor sie widerwillig nickte. »Solange ich einen Sinn in dem sehe, was Sie tun, und es meine Familie nicht bedroht.«

»Gut.« Er erhob sich. »Und jetzt ziehen Sie sich an, während ich Tony hole. Wir müssen uns eine Strategie überlegen, wenn wir veröffentlichen wollen. Es wird kein Zuckerlecken werden.«

»Die Apokalypse«, flüsterte sie.

»Was?«

»So hat Noah es genannt.«

»Nach der Explosion in der Fabrik neigte er zu negativem Denken.« Er ging zur Tür. »Es ist nicht die Apokalypse.«

»Was ist es denn?«

»Nur ein Krieg«, erwiderte er erschöpft. »Nur ein weiterer Krieg.«

»Sie wollen veröffentlichen«, wiederholte Tony. »Ohne Noah.« Er warf einen grimmigen Blick auf Seth. »Mit ihm?«

»Ganz richtig«, sagte Kate. »Und wir werden Ihre Hilfe brauchen.«

»Sie machen einen Fehler, wenn Sie ihm vertrauen.«

»Das glaube ich nicht.«

»Ich habe ihr versprochen, daß ich RU2 nicht an meinen befreundeten Dealer aus dem Drogenkartell verkaufen werde«, sagte Seth. »Ich frage mich, wer ihr diese Idee in den Kopf gesetzt hat? Das klang verdächtig nach dir, Tony.«

»Ich war es auch.« Er sah Seth wütend an. »Du bedeutest immer schlechte Nachrichten.«

»Na schön, aber du mußt mit mir zusammenarbeiten.«

»Einen Scheiß muß ich.«

»Dir ist es lieber, wenn Noah umsonst gestorben ist? Dir wäre es lieber, wenn Ishmaru davonkommt?«

Tony schwieg.

»Komm schon«, sagte Seth leise. »Noah war dein Freund. Du magst vielleicht nicht glauben, daß ich fähig bin, Noahs Platz einzunehmen, aber du weißt, daß ich Ishmaru kriegen kann.«

»Vielleicht.«

Seth starrte ihn an.

»Okay, du bist gut bei dem, was du machst.« Tony schüttelte den Kopf. »Was soll's. Schlimmer kann's nicht werden.«

»Ich nehme an, das bedeutet ja?«

»Was willst du von mir?«

»Verdammt viel, zuerst Informationen. Was passiert mit Longworth?«

»Ich habe Noah von der Gesetzesvorlage erzählt, die er eingebracht hat.«

»Sonst nichts?«

»Woher, zum Teufel, soll ich das wissen? Ich war die letzten vierundzwanzig Stunden beschäftigt.«

»Erzähl mir alles über die Patentgeschichte. Hast du es beantragt?«

»Noch nicht. Noah hat mir die endgültigen Informationen gebracht, als er kam, um das Patent ändern zu lassen, damit Kate beteiligt ist. Die Dokumente sind in einem Bankschließfach.«

»Ich möchte, daß du zurück nach Washington gehst und sie einreichst. Hast du jemanden im Patentamt, dem du vertrauen kannst und der es vertraulich erledigt?«

»Teufel noch mal, ja. Ich hab jemanden in jedem Patentamt hier und in jedem wichtigen Land in Europa. Noah hat mich die letzten sechs Monate in der Weltgeschichte herumgejagt.«

»Warum Europa?«

»Er hat gewußt, daß es vielleicht unmöglich ist, die Opposition hier zu besiegen. Es ist einfacher, ein Medikament im Ausland durchzubringen.«

»Warum hat er dann nicht geplant, es dort eintragen zu lassen?«

»Du kennst Noah. Er war verdammt patriotisch und wollte, daß Amerika davon profitiert. Es dauert Jahre, bis das FDA ausländische Medikamente zuläßt.«

»Seine Leute …« murmelte Kate.

»Ja«, sagte Tony. »Genau das hat er gesagt.«

»Wir werden es in Europa eintragen lassen«, sagte Seth. »Welches Land ist das beste?«

»Holland. In Amsterdam ist die durchschnittliche Zeit bis zur Genehmigung drei Monate im Gegensatz zu den drei Jahren der FDA.«

»Und die pharmazeutischen Firmen in Europa hatten keine Zeit, gegen RU2 mobil zu machen. Wir machen es.«

»Nein«, sagte Kate.

Sie sahen sie erstaunt an.

»Wir versuchen es zuerst nach Noahs Methode. Wir versuchen, seine Leute zu schützen. Unsere Leute.«

»Das ist unklug«, sagte Seth. »Wir wären viel sicherer in Holland.«

»Sie haben gesagt, Sie könnten Joshua und Phyliss in Sicherheit bringen.«

»Aber Sie werden exponiert sein, ein Ziel. Es ist unklug.«

»Das ist mir egal. Diese Metzger, die Noah getötet haben, versuchen RU2 abzublocken. Ich will nicht, daß sie kriegen, was sie wollen.« Sie lächelte verbittert. »Eure Herausforderung ist also, sie daran zu hindern, einen Volltreffer zu landen. Noah ist für RU2 gestorben. Wir müssen versuchen, es nach seiner Methode zu machen.«

Tony sah sie lange an. »Vier Monate. Wenn wir in dieser Zeit keine großen Schritte vorwärts machen, werde ich nicht mehr zulassen, daß Sie mit dem Kopf gegen die Wand anrennen. Noah war nicht dumm. Er hätte den Mechanismus nicht in Gang gesetzt, wenn er nicht geglaubt hätte, daß das Risiko bestand, daß RU2 hier nicht zugelassen wird.«

Sie nickte. »Glauben Sie, ich kenne die Probleme nicht? Ich möchte, daß die Testreihen so bald wie möglich gestartet werden, und selbst wenn es uns gelingt, zu verhindern, daß diese Gesetzesvorlage durchgeht, wird das FDA supervorsichtig sein. Aber wir können zumindest versuchen, die Hindernisse, die Ogden uns in den Weg gelegt hat, zu beseitigen.«

Seth wandte sich an Tony. »Geh los und reich es in Washington ein.«

»Du möchtest, daß es geheimgehalten wird?«

»Nur vierundzwanzig Stunden lang. Ich möchte nicht, daß irgendwelche Feuer die Aufzeichnungen zerstören, bevor wir veröffentlichen.«

»Und wie machen wir das?« fragte Kate.

»Die *Washington Post*.« Er fragte Tony: »Wer ist clever und hungrig?«

»Zack Taylor. Meryl Kimbro ... such dir einen aus. Jeder will ein Star sein.«

»Dann such du aus.«

»Meryl Kimbro. Sie ist zugänglicher als Taylor.«

»Arrangier ein Treffen für Kate und mich morgen abend um neun Uhr.«

»Wo?«

»In irgendeinem Hotel.« Er hob eine Braue. »Enttäuscht? Ich bin kein Geheimagent, und Parkgaragen sind zu feucht und zu düster.«

»Eine Parkgarage würde sie vielleicht mehr beeindrucken.«

»Sie wird beeindruckt genug sein, wenn Kate mit ihr fertig ist.« Seth nahm Kates Ellbogen und sagte zu Tony: »Setz dich in Bewegung. Sobald die Papiere eingereicht sind, rufst du mich auf deinem Digitalen an.«

»Wo wirst du sein?«

»Hier in der Nähe. Wir müssen ein paar Sicherheitsvorkehrungen treffen.«

»Das wird euch herzlich wenig nützen. Kein Ort wird mehr sicher sein, wenn ihr diese Büchse voll Würmer aufmacht.«

»Nicht für uns, aber für Phyliss und Joshua.« Er hielt Kate die Tür auf. »Und du irrst dich. Ich kenne einen sicheren Ort.«

»Und wo ist dieser sichere Ort?« fragte Kate, als sie zu Joshuas und Phyliss' Zimmer gingen.

»Es ist irgendwie schwer zu erklären. Mir ist es lieber, Sie sehen es.« Er blieb vor der Tür stehen. »Ich möchte kurz mit Joshua allein sein.«

»Warum?«

»Es wird ihm nicht gefallen, daß Sie ihn verlassen. Aber ich glaube, er wird es leichter akzeptieren, wenn die Nachricht von mir kommt. Gehen Sie mit Phyliss spazieren, und erklären Sie ihr alles.«

»Ich sollte diejenige sein, die es ihm sagt.«

»Das ist kein Fall für mütterliche Pflicht. Machen Sie das, was für den Kleinen gut ist. Sie können später mit ihm reden.«

Sie gab sich geschlagen, vielleicht hatte er recht. Auf jeden Fall vertraute Joshua ihm total. »Wie lange brauchen Sie?«

»Zwanzig Minuten.«

Sie nickte. »Okay.«

»Nein.« Joshuas Hände ballten sich zu Fäusten. »Ich gehe mit euch.«

Seth lehnte sich im Stuhl zurück und wartete. Er mußte es rauslassen.

»Sie *braucht* mich.«

»Ja, das tut sie.«

»Dann sag ihr, daß sie mich mitnehmen muß.«

»Sie wollte nicht hören. Sie denkt, das wäre der beste Weg sicherzugehen, daß ihr alle außer Gefahr seid.«

»Und was ist mit ihr? Sie ist nicht … Er hat ihr weh getan. Er hat sie fast umgebracht.«

»Aber nur fast. Sie war zuviel für ihn.«

»Er hat ihr *weh getan*.«

Diese Erinnerung verfolgte ihn offensichtlich. »Er wird ihr nicht wieder weh tun.«

»Er hat meinen Dad umgebracht. Er hat Noah umgebracht.«

»Er wird deiner Mom nicht weh tun. Ich werde es nicht zulassen.«

»Ich muß hier sein. Ich muß dir helfen, sag ihr das.«

»Nein.«

Joshua riß die Augen auf.

»Ich werde es nicht tun, weil sie recht hat. Du solltest so weit wie möglich von ihr weg sein. Wenn sie sich um dich Sorgen machen muß, dann paßt sie nicht auf sich selbst auf. Du wärst eine Gefahr für sie.«

»Ich würde auf sie aufpassen.«

»Denk nach, Joshua.«

»Ich will nicht denken. Ich will mit ihr gehen.«

»Selbst wenn es bedeutet, daß sie deinetwegen vielleicht umgebracht wird?«

Schweigen. Seth sah, wie er innerlich kämpfte, wußte aber, daß er Joshua nicht helfen konnte.

»Du sagst mir die Wahrheit?«

»Hab ich dich jemals angelogen?«

Wieder Schweigen.

»Du wirst dich um sie kümmern? Du versprichst mir, daß du nicht zuläßt, daß ihr etwas passiert?«

»Ich verspreche es.«

Joshua nickte abrupt. »Okay.«

Seth blieb sitzen und sah ihn an. Er wußte, wie schmerzhaft diese Entscheidung für Joshua gewesen war. Er fragte sich, ob er es geschafft hätte, das Trauma zu überwinden, als er in Joshuas Alter gewesen war. Der Junge war verletzt, aber Seth konnte fast sehen, wie seine Widerstandskraft und seine Stärke jeden Tag wuchsen. Er wollte die Arme ausstrecken und …

Er streckte die Arme nicht aus. Joshua wollte keinen Trost. Er wollte, daß Kate in Sicherheit war, und Seths Versprechen, daß er dafür sorgen würde. Joshua hatte eine erwachsene Entscheidung getroffen, und Seth würde ihn in diesem Moment nicht als Kind behandeln.

Gott, war er stolz auf ihn.

Kate starrte angewidert das riesige Herrenhaus im Südstaatenstil mit den Säulen vor dem Eingang an. »Das ist ihr sicherer Ort?«

»Irgendwie. Das ist das Greenbriar Hotel, die Hauptattraktion dieses Urlaubsorts. Außerdem gibt's einen guten Golfplatz.«

»Ich spiele nicht Golf«, sagte Phyliss vom Rücksitz her. »Tennis?«

»Ja, aber ich fürchte, Sie werden nicht spielen. Pingpong, okay?«

»Na ja, für Forrest Gump war das auch gut genug.« Sie legte den Arm um Joshuas Schultern. »Was meinst du, Joshua?«

»Warum sind wir hier?« flüsterte Joshua. »Das sieht nicht aus wie … es ist nicht wie die Ranger Station.«

Er meint, es sieht nicht sicher aus, dachte Kate. Er hatte recht. »Was, zum Teufel, machen wir hier?«

»Ihr werdet sehen.« Seth bog in eine Seitenstraße ein, und bald war das Hotel außer Sicht. Drei Meilen weiter bog er in eine Parkbucht ein, die von Gebüsch verdeckt war, und hielt den Wagen an.

»Ich dachte, die Wälder wären nicht sicher«, sagte Kate.

»Das ist nur Fassade.« Er stieg aus dem Wagen und näherte sich einer Gruppe großer Felsbrocken. »Kommt.«

Kate stieg langsam aus dem Wagen, gefolgt von Phyliss und Joshua. »Fassade?«

Er hob einen größeren Stein auf, unter dem eine Kontrolltafel auftauchte, und gab einen Code ein. Zwei der großen Steine bewegten sich.

»Sesam, öffne dich«, sagte er.

»Wie Ali Babas Höhle«, sagte Joshua. »Spitze.«

»Hier gibt's aber keinen Flaschengeist.« Er begann die Rampe hinunterzusteigen. »Wartet, ich bin gleich wieder da.«

Phyliss starrte mißtrauisch hinunter in die Dunkelheit. »Lassen Sie sich Zeit. Ich hab's nicht eilig.«

Mit einem Mal erhellte Licht das Innere, und einen Moment später stieg Seth die Rampe zu ihnen wieder herauf. »Ich mußte den Generator einschalten. Geht langsam. Die Hauptbereiche werden mit Sauerstoff geflutet, aber das dauert fünf Minuten.«

Die Rampe war breit und geschwungen, die Seiten des Tunnels glatter Beton. »Es ist wie ein Bunker«, murmelte Kate.

»Einmal geraten und schon richtig.« Die letzte Biegung der Rampe hatte sie vor eine große Stahltür gebracht, die einem Banktresor ähnelte. »Dafür wurde es entworfen.«

»Ein Bunker?«

»Während des kalten Krieges gefiel dem Kongreß die Vorstellung nicht, im Fall eines atomaren Angriffs in Stücke zerfetzt zu werden. Also haben sie insgeheim einen bombensicheren Bunker gebaut, in dem man bleiben konnte, bis man gefahrlos wieder an die Oberfläche kommen konnte.«

»Ich erinnere mich, daß ich mal etwas darüber in einer Nachrichtensendung gesehen habe«, sagte Phyliss. »Die Öffentlichkeit hat es erst vor ein paar Jahren erfahren.«

»Ich verstehe, warum«, sagte Kate trocken. »Ihre Wähler wären nicht begeistert gewesen, daß ihre Repräsentanten ihren eigenen Hals retten, während der Rest des Landes in Flammen aufgeht.«

Phyliss runzelte die Stirn. »Aber da war noch etwas ...« Sie richtete den Blick auf Seth. »Das Hotel wollte ihn für die Öffentlichkeit zugänglich machen.«

»Ich bin überrascht, daß sie keinen Vergnügungspark daraus gemacht und Karten verkauft haben. Aber ich nehme an, das Greenbriars hat zuviel Klasse.«

Kate holte tief Luft und sagte dann sehr präzise: »Sie bringen Phyliss und Joshua mitten in einer Touristenattraktion unter?«

Seth grinste. »Vielleicht gar keine schlechte Idee. Haben Sie nie etwas davon gehört, etwas offen sichtbar zu verstecken?«

»Es wäre eine lausige Idee, und ich werde nicht –«

»Langsam.« Er drückte den Code an der Schalttafel der Tür. »Ich hab mir schon gedacht, daß Sie darauf abfahren werden. Aber das ist nicht dieser Bunker. Das Kongreßversteck ist über eine Meile entfernt. Es gibt einen Tunnel, der die beiden Einrichtungen verbindet, aber niemand weiß davon. Hier wird keiner eine Führung machen.« Die Stahltür schwang langsam auf. »Die Lichter gehen automatisch an, wenn die Tür geöffnet wird, aber die Kontrolltafel ist links, wenn Sie reingehen.« Er trat ein und drehte sich zu Phyliss. »Hier gibt's kein Geschirr. Nur Einwegpappteller, damit kein Wasser verschwendet wird.«

»Ich hätte es wissen müssen. Sie würden alles tun, um Hausarbeit zu vermeiden.«

Joshua sah sich um. »Es ist wie ein Haus.«

Eine Junggesellenbude vielleicht, dachte Kate. Überall glatte, moderne, schwarz-weiße Möbel und viele Spiegel. Es war zu kühl für ihren Geschmack, aber die weiße Samtcouch auf der anderen Seite des Raums sah gemütlich aus. Joshua fand das offensichtlich auch. Er ließ sich in die Kissen fallen und hopste auf und ab. »Wieviel Platz gibt es hier?«

»Eine Küche, Lagerbereich, zwei Schlafzimmer und ein Fitneßraum.« Er grinste Joshua an. »Mit einem Pingpong-Tisch.«

»Spitze.« Joshua sprang von der Couch auf und machte sich auf Entdeckungsreise.

»Warum weiß niemand von dem Tunnel?«

»Weil Jackson dafür gesorgt hat, daß er auf keiner der Blaupausen auftauchte. Er hat Leute angeheuert, denen er vertraute ... na ja, nicht vertraute. Um ehrlich zu sein, hat er Leute angeheuert, gegen die er etwas in der Hand hatte, damit sie ihm dieses kleine Stück Himmel bauten.«

»Jackson?«

»Lionel Jackson, ein Senator, der am Bau des Bunkers beteiligt war. Er war sich nicht sicher, ob die Luft und das Wasser im Hauptbau lange genug reichen würden. Zu viele Menschen, mit denen man teilen mußte. Also hat er sich einen Fluchttunnel und dieses kleine Sicherheitsnetz gebaut, in das er flüchten konnte, wenn seine Kollegen aus dem Kongreß erstickten oder verhungerten.«

»Charmant«, sagte Phyliss.

»Er war charmant. Er wurde vierundzwanzig Jahre lang in den Kongreß gewählt.«

»Und besteht die Möglichkeit, daß er hier auftaucht?« fragte Kate.

»Er ist vor acht Jahren gestorben.«

»Ohne jemandem von diesem Ort zu erzählen?«

»Er hat es seinem Sohn Randolph erzählt, denn es gab eine Zeit, in der sein ganzer Stolz ein Versteck brauchte. Randolph war genauso charmant wie sein Vater, aber längst nicht so schlau. Er hat die Tochter eines New Yorker Mafiabosses geschwängert und sie dann in einem Wutanfall zu Tode geprügelt. Lionel beschloß, daß sein Sohn von der Bildfläche verschwinden mußte, bis er die Sache ausgebügelt hatte. Er hat mich angeheuert, Randolph hierherzubringen und ihn zu bewachen.« Er zuckte mit den Schultern. »Ich hab mein Bestes getan.«

»Sie haben ihn hier gefunden?«

»Nein. Ihm wurde langweilig. Eines Tages kam ich vom Einkaufen zurück, und er war ausgeflogen. Der dämliche Kerl ist zurück nach New York und hat genau einen Tag überlebt.« Seth machte eine ausholende Geste. »Also könnte man sagen, ich hab das hier geerbt.«

»Haben Sie ihn seither benutzt?«

»Ein- oder zweimal.« Er lächelte. »Aber ich habe nie jemand anderen hierhergebracht. Keine Führungen. Keine unerwarteten Besucher. Es wird sein, wie in Fort Knox zu leben.«

»Genau das hab ich mir immer gewünscht«, sagte Phyliss.

»Was Besseres hab ich nicht«, konterte Seth. »Ich hole euch so schnell wie möglich wieder hier raus.« Sein Blick wanderte zu Joshua, der wieder zurück war und durchs Wohnzimmer tigerte. »Sie werden alle Hände voll zu tun haben. Jetzt ist er aufgeregt, aber in ein paar Tagen wird er Gefängniskoller kriegen.«

»Wir können überhaupt nicht rausgehen?«

»Nein«, sagte Kate in scharfem Ton. »Bitte, Phyliss. Ich muß wissen, daß ihr beide in Sicherheit seid.«

»Ich wünschte, wir könnten bei dir genauso sicher sein.« Sie wandte sich an Seth. »Wehe, Sie passen auf sie nicht besser auf als auf den Jungen des Senators. Ich schneide Ihnen die Kehle durch.«

»Ja, Ma'am. Ich werde von Rimilon frische Lebensmittel und Vorräte in den Tunnel stellen lassen. Ihr geht einmal nach oben, um sie zu holen, trefft euch mit ihm, und dann bleibt ihr hinter der geschlossenen Tür.«

»Moment mal«, sagte Kate. »Wer ist Rimilon?«

»Er hat unter mir in Südamerika und Südafrika gedient. Ich hab ihn gestern, während ihr geschlafen habt, angerufen und ihm gesagt, er soll uns um vier Uhr an der Weggabelung treffen.« Er warf einen Blick auf seine Uhr. »Vierzig Minuten. Wir haben nicht viel Zeit.«

»Ich mag es nicht, daß er weiß, daß sie hier sind.«

»Und ich mag die Vorstellung nicht, daß wir uns darauf verlassen, daß sie nur von einer Stahltür beschützt werden. Rimilon ist gut.«

Sie lächelte boshaft. »So wie Sie?«

»Zum Teufel, nein. Er ist gut, nicht fantastisch. Fantastisch kriegt man nicht jeden Tag.« Sein Lächeln verschwand. »Ich kann ihm vertrauen, Kate.«

»Können Sie das? Ich hab das Gefühl, ich kann niemandem mehr vertrauen.«

»Ich ertrinke auch nicht gerade in der Milch der frommen

Denkungsart. Aber ich habe ein Druckmittel gegen Rimilon, und Druckmittel ist gleich Vertrauen.«

»Was für ein Druckmittel?«

»Er weiß, daß ich ihn töte, wenn er mich verrät«, sagte er schlicht.

Sie beobachtete ihn, wie er durch den Raum zu Joshua ging. Härte, Humor und eine Portion tödlicher Gewalt. Er war immer noch ein Rätsel, aber sie fühlte sich nicht mehr so verloren mit ihm wie beim ersten Mal, als sie mit dieser tödlichen Seite Seths konfrontiert worden war. Die anderen Facetten seines Charakters waren noch da; er war nur vielseitiger, als er sie zuerst hatte sehen lassen.

»Du, paß auf dich auf«, sagte Phyliss.

Kate drehte ihr den Rücken zu. »Ich lasse meine Medizintasche da für den Fall, daß du sie brauchst. Ich hab wirklich Schuldgefühle, was das hier angeht, aber ich sehe keine andere Möglichkeit. Ich werde mir Sorgen machen.«

»Natürlich hast du Schuldgefühle. Du gehörst zu den Leuten, die glauben, die Welt ruht auf ihren Schultern.«

»Joshua ist meine Verantwortung.«

»Zugegeben, aber er ist auch meine. Jemanden zu lieben hat seinen Preis. Beleidige mich nicht mit der Annahme, daß du die einzige bist, die ihn beschützen kann.«

»Tut mir leid.« Sie drückte Phyliss fest an sich. »Ich hoffe, es wird bald vorbei sein.«

»Vielleicht nicht.« Phyliss zuckte die Schultern. »Zuerst dachte ich, es wäre nur eine Frage der Zeit, bevor alles wieder normal wird. Jetzt bin ich mir nicht sicher. Vielleicht wird es nie wieder normal. Ich muß nur damit fertigwerden.«

Kate packten Schuldgefühle. »Ich hab nicht gewußt, daß –«

»Das weiß ich«, unterbrach sie Phyliss. »Aber ich glaube, daß du im Augenblick eher reagierst als denkst. Während du und Noah gearbeitet habt, hatte ich viel Zeit, über das hier nachzudenken. Auch wenn die erste Bedrohung vorbei ist,

wird es noch Nachwehen geben.« Ihr Lächeln war traurig.
»Wir sitzen in Oz fest. Wir können nicht wieder zurück nach
Kansas, Dorothy.«

»Das ist nicht wahr. Ich werde eine Möglichkeit finden –«

»Komm schon.« Phyliss nahm ihren Arm. »Ich muß mit
Seth reden, bevor ihr geht. Es gibt ein paar Dinge, die ich wissen muß.«

Kate ließ sich von ihr durch den Raum zu Joshua und Seth
führen. Ihr wurde klar, daß Phyliss sich verändert hatte. Sie
war immer schon stark gewesen, aber jetzt gab es einen kaum
merklichen Unterschied. Normalerweise war sie damit zufrieden gewesen, Kate die Entscheidungen zu überlassen,
aber jetzt übernahm sie die Kontrolle. Warum war sie überrascht, fragte sich Kate erschöpft.

»Ich will wissen, wie die Schalter funktionieren«, sagte
Phyliss.

»Das ist nicht notwendig, denn die Technologie ist ganz
modern – einfach Knöpfe drücken, alles funktioniert praktisch automatisch«, sagte Seth.

»Mir sind schon zu viele Haushaltsgeräte um die Ohren
geflogen, als daß ich der Automatisierung trauen würde, und
Sauerstoffpumpen sind ein bißchen wichtiger als eine Kaffeemaschine. Ich möchte wissen, wie ich alles überprüfen kann,
falls notwendig.« Sie legte einen Arm um Joshuas Schulter.
»Und ich möchte, daß Joshua es auch lernt.«

Seths Lächeln war voller Zuneigung und Stolz. »Gute
Idee.« Er wandte sich an Kate. »Es wird ein paar Stunden
dauern, bis wir alles genau durchgesprochen haben.«

Sie nickte. »Ich geh rauf zum Wagen und fang an, ihr
Gepäck runterzubringen.«

Er ging mit ihr zur Tür. »Zufrieden?« fragte er leise. »Was
Besseres hab ich nicht zu bieten.«

»Im Augenblick würde mich nichts befriedigen, aber ich
denke, ein Bunker, der eine Atombombe abhalten kann,

dürfte ziemlich sicher sein.« Sie schnitt eine Grimasse. »Es wird mich aber nicht dran hindern, mir Sorgen zu machen.«

Er wandte sich zurück zu Phyliss und Joshua. »Sowieso!«

Sie umarmte Joshua. »Ich komme bald wieder«, flüsterte sie.

Joshua nickte. »Das weiß ich.« Er drückte sie mit aller Kraft an sich. »Hör auf Seth, Mom. Hast du mich gehört? Hör auf Seth, er wird auf dich aufpassen.«

Tränen brannten ihr in den Augen. »Mir wird nichts passieren.« Sie strich mit den Lippen über seine Stirn, dann ließ sie ihn los. »Und du paß auf Phyliss auf.«

»Klar. Seth hat gesagt, das wäre mein Job.« Er drehte sich zu Seth und streckte ihm die Hand entgegen. »Auf Wiedersehen.«

Seth schüttelte sie mit ernster Miene. »Auf Wiedersehen, Joshua.«

So erwachsen, dachte Kate mit leiser Wehmut. Er war in dem Stacheldrahtnetz gefangen, das Ishmaru und Ogden gewoben hatten, und seine Kindheit wurde ihm entrissen.

Verflucht sollten sie sein.

Sie wandte sich ab und schritt schnell in den Tunnel.

Sie hörte, wie die schwere Tresortür hinter ihr zufiel, als Seth sie einholte. »Okay?«

»Nein«, sagte sie knapp. »Ich bin nicht okay. Ich hab Angst, und ich bin zornig, und ich will mein Leben zurück.« Sie waren an der Oberfläche angelangt, und sie beobachtete, wie Seth den Eingang schloß. Sie schüttelte den Kopf, als sie sah, wie die Steine lautlos an ihren Platz zurückglitten. »Es ist unglaublich. Keiner würde je vermuten, daß da etwas ist.«

»Dann sollten Sie sich besser fühlen.« Er ging zum Jeep und stieg ein. »Kommen Sie. Wir müssen Rimilon treffen.«

Rimilon wartete an der Kreuzung. Er sah nicht aus wie ein Söldner, dachte Kate, als er aus dem Volkswagen stieg und auf sie zukam. Oder vielleicht doch. Was wußte sie schon? Er war ein untersetzter, kräftig gebauter Mann Anfang Vierzig. Sein Haaransatz war schon ziemlich weit zurückgegangen, und er trug einen Khakianzug, ein Ralph-Lauren-Sporthemd und Nike-Tennisschuhe. Er würde sehr gut zu den Golffanatikern in dem Urlaubsort ein paar Meilen entfernt passen.

Er nickte Kate höflich zu, als Seth sie vorstellte. »Ich glaube nicht, daß du mich brauchst«, sagte er zu Seth. »Du lieber Himmel, du hast mir Direktiven gegeben, und ich hatte trotzdem Schwierigkeiten, den Tunneleingang zu finden.«

»Eine kleine Rückversicherung kann nie schaden.« Er reichte Rimilon einen Zettel. »Wenn du irgend etwas Ungewöhnliches siehst, ruf mich an.«

Rimilon lächelte. »Was immer du sagst.«

»Genau.« Er sah ihm direkt in die Augen. »Ich wäre sehr verärgert, wenn hier irgend etwas Unangenehmes passieren würde. Du bist persönlich verantwortlich.«

Rimilons Lächeln verblaßte. »Okay, okay. Beruhig dich. Ich hab gesagt, du brauchst mich nicht. Ich hab nicht gesagt, ich würde nicht vorsichtig sein. Du weißt, ich mache keine Fehler.«

»Dann fang jetzt nicht damit an.« Seth nickte und startete den Wagen. »Wenn du die Vorräte lieferst, stell dich bei Phyliss und dem Jungen vor, damit sie wissen, wer du bist, aber dein Job ist es, den Eingang zu bewachen.«

»Richtig.« Rimilon wich rasch vom Jeep zurück. »Gut.«

Kate schwieg einige Minuten, nachdem sie den Highway erreicht hatten. »Er hatte Angst vor Ihnen.«

»Hatte er?«

»Das wissen Sie.«

»Gutes Druckmittel.«

Er hatte ihr gesagt, daß Rimilon wußte, daß Seth fähig war, ihn zu töten, aber sie hatte nicht mit dem Aufflackern von Angst bei Rimilon gerechnet. »Ich dachte, ihr beide wärt alte Militärkumpel. Warum sollte er Angst haben?«

»Er hat wahrscheinlich Namirez noch nicht vergessen.«

»Namirez?«

»Ein gemeinsamer Bekannter.« Er warf einen Blick auf die Uhr. »Wir haben eine lange Reise vor uns. Warum versuchen Sie nicht, zu schlafen.«

Das Thema war abgeschlossen. Er würde weder über Rimilon noch über diesen Namirez reden. Na ja, sollte er doch seine Geheimnisse wahren. Seine Vergangenheit machte ihr keine Sorgen, nur die Gegenwart.

Sie schloß die Augen. »Wecken Sie mich auf, wenn Sie müde werden, dann übernehme ich.«

Ein Labor. Ishmaru kletterte über die verkohlten, umgestürzten Balken, seine Stiefel versanken im Schlamm. Da war nicht mehr viel übrig, obwohl er sehen konnte, daß die Hütte mehr gewesen war als ein Wochenendziel. Aber er konnte nichts retten, womit er Kate finden würde, stellte er frustriert fest.

Lynski?

Er war wahrscheinlich abgehauen, als er zurückkam und Noah Smith fand.

Sackgasse.

Vielleicht nicht. Blount hatte gesagt, er hätte eine andere Spur. Und was Blount wußte, würde er ihm sagen.

Aber er war immer noch von Zorn erfüllt, daß er all die Zeit für nichts verschwendet hatte. Er *mußte* sie finden. Er mußte jetzt seinen Coup machen, damit er zurück in die Höhle konnte. Seit er Smith vor zwei Tagen getötet hatte, waren die Alpträume wiedergekehrt, grauenhafter als je zuvor. Die Seele, die er genommen hatte, mußte sehr stark gewesen sein.

Er konnte keine weitere Nacht ertragen. Er mußte zurück in die Höhle. Er brauchte die Wächter.

12

Seth und Kate checkten in den frühen Morgenstunden in das Summit Hotel in Washington D. C. ein. Es war sehr luxuriös, sehr groß und sehr öffentlich.

»Nicht gerade das, was man als durchschnittlichen, sicheren Unterschlupf bezeichnen würde«, bemerkte Kate spöttisch, als sich die Türen des Aufzugs schlossen und Seth den Knopf für den zwölften Stock drückte. »Ich hatte etwas Kleineres und Diskreteres erwartet.«

»Sobald Sie an die Öffentlichkeit gehen, wäre jede Deckung, die Sie hatten, ohnehin im Eimer. Dieses Hotel wird von einem japanischen Konglomerat geleitet. Sie sind sehr stolz auf ihren Service ... einschließlich ihrer harten Sicherheitsvorkehrungen.«

»Und auf diese Sicherheitsvorkehrungen wollen Sie sich verlassen?«

»Nein, aber es ist ein Anfang.« Der Aufzug blieb stehen, und sie gingen den Korridor hinunter. »Ich hab da ein paar andere Ideen.«

»Da bin ich mir sicher.«

»Ich habe eine Suite mit zwei Schlafzimmern genommen. Großes Wohnzimmer mit den Schlafzimmern links und rechts davon. Sie öffnen keine der Türen für irgendeinen Angestellten des Hotels. Ich werde versuchen, Ihnen soviel Privatsphäre wie möglich zu geben, aber nachts bleiben die Türen zu meinem und zu ihrem Schlafzimmer offen. Verstanden?«

»Vollkommen.«

Die Suite war groß und luftig, die Möbel elegant. So weit von der Gemütlichkeit ihres Zuhauses entfernt, wie man sich nur vorstellen konnte, dachte Kate.

Seth stellte die Tasche mit den RU2-Dokumenten ab. »Tony wird das in einen Banktresor bringen, aber wir brauchen es vielleicht, wenn Sie morgen mit der Reporterin reden.« Er öffnete die Türen und überprüfte die Schlösser. »Ich weiß, daß Sie duschen und ins Bett gehen wollen, aber der Hausdiener wird bald die anderen Koffer bringen. Ich werde hierbleiben, bis er weg ist.«

Sie zuckte die Schultern. »Was immer Sie wollen.«

Er zog die Brauen hoch. »Sie müssen müde sein.«

Sie war müde und einsam und besorgt. Sie wollte nicht in einem Luxushotel wohnen und wochenlang von ihrem Sohn getrennt sein. Sie wollte mit Joshua zu Hause sein. »Ich werd's überleben.«

Er grinste. »Darum geht's ja schließlich.«

»Wird Tony auch hier im Hotel wohnen?«

»Ja, das ist praktischer, aber erwarten Sie nicht, ihn oft zu sehen. Sie haben wohl bemerkt, daß er nicht gerade begeistert von mir ist.«

»Es wäre schwer zu übersehen gewesen.« Sie setzte sich auf ein Sofa. »Es überrascht mich, daß er uns hilft.«

»Er hat Noah geliebt.« Seth setzte sich in einen Stuhl ihr gegenüber. »Und er genoß es, mich in dieser Lage zu sehen. Er weiß, daß ich es hasse. Er wollte von Anfang an nicht, daß Noah mich hineinzieht. Meine Art, meinen Lebensunterhalt zu verdienen, beleidigt ihn.« Er hielt inne. »Was mich zu etwas bringt, das ich sie fragen muß. Gibt es irgend etwas in Ihrer Vergangenheit oder Gegenwart, das Ogden dazu verwenden könnte, Ihnen weh zu tun?«

Sie erstarrte. »Was?«

»Jetzt klappen Sie nicht zu wie eine Muschel. Ich muß es wissen. Wir haben alle unsere Leichen im Keller. Ich muß nur sichergehen, daß keiner die Ihren ausgraben kann. Gibt es irgend etwas, das ich wissen sollte?«

Keiner darf es je erfahren.

»Nein.« Sie sprang auf. »Sie warten auf die Koffer. Ich muß ins Bad.«

Es klopfte an der Tür.

»Vom Gong gerettet«, sagte Seth. »Jetzt müssen Sie nicht weglaufen.«

»Ich hab keine Ahnung, was Sie meinen.«

»Keine Sorge. Ich werde Sie nicht zwingen, mir Ihre Sünden anzuvertrauen. Obwohl ich das, verdammt noch mal, tun sollte.« Er ging zur Tür und blieb mit der Hand am Türknopf stehen. »Denken Sie nur dran: Was immer Sie getan haben, ich hab was Schlimmeres gemacht. Wann immer Sie mit mir reden wollen, ich werde dasein.«

Sie gab keine Antwort.

Er ließ den Hausdiener herein.

»Das ist ein Haufen Schafscheiße«, sagte Meryl Kimbro ohne Umschweife. Sie schaltete ihren Recorder aus und stand auf. »Und glauben Sie mir, da ich seit achtzehn Jahren über Washington berichte, bin ich ein Experte für Schafscheiße.«

»Warten Sie.« Tony sprang auf. »Sie müssen sich Zeit nehmen, um –«

»Aber was, wenn es das nicht ist?« fragte Seth mit sanfter Stimme. »Was, wenn das alles wahr ist?«

Ihr Blick richtete sich auf ihn. »Kein Beweis. Sie können es weder Ogden noch Longworth, noch diesem Ishmaru nachweisen. Man würde uns verklagen.«

»Dann erwähnen Sie sie nicht. Machen Sie die Story über RU2.«

»Damit Sie umsonst Publicity für ein von der FDA noch nicht genehmigtes Medikament bekommen.«

»Es könnte verdammt viele Leben retten.«

»Wenn das, was Sie behaupten, wahr ist. In dieser Woche gab es vier Demonstrationen von Gruppen, die gegen genetische Forschung sind. Die Zeitung braucht keinen solchen Zunder wegen eines nicht getesteten Medikaments.«

»Meine Behauptungen sind wahr«, sagte Kate ruhig. »Ich gebe Ihnen die entsprechenden Dokumente.«

»Die ich nicht verstehen würde.«

»Bringen Sie sie zu einem Wissenschaftler, der es kann.«

Die Reporterin zögerte. »Kein Interesse. Schafscheiße.« Sie ging aus dem Hotelzimmer.

»Das war's dann wohl«, sagte Tony. »Ich nehm mir den nächsten Namen auf der Liste vor.«

»Nein«, sagte Kate. »Warten Sie ab.«

»Warum?«

»Die Frau ist ein Profi. Wir haben ihre Neugier geweckt. Sie wird nicht einfach alles sausen lassen.«

»Sie hat es gerade getan.«

»Ich mag sie. Ich glaube, sie ist ehrlich. Ich hab so ein Gefühl ... Geben Sie ihr vierundzwanzig Stunden, bevor Sie zu jemand anderem gehen.«

»Ich glaube nicht –«

»Vierundzwanzig Stunden.« Seth lächelte Kate an. »Ich hab großen Respekt vor Instinkt.«

Tony zuckte die Schultern. »Ihr seid diejenigen auf dem Schleudersitz.«

Meryl Kimbro rief am nächsten Nachmittag an. »Okay, Sie haben mich. Ich will die Dokumente zu RU2 sehen.«

»Was hat Sie veranlaßt, Ihre Meinung zu ändern?« fragte Kate.

»Ich hab in Dandridge angerufen und Ihre Geschichte überprüft. Übrigens, Sie werden nicht mehr wegen Mordes gesucht, aber die Polizei möchte Sie vernehmen.«

Erleichterung durchflutete Kate. »Wieso haben Sie Ihre Meinung geändert?«

»Ein Detective Eblund hat sich zu Ihrem Ritter gemacht

und dem Fall die Beine weggeschlagen, die ohnehin ziemlich wacklig waren.«

Der gute Alan. »Nicht existent.«

»Und ich bin in die Leichenhalle und hab mir den John Doe angesehen, den sie aus dem Hotel in Georgetown weggekarrt haben.«

Kate zuckte zusammen. John Doe. Die Vorstellung, daß man Noah so unpersönlich behandelte, war ihr immer noch ein Greuel.

»Wenn es nicht Noah Smith ist, dann muß er zumindest sein Zwilling sein. Sie dachten, ich wäre irre, als ich sie bat, seine Fingerabdrücke mit denen des Noah Smith zu vergleichen, der bei der Explosion starb, aber ich glaube, sie werden es tun. Der Rest der Story mag vielleicht Humbug sein, aber ich habe genug, daß es sich lohnt, ein bißchen weiterzugehen. Ich hol mir das RU2-Zeug in vierzig Minuten ab.«

»Nein. Ich komme mit Ihnen, wenn Sie es überprüfen.«

»Sie wollen es nicht aus den Augen lassen? Okay, kein Problem.«

Kate wandte sich zu Seth, nachdem sie aufgelegt hatte. »Also, ich werde nicht mehr wegen Mordes gesucht, und sie wird RU2 überprüfen lassen.«

»Dann haben wir sie«, sagte Seth. »Ich wette, wir kriegen unsere Story in die morgige Zeitung.« Er hielt inne. »Und jeder wird genau wissen, wo Sie sind. Sind Sie sicher, daß Sie das wollen?«

»Nein, aber wir müssen es tun.« Sie schnitt eine Grimasse. »Zumindest ist es nicht mehr sehr schlimm, denn ich könnte auch noch die Polizei im Nacken haben.«

»Dann halten Sie Ihren Hut fest. Die Achterbahnfahrt beginnt.«

Sie waren weg!

Ishmaru wollte vor Schmerz kreischen, als er die Höhle betrat. Er kniete sich hin, wühlte verzweifelt in den geschwärzten Resten.

Nach fünfzehn Minuten hatte er einen verkohlten Pfahl und ein goldenes Feuerzeug gefunden.

Aber keine Spur der Wächter.

Er wiegte sich vor und zurück, die Arme um den Körper geschlungen, und wartete voller Angst auf ihr Kommen.

Sie näherten sich, schwirrten um ihn herum, heulten in der Dunkelheit.

»Bleibt zurück«, flüsterte er. »Hört ihr mich? Bleibt zurück.«

Er floh aus der Höhle und blieb erst stehen, als er den Waldrand erreicht hatte, und ließ sich unter einer Ulme zu Boden fallen. Wer hatte das getan? Wer hatte ihn seiner Kraft beraubt?

Emily.

Wer außer einem anderen Geist konnte wissen, daß die Geister ihn schwächten? Er hatte sie erzürnt, und sie hatten zurückgeschlagen.

Zorn strömte durch sein Inneres. *Du wirst leiden, Emily. Du wirst dafür leiden, daß du sie freigelassen hast.*

Er sah hinunter auf das goldene Feuerzeug, das er immer noch umklammert hielt. Das Metall war beschädigt und geschwärzt, aber die Initialen waren klar erkennbar. Jimenez. Sie hatte Jimenez als Waffe verwendet, um ihm diesen furchtbaren Schlag zu versetzen. Der Feigling hätte das nie gewagt, wenn man ihn nicht dazu getrieben hätte.

Gleichgültig, wer der Bote war, Emily war es, die ihm das angetan hatte.

Die Story stand auf der Titelseite. Sie konzentrierte sich fast ausschließlich auf RU2, Kate und den John Doe, dessen Fingerabdrücke mit denen von Noah Smith übereinstimmten. Kein Wort über Ogden oder irgendeine Verschwörung.

»Nicht einmal eine Anspielung auf Ishmaru«, sagte Kate.

Seth zuckte die Achseln. »Sie ist vorsichtig, aber ich wette, sie wird weiterbohren. Und sie stellt uns ziemlich normal und respektabel dar. Das ist mehr, als die Skandalpresse tun wird. In zwei Tagen wird jedes Schundblatt im Supermarkt eine Story über den getürkten Haftbefehl gegen Sie und mich bringen.«

Kates Blick war immer noch auf die Zeitung gerichtet. »Was glauben Sie? Reicht das?«

Seth schüttelte den Kopf. »Wir müssen noch mehr Staub aufwirbeln. Lassen Sie mich überlegen.« Er ging zum Fenster und sah hinunter auf den Verkehr. »Es ist immer noch ein Risiko für Sie, in die Öffentlichkeit zu gehen. Ogdens Schläger werden Sie wahrscheinlich nicht anfassen, nachdem Sie an die Öffentlichkeit gegangen sind, aber das heißt nicht, daß er diese Demonstranten nicht aufwiegeln wird.«

»Mit solchen Bedrohungen war ich schon öfter konfrontiert. Ich will, daß es vorbei ist. Was muß ich tun?«

»Meryl Kimbro anrufen und ihr sagen, daß wir heute nachmittag Senator Longworth einen Besuch abstatten werden. Ich ruf die Fernsehsender an.«

»Er wird uns nicht empfangen.«

»Wenn Sie, umgeben von Zeitungsreportern und Fernsehteams, auftauchen, wird er sie empfangen. Politiker mögen es nicht, wenn die Öffentlichkeit sieht, wie sie kneifen.«

»Sie wissen genausogut wie ich, daß ich ihn nicht dazu überreden kann, diese Gesetzesvorlage einfach zu ignorieren.«

»Aber wenn Sie wirklich sympathisch rüberkommen, nimmt das vielleicht seinem Ballon die Luft.«

»Und dann?«

»Dann statten wir Senator Ralph Migellin einen Besuch ab.«

»Noch ein Politiker.«

»Aber Ralph Migellin ist eines dieser raren Exemplare – ein ehrlicher und angesehener Politiker. Außerdem ist er ein Idealist. Wenn wir ihn gegen Longworth aufhetzen können, verzögert das die Ratifizierung des Gesetzes.«

Sie schüttelte den Kopf. »Woher wissen Sie soviel über die Szene in Washington?«

»Sie wären überrascht, wie nützlich es bei meinem Beruf ist, die Spieler zu kennen.« Er drehte sich ihr zu. »Und Ralph Migellin war nie auf irgendeiner Bestechungsliste, die ich gesehen habe.« Er ging zur Tür. »Ziehen Sie sich um. Versuchen Sie, professionell und intelligent und sexy wie der Teufel auszusehen.«

»Sie verlangen nicht viel.«

»Nein, tu ich nicht. Sie können das mit gefesselten Händen.« Er grinste sie über die Schulter an. »Aber bitte keine Peitsche. S und M ist hier nicht so gefragt.«

Kate stutzte, als sie eine Stunde später ihre Schlafzimmertür aufmachte. Seth trug einen gut geschnittenen braunen Anzug und eine Seidenkrawatte, beides diskret und teuer. Sie hatte ihn bis jetzt nur in Jeans und Khakis gesehen, aber er trug die förmliche Kleidung mit überraschender Eleganz.

»Hören Sie auf zu glotzen.« Er schnitt eine Grimasse. »Ich hab meine zivilisierten Momente.«

»Sie sehen sehr … gut aus.«

»Ich seh aus wie ein Anwalt. Aber Sie können verdammt sicher sein, daß dieser Anzug nicht von Armani ist.«

Sein heftiger Ton wunderte sie. »Armani.«

»Vergessen Sie's.« Sein Blick glitt über sie. »Sie sehen gut aus in Schwarz, aber das Kostüm ist ein bißchen zu streng. Sie müssen es etwas weicher aussehen lassen.«

»Ich versuche nicht, einen Modepreis zu gewinnen«, sagte sie spitz.

»Lassen Sie die Jacke offen, damit man die Seidenbluse

sieht.« Er knöpfte ihr die Jacke auf, während er redete. Er lockerte ihr Haar und strich es ihr enger ums Gesicht. »So. Perfekt.« Er sah, wie ihr Gesicht sich verdüsterte, und fügte hinzu: »Entspannen Sie sich. Wenn ich bereit bin, mich auf dem Medienaltar opfern zu lassen, sollte es Ihnen auch nichts ausmachen. Selbst Marcia Clark hat sich für den Simpson-Prozeß die Haare schneiden lassen und sich eine neue Garderobe gekauft.« Er ging voran aus der Suite.

»Ich habe nicht die Absicht, eines von beidem zu tun.« Aber sie ließ die Jacke trotzdem offen. »Warum sind Sie plötzlich so besorgt um Äußerlichkeiten?«

»Weil die Medien uns in Stücke reißen und zum Frühstück verspeisen wollen. Aber ein Bild sagt manchmal mehr als eine Story.«

»Unsere Arbeit an RU2 steht für sich. Es sollte niemand nötig sein, um –« Sie verstummte. In dieser Turbowelt stand nichts für sich; alles wurde in Frage gestellt. »Okay, ich werde für die Kamera lächeln.«

»Sie brauchen nicht zu lächeln. Nach dem, was Sie mitgemacht haben, erwartet keiner etwas anderes außer Ernst von Ihnen. Zeigen Sie ihnen, daß Sie nicht nur eine Wissenschaftlerin, sondern auch ein Mensch sind. Das ist Ihre Show. Ich bin nur zur Unterstützung hier.« Er nahm ihren Arm. »Und stellen Sie sich nahe zu Longworth. Er ist ein großer Mann, und neben ihm werden Sie total zerbrechlich aussehen. Es kann nichts schaden, wenn man ihn als großen, bösen Mann hinstellt, der eine tapfere kleine Frau fertigmachen will.«

»Ich kämpfe schon mein ganzes Leben gegen dieses ›kleine Frau‹-Image.«

»Machen Sie, was Sie wollen, aber wir brauchen alle Waffen, die wir kriegen können.«

Klar, laß ihr die Wahl, und sag ihr dann, daß sie die Schlacht vermasselt hat, wenn sie eine falsche trifft. »Sind Sie sicher, daß Sie nicht selbst in der Politik waren?«

»Meine engste Berührung damit war, als ich Bodyguard für einen kolumbianischen Richter war, und das dauerte nicht lange.«

»Hat man ihn auch umgebracht?«

»Nein, er hat sich entschlossen, das Bestechungsgeld zu nehmen, das das Kartell ihm anbot, und ich wurde überflüssig.« Er drückte den Aufzugsknopf. »Aber ich habe ihn acht Monate am Leben erhalten, bevor er zusammengebrochen ist. Nicht schlecht.«

William Longworth fühlte sich offensichtlich nicht wohl in seiner Haut, stellte Kate fest. Ein Lächeln klebte auf seinem Gesicht, aber er war sehr blaß, und die Finger, mit denen er auf den Schreibtisch trommelte, zitterten leicht.

Seltsam. Nach allem, was sie von dem Senator gehört hatte, passierte es nur selten, daß er sichtlich erschüttert war. Die Reporter, die sie umringten, konnten ihn nicht aufregen: er liebte die Medien.

Aber dieses Interview war nicht nach seinen Vorstellungen gelaufen, dachte Kate mit Befriedigung. Sie hatte Fakten liefern können, er nur Rhetorik.

»Falls RU2 ein Wunder ist, wie Dr. Denby behauptet, werden Sie dann Ihre Unterstützung für das Gesetz zur Kontrolle genetischer Forschung neu überdenken?« fragte Meryl den Senator.

»Ganz sicher nicht. Genetische Forschung ist gefährlich. Sie sollte in wenigen, leitenden Händen bleiben. Meine Wähler würden es mir nie verzeihen, wenn ich gestatten würde, daß diese Forschung unkontrolliert bleibt. Wenn dieses RU2 eine Wunderdroge ist, was ich bezweifle, dann sollte sie kontrolliert und getestet werden, bis es keine Zweifel mehr an ihrer Ungefährlichkeit gibt.«

»Die FDA hat die genauesten Tests der Welt«, sagte Kate. »Warum wollen Sie es nicht ihr überlassen?«

»Natürlich verlassen wir uns auf ihr Fachwissen. Aber die Entscheidung sollte beim amerikanischen Volk liegen.«

»Sie meinen, bei Ihnen«, sagte Kate. »Der Kongreß ist berüchtigt für seine Verbindungsstrategie. Wollen Sie Tausende von Menschen sterben lassen, während Sie in Komitees herumschachern?«

Longworth warf einen traurigen Blick auf den Kameramann des Fernsehens. »Sehen Sie? Leichtsinnige Ungeduld. Das amerikanische Volk hat mehr verdient.« Er lächelte Kate an. »Ich bin überzeugt, Sie meinen es gut, junge Frau, aber Sie setzen auf das falsche Pferd. Die Öffentlichkeit betrachtet die Herumspielerei mit Genetik als gefährlich und gegen den Willen Gottes.« Er stand auf und schlenderte zum Fenster. »Sehen Sie selbst.«

Kate hatte keine Chance. Reporter stürzten zum Fenster, stießen sie beiseite. Seth streckte die Hand aus, um sie festzuhalten, und schob sie dann durch die Leute, die sich um das Fenster versammelt hatten.

Drunten auf der Straße stand eine riesige Menschenmenge. Kate erhaschte kurze Blicke auf die Plakate, die sie trugen.

Stoppt sie

Rettet unsere Babys

Wir wollen ihr gottloses RU2 nicht

Gott segne Sie, Senator Longworth

»Wie hat er es fertiggebracht, in so kurzer Zeit eine so große Menge herzukriegen?« murmelte Kate. »Wir haben ihn erst heute morgen angerufen.«

»Rent-a-Mob?« Seth nahm sie beim Ellbogen und führte sie weg vom Fenster. »Kommen Sie. Wir können genausogut gehen. Longworth hat uns schachmatt gesetzt. Diese Reporter konzentrieren sich jetzt nur noch auf die Demonstranten.«

»Dann war das alles umsonst?«

»Nein, sie werden einen Teil des Interviews senden.« Er

hielt ihr die Tür auf. »Sie waren toll. Hat mich irgendwie an eine Machete erinnert, die in einen Ballon schlägt.«

»Ich dachte, ich hätte ihn.« Sie warf einen Blick zurück zu Longworth, der mit Meryl Kimbro plauderte. Longworth hob den Blick und sah ihr direkt in die Augen. Er lächelte triumphierend, bevor er seine Aufmerksamkeit wieder der Reporterin zuwandte. »Ich würde den Dreckskerl am liebsten aus dem Fenster werfen.«

»Zu viele Zeugen.«

»Es scheint ein Ding der Unmöglichkeit, daß sich irgend jemand von diesem Kerl beeinflussen läßt. Er ist ... er ist ... wie ein obszöner Witz.«

»Ganz ruhig, es ist vorbei. Er hat das Ballspiel gewonnen, aber Sie haben Ihre Punkte gemacht. Jetzt machen wir den nächsten Schritt.« Er öffnete die Tür. »Tony wartet unten in Senator Migellins Limousine. Wir nehmen den Hinterausgang, denn der Mob könnte Sie aufgrund von Kimbros Story erkennen.«

Tony stand neben einer langen schwarzen Limousine eine Straße weiter. Er winkte hektisch, als er Seth und Kate sah. »Was, zum Teufel, ist passiert? Diese Demonstration wird den Senator wirklich beeindrucken. Warum nicht gleich die amerikanische Flagge verbrennen?«

»Er ist drin?«

Tony nickte, und alle drei stiegen in den Wagen.

»Sie sind Kate Denby?« Ralph Migellin lächelte. »Sie haben einen ziemlichen Aufruhr angezettelt.« Sein Blick wanderte zu der Menge an der nächsten Straßenecke. »Bei meiner letzten Versammlung habe ich nicht so viele Leute auf die Beine gebracht.«

»Seth Drakin.« Seth schüttelte seine Hand. »Danke, daß Sie gekommen sind.«

»Es war die einzige Möglichkeit, Sie unbemerkt zu treffen. Ich bin mir nicht sicher, ob ich in diese RU2-Geschichte hineingezogen werden will. Es könnte meiner Karriere schaden.« Er zuckte die Schultern. »Aber manchmal hat ein Mann keine Wahl. Ich hoffe, das ist nicht eines von diesen Malen.«

»Tony hat Ihnen alles erklärt?« fragte Seth.

Migellin nickte. Sein Blick kehrte zu der Menge zurück. »Würde ich mit solcher Opposition konfrontiert sein?«

»Ja«, sagte Seth.

»Na ja, wenigstens sind Sie ehrlich.« Er wandte sich zu Kate. »Und wäre RU2 das wert? Ist es das Wunder, wie Sie behaupten?«

»Noah Smith meinte ja«, sagte Kate. »Er ist dafür gestorben.«

»Ich habe gefragt, was Sie denken.«

»O ja, es ist ein Wunder. Ich habe meine ganze Familie dafür in Gefahr gebracht. Wenn Ihnen etwas passieren sollte, weiß ich nicht, ob ich sagen könnte, es wäre die Sache wert gewesen. So selbstlos bin ich nicht.«

»Aber Sie sind hier.«

»Weil ich wütend war und die Nase voll davon hatte, herumgeschubst zu werden. Nicht, weil ich besonders edel bin.«

»Und wird dieses RU2 so viele Leben retten, wie Sie behaupten?«

»Wahrscheinlich mehr. Unsere Schätzungen basieren auf den wichtigsten Krankheiten, mehr Forschung wird wahrscheinlich ein besseres Bild liefern.«

»Ich verstehe.« Migellin starrte sie einen Moment an, dann seufzte er resigniert. »Ich fürchte, ich glaube Ihnen. Zu schade. Ich hatte mich auf ein friedliches Wahljahr gefreut.« Er holte ein Notizbuch heraus, kritzelte etwas auf ein Blatt und reichte es Kate. »Trotzdem bin ich noch nicht vollkommen überzeugt, daß wir auch nur einen Versuch haben. Ich möchte, daß Sie beide morgen zu mir auf meinen Landsitz kommen. Ich habe da ein paar Leute, die ich Ihnen gerne vorstellen möchte.«

»Wen?« fragte Seth.

»Frank Cooper zum einen. Er ist der Vorsitzende der Grauen Panther. Die Lobby der pensionierten Bürger hat einen mächtigen Einfluß hier in Washington.« Er lächelte. »Und sie sind sehr besorgt um ihre Gesundheit.«

Kate war mit einem Schlag ungeheuer erleichtert. Er würde ihnen helfen. »Sie werden versuchen, Longworths Gesetzentwurf zu blockieren?«

»Das hab ich nicht gesagt. Ich werde Unterstützung brauchen, und Sie werden sie mir besorgen müssen. Seien Sie morgen da. Dann werde ich mich entscheiden.«

»Wir können nicht«, sagte Seth. »Arrangieren Sie es für übermorgen.«

Kate sah ihn erschrocken an. »Warum nicht?«

»Noah Smith wird morgen nachmittag beerdigt.«

Migellin nickte. »Ich verstehe. Wo wird er bestattet? Ich würde gerne daran teilnehmen.«

»Mount-Pleasant-Friedhof außerhalb der Stadt. Ich möchte den Medien aus dem Weg gehen.«

»Da haben Sie keine große Chance. In dieser Stadt gibt es überall Lecks. Aber ich werde dasein.«

»Warum?« fragte Kate. »Sie haben Noah nie kennengelernt.«

»Er war ein tapferer Mann. Ich hätte ihn gerne gekannt. Jetzt kann ich ihm nur noch meine Ehrerbietung erweisen.« Er fügte hinzu: »Dann übermorgen um drei Uhr auf meinem Landsitz. Ich fürchte, ich muß jetzt zurück in mein Büro. Kann ich Sie an Ihrem Hotel absetzen?«

»Das wäre sehr freundlich«, sagte Kate. »The Summit.« Sie beobachtete ihn, als er dem Chauffeur ihre Adresse gab. Er *war* gütig, ein Unterschied zu Longworth wie Tag und Nacht. Er gab ihr ein warmes Gefühl von Sicherheit und

Trost. Es war gut zu wissen, daß nicht alle Politiker so waren wie dieser aufgeblasene Dreckskerl.

Ihr Blick glitt zu Seth. Er überraschte sie immer wieder. Heute war er gewandt und immer im Hintergrund gewesen, hatte ihr das Scheinwerferlicht überlassen. Ja, sie war sich seiner im Hintergrund immer bewußt gewesen, unterstützend, wachsam.

Er drehte den Kopf und sah ihr in die Augen. »Okay?«

Sie nickte. »Das war ein verrückter Tag, nicht wahr?«

Er lächelte. »Ich hab schon schlimmere erlebt.«

Tony verließ sie sofort, nachdem Migellin sie abgesetzt hatte. Hinauf in die Suite. Seth bestellte Abendessen.

»Das Essen wird erst in vierzig Minuten da sein«, sagte er. »Gehen Sie duschen, und machen Sie sich's bequem. Sie sehen müde aus.«

Sie fühlte sich müde. Sie streifte ihre Pumps ab und zog ihre Jacke aus. »Warum haben Sie mir nichts von Noahs Beerdigung gesagt?«

»Ich habe sie erst heute morgen arrangiert. Ich dachte, Sie müßten sich auf Longworth konzentrieren.«

»Ich hab nicht einmal gewußt, daß Sie vorhaben –«

»Es hat Sie beunruhigt, daß Noah keine anständige Beerdigung hatte. Ich sah es, als Tony uns davon erzählt hat.«

»Hat es Ihnen nichts ausgemacht?«

Er schüttelte den Kopf. »Und ich glaube, Noah wäre es auch egal gewesen. Tot ist tot, und die Formalitäten sind nichts als Scheiße. Aber Ihnen hat es was ausgemacht.«

»Ja, mir hat es etwas ausgemacht.« Sie versuchte, ihre Stimme in den Griff zu kriegen. »Danke.«

»Kein Problem.« Er ging zu seinem Schlafzimmer. »Lassen Sie sich Zeit. Ich bin rechtzeitig für den Kellner wieder da. Ich muß nur Rimilon anrufen, um zu sehen, ob alles okay ist.«

Sie nickte und machte sich auf den Weg ins Badezimmer.

Sekunden später stand sie unter dem warmen Strahl der Dusche. Noah würde seine letzte Ruhe finden. Sie hatten die Möglichkeit, sich so, wie er es verdiente, von ihm zu verabschieden. Es war eins der beiden guten Dinge, die an diesem Alptraum von Tag herausgekommen waren.

Der harte Wasserstrahl war beruhigend, und allmählich begann sie sich zu entspannen. Sie war es gewohnt, im Labor zu arbeiten, nicht, sich den Medien zu stellen und ihre Arbeit zu verteidigen. Und Longworth und sein verdammter Mob von –

Hör auf, daran zu denken. Es war vorbei. Wie Seth gesagt hatte, sie mußten jetzt mit den nächsten Schritten weitermachen. Einfacher für Seth als für sie. Er schien so anpassungsfähig wie Knetmasse, war jeder Situation gewachsen. Mein Gott, sie waren so verschieden.

Sie hatte sich Jeans und ein Sweatshirt angezogen und föhnte gerade ihre Haare, als Seth an die Badezimmertür klopfte. »Abendessen.«

»Ich komm gleich raus.«

Als sie das Wohnzimmer betrat, stand Seth am Tisch, rückte Servietten zurecht und nahm Wärmeglocken ab.

Noah.

Er hob den Kopf und sah ihr Gesicht. »Was ist los?«

»Nichts.« Sie kam auf ihn zu. »Sie haben mich an Noah erinnert. Er hat immer soviel Aufhebens um das Eindecken gemacht. Es hat ihm nie gepaßt, wie ich es gemacht habe.«

»Vergessen Sie's«, sagte er. »Ich bin nicht wie Noah. Ich bin kein Gourmetkoch, und das einzige Essen, das ich vorbereite, sind eiserne Rationen an der Front. Zimmerservice ist mir gerade recht.«

Sein Ton war so scharf, daß sie erschrak. Sie setzte sich an den Tisch und nahm ihre Gabel. »Tut mir leid.«

»Was tut Ihnen leid? Daß er tot ist? Sie können ihn nicht zurückbringen, indem Sie ihn in jedem Mann, dem Sie begegnen, sehen.«

Wut packte sie. »Keine Sorge, den Fehler würde ich bei Ihnen nicht machen. Noah war gütig zu mir.«

»Deshalb sind Sie so glücklich und sorgenfrei. Deshalb wohnt Ihr Sohn in einem Bunker.«

Sie lehnte sich zurück und sah ihm in die Augen. »Was ist Ihnen denn über die Leber gelaufen? Noah war doch angeblich Ihr Freund.«

»Er *war* mein Freund, aber er ist tot, verdammt noch mal. Ich muß nicht so tun, als ob er vollkommen gewesen wäre. Ich werde nicht –« Er verstummte, und Kate sah, wie die verschiedensten Gefühlsregungen über sein Gesicht jagten. »Ach, was soll's.« Er setzte sich ihr gegenüber und spießte brutal ein Stück Tomate aus seinem Salat auf.

»Ich finde, Sie sind unfair. Noah hat das getan, was er für richtig hielt. Vielleicht hat er Sie gegen Ihren Willen in diese Sache hineingezogen, aber ist Ihnen schon einmal der Gedanke gekommen, daß er Sie, indem er Ihnen RU2 vermacht hat, wahrscheinlich zum Milliardär gemacht hat?«

Er gab keine Antwort.

»Und er ist für etwas gestorben, das er –«

»Also gut, er ist vollkommen«, sagte Seth. »Lassen Sie's gut sein, okay?«

»Nein, es ist nicht okay.« Sie zuckte die Schultern. »Aber ich werde aufhören. Ich habe keine Lust, mit einem schmollenden kleinen Jungen zu streiten.«

»Kleiner Junge?« Er sah ihr in die Augen. »Darum geht's hier nicht, Kate.«

Sie erstarrte, als sie seinen Gesichtsausdruck sah, und konnte ihren Blick nicht abwenden.

»Ich bin ganz anders als Noah«, sagte er leise. »Als erstes werden wir jetzt mit diesem blödsinnigen Siezen aufhören, in Ordnung, Kate? Du bist verletzlich, du bist einsam, und morgen begraben wir meinen besten Freund. Es spielt keine Rolle. Wenn ich glauben würde, ich könnte dich heute nacht mit einem kleinen Schubs in mein Bett befördern, würde ich es tun.«

Sie konnte ihn nur anstarren. Mit einem Mal war sie sich seiner körperlichen *Präsenz* total bewußt, der Kraft seiner Schultern unter dem Baumwollhemd, des verführerischen Schwungs seines breiten, sensiblen Mundes, dessen, wie unglaublich blau seine Augen waren. Sie benetzte ihre Lippen mit der Zunge. »Genieße den Augenblick?«

»Da kannste drauf wetten.« Er wartete.

Sie schüttelte den Kopf.

Eine undefinierbare Emotion flackerte über sein Gesicht. »Das hab ich auch nicht erwartet.«

»Es ist nicht – wir sind nicht – es wäre ein Fehler. Aber das Du ist okay.«

»Du brauchst nicht so verflucht entsetzt zu schauen. Es liegt nicht daran, daß du etwas dagegen hast, mit mir ins Bett zu steigen. Ich hab immer gewußt, daß das bei uns funktionieren würde. Ich hab nicht drum gebeten, daß du dich fürs Leben festlegst.«

Er hatte es gewußt, sie würde nicht schockiert sein. Sie hatte bereits gelernt, daß er ein Mann voller Überraschungen war. »Ich denke, ich bin es nicht gewohnt, den Augenblick zu genießen. Ich mußte immer denken und planen.« Sie hielt inne. »Außerdem ist alles zu verworren. Ich bin mir sicher, du würdest es bedauern, wenn du –«

»Den Teufel würde ich.« Er grinste. »Sag mir nicht, was ich bedauern würde. Ich würde keine einzige Minute bereuen. Ich habe vor langer Zeit gelernt, daß die einzigen Dinge, die ich bedauere, diejenigen sind, die ich nicht getan habe, und ich wollte, schon seit ich dich das erste Mal gesehen habe, mit dir ins Bett steigen.«

Sie riß die Augen auf. »Du hast nie gesagt – ich hab nie erkannt.«

»Weil ich dachte, du und Noah, ihr wärt ein Paar. Herrgott,

ihr zwei seid wie Ken und Barbie gewesen, die im Labor spielen. Er war mein Freund, und ein paar Skrupel habe ich schon. Obwohl, wenn ich gemerkt hätte, daß er sich so dämlich verhält, hätte ich sie wahrscheinlich vergessen.«

»Er war nur vernünftig.«

»Dämlich.« Seth schob seinen Teller beiseite und stand auf. »Ich geh in mein Zimmer. Ich glaube, ich habe es geschafft, uns beiden den Appetit zu verderben.«

»Wir können nicht zulassen, daß das etwas verändert. Wir haben zuviel zu –«

»Quatsch.« Seine Stimme war rauh vor Spannung. »Es wird etwas ändern. Ich möchte es auch nicht anders. Ich möchte, daß du weißt, daß du nur die Hand auszustrecken brauchst, und ich werde dasein.« Er ging auf sein Zimmer zu. »Halte dich morgen nachmittag um drei bereit.«

»Du machst das unmöglich.«

»Nicht unmöglich. Schwierig. Gegen schwierig ist nichts einzuwenden. Gar nichts.« Die Tür knallte hinter ihm zu.

Sie schob ihren Teller beiseite. Er hatte recht. Sie war zu aufgeregt, um zu essen. Sie war erschüttert und wütend und durcheinander. Es sah Seth ähnlich, einen Stein ins Getriebe zu werfen, wenn die Lage ohnehin schon schwierig genug war. Selbstsüchtiger Bastard. Er war explosiv wie ein Faß Dynamit, sinnlich wie der Gott Pan und egoistisch wie –

Sinnlich.

Sie wollte nicht daran denken, wie sie sich in dem Augenblick gefühlt hatte, als er ihr gesagt hatte, daß er sie begehrte. Sie wollte so nicht an Seth denken. Sie brauchte keinen Liebhaber für eine Nacht, sie brauchte Stabilität und Engagement und gemeinsame Interessen. Sie wäre todunglücklich in einer Beziehung mit einem wilden Mann wie Seth.

Ich hab nicht darum gebeten, daß du dich gleich fürs Leben festlegst.

Aber genau das brauchte sie. Nicht in Flammen aufgehen,

die zu schnell abbrannten. Sie hatte einen Beruf und einen Sohn, und es wäre total unverantwortlich, zu nehmen, was –

Was sie wollte? Wollte sie Seth? Sei mal ehrlich.

Sie erinnerte sich an den Tag im Wald, den Augenblick, der gerade vergangen war.

O ja, sie wollte mit ihm ins Bett.

Aber das hieß noch lange nicht, daß sie es tun würde. Erwachsene trafen eine Wahl; im Gegensatz zu Seth packten sie nicht einfach alles, was sie haben wollten, ohne an die Folgen zu denken.

Vielleicht war es aber richtig, einfach etwas gegen den Strich zu tun.

Warum waren ihr plötzlich Phyliss' Worte über Noahs Methoden eingefallen? Wahrscheinlich war Seth selbst ein Gegenstrich, eine erotische, kraftvolle Abweichung von allem, was sicher und vertraut war.

Und Kate tat nichts gegen den Strich.

»Fertig? Tony hat den Wagen unten«, sagte Seth, als sie am nächsten Morgen die Tür öffnete.

Sie nickte. »Ich bin bereit.«

»Gut.« Er musterte ihr Gesicht. »Du versuchst, mir nicht in die Augen zu sehen. Keine Sorge, das ist Noahs Tag. Ich werde dich nicht durcheinanderbringen.«

»Du hast mich nicht durcheinandergebracht«, log sie erleichtert. »Aber ich bin froh, daß du – du hast recht, das ist Noahs Tag.«

Nur eine Handvoll Leute waren am Grab erschienen. Tony, Seth, Senator Migellin und jemand, der, wie sie glaubte, ein Assistent von ihm war. Die Andacht, geleitet von einem Priester, war kurz.

Sie spürte, wie die Tränen in ihren Augen brannten, als der Sarg in die Erde versenkt wurde.

Jemand nahm ihre Hand, sie hob den Kopf und sah, daß es

Seth war. Er starrte den Sarg an, und seine Augen funkelten feucht. »Auf Wiedersehen, Noah«, flüsterte er. »Es war schön, dich zu kennen.«

Sie hatte Noah nur ein paar Wochen gekannt, aber Seth war jahrelang Noahs Freund gewesen. Sie packte seine Hand fester.

»Ich muß gehen.« Sie drehte sich um und sah, daß Senator Migellin neben ihr stand. Er drückte ihr sanft die Schulter. »Das tut mir leid. Ich fürchte, das Leck muß in meinem Büro sein. Sie scheinen sogar zu wissen, wann ich zur Toilette gehe.«

Sie sah ihn verwirrt an. Dann hörte sie Seth leise fluchen und folgte seinem Blick zu den Toren des Friedhofs, die ein paar hundert Meter entfernt waren.

Eine Menschenmenge hatte sich vor den Toren versammelt. Demonstranten? Mein Gott, konnten sie sie nicht einmal in diesem Augenblick allein lassen?

Nein, nicht Demonstranten, aber Reporter, Kameramänner. Der Ü-Wagen eines Fernsehsenders parkte am Randstein.

»Sie fahren besser mit meinem Wagen zurück in die Stadt«, sagte Migellin, als sie sich zum Tor aufmachten. »Meine Assistenten halten sie zurück. Sie sollten es schaffen, uns in die Limousine zu kriegen. Sie sind Experten dafür, Wege durch Mengen zu bahnen.« Er warf einen Blick auf Seth. »Außer, Sie wollen eine Erklärung abgeben? Es ist Ihre Chance ohne Longworth.«

Er nahm Kates Arm. »Nein, heute nicht.«

Nein, heute nicht. Das war Noahs Tag. Sie senkte den Kopf und folgte rasch dem Senator.

Sie attackierten sie wie ein Wespenschwarm, sobald sie das Tor passiert hatten.

Die Menge schwärmte um sie herum. Mikrofone wurden ihr ins Gesicht gehalten. Sie wurde von Seth weggerissen.

»Kate!« rief Seth irgendwo hinter ihr.

Sie konnte ihn nicht mehr sehen.

Sie konnte den Senator vor ihr nicht mehr sehen. Sie versuchte sich durchzukämpfen, wurde aber zur Seite gedrängt und gegen einen Reporter geworfen.

»Tut mir leid.« Sie richtete sich auf. »Bitte lassen Sie mich durch zu –«

Ishmaru.

Er lächelte. »Hallo, Kate.«

Großer Gott, nein.

Sie wich zurück in die Menge der Reporter.

Sie konnte ihn nicht mehr sehen.

Aber er könnte in der Menge neben ihr sein.

Oder hinter ihr.

Oder warten, bis sie aus der Menge ausbrach.

Eine Hand fiel auf ihre Schulter.

Sie schrie und schlug mit der Faust zu.

»Um Himmels willen, Kate.«

Es war Seth.

»Bring mich hier raus. Bring mich weg ...«

Er hatte den Arm um sie gelegt und schob sie durch die Menge.

Eine Kamera fiel zu Boden.

Ein Reporter fluchte.

Wo war er?

Der Wagen des Senators war direkt vor ihr. Sicherheit.

Aber Noah hatte an diesem letzten Tag auch geglaubt, er wäre in Sicherheit.

Noah war tot.

Sie war im Auto.

»Also, warum, zur Hölle, bist du in Panik geraten?« fragte Seth, als er sich neben sie setzte und die Tür zuschlug. Die Limousine fuhr los die Straße hinunter.

»Ish ... Ishmaru.« Sie brachte das Wort kaum heraus. »Ishmaru.«

Senator Migellin runzelte die Stirn. »In der Menge?«

Sie nickte zitternd.

»Halten Sie an«, sagte Seth.

»Nein.« Ihre Hand klammerte sich in Panik um seinen Arm. Nicht Seth. Er würde sterben, genau wie Noah. »Er wird schon weg sein. Ich hab ihn nur für eine Sekunde gesehen.«

»Sind Sie sicher, daß Sie sich das nicht eingebildet haben?« fragte Tony. »Sie müssen heute an ihn gedacht haben.«

»Ich hab mir gar nichts eingebildet«, erwiderte sie wütend. »Ich war praktisch in seinen Armen. Er hat mich angelächelt und geredet.«

»Okay, okay«, sagte Tony beschwichtigend. »Es schien mir nur sehr bizarr, daß er zu Noahs Beerdigung kommt.«

»Der Hurensohn ist bizarr«, sagte Seth. »Er ist verrückt.«

»Der Chauffeur soll die Polizei per Funk verständigen, damit sie das überprüfen«, sagte der Senator, beugte sich vor und klopfte ans Glas.

»Zu spät«, murmelte Tony.

»Warum hast du es mir nicht gleich gesagt?« fragte Seth. »Warum, zum Teufel, hast du es mir nicht gesagt, als ich —«

»Halt den Mund«, sagte sie. »Ich hatte Angst, und ich habe nur an eins gedacht, wie ich von ihm wegkomme. Ich bin kein Macho-Idiot mit einer Knarre, der —« Sie mußte aufhören, weil ihre Stimme überschnappte. »Und schrei mich nicht noch mal an.«

»Ich hab nicht geschrien.« Aber Seths Stimme vibrierte vor Spannung, und die Falten um seinen Mund wurden noch tiefer. Er wandte sich von ihr ab und starrte aus dem Fenster. »Du hast einen Fehler gemacht. Ich hätte ihn kriegen können.«

»Also gut, ich habe einen Fehler gemacht.« Kate warf ihre Tasche und ihre Jacke auf die Couch. »Ich hätte schreien oder es dir gleich sagen sollen.«

»Da hast du verdammt recht«, erwiderte Seth mit eisiger Stimme.

»Ich war total verängstigt. Ich hab nicht gedacht, daß ich das sein würde, aber er hat mich überrascht, und ich bin in Panik geraten. Ich verspreche, daß das nie wieder passieren wird.«

Seth gab keine Antwort. Er ging in sein Zimmer und schloß die Tür.

Er hatte ein Recht, wütend zu sein. Sie hatten die Chance gehabt, Ishmaru zu kriegen, und sie hatte es vermasselt. Mein Gott, sie hatte sich wie ein Feigling benommen.

Seth kam mit einem Kissen und einer Decke zurück ins Zimmer. Er warf sie auf die Couch im Wohnzimmer.

»Was machst du da?« fragte sie.

»Ich schlafe hier.«

»Das mußt du nicht. Ich hab's dir gesagt, er hat mich überrascht. Ich hab keine Angst mehr.«

Er ignorierte sie. »Ruf den Zimmerservice an, und bestell das Abendessen. Ich werde meinen täglichen Checkanruf bei Rimilon machen.«

Er schwieg während des ganzen Abendessens, und sie war froh, in ihr Schlafzimmer flüchten zu können, als es vorbei war. Ein zorniger, abweisender Seth war ihr fremd. Ihr war nicht klargewesen, wie sehr sie seine ruhige, lockere, manchmal humorvolle Unterstützung brauchte. Sie duschte, zog ihr Schlaf-T-Shirt an und holte ihr Buch. Sie würde zu Bett gehen und ihn einfach aus ihrem Kopf ausschalten.

Sie las immer noch, als nach Mitternacht das Telefon an ihrem Bett läutete.

»Es war gut, dich heute zu sehen, Emily.«

Ishmaru.

Ihr Herz setzte aus und schlug dann doppelt so schnell weiter. »Warum nennen Sie mich immer Emily? Ich heiße Kate.«

»Versuchst du immer noch, mich zu täuschen? Wir wissen beide, wer du bist. Wo ist der kleine Junge?«

Ihre Hand umklammerte den Hörer. »In Sicherheit.«

»Keiner ist je sicher. Wir leben alle am Abgrund. Als du heute vor mir wegliefst, war ich sehr enttäuscht. Es sah dir gar nicht ähnlich. Ich hatte schon Angst, Emily hätte dich verlassen.«

Wer, zum *Teufel*, war Emily? »Ich bin erschrocken. Warum kommst du jetzt nicht hierher?«

Er lachte. »Du willst mir eine Falle stellen. Nein, ich such mir den Zeitpunkt aus. Ich konnte es nicht glauben, als ich den Artikel in der Zeitung gesehen habe. Ich hatte Angst, ich müßte lange Zeit nach dir suchen, aber du warst da. Du weißt doch, daß ich dich heute hätte töten können? Aber es wäre zu schnell gewesen.« Sein Ton wurde schärfer. »Ich bin sehr wütend auf dich, Emily. Du hast einen Boten geschickt, damit er meine Wächter wegnimmt.«

»Ich hab niemanden geschickt.«

»Du hast Seth Drakin geschickt, um mich zu zerstören. Jimenez hat mir gesagt, daß er es getan hat, aber ich weiß, daß in Wirklichkeit du das warst. Ich wollte dir den Tod eines Kriegers geben. Vielleicht werde ich das immer noch tun, aber ich möchte, daß du zuerst leidest. Du hättest sie nicht wegnehmen sollen.«

»Ich hab keine Ahnung, wovon du redest. Hast du Angst, zu mir zu kommen?«

»Nein. Aber ich möchte, daß du zu mir kommst.«

»Wo bist du?«

»Jetzt nicht, aber bald, bald wirst du zu mir kommen. Aber erst, wenn ich dir so weh getan habe, wie du mir.«

Er legte den Hörer auf.

»Seth!« Sie sprang aus dem Bett und rannte ins Wohnzimmer.

»Ich hab alles gehört.« Er legte den Hörer des Apparates neben der Couch auf. »Ich hab das Telefon gleichzeitig mit dir abgehoben.«

»Können wir den Anruf zurückverfolgen?«

Er schüttelte den Kopf.

»Was können wir dann tun?«

»Auf ihn warten. Du hast ihn gehört, er möchte, daß du zu ihm kommst.«

»Er hat gewußt, wo ich bin.«

»Wir haben nicht versucht, uns zu verstecken. Wir wußten, daß das nicht möglich ist.«

»Ich möchte, daß du Rimilon anrufst. Ich will wissen, ob Joshua in Ordnung ist.«

»Er hat gefragt, wo Joshua ist.«

»Das ist mir egal. Woher wissen wir, daß er es nicht weiß? Er weiß doch scheinbar alles andere. Ruf ihn an.«

Seth setzte sich auf und griff nach seinem Handy. Er drückte die Nummer. »Ich weiß, daß es spät ist, verdammt noch mal. Ist alles gesichert?«

Er klappte das Telefon zu. »Rimilon kampiert in der Nähe des Eingangs, und es ist keiner in der Nähe gewesen.«

»Ich möchte mit Joshua reden.«

Er sah sie an. »Bist du sicher?«

»Ja. Nein.« Sie wollte, daß Joshua sicher hinter dieser Stahltür blieb. Sie wollte seine Stimme hören. »Nein, ich denke nicht.«

»Gut.«

»Er ist verrückt«, flüsterte sie. »Er hat dauernd irgendwas über seine Wächter gemurmelt. Ich hab seine Wächter weggenommen. Verflucht, ich weiß nicht mal, wovon er redet.«

»Das weiß ich.«

Ihr Blick flog zu seinem Gesicht, und sie riß die Augen auf. »Aber du weißt es, nicht wahr?«

Er nickte. »Ich weiß es.«

»Er hat dich den Boten genannt.«

»Man hat mir schon schlimmere Namen gegeben.«

»Verflucht noch mal, was enthältst du mir vor?«

»Ich habe gehofft, du willst es nicht wissen. Es ist nicht angenehm.« Sein Mund wurde schmal. »Wie, zum Teufel, sollte ich ahnen, daß er dir die Schuld gibt?«

»Was hast du getan?«

»Ich hab seinen alten Kumpel Jimenez dazu gekriegt, mich in die Höhle zu bringen, die er als sein Medizinzelt bezeichnet. Er ist immer dorthin gegangen, um seine Kräfte aufzufrischen oder wenn die Träume zu schlimm wurden. Dann hat er sich in die Mitte des Wächterkreises gesetzt und Räucherwerk verbrannt.«

»Wächter?«

Er hielt inne, und dann sagte er knapp: »Skalps. Pfähle mit den Skalps seiner Opfer.«

Ihr drehte sich der Magen um. »O mein Gott.«

»Bevor ich zur Hütte kam, bin ich dorthin und habe alles verbrannt, außer dem, was ich als Beweismaterial an das Büro des Bezirksstaatsanwalts geschickt habe. Ich weiß nicht, warum das Schwein dich damit in Verbindung gebracht hat.«

Scheinbar gab er ihr die Schuld an allem, dachte sie benommen. »Warum nennt er sie seine Wächter?«

»Ich hab das in dem Buch nachgeschlagen, das ich in seiner Höhle gefunden habe. Die Prärieindianer glaubten an Geister. Wenn man die Skalps seiner Opfer nahe bei sich behielt, dann wurden sie machtlos. Sie können nicht in deine Träume eindringen und dich zerstören. Er hatte sich wahrscheinlich eingeredet, daß der Kreis ihn wenigstens vor einigen seiner Opfer beschützt.«

»Ich will dieses Buch sehen.«

»Das willst du wahrscheinlich nicht.« Er ging in sein Schlafzimmer, kam mit dem Buch zurück und reichte es ihr. »Er hat Seiten eingeknickt und unterstrichen. Die Passagen über Skalpiermethoden möchtest du wahrscheinlich überblättern.«

Sie strich vorsichtig mit der Hand über den vergilbten Einband, Ishmaru hatte das berührt. Ishmaru hatte dieses Buch studiert. Sie schlug das Buch auf, und ihr Blick fiel auf ein gelb angestrichenes Wort.

Coup.

Da waren Seiten über Seiten über Methoden und Riten, dem Feind Coup zu nehmen.

Ich werde drei haben, wenn ihr alle tot seid.

Sie schlug das Buch zu. »Du hattest recht. Ich will das nicht lesen. Nicht jetzt.«

Er streckte die Hand nach dem Buch aus.

»Nein, ich will es behalten. Ich muß es lesen, nur nicht gerade jetzt.«

»Also, dann sag etwas«, sagte er grob. »Beschimpf mich.«

»Warum? Du hast gedacht, du tust das Richtige. Du hast nicht gewußt, daß es ein Bumerang wird. Du hattest recht, als du diese … Dinger dem Bezirksstaatsanwalt geschickt hast.«

»Quatsch. Es ist wahrscheinlich das einzig Rechtmäßige, das ich in fünfzehn Jahren getan habe.« Sein Mund verzog sich ironisch. »Und es hat dir weh getan. Es hat uns beiden weh getan. Geschieht mir recht.«

»Hat Noah gewußt, was du getan hast?«

»Nein, er wollte nichts mehr von Ishmaru hören, nachdem er dich in der Hütte hatte. Er wollte so tun, als würde Ishmaru nicht existieren.« Er zuckte die Schultern. »Es mußte nichts getan werden, also hab ich es für mich behalten.«

»Du hättest es mir sagen sollen.«

»Ishmaru hatte dich bereits total verängstigt. Wenn ich dir von den Skalps erzählt hätte, hätte dich das zu Tode erschreckt.«

Bei dem Gedanken wurde ihr eiskalt. »Ich muß wissen, womit ich es zu tun habe.« Sie hielt inne. Wo sollte sie anfangen. »Ich will wissen, wer Emily ist.«

»Ich mach ein paar Anrufe und versuche, es rauszufinden.«

Er zögerte. »Ich nehme an, du wirst das nicht alles vergessen und mich das regeln lassen?«

»Du kannst das nicht regeln. Ich bin diejenige, der er weh tun will. Was könntest du tun?«

»Was ich von Anfang an tun wollte. Ihn finden. Ihn töten.«

»Bevor er mich findet ... oder Joshua?«

»Verdammt noch mal.« Mit einem Mal explodierte er. »Ich werde es nicht zulassen. Kannst du mir nicht vertrauen?«

»Ich kann niemandem vertrauen.«

Seine Augen sprühten vor Wut. »Schön. Toll.« Er legte sich hin und schloß die Augen. »Dann geh zurück ins Bett.«

Einfach so. Geh ins Bett. Vergiß das Monster. Warte darauf, daß es wieder anruft. »Gib mir keine Befehle.« Ihre Stimme zitterte vor Wut und Angst, als sie auf dem Absatz kehrtmachte. »Gib mir ja nie – Ich werde tun, was mir paßt. Ich weiß, daß du mich für feige hältst, aber ich werde nicht zulassen –«

Seine Hand war auf ihrer Schulter, und er drehte sie zu sich. »Verflucht sollst du sein.« Er zog sie in seine Arme. »Halt die Klappe, okay?«

»Ich werde meine Klappe nicht halten.«

»Würdest du dann aufhören zu zittern.« Er begrub sein Gesicht in ihren Haaren. »Würdest du bitte einfach aufhören zu zittern?«

»Es einfach an- und ausschalten? Ich bin nicht wie du. Du könntest wahrscheinlich schlafen, nachdem du den Papst ermordet hast. Ich bin ein Mensch.«

»O ja.«

»Und du mußt nicht hier drin schlafen. Ich kann auf mich selbst aufpassen.«

»Ich bleibe hier.«

»Ich will dich nicht hier haben.«

»Hart.«

»Laß mich los.«

»In einer Minute.« Er schob sie weg und sah sie an. «Ich halte dich nicht für feige. Ich finde, du hast mehr Mut als gut für dich ist. Du hast nur Ishmaru zu deiner eigenen Nemesis aufgeblasen, aber wer könnte dir das verdenken?«

»Warum bist du dann so verdammt sauer auf mich?«

Er nahm ihr Gesicht zwischen seine Hände. »Du wärst fast getötet worden. Ich sollte dich beschützen, und ich habe beinahe zugelassen, daß dieser Bastard dich umbringt. Und jetzt explodiert mir alles, was ich getan habe, mitten ins Gesicht.«

Sie erstarrte. »Du bist sauer auf dich und hast es an mir ausgelassen. Das ist genau wie ein –«

»Still.« Er küßte sie. Sanft, zärtlich, gar nicht wie Seth. »Still.« Er wiegte sie. »Ich mach alles, was du sagst, nur sei bitte still, und laß mich das genießen.«

Genieße den Augenblick.

Sie genoß den Augenblick. Wärme breitete sich in ihr aus, und sie zitterte nicht mehr, auf jeden Fall nicht vor Angst. Sie hatte irgendwo gelesen, daß das Verlangen nach Sex nach extremer Angst am stärksten war. Stark? O ja, das war wohl stark. Sie konnte Seths Aftershave riechen und seine muskulöse Härte spüren.

»Ich schubse«, flüsterte er. »Merkst du es?«

Sie merkte es.

Er schob sie weg. »Aber nicht sehr fest. Ich habe zu starke Schuldgefühle. Du mußt zurückschubsen.«

Sie könnte sich von ihm lösen. Sie könnte in ihr Zimmer gehen und vernünftig sein … und einsam und verängstigt.

Oder sie konnte hier bleiben und den Augenblick genießen.

Sie kam einen Schritt näher, und ihre Arme schlangen sich um ihn. »Ich schubse.«

Sie war dieselbe, dachte Ishmaru erleichtert. Am Friedhof hatte er Angst gehabt, sie hätte sich verändert, aber es war nur ein momentaner Reflex gewesen. Sie hatte ihn herausgefordert. Sie wollte die Schlacht genausosehr wie er.

Aber sie konnte nicht hier stattfinden, wo sie von Menschen umgeben war, die ihr helfen konnten. Sie war kein Anhänger des Konzepts von Coup, also würde der Vorteil auf ihrer Seite sein. Sie mußte nicht nah ran an ihn. Nein, er mußte sie an einem vorbestimmten Ort zu sich ziehen. Aber zuerst mußte er ihr weh tun. Er mußte ihr die Angst machen, mit der er jede Nacht konfrontiert war.

Der Junge? Er wäre auf jeden Fall die logische Wahl.

Er nahm das Telefon und rief Blount an.

»Du lieber Himmel, müssen Sie mich mitten in der Nacht aufwecken?«

»Ja. Sie sagten, Sie würden an einer anderen Spur arbeiten, um Kate Denby zu kriegen. Haben Sie sie?«

»Ogden würde nicht wollen, daß ich Ihnen diese Information gebe.«

»Scheiß auf Ogden.«

Blount lachte. »Genau meine Gefühle. Er ist noch lästiger als sonst, seit diese Frau RU2 veröffentlicht hat.«

»Das ist Ihr Problem. Ich habe Smith getötet.«

»Was uns wenig genutzt hat, nachdem er bereits einen Erben bestimmt hatte. Wir mußten den Druck im Washingtoner Sektor verstärken, und dieses Arschloch Longworth fordert mehr Geld.«

Warum glaubte Blount, das würde ihn interessieren? »Haben Sie eine Möglichkeit, mich zu Kate Denby zu bringen, ja oder nein?«

Schweigen am anderen Ende der Leitung. »Ja, aber Sie müssen die Spur weiterverfolgen. Es ist nur ein Faden.«

Ein Faden konnte dazu eingesetzt werden, den mächtigsten Krieger zu erdrosseln. »Geben Sie ihn mir.«

»Noch nicht gleich. Ich muß es erst arrangieren.« Blount hielt inne. »Und ich will etwas im Austausch von Ihnen.«

304

13

Seth war nicht im Bett, als Kate am nächsten Morgen aufwachte.

»Kaffee.« Er kam ins Zimmer, balancierte zwei Tassen und
eine Kanne. Er war barfuß und ohne Hemd. Sein Haar war
zerzaust. Stoppeln bedeckten seine Wangen. Er sah sexy wie
der Teufel aus, obwohl er eher wie ein Penner hätte aussehen
müssen, dachte Kate. Frauen hatten nie solches Glück. Er
setzte sich seitlich aufs Bett. »Ich hab Frühstück bestellt, ihnen aber gesagt, sie sollen eine Stunde warten. Ich dachte, du
brauchst Zeit, um dich zu sammeln.«

»Danke.« Sie brauchte die Zeit, denn plötzlich fühlte sie
sich schüchtern und unwohl. Warum machte das Tageslicht
soviel Unterschied? Das war derselbe Mann, den sie heute
nacht dreimal geliebt hatte. Bei der Erinnerung wurde ihr
heiß. Mein Gott, sie hatte sich aufgeführt wie eine Nympho-
manin. Sie hatte einfach nicht genug kriegen können von ihm.
Selbst jetzt verspürte sie, wenn sie ihn ansah –

Sie zog das Laken höher und nahm ihm die Tasse ab. »Wie
lange bist du schon auf?«

»Seit sechs.«

Sie warf einen Blick auf die Uhr. Es war fast zehn. »Was
hast du gemacht?«

»Nachgedacht.« Er zog das Laken weg und küßte ihre
Brust. »Gewartet.«

Ihr Herz klopfte heftig, schnell. »Worüber hast du nachgedacht?«

»Daß du wahrscheinlich aufwachen und alles bereuen
wirst.« Er sog vorsichtig an ihrem Nippel. »Und dich fragst,
wie ich dich dazu bringen konnte, mich in dein Bett zu lassen.«

Sie versuchte, ruhig zu klingen. »Es könnte unsere Arbeit beeinträchtigen.«

»Es hat dir gefallen.«

»Natürlich hat es mir gefallen. Du bist sehr ... talentiert.«

»Das bist du auch, mein Gott, bist du talentiert. Ich hatte so eine Ahnung, daß du eine sehr sexy Lady bist, aber du hast mich trotzdem überrascht.«

»Für mich war es seit langer Zeit das erste Mal.«

»Dann versuchen wir doch mal, wie du bist, wenn es erst ein paar Stunden her ist.« Er nahm ihr die Tasse ab und stellte sie auf den Nachttisch. »Nur als Experiment, versteht sich.«

»Ich bin noch nicht mit meinem Kaffee fertig.«

»Er ist im Weg.«

»Wir sollten reden ...«

»Wir können reden, während wir beschäftigt sind.« Er öffnete den Reißverschluß seiner Jeans und kletterte ins Bett. »Du bist gefügiger, wenn ich in dir drin bin.«

Jetzt war er in ihr, verlockend. Er flüsterte: »So wie ich das sehe, bin ich eine Bereicherung für dich. Ich entspanne dich!«

Entspannt? Ihre Nägel bohrten sich in seinen Rücken.

»Alles wird so sein, wie es immer war.« Er betonte jedes Wort mit einem Stoß. »Keine Bedingungen. Wir gehen nur zusammen ins Bett, was soll daran falsch sein?«

Sie konnte nicht antworten. Sie konnte nicht denken. Sie spürte, wie der rauhe Denim seiner Jeans gegen ihre Schenkel rieb, und Seth war in ihr. Sie biß sich auf die Lippe, als der Rhythmus eskalierte.

»Komm schon«, flüsterte er. »Wenn ich mit dir schlafe, kann ich dich um so besser beschützen.«

Sie lachte verzweifelt. »Das ist eine ziemlich lahme Ausrede.«

»Na ja, ich hab mir gedacht, das schmeiß ich noch als Zugabe drauf.«

»Du bist ohnehin schon ein ganz schöner Brocken.« Sie

rollte sich auf ihn und lächelte zu ihm hinunter. »Und ich genieße jeden Zentimeter davon.«

»Der Kaffee ist wahrscheinlich kalt«, sagte Kate, als sie faul über ihn griff, um sich ihre Tasse vom Nachttisch zu holen.

»Das hatte ich gehofft. Deswegen habe ich die Kanne mitgebracht.« Er setzte sich auf und rutschte vom Bett. »Ich gieß dir eine frische Tasse ein.«

»Du bist sehr zuvorkommend.«

Er lächelte. »Ich möchte in deiner Gunst bleiben.« Er goß ihr Kaffee ein und stellte die Kanne ab. »Wie mach ich mich denn?«

Verdammt gut, dachte sie. Im Augenblick war sie sich nicht sicher, ob er Peter Pan oder Casanova war. »Du bist wirklich sehr gut.«

Sein Lächeln verblaßte. »Ich hab's gestern abend nicht darauf angelegt, dich zu verführen.«

»Es ist einfach passiert?«

Er setzte sich wieder aufs Bett. »Ich hätte verzichtet, wenn du gesagt hättest, du willst es nicht.« Er schnitt eine Grimasse. »Bist du sauer auf mich?«

Sie fühlte sich zu träge und zufrieden, um auf irgend jemanden sauer zu sein. Sie fragte sich, ob die Bemühungen der letzten Stunden auf dieses Ziel ausgerichtet gewesen waren. Möglicherweise. Peter Pan hatte scheinbar einen Hauch Machiavelli in sich. »Nein, ich bin nicht sauer.« Sie trank einen Schluck Kaffee, dann sah sie ihm in die Augen. »Und du hast mich nicht verführt. Ich würde mich nie von jemandem verführen lassen. Das setzt Verlust von Entscheidungsfähigkeit voraus, und es war definitiv meine Entscheidung, es zu tun. Du hast mir etwas angeboten, das ich wollte, und ich habe es genommen.«

Er seufzte theatralisch. »Ich fühle mich so benutzt.«

Sie unterdrückte ein Lächeln. Der Schuft war unmöglich.

Sie trank ihren Kaffee aus und reichte ihm die Tasse. »Ich muß mich duschen. Wieviel Zeit haben wir, bevor wir zu unserem Treffen mit Migellin aufbrechen müssen?«

»Zwei Stunden. Aber das Frühstück sollte jeden Moment hier sein.« Er beobachtete, wie sie aus dem Bett stieg und zum Badezimmer ging. »Herrgott, du hast einen fantastischen Hintern.«

»Danke.« Alle Verlegenheit war wie weggewischt, bemerkte sie. Sie konnte sich nicht erinnern, sich schon einmal mit einem Mann so wohl gefühlt zu haben. Es war, als wäre er seit Jahren ihr Geliebter. »Ich bin gleich wieder da.«

»Kate?«

Sie sah zu ihm zurück. Er lehnte auf einem Ellbogen und lächelte sie an. Eine kurze, dunkle Haarlocke war über seine Stirn gefallen, und er schaffte es, sowohl spitzbübisch als auch sexy auszusehen. »Und wie wär's?« fragte er mit schmeichelnder Stimme. »Willste für 'ne kleine Weile mit mir spielen?«

»Vielleicht.« Sie erwiderte sein Lächeln. Sie konnte nicht anders. »Du hast definitiv Unterhaltungswert.«

Er stieß einen Indianerschrei aus und schlug auf das Bett. »Ich hab dich.«

Sie schüttelte erbost den Kopf und schloß die Badezimmertür hinter sich. Wo hatte sie sich da hineingeritten? Sie hatte nie gewollt, daß das passiert.

Aber warum sollte sie nicht das einzig Angenehme nehmen, daß sich aus dieser höllischen Situation ergeben hatte? Seth hatte selbst gesagt, daß sie nur für eine kleine Weile Geliebte sein würden. Gestern nacht hatte sie Angst gehabt, sich von diesem Monster verfolgt gefühlt, und er hatte es verscheucht. Heute fühlte sie sich stärker, fast wieder normal und fähig, mit allem fertigzuwerden.

Und Seth hatte ihr dieses Geschenk gegeben.

Sie würde es behalten und sich daran festhalten, bis dieser Alptraum vorbei war.

»Was denken Sie?« fragte Senator Migellin Kate leise. »Hab ich das gut gemacht?«

»Toll.« Kates Blick war auf den Pavillon auf der anderen Seite des Rasens gerichtet, wo Seth von fünf Leuten umringt war, die der Senator eingeladen hatte. Seth hielt anscheinend einen Vortrag. Sie fragte sich, worüber er redete. Was immer es war, es war offensichtlich amüsant. »Wir könnten uns nicht mehr wünschen. Sie haben fast jede Gruppe in Washington versammelt, die an speziellen Fragen des Gesundheitswesens interessiert ist. Ihr Grauer Panther, Frank Cooper, Celia Delabo, Präsidentin der Krebsgesellschaft, Justin Zwatnos von der Gay Men's Health Crisis, Peter Randall von der Foundation für Multiple Sklerose. Sie haben sogar Bill Mandel von der FDA hier – ich bin beeindruckt.«

»Sie waren von Ihnen beeindruckt.« Der Senator goß ihr ein Glas Eistee ein. »Sie waren sehr überzeugend.«

»Ich habe ihnen nur die Wahrheit erzählt.«

»Aber mit Leidenschaft. Es gibt keinen Ersatz für Leidenschaft.«

»Aber ist es genug? Werden sie uns unterstützen?«

»Das hoffe ich.«

»Wenn nicht, werden Sie trotzdem versuchen, Longworth zu blockieren?«

»Das könnte politischer Selbstmord sein.«

»Werden Sie?«

Er lächelte. »Diese Leidenschaft kann ziemlich rücksichtslos sein, nicht wahr?«

»Ich möchte nicht, daß man Ihnen weh tut.«

»Aber lieber würden Sie mir weh tun lassen, als RU2 auf die lange Bank zu schieben.«

»Wahrscheinlich.« Sie schüttelte den Kopf. »Es ist sehr wichtig, Senator.«

»Zumindest sind Sie ehrlich.« Er sah hinunter in seinen Drink.

»Uns bleibt nicht viel Zeit. Longworth forciert diese Gesetzesvorlage stärker, als ich es je bei ihm erlebt habe. Er hat viele Leute im Kongreß, die ihm einen Gefallen schuldig sind, denn er ist schon sehr lange dabei. Ich bin erst seit acht Jahren im Amt.«

»Aber es bedeutet Leben.«

»Haben Sie gewußt, daß die Telefonzentralen im Capitol seit zwei Tagen mit Anrufen zu dem Gesetz überschwemmt wurden?«

»Zu unseren Gunsten?«

Er schüttelte den Kopf. »Zu Longworths.«

»Verflucht.« Ihre Hand umklammerte das Glas. »Warum wollen sie nicht begreifen? Wir versuchen ihnen zu *helfen.*«

»Die Leute plappern nach, was sie hören, und von Ogden und den anderen pharmazeutischen Giganten hören sie eine Menge. Was Sie verstehen müssen, ist, daß zwischen Longworths Armverdreherei und den Anrufen der Wähler für uns ein sehr harter Kampf liegt.«

»Uns?« Ihr Blick flog zu seinem Gesicht.

Er zuckte die Schultern. »Wie kann ich widerstehen? Ich wollte immer schon gegen diesen Kerl antreten.«

»Gott sei Dank.«

»Morgen werde ich mich an die Arbeit machen und versuchen, diese Gesetzesvorlage von dem Sozialpaket zu trennen. Zumindest haben wir dann eine Chance. Sie sollten damit rechnen, noch an vielen solchen Sitzungen teilzunehmen. Ich werde alle Hilfe brauchen, die ich kriegen kann.«

Der Senator lehnte sich in seinem Gartenstuhl zurück. »Also werde ich mich jetzt ausruhen. Ich hab vielleicht nicht so schnell wieder Gelegenheit dazu. Gefällt Ihnen mein Haus?«

Ihr Blick wanderte über das Haus im Tudorstil, die mit Steinplatten belegte Terrasse, die zu welligen grünen Rasenflächen führte, zu dem großen Pavillon auf dem Hügel, der von Kletterrosen überwuchert war. »Es ist wunderschön. So friedlich.«

»Das wollte ich haben. Frieden. Ich bin in einer Mietwohnung in New York aufgewachsen und mußte schon von klein auf kämpfen. Keiner weiß den Frieden so zu schätzen wie ein Mann, der ihn nie gehabt hat.« Er lächelte. »Und dann kommen Sie daher, und ich stürze mich wieder ins Gewühl.«

»Geben Sie nicht mir die Schuld. Ich glaube, Sie hätten uns unterstützt, selbst wenn ich Sie nicht überredet hätte.«

»Vielleicht.« Sein Blick wanderte zum Pavillon. »Dieser junge Mann ist wirklich außergewöhnlich. Wissen Sie, daß er mich überredet hat, für Sie FBI-Schutz für Ihre öffentlichen Auftritte zu arrangieren, solange Sie in Washington sind?«

»Nein, wußte ich nicht. Aber es überrascht mich nicht.«

»Bevor ich mich mit Ihnen traf, habe ich dafür gesorgt, daß ich Berichte über Sie beide bekam, aber in seinem wies nichts darauf hin.«

»Worauf?«

»Er hat sehr viel Charisma.«

»Oh, ja.«

»Diese Manager fressen ihm aus der Hand, und sie sind nicht einfach.« Er fügte nachdenklich hinzu: »Wir haben uns vorhin ein bißchen unterhalten, und da wirkte er stahlhart, aber dann habe ich diese Seite von ihm gesehen. Eine solche Kombination ist einmalig. Er könnte ein sehr gefährlicher Mann werden.«

»Nicht für uns.«

»Ich gebe zu, ich hatte Befürchtungen, Drakin als Hauptverantwortlichen für RU2 zu haben.« Er wandte sich zu Kate. »Ich nehme an, Sie auch?«

»Ja.«

»Aber Sie sind zufrieden, was seine Stabilität angeht?«

Seth war ungefähr so stabil wie der Monsun. »Ich bin zufrieden, was sein Engagement für RU2 betrifft.«

Er kicherte. »Nettes Ausweichmanöver. Ich nehme an, mehr kann ich nicht verlangen.«

Sie nickte. »Mehr wollen wir nicht.«

»Worüber hast du mit denen im Pavillon geredet?« fragte sie, als sie in der Limousine des Senators nach Hause gefahren wurden.

Er zuckte die Schultern. »Dies und das. Ich hab ihnen Geschichten aus meiner dunklen Vergangenheit erzählt und dann etwas über RU2 eingeworfen, mit dem sie sich identifizieren konnten. Dadurch waren sie nicht auf der Hut und blieben interessiert.« Er hielt inne. »Ich nehme an, ich sollte beichten, daß ich heute morgen nicht nur deine Verführung plante, als du noch schliefst. Ich hab Kendow angerufen, und er hat einige Dinge überprüft. Emily Santos war eine von Ishmarus ersten Opfern. Sie ist seit über zwölf Jahren tot. Sie war blond und klein und ist nicht leicht gestorben, denn sie ist mit dem Metzgermesser auf das Schwein losgegangen. Er hat eine Narbe am Hals als Beweis.«

»Wie hat Kendow das rausgefunden? Dieser Jimenez?«

»Nein. Er hatte die Akten bereits gesammelt, als ich auf der Suche nach Ishmaru war.« Er verstummte kurz. »Jimenez wurde vor kurzem tot aufgefunden.«

Sie brauchte nicht zu fragen, wie er gestorben war. Wieder Ishmaru. »Dann glaubt er, ich wäre eine Art Reinkarnation dieser Emily Santos?«

»So scheint es.«

Sie verdrängte diese Information, weil sie im Augenblick an nichts denken wollte, was mit Ishmaru zu tun hatte. Heute waren sie beide ein Erfolg gewesen, und sie hatte keine Lust, ihr Gefühl von Zuversicht wieder zu verlieren. Sie wechselte das Thema. »Der Senator hat gesagt, du wärst außergewöhnlich.«

»Verdammt richtig. Hast du es bezweifelt?«

»Nein. Ich hab mich nur gefragt, wo du gelernt hast, so gut mit Leuten umzugehen.«

»Zwölf Pflegeplätze. Es hat eine Weile gedauert, bis ich es kapiert habe. Aber beim letzten Mal durfte ich vier Jahre bleiben.«

»Du warst Waise?«

»Nicht direkt. Mein Vater hat mich und meine Mutter verlassen, als ich geboren wurde, aber meine Mutter hat's noch zwei Jahre ausgehalten.«

»Sie hat dich verlassen?«

»Das Jugendamt hat mich ihr weggenommen, nachdem ein Sozialarbeiter rausfand, daß sie mich fast drei Tage allein gelassen hatte.«

»Das ist furchtbar«, flüsterte sie.

»Ja, vielleicht. Scheiße passiert.«

»Kindern sollte es nicht passieren.«

»Aber das tut es.«

Zwölf Pflegeplätze. Wie muß es für ein Kind gewesen sein, von Platz zu Platz geschubst zu werden, immer und immer wieder mit Ablehnung konfrontiert zu sein. Kein Wunder, daß er Schwierigkeiten hatte, seßhaft zu werden.

»Und du hast gelernt, mit Leuten umzugehen.«

»Manchmal geht man mit ihnen um. Manchmal geht man weg. Manchmal entledigt man sich ihrer einfach.«

»Fiel das, was du heute morgen mit mir gemacht hast, unter ›umgehen‹?«

»Ich hab mich wirklich angestrengt.« Er nahm ihre Hand und führte sie an die Lippen. »Aber du bist nicht einfach. Du läßt mich nur ein Stück gehen, und dann weichst du zurück.« Er leckte ihre Handfläche. »Ich werde daran arbeiten müssen.«

»*Müssen* tust du gar nichts.«

»Wahr. Meine Wahl.« Er schlang seine Finger um die ihren. »Aber ich hatte noch nie etwas dagegen, für das, was ich will, zu arbeiten. Es macht mehr Spaß.«

»Sag mir, ist ›umgehen‹ dasselbe wie manipulieren?«

Sein Lächeln verschwand. »Niemals. Nicht in diesem Fall. Selbst wenn du mich lassen würdest, würde ich dich nicht manipulieren. War ich denn nicht ehrlich?«

Er war ehrlich gewesen. Er hatte verführt, gelockt, überredet und war vollkommen ehrlich gewesen. Es war schwierig, ihm irgend etwas vorzuwerfen, wenn er so offen war. »Ja, du warst ehrlich.«

»Dann gibt es nichts, worüber du dir Sorgen machen mußt. Du bist schlau genug, mich total zu durchschauen, wenn du dich darauf konzentrierst.«

Statt auf meine Hormone, dachte sie betreten. Sie mußte feststellen, daß sie Schwierigkeiten hatte, das Körperliche vom Mentalen zu trennen. »Der Senator hatte recht, du bist ein gefährlicher Mann.«

»Jap. Aber das gefällt dir ja auch an mir, genau wie diesen Leuten in dem Pavillon. Es ist erregend, dem Dunklen so nahe zu kommen.« Er grinste spitzbübisch. »Möchtest du ihm *richtig* nahe kommen?«

Sie beäugte ihn mißtrauisch.

»Hast du's schon mal auf dem Rücksitz einer Limousine gemacht?«

»Nein, und ich habe auch nicht vor, es jetzt zu machen.«

Er seufzte. »Ich hab mir schon gedacht, daß du dafür noch nicht bereit bist. Na ja, vielleicht leiht uns der Senator später mal das Auto. Wir werden ziemlich eng zusammenarbeiten.«

Es war seltsam, wie schnell man sich daran gewöhnen konnte, nackt in den Armen eines Mannes zu liegen, dachte Kate träge, während sie dem steten Pochen von Seths Herz unter ihrem Ohr lauschte. Manchmal war es exquisit erregend, ein anderes Mal, wie jetzt, war es tröstlich und schön.

»Beweg dich«, flüsterte Seth. »Ich brauche einen Schluck Wasser. Sex macht durstig.«

Sie rollte widerwillig zur Seite und sah ihm nach, wie er ins Bad ging. Eine Minute später hörte sie die Toilettenspülung, und er kam mit einem Glas Wasser wieder heraus. »Du trinkst immer Wasser danach. Schräg.«

»Na ja. Früher hab ich geraucht, aber als ich damit aufgehört habe, brauchte ich einen Ersatz. Das ist eine orale Geschichte.«

»Wann hast du aufgehört?«

»Vor fünf Jahren.« Er trank das Wasser aus und stellte das Glas auf den Nachttisch. »In meiner Branche gibt es zu viele Möglichkeiten, getötet zu werden, ohne daß man Selbstmord begeht.«

Sie kuschelte sich enger an ihn, als er wieder ins Bett stieg.

»Hab ich dir schon gesagt, wie sehr ich es mag, wenn du dich so an mich kuschelst?« Er zog die Decke über sie beide. »Irgendwie wie ein kleiner Hund mit seinem Lieblingsknochen.«

»War das ein Wortspiel?« Sie biß ihn sanft in die Schulter.

»Na ja, ich muß zugeben, du bist mein Lieblings-Hund.« Das Wort löste eine Erinnerung aus. »Wie geht's deinem Hund?«

»Gut. Ich hab letzte Woche das Quarantänezentrum angerufen und mich nach ihm erkundigt. Sie sagen, er hat zugenommen. Er war halb verhungert, als ich ihn in diesem Dorf aufgelesen habe.«

»In welchem Dorf?«

Er schwieg so lange, daß sie dachte, er würde nicht antworten. »Nur ein Dorf. Ich weiß nicht mal, ob es einen Namen hatte.«

»Was hast du da gemacht?«

»Ich hatte einen Bericht von einem meiner Männer und bin dorthin, um das zu überprüfen.«

»Und du hast den Hund gesehen und ihn gemocht.«

»Ja, er war ein Überleber. Ich mag Überleber.«

»Überleber?«

Er küßte ihre Nasenspitze. »He, das willst du nicht hören.«

»Will ich nicht?« Sie wußte, daß sie es hören wollte, wenn sie Seth dadurch besser kennenlernen würde. »Warum war der kleine Hund ein Überleber?«

Er zuckte die Achseln. »Alle anderen im Dorf waren abgeschlachtet worden.« Er sah sie an. »Siehst du, ich hab dir gesagt, du willst es nicht hören.«

»Wer hat das getan?«

»José Namirez. Er wollte seine kleine Ecke der Welt beherrschen und hat mich angeheuert, ihm dabei zu helfen. Die Lage war nicht kompliziert. Das einzige wirkliche Hindernis war ein ortsansässiger Drogenbaron, Pedro Ardalen. Er hatte sich wie ein Feudalherrscher etabliert, komplett mit Armee. Wir haben drei Monate gebraucht, um sie auszulöschen. Die Dorfbewohner waren alle zu verängstigt, als daß sie sich geweigert hätten, Ardalen Zuflucht zu geben, als er einmarschierte und es verlangte.«

»Und dann?«

»Namirez genügte gewinnen nicht. Er wollte Exempel statuieren. Ich hab ihm gesagt, als er mich angeheuert hat, daß es keine Rachefeldzüge geben würde.«

»Und er hat es trotzdem getan.«

»Er hat es trotzdem getan.« Er küßte ihre Wange und flüsterte: »Also hab ich ihn erschossen.«

Sie wurde steif. »Einfach so.«

»Genau so.« Er hob den Kopf, um zu ihr hinunterzusehen. Sie sah das kühle Funkeln seiner hellen Augen im Dämmerlicht des Raums. »Glücklich? Hast du das Gefühl, du kennst jetzt mein wahres Ich? Ist es das, was du wolltest?«

»Ja.«

»Und dir hat nicht gefallen, was du gehört hast. Na ja, das bin ich, Kate. Ich werde dich nicht anlügen. Aber wenn du keine unangenehmen Wahrheiten hören willst, dann stell keine Fragen.«

»Vielleicht werde ich das nicht.«

Ein ungutes Schweigen breitete sich aus.

»Möchtest du, daß ich dich allein lasse?« fragte Seth.

»Nein.«

»Gut.« Er zog sie enger an sich. »Ich hätte nämlich versuchen müssen, dich dazu zu verführen, mich bleiben zu lassen, und ich bin ziemlich fertig. Du hast mich ganz schön erschöpft.«

»Davon hab ich nichts bemerkt.«

»Ich hatte Angst, mein Macho-Image zu verlieren. Du bist eine harte Kritikerin.«

Das ungute Gefühl verschwand allmählich. Dieser andere Seth war wieder weg, und sie konnte ihn auf Distanz halten. Es gab tiefe Abgründe und Schluchten zwischen ihnen, aber solange sie nicht bohrte, nicht fragte, konnte sie den Seth, den sie wollte, behalten.

Sie mußte diesen anderen, dunkleren Seth nicht akzeptieren.

Am nächsten Tag erhielt sie das Päckchen. Der Hausdiener brachte es nach dem Frühstück in ihre Suite.

Es hatte die Größe einer Hemdenschachtel und war in rot-weiß-gestreiftes Papier gepackt und mit Goldsternen beklebt. Fröhliche Verpackung. Strahlende, festliche Sterne.

Sie öffnete die Schachtel.

Ein Kinderliga-Baseballhemd.

Und ein Zettel.

Die richtige Größe, Emily?

Sie wimmerte.

»Das hat gar nichts zu bedeuten«, sagte Seth. »Er kann nicht wissen, wo Joshua ist. Er weiß, daß du bei allem, was mit deinem Sohn zu tun hat, verletzlich bist. Er versucht, dir angst zu machen.«

»Das ist ihm gelungen.« Sie schloß die Augen. *Bitte, lieber*

Gott, beschütze Joshua. Sorg dafür, daß nichts von dem ihn berührt. »Ruf ihn an. Versichere dich.«

Ihre Finger krallten sich in das Baseballhemd, während Seth den Anruf machte.

Ein paar Augenblicke später nickte er und legte auf. »Bluff. Phyliss und Joshua sind in Sicherheit.«

Ihre Finger entspannten sich. In Sicherheit.

Aber für wie lange?

Sie registrierte vage, daß Seth wieder am Telefon war. »Das Päckchen lag einfach auf dem Tisch des Pförtners, adressiert an dich. Keine Möglichkeit, rauszufinden, wie es dahinkam.«

Damit hatte sie auch nicht gerechnet.

»Da wäre immer noch Amsterdam«, sagte Seth leise.

Hoffnung flackerte auf und erstarb. »Das würde ihn nicht aufhalten. Er würde uns folgen. Und solange ich mich zum offenen Ziel mache, konzentriert er sich vielleicht auf mich und nicht auf Joshua.« Sie schleuderte die Schachtel in den Papierkorb.

Großer Gott, sie hoffte, daß sie die Wahrheit sagte.

Am nächsten Tag kam eine weitere Schachtel mit einer Baseballmütze.

Diesmal stand auf dem Zettel, *Ich suche ihn, Emily.*

Zwei Tage später war das Paket lang und zylindrisch.

Ein Baseballschläger mit dem Wort *Joshua* eingebrannt.

Ich komme näher.

»Ich werde an der Rezeption sagen, daß sie alle Päckchen zurückhalten«, sagte Seth. »Ich werde sie selbst dort abholen.«

»Nein.« Sie legte den Schläger vorsichtig auf den Tisch neben der Tür. Ihre Hände zitterten nur ein bißchen, bemerkte sie. Seltsam. Sie hatte das Gefühl, sie würde jeden Moment in Stücke zerfallen.

»Was soll das heißen?« fragte Seth barsch. »Sieh dich doch

an. Das bringt dich um. Du tanzt auf dem Drahtseil seit diesem ersten Paket.«

»Er wird es wissen, wenn ich aufhöre, sie aufzumachen.«

»Er ist kein Gedankenleser.«

»Er wird es wissen.« Sie hatte das Gefühl, daß er jeden Atemzug, den sie tat, kannte. »Er genießt das, was sie mir antun.«

»Ich genieße es nicht.«

»Wenn diese Bedrohung ihn befriedigt, vielleicht macht er dann nichts.« Sie bewegte sich schweren Schrittes zum Schlafzimmer. Denk nicht dran. Block es ab. Sie würde das durchstehen. »Ich muß mich fertig anziehen. Migellin hat irgendein Mittagessen für mich arrangiert.«

»Ich kann nicht mehr weitermachen, Kate. Du kannst nicht mehr weitermachen.«

»Ja, ich kann. Ich kann alles tun, was sein muß, um meinen Sohn zu beschützen.«

»Wir haben die Aussage von Lila Robbins.« Blount legte das Dokument auf Ogdens Schreibtisch. »Aber sie hat uns eine Stange gekostet.« Er setzte sich auf den Stuhl vor dem Schreibtisch. »Und es wird noch mehr kosten, wenn Sie sie zum Prozeß als Zeugin haben wollen.«

»Darum machen wir uns später Sorgen. Das reicht vielleicht für die Medien. Was für Einzelheiten hat sie erzählt?«

Er zuckte die Schultern. »Vor drei Jahren war sie Krankenschwester im Kennebruk Hospital in Dandridge. Kate Denbys Vater wurde im September von seiner Tochter eingeliefert. Er hatte Krebs, unheilbar. Robbins sagte, Kate Denby wäre sehr gestreßt gewesen. Sie hatte belauscht, wie ihr Vater sie anflehte, ihm eine Überdosis zu geben. Er wurde in ein Privatkrankenhaus verlegt und ist dort zwei Tage später gestorben.«

»Und sie glaubt, Denby hätte es getan? Irgendwelche Beweise?«

»Keine. Obwohl sie sagte, jeder in Kennebruk würde bezeugen, daß der Mann dem Tod nicht so nahe war.«

»Es ist so *gut*«, sagte Ogden. »Eine Frau, die ihren Vater töten würde, würde jeder für total irre halten.«

»Oder verzweifelt«, sagte Blount. »Ein Gnadentod könnte in bestimmten Kreisen ein gewisses Maß an Mitgefühl erregen.«

»Quatsch. Keiner würde dem Wort einer Frau vertrauen, die drei Jahre lang einen Mord verheimlicht hat. Gab es eine Autopsie?«

Blount schüttelte den Kopf. »Denby war die behandelnde Ärztin, und sie hat den Totenschein unterschrieben. Er wurde verbrannt.«

»Alles sehr praktisch. Warum hat sich die Schwester nicht früher zu Wort gemeldet?«

»Sie sagte, es wäre nichts Ungewöhnliches, daß Ärzte in hoffnungslosen Fällen den Patienten gnädigerweise töten. Jeder vom Personal drückt dann einfach beide Augen zu. Erst als sie von dem Mord an dem Polizisten las, erinnerte sie sich an Denbys Vater. Als unser Mann dann auf der Szene erschien, beschloß sie, sich ein bißchen Geld zu verdienen.«

»Das ist alles Hörensagen. Das bringen vielleicht die Schundblätter, aber es ist nicht genug, um wirklich wertvoll zu sein. Wie war der Name des Privatkrankenhauses, in das sie ihn verlegen ließ?«

»Pinebridge.«

»Was haben wir dort rausgefunden?«

»Nichts. Ich dachte, Robbins würde genügen. Unser Mann wurde ein wenig zu sichtbar.«

Ogden runzelte die Stirn. »Das reicht aber nicht. Wir müssen diese Denby völlig diskreditieren. Jetzt, wo sie mit Migellin klüngelt, wird sie allmählich echt lästig. Innerhalb von zwei Wochen hat sie es geschafft, zwei große Fernsehinterviews zu kriegen, und dieser Bastard Migellin hat die Gesetzesvorlage vom Sozialpaket getrennt. Wie, zum Teufel, schaffen sie das?«

»Drakin?«

»Sei bitte nicht dämlich. Dieser Mann ist praktisch ein Krimineller, und wir haben Geschichten über sein Leben diesen Monat in acht Illustrierten plaziert.«

»Er wirkt tatsächlich so unverantwortlich, daß er die meisten Leute abschreckt«, murmelte Blount. Er war sehr interessiert gewesen an dem Dossier, das Ogden über Drakin erstellt hatte. Er könnte vielleicht der Schlüssel für die Schatztruhe sein. Gott sei Dank, begriff Ogden das nicht. »Ich bin überzeugt, daß diese Rückschläge nur vorübergehend sind. Also, soll ich noch jemanden nach Pinebridge schicken?«

»Das hab ich doch gesagt, oder?«

»Ich wollte nur sichergehen, daß ich Sie nicht falsch verstanden habe.« Er lächelte. »Ehrlich gesagt dachte ich, Sie könnten sich so entscheiden, und ich hab genau den Mann, den ich schicken kann.«

»Nein«, sagte Ishmaru. »Ich bin noch nicht fertig.«

»Was soll das heißen? Das wollten Sie doch?«

Blount verstand es nicht. Ishmaru hatte Kate beobachtet, wie sie in den letzten paar Tagen durch die Stadt zog, und er wollte nicht damit aufhören. Jeder Schritt mußte von jetzt an sorgfältig durchdacht sein, um den größtmöglichen Effekt zu bringen. »Ich habe beschlossen, den Job, den ich für Sie machen soll, zu machen. Er könnte in meine Pläne passen.« Er hielt inne. »Wenn Sie ihren Sohn für mich finden.«

»Ich habe Ihnen gesagt, daß wir ihn bis jetzt nicht ausfindig machen konnten.«

»Ihr habt euch nicht genug Mühe gegeben. Verwanzt ihr Hotelzimmer.«

»Wir haben es versucht. Drakin ist zu schlau.«

»Das Telefon.«

»Sie benutzen ein digitales. Man bräuchte einen Laster voll Ausrüstung, um das zu machen, und Ogden wird es nicht genehmigen, nachdem sie schon veröffentlicht haben.«

»Sie werden einen Weg finden, das zu umgehen.«

»Außerdem ist das Hotel ein Wolkenkratzer. Die Reichweite wäre nicht –«

»Ich will wissen, wo der Junge ist.«

Blount seufzte. »Ich werde mein Bestes tun.«

»Nicht Ihr Bestes. Finden Sie ihn.«

Alles lief sehr gut, dachte Kate, als sie beobachtete, wie Senator Migellin die Kongreßabgeordnete aus Iowa mit Kaffee und Charme bearbeitete. Er machte so etwas sehr gut.

Genau wie Seth. Sie warf einen Blick zur Ecke der Terrasse, wo er mit ein paar Senatsmitgliedern stand. Diese Nachmittage in Migellins Landhaus waren zur Routine geworden, und Seth und Migellin nutzten diese entspannten Anlässe brillant zu ihrem Vorteil. Sie wünschte, sie könnte dasselbe von sich behaupten, dachte sie reumütig, aber sie war zu geradeaus und ungeduldig. Sie hatte festgestellt, daß der beste Kurs für sie war, sich für Fragen zu RU2 zur Verfügung zu stellen und ansonsten ihren Mund zu halten. Vor allem in letzter Zeit, als sie bemerkte, daß sie sich kaum noch beherrschen konnte.

Migellin warf ihr einen Blick über den Kopf der Kongreßabgeordneten zu und lächelte. Brauchte er sie?

Nein, er verließ jetzt die Kongreßabgeordnete und kam auf sie zu.

Sie runzelte die Stirn. »Ist etwas nicht in Ordnung?«

»Ich weiß es nicht. Sagen Sie's mir. Sie sehen ein bißchen … zerfranst aus.«

»Mir geht's gut.«

Er musterte besorgt ihr Gesicht. »Sind Sie sicher?«

Sie war sich überhaupt keiner Sache mehr sicher, außer daß

sie diesen Tag überstehen mußte. Heute früh hatte sie kein Paket bekommen, und sie wußte nicht, ob das gut oder schlecht war. Sie nickte. »Danke, daß Sie fragen. Jetzt können Sie zu Ihrer Kongreßabgeordneten zurück.«

Er verzog das Gesicht. »Ich hab eine Verschnaufpause gebraucht. Ich hab versucht, in den Kopf dieser Frau Vernunft reinzuhämmern. Abgeordnete in der ersten Amtszeit sind schwieriger als Senioren. Sie haben noch nicht gelernt, daß man sich bücken muß, um das Spiel zu spielen.«

»Sie bücken sich nicht.«

»Ich wünschte, ich könnte sagen, daß das stimmt. Aber ich versuche, mich bei wichtigen Angelegenheiten zur vollen Höhe aufzurichten.«

»Haben wir denn einige Stimmen für uns gewonnen?«

»O ja. Diese Woche hab ich Wyler und Debruk gekriegt.« Er legte sanft seine Hand auf ihre Schulter. »Es ist immer noch kein sicherer Tip, aber wir werden besser.«

Sie lächelte ihn an. »Das hab ich Seth auch gesagt.«

»Er leistet auf jeden Fall seinen Beitrag.« Er drückte ihre Schulter. »Und jetzt geh ich besser zurück und leiste meinen.«

»Wann wird die Gesetzesvorlage zur Abstimmung vorgelegt?«

»Nächste Woche, außer wir können sie erneut blockieren.«

Nächste Woche. Erneut packte sie Panik. Es war zu früh. Longworth war genauso aktiv wie sie. Sie mußten noch mehr arbeiten, bevor sie eine Abstimmung riskieren konnten.

»Hast du gewußt, daß das Gesetz nächste Woche zur Abstimmung kommt?« fragte sie Seth, als er sich vor dem Mittagessen zu ihr gesellte.

Er nickte. »Migellin hat es mir gesagt.«

»Wie kannst du so ruhig sein. Es ist zu früh, verdammt noch mal.«

»Migellin kann es vielleicht abblocken. Er ist sehr beliebt. Selbst seine politischen Gegner mögen und respektieren ihn.«

Das war zu erwarten. Er war so bodenständig wie Abraham Lincoln mit der Klasse Jack Kennedys. »Ich wünschte, wir hätten ihn da nicht mit hineinziehen müssen. Er sagte, es könnte seiner Karriere schaden.«

»Skrupel?«

»Nein, RU2 ist es wert. Ich nehme an, ich bin nur nicht so hart wie Noah.«

»Oh, du bist hart.« Seine Hand strich über ihre Wange. »Halt noch eine Stunde durch, dann können wir zurück ins Hotel.« Er wandte sich ab und ging über die Terrasse zu Migellin.

Halt durch. Lächle. Red mit ihnen. Denk nicht an das Paket, das dich vielleicht im Hotel erwartet.

»Ein Anruf für Sie, Dr. Denby.« Migellins Diener Joseph stand neben ihr und reichte ihr ein tragbares Telefon.

Sie merkte, wie sie sich verkrampfte. Es könnte Tony sein. Es könnte Meryl Kimbro sein. Sie rief zur Zeit ständig an. Es mußte nicht –

»Ich hab ihn gefunden, Emily«, sagte Ishmaru.

Ein Klick, und er hatte aufgehängt.

Panik erfaßte sie. Es war eine Lüge. Er wollte sie nur verängstigen, quälen.

»Oh, und der Gentleman sagte, es wäre ein Päckchen für Sie im Foyer. Soll ich es bringen?« Er wartete nicht auf eine Antwort, sondern eilte davon.

Seth. Sie wollte seinen Namen schreien. *Komm zu mir. Hilf mir. Sag mir, daß er wieder lügt.*

Er redete immer noch mit Migellin. Sie würde zu ihm gehen müssen.

Sie schickte sich an, die Terrasse zu überqueren.

Joseph kam auf sie zu, lächelnd, mit einem Päckchen in der Hand. Rot-weiß-gestreift, mit Goldsternen übersät.

Sie blieb stehen, erstarrt, und sah es an.

Sie konnte nichts hören. Alle schienen sich in Zeitlupe zu

bewegen. Joseph lächelte immer noch, als er ihr das Paket reichte.

Seth hatte den Kopf gehoben und sah sie an. Sie sah, wie er die Augen aufriß, als er die Schachtel sah. Er begann auf sie zuzulaufen. »Kate, mach es nicht –«

Sie konnte ihn nicht mehr hören. Die Schachtel. Sie mußte die Schachtel öffnen. Sie streckte die Hand aus und hob den Deckel.

Haar. Blut, weiches, seidiges braunes Haar, ein Haarwirbel.

Joshua.

Sie stürzte in die Agonie der Dunkelheit.

»Komm zurück zu mir, verdammt noch mal.«

Seth. Seine Stimme war scharf, fordernd.

»Kate, wach auf. Ich dulde das nicht.«

Sein Ton war so zwingend, daß sie die Augen aufschlug.

Sein Gesicht war schmerzverzerrt, seine Augen funkelten. Etwas stimmte nicht. Er litt. Sie sollte versuchen –

Joshua.

Sie schloß die Augen fest, fester. *Schließ es aus. Schließ es –*

»Kate, er war es nicht.«

Er log. Sie hatte gesehen –

»Es war nicht Joshua. Ich schwöre es dir.« Er hielt ihr das Telefon hin. »Joshua ist am Apparat. Rede mit ihm.« Er hielt ihr das Telefon ans Ohr. »Okay, rede nicht mit ihm. Hör zu.«

»Mom, was ist los? Seth sagt, du bist krank?«

Joshuas Stimme. Ein Wunder. »Joshua?« flüsterte sie.

»Mom, du machst mir angst. Du klingst komisch. Was ist los?«

Sie schluckte. »Nichts, nichts. Du hast mir nur gefehlt. Bist du okay?«

»Klar. Mir ist bloß irgendwie langweilig. Wann können wir hier weg?«

»Bald, hoffe ich.« O Gott, die Tränen liefen ihr übers Gesicht, und ihre Stimme war heiser. Sie konnte nicht mehr reden. Sie hielt Seth das Telefon hin.

Sie hörte, wie er leise mit Joshua sprach und kurz darauf auflegte. Er schob das Telefon zurück in seine Tasche. »Überzeugt?«

Sie nickte. »Ich konnte nicht glauben ...«

»Still. Du mußt dich einfach beruhigen.«

Sie sah sich in dem schattenverhangenen Schlafzimmer um. »Wo sind wir?«

»Immer noch bei Senator Migellin. Du warst vier Stunden ohnmächtig.«

»Dieses grauenhafte —«

»Denk nicht daran.«

»Es war der Wirbel. Joshua hat —«

»Ich weiß. Das Kind war jünger, aber das Haar war sehr ähnlich.« Sein Ton wurde hart. »Gott verfluche seine Seele.«

»Er hat einen kleinen Jungen umgebracht, nur um mir das anzutun?« Es war schwer zu glauben, daß so etwas Böses existierte.

»Schaffst du es, daß ich dich kurz allein lasse? Migellin ist unten mit der Polizei, und sie wollen eine Aussage. Er versucht, sie daran zu hindern, dich zu belästigen. Vielleicht kann ich für dich einspringen.«

»Ich bin okay. Danke.«

Er drückte ihre Hand und stand auf. »Ich brauch nicht lange. Versuch ein wenig zu schlafen.«

Das sollte kein Problem sein, dachte sie benommen. Sie fühlte sich, als hätte sie einen Schlag auf den Kopf bekommen. Außerdem, wenn sie wach blieb, müßte sie an den Inhalt dieser Schachtel denken und an den Schmerz der Eltern des kleinen Jungen. Sie war noch nicht fähig, sich dem zu stellen. Statt dessen würde sie hier liegen und daran denken, wie sie und Joshua im Garten Baseball spielten. Das waren die guten Augenblicke, aber sie schienen so lange her.

Joshua ...

Kate schlief immer noch, als Seth zwei Stunden später zurückkehrte.

Das brauchte sie, weiß Gott, dringend.

Er stand da und sah sie an. Die Sorgen- und Angstfalten in ihrem Gesicht waren tief, und ihm wurde klar, daß er sie noch nie ohne diese Falten gesehen hatte. Kein Wunder, ihre gemeinsame Zeit war vom ersten Treffen an von Bedrohung und Angst begleitet gewesen.

Er unterdrückte die Woge von Zärtlichkeit und ging zum Fenster. Er wollte das nicht. Er wollte nicht die Agonie der Sorgen. Er wollte die Zärtlichkeit nicht. Und ganz bestimmt wollte er nicht die Ketten, die zu beidem gehörten.

Seine Schuld. Er hatte von Anfang an gewußt, daß sie ihm zuviel bedeuten würde, und war trotzdem eingetaucht. Es war ihm egal gewesen, daß sie nie mehr würde haben wollen, als sie jetzt hatten.

Packe den Moment.

Ja, klar. Also, was würde er jetzt tun?

Er würde aufhören, in seiner Seele zu wühlen, und sich der Aufgabe widmen, sie am Leben zu halten, dachte er voller Ungeduld. Etwas an all dem ließ ihm keine Ruhe. Er beschloß, seiner Ahnung zu folgen, wie er es vor langer Zeit gelernt hatte. Er machte sich auf den Weg. Er würde hinuntergehen und mit Joseph reden, bevor er Kate zurück ins Hotel brachte.

Als er an der Tür angelangt war, warf er noch einen Blick zurück auf sie und verspürte wieder diese bittersüße Woge der Zärtlichkeit.

Schlaf gut und heile, Kate.

14

Seth und Kate kamen erst um drei Uhr früh in ihr Hotel zurück. Trotz aller Bemühungen Seths war die Polizei immer noch dagewesen, als Kate aufwachte, und sie hatten darauf bestanden, sie zu vernehmen. Sie waren zwar sehr mitfühlend gewesen, die Fragen aber gnadenlos.

»Du warst sehr still.« Sie warf ihre Handtasche auf die Couch im Wohnzimmer und streifte ihre Pumps ab.

»Ich hab nachgedacht.«

»Ich werde duschen und dann ins Bett gehen.« Sie machte sich auf den Weg ins Badezimmer. »Man möchte glauben, daß ich mich nach all dem Schlaf ausgeruht fühle, aber ich –«

»Warte.«

Sie warf einen Blick über ihre Schulter, sah seinen Gesichtsausdruck und drehte sich langsam zu ihm um. »Was ist denn?«

»Eine Ahnung, nur eine Ahnung. Aber wir werden wahrscheinlich nicht so schnell ins Bett kommen.«

Sie erstarrte. »Was für eine Ahnung?«

»Ich fand es etwas komisch, daß Ishmaru sein neuestes Drama bei Migellin inszeniert hat, anstatt im Hotel. Die Lieferung des Pakets aufs Land muß für ihn schwieriger gewesen sein.«

»Worauf willst du hinaus?«

»Er wußte, was dir das antun würde. Er hat gewußt, daß ich Joshua anrufen müßte.«

»Und?«

»Das Telefon. Wenn ein digitaler Anruf von einem Hochhaus kommt, ist es schwer bis unmöglich, ihn abzuhören oder zu verfolgen. Aber auf dem Land gibt es praktisch keine Störungen.«

»Aber du hast gesagt, man bräuchte einen Laster voll Hightech-Ausrüstung, um einen Anruf zurückzuverfolgen.«

»Ich hab das mit Joseph überprüft. Da war ein großer Telefonlaster, der den ganzen Tag neben einem Telefonmast an der Straße zu Migellins Haus parkte.« Er verstummte. »Ich hab die Telefongesellschaft angerufen, und sie hatten keine Aufzeichnung über einen Laster in dieser Gegend.«

Erneut erfaßte sie Panik. Und sie hatte gedacht, der Alptraum wäre für ein kleines Weilchen vorbei. »Du willst damit sagen, daß Ishmaru weiß, wo Joshua ist?« flüsterte sie.

»Nein, der Anruf war kurz. Ich bezweifle, daß er zurückzuverfolgen war, selbst wenn sie die modernste Ausrüstung hatten.«

»Aber du bist dir nicht sicher.«

»Ich habe Rimilon in Alarmbereitschaft versetzt.« Er stellte sich ihrem Blick. »Und ich fahre heute nacht hin.«

»Ich komme mit.« Sie steckte ihre Füße zurück in die Pumps. »Warum hast du mir das nicht vorher gesagt?«

»Vielleicht ist es falscher Alarm.«

»Das ist mir *egal*.«

»Und wenn wir fahren, besteht eine gute Chance, daß man uns folgt. Dann ist der Bunker nicht mehr sicher.«

»Was macht das für einen Unterschied? Ich werde mich nie wieder sicher fühlen, wenn ich Phyliss und Joshua kontaktieren will. Und daß ich immer bei ihnen anrufen konnte, war das einzige, was mein Leben in dieser letzten Woche erträglich machte. Ich hätte Joshua lieber hier, wo ich ihn beschützen kann. Ich könnte es nicht ertragen, nicht zu wissen, was passiert.«

»Ich auch nicht. Okay, pack einen Koffer, ruf den Parkdienst an, und laß das Auto bringen, während ich einen Hubschrauber miete.« Er lächelte. »Komm, laß uns deinen Sohn holen.«

»Willst du Pingpong spielen?« fragte Phyliss, als sie vom Tisch aufstand und anfing, die Papierteller einzusammeln.

Joshua schüttelte träge den Kopf.

»Mühle?«

»Du gewinnst immer.«

Phyliss grinste. »Warum, glaubst du wohl, will ich spielen?«

Joshua stand vom Tisch auf, wanderte ins Wohnzimmer und ließ sich auf die Couch fallen.

Phyliss beobachtete ihn mit gerunzelter Stirn. Etwas stimmte nicht. Er war den ganzen Tag sehr still gewesen, sogar schon bevor er mit Kate gesprochen hatte, und jetzt war er richtig mißmutig. Joshua war nie mißmutig. Natürlich war er nicht gerade begeistert davon, in diesem Kerker eingesperrt zu sein, aber Joshua war immer so gutmütig gewesen, mehr als zu erwarten war.

Phyliss warf die Teller in den Müllschlucker und folgte ihm ins Wohnzimmer. »Wie wär's mit Poker?« Sie setzte sich neben ihn. »Sei ein Kumpel. Ich langweile mich.«

Er gab keine Antwort. »Was glaubst du, macht Mom jetzt gerade?«

»Was sie zu tun hat.«

»Sie klang verängstigt. Vielleicht ist Ishmaru hinter ihr her.«

»Seth hat gesagt, es geht ihr gut.«

»Vielleicht hat er gelogen.«

Ihre Unruhe wuchs. Seth war in Joshuas Augen über jeden Tadel erhaben. »Warum sollte er das?«

»Ich weiß es nicht. Ich sollte ihm helfen und nicht hier sein.«

»Und mich allein lassen? Ich brauch dich, Kleiner.«

Er schüttelte den Kopf, als wolle er ihn klären. »Ich sollte nicht hier sein ...«

Er verhielt sich träge, seltsam.

Nein, nicht jetzt. Bitte gib, daß ich mich irre.

Sie rutschte näher und zog ihn an sich. »Vielleicht dauert es nicht mehr lange. O Gott, sein Kopf, der an ihrem Arm ruhte, war brennend heiß.

»Oma, ich sollte Seth helfen …«

»Später«, flüsterte sie. »Jetzt ruh dich aus.«

Der japanische Portier grinste übers ganze Gesicht, als Seth und Kate aus dem Hotel kamen. »Taxi?«

»Nein, wir erwarten – Da ist es ja.« Seth trat in die Einfahrt und winkte den Jungen, der ihr Auto fuhr, zu sich.

»Ah, Ihr Wagen.« Der Portier nahm Kates Koffer und begleitete sie zum Wagen. Er öffnete die Hintertür und stellte den Koffer auf den Boden. Er verbeugte sich tief. »Ich hoffe, Sie kehren ins Summit zurück. Es war uns eine Freude, Ihnen zu dienen.«

Seth drückte ihm einen Geldschein in die Hand, bevor er sich auf den Fahrersitz setzte. Der Türsteher verbeugte sich immer noch lächelnd, als sie die Straße erreicht hatten.

»Wie lange brauchen wir dorthin?« fragte Kate.

»Etwa zwei Stunden. Aber der Vorteil ist, daß wir auf einem Feld in der Nähe landen können.«

»Werden Sie den Flug verfolgen können?«

»Vielleicht. Vielleicht nicht. Ich werde einen falschen Flugplan einreichen. Vielleicht kommen wir damit durch.«

Chang Yokomoto hielt die weiße Epaulette am Ärmel seiner Portiersuniform sorgfältig ein Stück vom öffentlichen Telefon weg. »Sie haben sie erfaßt?«

»Laut und klar. Ist die Wanze am Auto?«

»Nein, an einem Koffer. Verliert sie nicht.«

»Wohl kaum. Der Sender, den ich Ihnen gegeben habe, ist megastark.«

So ein winziges Gerät. Technologie war wirklich etwas Wunderbares. »Sie erinnern Mr. Blount an mich?«

331

»Sie bekommen Ihr Geld.«

Ein solcher Mangel an Finesse und Takt verdiente keine Antwort. Yokomoto legte auf.

»Ich habe versucht, dich anzurufen«, sagte Rimilon, als Seth aus dem Hubschrauber sprang.

»Wir konnten das Telefon nicht benutzen. Was ist los?« fragte Seth.

»Abgesehen davon, daß der Junge krank ist, nichts. Der leichteste Job, den ich je gehabt habe.«

»Joshua ist krank?« Kate war entsetzt. »Was hat er denn?«

»Ich weiß es nicht. Mrs. Denby ist gekommen und sagte, ich soll dich anrufen. Sie sah irgendwie verängstigt aus.«

Kate rannte wie eine Wilde übers Feld.

Sie hörte, wie Seth zu Rimilon sagte: »Durchsuch den Hubschrauber nach Wanzen, Peilsendern, alles, was du finden kannst.«

»Glaubst du, man ist euch gefolgt?«

»Überprüfe es. Ich will kein Risiko eingehen.« Er rannte los und holte Kate ein. »Ganz ruhig. Kinder werden krank.«

»Joshua ist nie krank. Es ergibt keinen Sinn. Und warum sollte er ausgerechnet jetzt krank werden. Das kann kein Zufall sein. Was, wenn Ishmaru –«

»Sei vernünftig, Kate. Ishmaru kann nichts damit zu tun haben, außer es ist ihm gelungen, Bakterien durch die Stahltür zu blasen.«

»Mir ist nicht danach zumute, vernünftig zu sein«, sagte sie wütend. »Mein Sohn ist krank.«

Phyliss erwartete sie an der Tresortür. »Gott sei Dank. Ich glaube nicht, daß es ihm schlechter geht, aber er brennt immer noch vor Fieber. Ich wollte dich nicht anrufen, aber ich hab nicht gewußt, was ich tun sollte. Ich hab das Fieber nicht runtergekriegt. Ich wasche ihn schon seit fünf Stunden in lauwarmem Wasser.«

»Hol meine Arzttasche, Phyliss.« Kate eilte zu Joshuas Schlafzimmer.

Er war blaß, die Haut gerötet. Sie setzte sich neben ihn aufs Bett.

»Wie geht's dir, Baby?« flüsterte sie.

»Nicht so gut.« Seine Stimme war heiser.

»Es wird alles wieder gut. Wir kriegen dich ganz schnell wieder hin.«

Er sah über ihre Schulter zu Seth. »Ich bin geblieben, Seth. Ich hab mich um Phyliss gekümmert.«

»Das weiß ich.« Seth kam näher. »Und jetzt ist es an der Zeit, daß wir uns um dich kümmern. Halt durch, Kumpel.«

»Mein Kopf tut weh …«

»Dagegen hab ich was.« Kate öffnete ihre Arzttasche, die Phyliss aufs Bett gestellt hatte. »Aber zuerst muß ich dich untersuchen. Okay?«

Er nickte und schloß die Augen. »Hals tut weh …«

»Was ist es?« fragte Phyliss, als Kate aus dem Schlafzimmer kam.

»Ich weiß es nicht. Die Nackenschmerzen gefallen mir nicht.« Sie schüttelte den Kopf. »Ohne Tests kann ich nichts sagen.«

»Krankenhaus?« fragte Seth.

Sie nickte. »Und das sofort. Ich hab ein paar Blutproben genommen. Wo ist das nächste Krankenhaus?«

»In White Sulphur Springs, fünfzehn Minuten mit dem Hubschrauber.«

»Dann nichts wie los.«

»Ich hole Joshua.« Seth ging zurück zum Schlafzimmer. »Sie kommen auch mit, Phyliss. Ich will Sie hier nicht allein lassen.«

»Das hätte ich auch nicht zugelassen. Aber was hat sich geändert?«

»Die Dinge ändern sich.«

»Was heißt das?« fragte Phyliss Kate.

»Wir standen unter Beobachtung. Möglicherweise ist man uns gefolgt.«

»Verdammt.« Sie schüttelte den Kopf. »Das mit Joshua tut mir leid.«

»Es ist nicht deine Schuld.« Sie reichte Phyliss ihren Mantel. »Du ziehst hier endgültig aus.«

Phyliss stieß einen Seufzer der Erleichterung aus. »Gott sei Dank, es war wie lebendig begraben sein, aber Joshua war toll.«

»Du aber auch.«

Seth trug Joshua, in Decken gewickelt, aus dem Zimmer.

»Gehen wir. Machen Sie die Tür auf, Phyliss.«

Rimilon wartete am Hubschrauber. Er hielt ein winziges Metallgerät hoch. »Auf dem Boden des Koffers. Sehr große Reichweite.«

»Aber keine Anzeichen von irgend jemandem.«

Rimilon schüttelte den Kopf. »Noch nicht. Also ist der Tunnel wahrscheinlich sicher. Wohin wollt ihr?«

»White Sulphur Springs Hospital.« Er legte Joshua in Kates Arme. »Bleib noch zwei Stunden hier und halt Ausschau, dann komm dahin.«

Rimilon trat beiseite, als sie starteten, der Wirbelwind des Helikopters zerzauste sein spärliches Haar.

»Es ist Meningitis«, sagte Kate, als sie ins Wartezimmer kam. »Ich hab ihn auf Antibiotika gesetzt. Er ist bald wieder okay.«

»Wo, zum Teufel, hat er sich Meningitis geholt?« fragte Seth.

»Wer weiß? Die Inkubation für den Virus variiert. Tage, Wochen, Monate.« Ihre Knie waren weich, sie ließ sich in einen Stuhl fallen. »Und wir hatten Glück, es hätte eine tödliche Form sein können.«

»Wie lange dauert es, bis er wieder gesund ist?« fragte Phyliss.

»Es ist scheinbar ein leichter Fall – ein paar Wochen. In ein, zwei Tagen wird er wahrscheinlich das Krankenhaus verlassen können.« Sie hob eine zitternde Hand an den Mund. »Ich hatte solche Angst …«

»Kinder werden krank«, sagte Phyliss.

Das hatte Seth auch gesagt. Wußte sie denn nicht, daß sie das wußte? »Aber ich dachte … Alles ist schiefgegangen. Alle um mich herum sind –«

Sie wollte das Wort nicht sagen. Sie wollte im Zusammenhang mit Joshua gar nicht an dieses Wort denken. Sie wandte sich zu Seth. »Was passiert jetzt? Wie beschützen wir ihn?«

»Daran muß ich arbeiten.«

»Arbeite schnell.« Sie schloß die Augen. Mein Gott, sie hörte sich an wie ein zänkisches Weib, und Seth war wunderbar gewesen. »Es tut mir leid. Ich weiß, daß du dein Bestes geben wirst. Ich habe nur solche Angst, daß –«

»Du brauchst ein bißchen Schlaf.« Seth wandte sich ab. »Keiner verläßt das Krankenhaus. Ich werde arrangieren, daß du und Phyliss ein Zimmer hier kriegt. Rimilon wird auf dem Korridor Wache halten.«

»Was ist mit dir?«

»Ich bleibe bei Joshua.«

Sie schüttelte den Kopf. »Das mache ich.«

»Er wird dich später mehr brauchen.«

»Bist du verrückt? Ich habe ihn wochenlang nicht gehabt, und er ist *krank*.«

Er hob die Hände und gab sich geschlagen. »Okay. Ich komme mit.«

»Das ist nicht nötig. Er wird schlafen.«

»Vielleicht nicht. Und ich würde sowieso gern bleiben.«

335

Seth konnte Kate erst beim Morgengrauen überreden, Joshua zu verlassen, und dann nur, weil sie beschlossen hatte, sie müßte ins Labor gehen und überprüfen, warum Joshuas neueste Blutuntersuchungen noch nicht zurück waren.

»Warum nimmst du dir nicht die Zeit, zu duschen und dich umzuziehen. Ich lasse ihn nicht allein«, sagte Seth.

»Vielleicht.«

Sie würde es nicht tun, dachte Seth, als die Tür zuschwang. Sie war die ganze Nacht neben Joshua gewesen, und sie würde sobald wie möglich wieder zurücksein.

Er könnte selbst eine Dusche brauchen, dachte er erschöpft, als er sich im Stuhl zurücklehnte. Die letzten vierundzwanzig Stunden waren die Hölle gewesen.

»Seth?« Joshuas Augen waren offen. Er flüsterte: »Ich hab's vermasselt, nicht wahr?«

»Das ist wie aus dem Hinterhalt angeschossen werden. Nicht deine Schuld.«

»Du bist nicht sauer?«

»Kein Problem. Wir werden es überstehen.«

Joshua runzelte die Stirn. »Wirklich?«

Seth lächelte. »Wirklich.«

»Ich kann schon ganz bald wieder zurück.«

»Ich glaube, das wird nicht nötig sein. Die Gefahr ist nicht mehr so groß. Möchtest du mit deiner Mom und mir im selben Hotel wohnen? Vielleicht in der Suite nebenan.«

Er grinste voller Freude. »Könnte ich?«

»Du wirst immer noch nicht rausgehen können, aber wenigstens wärst du über der Erde.«

Er gähnte. »Und könnte ich Mom sehen?«

»Jeden Tag.«

»Gut.« Er schloß die Augen. »Sie hat mir gefehlt.«

Seth konnte sehen, daß er wegdämmerte. »Du hast ihr gefehlt.«

»Wird Oma auch …«

336

Er schlief. Seth lehnte sich im Stuhl zurück. Komisch, irgendwie konnte er eine Menge von sich in dem Kleinen sehen. Nein, er war nie so stabil wie Joshua gewesen. Seth hatte immer geglaubt, daß Menschen mit ihrer eigenen Seele geboren werden, und wenn das stimmte, konnte Joshua sich glücklich schätzen. Er hatte eine Siegerseele erwischt.

Er sollte gehen und Kate sagen, daß Joshua aufgewacht war. Nein, das war eine von den guten Zeiten. Er würde eine Weile hier bei Joshua sitzen und sie genießen.

»Mr. Drakin?«

Seth hob den Kopf und sah einen dunkelhaarigen jungen Mann, der ihm von der Tür zulächelte, mit Rimilon hinter sich. »Ich bin William Blount. Darf ich kurz mit Ihnen reden?«

»Ich bin beschäftigt.«

Blount warf einen Blick auf Joshua. »Er schläft, es dauert höchstens eine Minute.«

»Wer sind Sie?«

»Im Augenblick bin ich bei Raymond Ogden angestellt.«

Seth starrte ihn lange an, dann erhob er sich. »Zehn Minuten. Im Korridor, direkt vor dieser Tür.«

»Wie Sie wünschen.« Sein Lächeln wurde breiter. »Obwohl ich weder für Sie noch für den Jungen eine Bedrohung bin. Wofür halten Sie mich? Ein Monster?«

»Es wandern scheinbar einige davon herum.«

Blount warf einen Blick auf Rimilon. »Können wir ohne diesen Gentleman auskommen? Wir müssen unter vier Augen reden.«

Seth nickte Rimilon zu, und der Mann nahm seine Position ein paar Meter den Gang hinunter wieder ein.

»Danke«, sagte Blount.

Seth schloß die Tür und lehnte sich dagegen. »Was machen Sie für Ogden?«

»Oh, dies und das. Mein Titel ist persönlicher Assistent. Ich versichere Ihnen, daß ich sein ganzes Vertrauen habe.«

Seth wartete.

»Sie fürchten immer noch, daß ich Ihnen schaden will?«
Blount schüttelte den Kopf. »Würde es Sie erleichtern, zu
wissen, daß Ogden keine Ahnung hat, wo ich momentan bin?
Mein Mann hat nur mir Bericht erstattet.«

»Wie haben Sie uns gefunden?«

»Eine Wanze. Wir waren direkt hinter Ihnen, als sie auf
dem Feld gelandet sind. Wir sind ein paar Meilen weiter weg
gelandet und kamen gerade noch rechtzeitig, um zu sehen,
wie Sie ohne unser kleines Gerät starteten. Eine riesige Enttäuschung. Aber Ihr Freund Rimilon ist freundlicherweise
ein paar Stunden später aufgebrochen, und wir sind ihm hierher gefolgt. Sie dürfen ihm nicht böse sein. Ich habe gute
Leute, und wir waren sehr vorsichtig.«

Vorsichtiger als Rimilon, dachte Seth und versuchte, seine
Wut zu zähmen. Rimilon hätte sich versichern müssen, daß
ihm niemand folgte. Normalerweise machte er keine solchen
Fehler, und Seth würde sichergehen, daß er keinen weiteren
machen würde, selbst wenn er dem Dreckskerl den Hals umdrehen mußte. »Und Sie haben nichts von all dem an Ogden
gemeldet?«

»Ogden und ich sind bei einer Reihe von Dingen verschie-
dener Meinung.«

»Zum Beispiel?«

»Er will RU2 zerstören.«

»Und Sie nicht?«

»Warum sollte irgend jemand die Gans, die goldene Eier legen könnte, zerstören? Wissen Sie, wie viele Leute bereit
wären, ein Vermögen für eine Behandlung mit RU2 zu zahlen? Krankheit trifft Arm und Reich zugleich. Glücklicher-
weise können die Reichen gut dafür bezahlen, vor dem bösen
Sensenmann gerettet zu werden.

»Und was wollen Sie von mir?«

»Sie besitzen jetzt RU2. Was, wenn wir eine große Klinik in der Schweiz aufmachen? Wir reden hier von Milliarden.«

»Tun wir das?«

»Ich habe Ihren Lebenslauf gründlich studiert. Diese furchtlose Schlacht, RU2 genehmigt zu kriegen, muß Ihnen sehr zuwider sein. Diese Art Engagement ist nichts für Sie. Sie bleiben gerne in Bewegung. Jetzt müssen Sie nur das RU2 liefern und mir den Rest überlassen. Sie brauchen nicht mal in der Klinik zu erscheinen.«

»Dafür könnte ich einen Manager engagieren. Wozu brauche ich Sie?«

»Wir wissen beide, sobald der Erfolg von RU2 demonstriert wurde, wird es unmöglich sein, zu verhindern, daß Proben gestohlen werden. Das könnte ein noch lukrativerer Schwarzmarkt werden als Kokain. Sie brauchen eine mächtige Organisation, um diese Art von Dieben abzuschrecken.«

»Und Sie haben eine solche Organisation?«

»Mein Vater ist Marco Giandello.«

Seth kaschierte sein plötzlich aufflackerndes Interesse. »Und er ist mit diesem Plan einverstanden?«

»Ich habe ihn eingehend mit ihm durchgesprochen. Es ist nicht gerade sein bevorzugtes Gebiet, aber er ist bereit, mich zu unterstützen. Wir sind eine Familie, die eng zusammenhält.«

»Das habe ich gehört«, erwiderte Seth sarkastisch.

»Verstehen Sie mich nicht falsch. Mein Vater würde im Hintergrund bleiben. Das wäre ein legales Unternehmen.« Er hielt inne. »Sind Sie interessiert?«

»Es wäre erstaunlich, wenn ich es nicht wäre. Was ist mit Ogden?«

»Ich trenne mich von Ogden, sobald es für uns passend ist. Es ist nicht schlecht, sein Vertrauen zu haben.«

»Können Sie ihn dazu bringen, Ishmaru zurückzupfeifen?«

»Ich fürchte, Ishmaru ist außerhalb seiner Kontrolle. Er ist besessen. Schade.«

339

»Mehr als schade. Ich finde ihn … unpassend. Ich will ihn raus haben.«

»Das kann ich arrangieren.«

»Sagen Sie mir, wo er ist, dann arrangiere ich das.«

Er schüttelte den Kopf. »Ishmaru hat noch einen gewissen Nutzen.« Sein Lächeln wurde selbstzufrieden. »Aber es ist mir gelungen, ihn abzulenken. Ich habe einen Deal gemacht.«

»War es ein Teil des Deals, ihm zu sagen, wo wir sind?«

»O ja, aber er wird Sie nicht behelligen. Er will Kate Denby.« Er runzelte die Stirn. »Oder vielleicht den Jungen. Ich bin mir nicht sicher.«

Seth gab sich große Mühe, seine Wut über diese beiläufige Bemerkung nicht zu zeigen. »Das ist beruhigend.«

»Und er hat versprochen, daß er innerhalb von ein paar Tagen in einem Flugzeug raus aus Washington sitzen wird.«

»Wohin?«

»Alle meine Geheimnisse kann ich nicht teilen. Sagen wir, daß die Abreise Ishmarus meine Geste des guten Willens ist. Werden Sie über meinen Vorschlag nachdenken?«

Seth nickte langsam.

Blounts Gesicht zeigte eine gewisse Erregung. »Ich wußte, daß ein Mann von Charakter die Vorzüge erkennen würde.«

»Sie meinen Mangel an Charakter, nicht wahr?« Seth zuckte die Schultern. »Ich verspreche nichts. Lassen Sie mich darüber nachdenken. Wo kann ich Sie erreichen?«

Blount reichte ihm rasch eine Karte. »Das ist meine Privatleitung in Ogdens Büro.«

»Das ist keine Nummer in Seattle.«

»Nein. Ogden hat ein Haus in Virginia gemietet. Er wollte in dieser entscheidenden Zeit in der Nähe von Washington sein.«

Seth steckte die Karte in seine Jeanstasche und öffnete Joshuas Tür. »Bis ich meine Entscheidung getroffen habe, kann ich mich doch wohl darauf verlassen, daß es keine Zwischenfälle wie Noah Smiths Tod mehr geben wird?«

»Das war Ishmaru. Obwohl Ogden nicht böse darüber war, bis er herausfand, daß Smiths Tod ihm nicht wirklich genützt hatte. Er will jetzt, wo sie alle im Blickpunkt der Öffentlichkeit stehen, keine Märtyrer, denn das würde zuviel Aufmerksamkeit erregen.«

»Und was wollen Sie?«

»Ich will meine Klinik in der Schweiz. Würde ich mich ins eigene Fleisch schneiden?«

»Ich mußte sicher sein.« Seth lächelte. »Ich glaube, ich werde mich bei Ihnen melden, Mr. Blount.«

»Ich freue mich darauf!« Er drehte sich um und ging den Gang hinunter zu den Aufzügen.

Seths Lächeln hielt nur, bis sich die Aufzugstüren geschlossen hatten. »*Hurensohn.*« Er drehte sich rasch zu Rimilon, der weiter unten im Gang an der Wand lehnte. »Bleib hier. Laß niemanden zu dem Jungen.«

»Niemanden? Was ist mit Schwestern oder –«

»Niemanden.« Seth rief es ihm über die Schulter zu, während er bereits den Gang hinunterrannte. *Kate.* Ishmaru wußte, wo sie waren. Er könnte schon im Krankenhaus sein. Beobachten. Jagen.

Kate war ins Labor gegangen. Wo, zum Teufel, war das Labor?

Kate war nicht im Labor. Sie stand am Schwesternzimmer und sprach mit der Oberschwester.

Sie drehte sich um, als Seth sich näherte. »Ist er wach? Ich war gerade –«

»Ishmaru weiß, daß wir hier sind.«

Sie spürte, wie ihr das Blut aus dem Gesicht wich. »Woher weißt du das?«

341

»Erzähl ich dir später. Ich möchte nicht, daß du im Krankenhaus rumspazierst. Komm zurück in Joshuas Zimmer.«

»Wohin, glaubst du, würde ich sonst gehen?« Sie drängte sich an ihm vorbei und eilte den Korridor hinunter. Ein Krankenhaus war ein öffentlicher Ort, Leute kamen und gingen ... Wo waren in Joshuas Zimmer die Fenster? O Gott, sie konnte sich nicht erinnern. Ein Fenster, keine Feuerleiter.

Rimilon lächelte, als er sie sah. »Keine Sorge, ihm geht's gut, Dr. Denby. Ich habe gerade reingeschaut.«

Sie mußte so verängstigt aussehen, wie sie sich fühlte.

Joshua schlief.

Oder etwa nicht?

Ihre Knie wurden weich vor Erleichterung, als sie sah, wie sich seine Brust stetig hob und senkte.

»Bleib hier«, sagte Seth mit leiser Stimme hinter ihr. »Ich will den Sicherheitsdienst alarmieren und dann versuchen –«

Das Telefon neben Joshuas Bett klingelte.

Sie erstarrte.

»Mein Gott.« Seth griff zum Telefon.

»Nein.« Sie war vor ihm da und nahm den Hörer.

»Wie krank ist er, Emily?«

Angst bohrte sich wie ein Speer in sie. »Verflucht, lassen Sie meinen Sohn in Ruhe.«

»Hat dich mein kleiner Scherz bei Migellin amüsiert? Das mit der Tolle war schwierig. Weißt du, daß ich drei Tage in dieser Grundschule verbracht habe, um eine passende zu finden? War sehr ähnlich, nicht wahr?«

»Lassen Sie ... ihn ... in Ruhe.«

»Oh, ich habe vor, ihn in Ruhe zu lassen ... für den Augenblick. Ich wollte, daß du leidest, und habe meinen Zweck erreicht. Ich glaube, unsere Schlacht wird wesentlich unterhaltsamer sein, wenn du, während ich dich töte, weißt, daß du deinen Sohn nicht am Sterben hindern kannst. Das wird sowohl deinen Schmerz als auch deinen Lebenswillen verstärken. Nein, du zuerst und dann er. Ich habe es nie anders gewollt. Aber es muß noch einen anderen Coup geben vor unserer Schlacht. Jemand, der dir etwas bedeutet. Ich habe mir zuviel Mühe gegeben.«

»Dann komm und hol mich.«

»Nicht, bevor ich nicht alles perfekt geplant habe. Du hast die Wächter weggenommen, aber wenn ich dich zerstöre, werde ich die Träume immer noch fernhalten können. Ich weiß, daß du ihnen hilfst durchzukommen.«

»Du bist wahnsinnig.«

»So wahnsinnig, daß ich es geschafft habe, daß du nach meiner Pfeife tanzt. Es war nett, aber jetzt ist es Zeit für den Coup. Rate mal, wen ich erwählt habe?«

Er hängte ein.

»Was hat er gesagt?« fragte Seth.

»Er will einen Coup, aber er will nicht, daß es Joshua ist.« Sie schluckte. »Er sagt, es ist noch nicht Zeit. Er sagte, ich soll raten, wer …« Ihr Blick flog zu seinem Gesicht. Sie flüsterte: »O mein Gott, Phyliss.«

»Scheiße.« Er rannte zur Tür.

Sie rannte hinterher.

Phyliss war allein, schlief, unfähig, sich zu verteidigen.

Sie hatten solche Angst um Joshua gehabt, daß sie vergessen hatten, wie unberechenbar Ishmaru sein konnte.

Bitte laß es nicht zu spät sein, betete sie. *Nicht Phyliss …*

Sie bogen um die Ecke. Noch zwei Zimmer.

Seth stürmte durch die Tür und drehte das Licht an. »Phyliss!«

Phyliss öffnete die Augen und gähnte. »Zeit aufzustehen? Wie geht's Joshua?«

Kates Herz hämmerte so heftig, daß sie kaum Luft zum Reden bekam. »Gut.«

»Gut. Ich übernehme die nächste Wache, sobald ich geduscht habe.« Sie runzelte die Stirn, setzte sich auf und schwang ihre Beine auf den Boden. »Warum starren Sie mich an, Seth?«

Er räusperte sich. »Ich hab mir gerade gedacht, wie wunderbar Sie aussehen.«

»Quatsch. Keine Frau in meinem Alter sieht am Morgen wunderbar aus. Nur gut, daß das ein Krankenhaus ist, weil man hier wirklich krank ist.« Die Badezimmertür schloß sich hinter ihr.

Seth schüttelte den Kopf. »Verflucht, ich hatte Angst. Ich konnte nicht denken –«

Er verstummte, als er sah, wie Kate zur anderen Seite von Phyliss' Kissen griff.

Ein Zettel lag nur wenige Zentimeter von der Stelle entfernt, an der Phyliss Kopf gelegen hatte.

Sie auch nicht. Noch nicht. Rate noch mal, Emily.

Seth wandte sich von der Kaffeemaschine im Wartezimmer ab, reichte Kate eine Tasse und setzte sich dann in den Stuhl ihr gegenüber. »Wie fühlst du dich?«

»Was glaubst du denn, wie ich mich fühle?« Sie erschauderte und trank einen Schluck heißen Kaffee. Ihr wollte einfach nicht warm werden. »Ich hab Todesangst gehabt.«

»Ich auch.«

»Woher hast du gewußt, daß Ishmaru hier ist?«

»Ich hatte einen Besucher.« Er erzählte ihr die Einzelheiten von Blounts Besuch. Ein Lächeln huschte über sein Gesicht, als er mit »Gut, was?« endete.

Angesichts von Seths Erregung wurde ihr flau im Magen. »Nein, verdammt noch mal. Du wirst es nicht tun.«

Sein Lächeln verschwand. »Ich meine die Tatsache, daß Blount möglicherweise die Wahrheit gesagt hat, von wegen Ishmaru wäre für eine Weile aus dem Bild, und nicht Blounts Klinik. Ich hab dir gesagt, daß ich mit RU2 bei dir bleibe.«

»Ich weiß, daß du das gesagt hast, aber –«

»Aber du hast gedacht, ich würde mich um die Leute kümmern, die Noah ermordet haben, weil das bedeutete, Verantwortung abzuschieben.« Seine Hand umklammerte seine Tasse. »Um Himmels willen, kennst du mich denn nicht besser?«

»Manchmal bist du schwer zu durchschauen.« Aber sie sah sehr wohl, daß sie ihn verletzt hatte.

»Man sagt, keiner kennt dich besser als der, mit dem du schläfst.« Er fügte verbittert hinzu: »Vielleicht sollte ich meine Motive gründlicher überprüfen. Könnte sein, daß ich schlimmer bin, als ich dachte.«

»Hör auf.« Sie konnte seinen Schmerz nicht ertragen und legte ihre Hand auf die seine. »Tut mir leid. Ich hätte das nicht sagen sollen. Es war dumm.«

»Es war dumm.« Er entzog ihr seine Hand. »Aber wenn du es gedacht hast, solltest du es auch sagen. Es überrascht mich nicht. Ich hab gewußt, wie du dich fühlst.«

»Ich hab geredet, ohne zu überlegen. Ich habe heute nacht die Hölle durchlebt. Und wie, bitte, soll ich vergessen, daß du einen Anfall gekriegt hast, als du rausgefunden hast, daß du RU2 geerbt hast?«

»Wir haben zusammen gearbeitet und geschlafen. Ich dachte, du würdest dich auch daran erinnern.« Er neigte den Kopf zur Seite. »Oder vielleicht willst du dich nicht erinnern. Findest du mich bedrohlich, Kate?«

»Bedrohlich? Ich finde dich nicht –«

Er winkte ungeduldig ab. »Vergiß es. Ich wollte dich nicht in die Defensive treiben. Es ist nicht wichtig. Auf jeden Fall glaube ich, daß Blount die Wahrheit gesagt hat, was Ishmaru betrifft. Er glaubt, er hat ihn im Griff. Aber Ishmaru ist zu wirr, wir müssen immer noch vorsichtig sein.«

Er hatte das Thema gewechselt, und sie war erleichtert. Er hatte ihr das Gefühl gegeben, schuldig zu sein und verängstigt.

Verängstigt?

Sie fragte rasch: »Was ist mit Blount? Kann er eine Gefahr werden?«

Seth nickte. »Er kann Menschen nicht einschätzen, aber ich bin mir sicher, er ist raffinierter als Ogden und genauso mies. Außerdem hat er noch seinen lieben alten Dad, den er ins Spiel bringen kann.« Er zuckte die Schultern. »Aber für den Augenblick hab ich ihn hingehalten. Genau wie du glaubt er, er hätte mir ein Angebot gemacht, dem ich nicht widerstehen kann.«

Es war ein Pfeil mit Widerhaken, und er tat weh. Alles, was er heute zu ihr sagte, tat weh. »Wie lange haben wir Zeit, bevor Blount Verdacht schöpft?«

»Eine Woche ist vernünftig. Vielleicht zwei, wenn ich mich anstrenge.« Er hob den Kopf. »Aber bei Blounts Plan habe ich ein paar Möglichkeiten gesehen. Du wärst nicht einverstanden. Ich glaube, ich behalte alles für mich, bis ich sehe, wie es läuft, wenn wir das Spiel nach deinen Regeln spielen.«

»Wir kommen ganz gut voran. Senator Migellin war wunderbar.«

»Ja. Ich würde sagen, die Chancen stehen jetzt fünfzig zu fünfzig.«

»Ist das alles?«

»Als wir anfingen, hätte ich eher zwanzig zu achtzig gesagt.«

»Also, ich glaube, daß wir besser als fünfzig-fünfzig stehen. Ich glaube, wir gewinnen.« Sie stellte sich seinem Blick. »Wir werden gewinnen, Seth.«

Er lächelte. »Weil du nichts anderes dulden wirst.«

»Da hast du verdammt recht.«

»Ich geh zurück zu Joshua.« Er trank seinen Kaffee aus. »Wir nehmen Phyliss und Joshua mit uns zurück nach Washington.«

Freude durchströmte sie. »Ist das sicher?«

»So sicher, wie es jetzt irgendwo sonst ist. Dieses Gebiet ist nicht mehr sicher, aber es besteht die Chance, daß wir vielleicht eine Verschnaufpause von Ishmaru kriegen.« Er stand auf. »Wir werden es sicher machen. Ich werde sie in der Suite nebenan unterbringen, zusammen mit Rimilon.«

Sie schnitt ein Gesicht. »Da wird Phyliss begeistert sein.«

»Sie wird begeistert sein, daß er Joshua beschützt. Rimilon kann sehr unauffällig sein, wenn er es versucht.« Seths Lippen wurden schmal. »Er wird sich größte Mühe geben. Momentan möchte er mir sehr gerne gefallen.«

Sie beobachtete mit gemischten Gefühlen, wie er das Wartezimmer verließ. Keiner hatte sie je so verwirrt wie Seth. Er war wie ein Tornado, der sie berührte und ihre Fassung in alle vier Winde zerstreute. In diesem einen Gespräch hatte er sie von Zorn zu Reue getrieben und dann Schuld, Mitgefühl und Gott weiß was sonst noch daraufgetürmt.

Angst.

Der Gedanke sprang sie an.

Seth hatte gesagt, sie fühle sich von ihm bedroht. Das stimmte natürlich nicht, denn Seth würde ihr nie weh tun.

Außer indem er Seth war, außer indem er die ruhige Beschaulichkeit ihres Lebens störte.

Außer indem er sie verließ.

O Gott, ja, es würde weh tun, wenn er sie verließ.

Die Erkenntnis löste einen Schock aus. Aber nur, weil sie sich daran gewöhnt hatte, ihn in ihrem Bett zu haben. Er war so verdammt gut …

Und er war wunderbar zu Joshua, wunderbar zu Phyliss.

Und er war gute Gesellschaft. Wie sie ihm an diesem ersten Morgen, nachdem sie sich geliebt hatten, gesagt hatte: er hatte großen Unterhaltungswert.

Aber das war alles.

Mehr konnte sie nicht zulassen. Seth würde nie das Vertrauen in seinen eigenen Wert fehlen, im Gegensatz zu Michael. Aber er würde auch nie Michaels Solidität haben.

Warum verglich sie die beiden, als hätte sie eine Wahl?

Seth würde sie verlassen. Es war nur eine Frage der Zeit, denn wenn RU2 genehmigt war, würde er weiterziehen.

Siehst du, wie weh das getan hat? Also gib zu, daß er eine Bedrohung ist. Beschütze dich. Laß ihn nicht näher kommen.

Sie schob ihren Teller beiseite und stand auf. *Geh zu Joshua. Er und Phyliss sind dein Leben.*

Laß Seth nicht näher ran.

Drei Tage später trafen sie wieder in ihrem Hotel in Washington ein.

»Alles in Ordnung?« fragte Seth, nachdem Kate Phyliss und Joshua in der Suite nebenan untergebracht hatte.

Sie nickte. »Obwohl Rimilon scheinbar etwas eingeschüchtert ist von Phyliss.«

»Sind wir das nicht alle?«

Er zog seine Jacke aus und warf sie über die Couch. »Ich hab Migellin angerufen. Er will uns morgen nachmittag in seinem Haus sehen, denn er veranstaltet wieder eines seiner Treffen.«

Sie zeigte den Anflug eines Lächelns. »Nach dem, was letztes Mal passiert ist, bin ich überrascht, daß er überhaupt noch jemanden dazu überreden kann zu kommen.«

»Ganz im Gegenteil. Ich wette, sie treten sich gegenseitig, um kommen zu dürfen, damit sie dich sehen. Diejenigen, die dabei waren, als du das Paket aufgemacht hast, werden sich mit der Story monatelang durchschnorren können.«

»Das kann ich mir nicht vorstellen.« Sie erschauderte. »Ich kann nicht mal drüber reden.«

»Dann tu's nicht.« Er nahm seinen Koffer und trug ihn ins Schlafzimmer.

»Warte.«

Er erstarrte und drehte sich dann zu ihr.

Sie holte tief Luft. »Ich will nicht mehr mit dir schlafen.«

Er lächelte sarkastisch. »Ich hab dir angst gemacht, nicht wahr? Ich hab dich dazu gebracht nachzudenken. Ich hätte meinen Mund halten sollen.«

»Es wird allmählich zu kompliziert.«

»Und Gott bewahre, daß du dich mit Komplikationen rumschlagen mußt.«

»Du willst auch keine Komplikationen.«

»Aber der Unterschied zwischen uns ist, daß ich weiß, daß ich mich nicht vor ihnen verstecken kann.« Er kam einen Schritt näher. »Warum hast du beschlossen, mich loszuwerden? Hat dir der Sex zu gut gefallen? Es ist wie eine Droge, nicht wahr? Du verlierst die Kontrolle, und vielleicht magst du es nicht, wenn du die Kontrolle verlierst. Du magst alles glatt haben. Oder vielleicht war ich nicht gemütlich und solide wie Noah und dein Vater.«

Seine Augen funkelten, der Mund war schmal, und sie spürte ein gewisses Unbehagen. »Sei vernünftig. Es gibt keinen Grund, wütend zu sein.«

»Ich bin aber wütend. Ich mag es nicht, wenn ich rausgeworfen werde, obwohl ich nichts getan habe. Verflucht, ich bin ein gottverdammter Heiliger gewesen. Fast so heilig wie Sankt Noah.« Er packte ihre Schultern. »Es ist nicht *fair.*«

»Das weiß ich«, sagte sie hilflos. »Aber ich kann nicht anders.«

Sie beobachtete, wie sich sein Gesichtsausdruck veränderte.

Er schwieg einen Augenblick. »Ich auch nicht. Ich habe dir gesagt, ich reagiere nicht so gut auf Zurückweisung. Ich schmiede Ränke und manipuliere und tue alles, was ich tun muß, um es zu vermeiden.« Er ließ ihre Schultern los und machte sich auf den Weg zu seinem Schlafzimmer. »Okay, ich werde brav und zahm sein. Ich werde in mein einsames Bett gehen und dich deinem überlassen. Ich werde lächeln und so tun, als wäre alles in Butter. Aber glaube nicht, daß es vorbei ist. Das werde ich nicht zulassen. In einem Monat bin ich wieder in deinem Bett.«

Sie schüttelte den Kopf. »Es sollte ja auch nicht ewig dauern. Das würdest du nicht wollen.«

»Sag mir nicht, was ich will.« Die Tür knallte hinter ihm zu.

Sie zuckte zusammen, als hätte er sie geschlagen. Seine Heftigkeit machte ihr angst, diese dunkle, gewalttätige Art war bis jetzt noch nie gegen sie gerichtet gewesen!

Und sie hatte nicht nur Angst, sie fühlte sich außerdem schuldig und einsam.

Sehr einsam.

Sie zwang sich, Ishmarus *Krieger*-Buch zu lesen, bevor sie an diesem Abend einschlief. Sie hatte es vor sich hergeschoben, aber das konnte sie nicht mehr länger tun, denn er kam näher. Sie mußte versuchen, sich von der Angst zu befreien und eine Schwäche zu finden.

Und zum ersten Mal, seit sie Seths Geliebte geworden war, kam der Alptraum zurück.

Sie erwachte keuchend, schwitzend, weinend.

Seth.

Seth war nicht da.

Aber Ishmaru war es, drang in ihren Schlaf ein, wie er in ihr Leben eingedrungen war.

Und er hatte nicht sie verfolgt.

Er war hinter Seth hergewesen.

Jemand der dir nahesteht. Rate noch mal.

An eine Bedrohung Seths hatte sie nicht gedacht. Seth war stark, gescheit, gefährlich, fähig, jede Bedrohung abzuwehren.

Sie wollte zu Seths Zimmer rennen und bei ihm sein, ihn beschützen.

Laß ihn nicht noch näher kommen.

Hör auf zu zittern. Seth konnte sich selbst weit besser beschützen als Noah. Schlaf wieder ein.

Rate noch mal ...

Blount war ungeheuer zufrieden.

Er hatte Drakin richtig eingeschätzt. Es war nur eine Frage der Zeit, bevor der Mann in sein Lager wechselte.

Und mit ihm würden Geld und Macht kommen.

Er sperrte leise summend die Türe auf und betrat sein Büro. Er kam immer zwei Stunden früher als Ogden, der meist gegen zehn Uhr eintraf. Blounts Eifer beeindruckte Ogden. Und die zwei Stunden gaben Blount Zeit, alle Dokumente zu überfliegen, die Ogden, in seine Schublade gesperrt, aufbewahrte.

Aber diese Täuschung würde nicht mehr lange nötig sein. Er war auf dem Weg. Er hatte Drakin, und Ishmaru kooperierte wunderbar.

Ja, er war sehr zufrieden damit, wie die Dinge standen. Er griff zum Telefon. Jetzt mußte er nur noch eine Einzelheit überprüfen ...

15

Er würde in den Pavillon kommen.

Blount hatte gesagt, er würde immer, wenn er auf seinem Landsitz wäre, den Sonnenuntergang von seinem Pavillon aus beobachten. Hoffentlich hatte der Scheißkerl recht. Er hatte keine Zeit, ihn zu verfolgen. Er hatte eine Reservierung für den Neun-Uhr-Flug nach Oklahoma.

Unter anderen Umständen wäre das, was er vorhatte, eine Freude gewesen. Er hatte Migellin im Fernsehen gesehen, und der Mann schien stark im Geist. Er mußte die Seele eines Kriegers haben, sonst würde ihn Blount nicht loswerden wollen.

Er hatte beobachtet, wie sich die Gäste einer nach dem anderen verabschiedet hatten. Emily und Drakin waren die letzten gewesen, und Migellin hatte sie angelächelt, und sie hatte ihn voller Zuneigung angesehen.

Er kam jetzt den Hügel hoch.

Schneller. Komm schneller, ich warte auf dich.

Er trug einen grauen Pullover, und eine Brise zauste an seinem Haar. Er sah entspannt und zufrieden aus.

Mit einem Mal war auch Ishmaru zufrieden.

Migellin war wichtig für Emily, und er war stark. Er würde kämpfen. Es könnte die Verzögerung wert sein, einen solchen Mann zu bedrohen, und am Ende würde es dasselbe sein.

Coup.

»Wie geht's dir denn?« Kate kam in Joshuas Zimmer und ließ sich aufs Bett fallen.

Er machte ein grimmiges Gesicht. »Oma läßt mich nicht aufstehen. Ich fühl mich gut.«

»Morgen.«

»Was ist der Unterschied zwischen heute und morgen?«

»Vierundzwanzig Stunden. Jetzt halt den Mund und erzähl mir, was du heute gemacht hast, während wir beim Senator waren.«

Er deutete mit dem Kopf auf die Gitarre am Bett. »Ich hab ›Down in the Valley‹ geübt. Ich bin schon ziemlich gut.« Er strahlte. »Willst du es hören?«

»Da kannste drauf wetten.« Sie reichte ihm die Gitarre und stand auf. »Warte kurz, dann hol ich Seth. Er wird es auch hören wollen.«

»Er hat's schon gehört, denn er hat mich vor dem Abendessen besucht.« Er runzelte konzentriert die Stirn, als er den ersten Akkord anschlug. »Er hat gesagt, er bringt mir morgen ein anderes Lied bei. Vielleicht ›Yankee Doodle‹.«

Sie rollte sich in dem Stuhl auf der anderen Seite des Zimmers zusammen und beobachtete ihn. Gott sei Dank, waren Kinder so wunderbar widerstandsfähig. Sie wurden besser mit Schwierigkeiten fertig als Erwachsene. Sperr sie ein, und sie lernen Gitarre spielen. Sie erinnerte sich daran, wie sie vor Jahren das Tagebuch der Anne Frank gelesen hatte und wie sie es beeindruckt hatte, daß das Leben sogar unter dieser entsetzlichen Bedrohung weiterging. Irgendwie war Joshua in einer ganz ähnlichen Lage.

Er hob den Kopf. »Hörst du auch zu?«

»Jeder Note. Du bist ziemlich gut.«

Er grinste und sah hinunter auf die Akkorde, die er anschlug. »Es wird schon.«

Sie legte ihren Kopf auf das Kissen und lauschte der leisen Musik. Ruhe. Liebe. Zusammensein. Es war wie in den Zeiten, die sie zusammen erlebt hatten, bevor das alles anfing. Die Ruhe im Auge des Hurrikans.

Gut, sie würde das so akzeptieren.

Genieße den Augenblick.

»Migellin ist tot«, sagte Tony, als Seth die Zimmertür öffnete. »Seine Frau hat ihn heute abend im Pavillon gefunden.«

»Wie?«

»Erstochen. Neben ihm lag ein Zettel, auf dem stand, das würde mit allen Heiden passieren, die sich in Gottes natürliche Ordnung einmischen.«

Kate fühlte sich, als wäre sie selbst erstochen worden. Sie wandte sich an Seth. »Ishmaru?«

»Wahrscheinlich. Oder vielleicht hat Ogden einen dieser Fanatiker aufgehetzt, das zu tun.«

»Du glaubst das nicht.«

»Nein, aber ich hoffte, du würdest es glauben. Ogden wollte keine Märtyrer, und ein toter Migellin wird verdammt groß dräuen.«

»Er hat im Leben auch verdammt groß gedräut.« Sie versuchte, ihre zitternde Stimme in den Griff zu kriegen. »Ich nehme an, wir brauchen jetzt nicht mehr zu raten wegen des Coups. Ishmaru wollte, daß es Migellin ist.«

Seth wandte sich wieder zu Tony. »Was sagt die Polizei?«

»Noch nicht viel. Das Anwesen ist vom FBI besetzt und auch von der CIA. Ein Senator von Migellins Rang könnte ein Ziel für Terroristen sein.« Er hielt inne. »Aber dieser Zettel wird vor allem durch die Presse geschleift werden. Ich weiß nicht, ob das gut oder schlecht für uns ist.«

Kate sagte: »Ich kann nichts Gutes daran finden. Ein anständiger Mann ist tot, und wenn es Ishmaru war, dann ist er jetzt hinter uns her.«

»Nein, er will, daß du zu ihm kommst.«

»Und Migellin war nur ein isolierter Vorfall? Das glaube ich nicht.«

»Ich weiß es nicht. Ich sage dir nur, du sollst keine voreiligen Schlüsse ziehen. Laß mich das überprüfen.«

»Überprüf, soviel du willst.« Sie drängte sich an ihm vorbei. »Aber ich gehe zu meinem Sohn.«

»Er ist in Sicherheit, Kate. Du weißt, daß er gut bewacht ist. Rimilon ist immer –«

»Ich weiß überhaupt nichts mehr.« Sie klopfte an die Tür der Suite nebenan. »Ich will nur bei meinem Sohn sein.«

Phyliss öffnete die Tür. »Kate?«

»Migellin ist tot. Er ist tot, Phyliss.« Sie betrat die Suite und schloß die Tür. »Ist es okay, wenn ich ein bißchen bleibe?«

»Sei bitte nicht dämlich.« Phyliss zog sie an sich. »Komm schon. Erzähl mir alles.«

»Sie ist ziemlich wacklig«, sagte Tony.

»Kannst du's ihr übelnehmen?« fragte Seth.

»Nein. Ich war selbst ziemlich erschüttert, als ich von Migellin hörte. Ich hab ihn gemocht.«

»Ich auch.« Er ging zurück in die Suite. »Komm rein. Es gibt ein paar Dinge, die du für mich tun mußt.«

»Was? Du weißt doch, daß ohne Migellin unsere Chancen, das Gesetz aufzuhalten, gleich Null sind.«

»Vielleicht. Wo ist dieser zahme Detektiv, den du an der Leine hältst?«

»Barlow? Noch in Seattle.«

»Bring ihn her. Ich brauche ihn vielleicht.«

»Migellin war unsere einzige Hoffnung. Was kann –«

»Bring ihn einfach.« Er setzte sich und griff nach dem Telefon.

»Wen rufst du an?«

»Meinen alten Kumpel Blount.«

Blount hob beim zweiten Klingeln ab. »Ich habe Ihren Anruf erwartet, Drakin. Haben Sie von Migellin gehört? Zu schade. Ogden tobt wie ein Stier. Es ist sehr amüs–«

»Warum?«

Schweigen am anderen Ende der Leitung. »Migellin war ein Hindernis. Selbst wenn sie ihren Widerspruch gegen das Anti-

Genetik-Forschungsgesetz zurückgezogen hätten, hätte Migellin weitergemacht. Er war so ein Mann.«

»Also haben Sie ihn zum Märtyrer gemacht.«

»Sie hören sich an wie Ogden. Wir brauchen uns darum keine Sorgen zu machen, das gibt vielleicht einen Rückschlag für die pharmazeutischen Konzerne, aber uns wird es nicht betreffen. Sobald das Gesetz durch ist, wird RU2 mindestens zehn Jahre auf Eis gelegt sein. Je weniger RU2 da draußen ist, desto mehr Profit machen wir. Angebot und Nachfrage. Sie wissen, daß Migellins Unterstützung sich jetzt in Nichts auflösen wird.«

»Ja, das weiß ich.«

»Und im Nu wird das Gesetz durch sein.«

»Sehr clever. So hatte ich es noch nicht betrachtet.«

»Das ist mein Job. Ihnen zu helfen, damit Sie sich nicht mit diesen lästigen kleinen Details befassen müssen. Deswegen wird unsere Partnerschaft funktionieren.« Er hielt inne. »Und es wird doch eine Partnerschaft sein, nicht wahr, Drakin?«

»Ich komme dieser Entscheidung näher, nachdem Migellin jetzt aus dem Weg ist.«

»Ich dachte mir, daß Sie das anspornen wird.«

»Aber Partner vertrauen einander. Sie haben mich belogen, was Ishmaru angeht. Er sollte doch von der Bildfläche verschwinden. Aber es war Ishmaru, nicht wahr?«

»Natürlich. Ich sagte Ihnen, wir hätten einen Deal gemacht. Aber er ist wie versprochen anschließend in ein Flugzeug gestiegen. Machen Sie sich keine Sorgen wegen Ishmaru. Seine Nützlichkeit ist fast beendet. Mein Vater weiß, wie man mit Ungeziefer wie ihm umgeht.«

»Das ist sehr beruhigend.«

»Wir sollten uns treffen und besprechen, wie wir weiterhin vorgehen werden.«

»Noch nicht. Wir müssen warten, bis sich die Aufregung wegen Migellins Tod gelegt hat.«

»Ich bin wohl ein bißchen ungeduldig. Sie haben recht. Sie werden sich nach der Beerdigung mit mir in Verbindung setzen?«

»Da können Sie sicher sein.« Er legte auf.

»Und?« fragte Tony.

»Ich will alles wissen, was es über Ogden, Blount und Marco Giandello zu wissen gibt. Schnell.«

»Was soll dir das nützen? Du wirst nur die Räder durchdrehen lassen, jetzt wo Migellin tot ist.«

»Dann laß mich sie durchdrehen.«

Er sah Seth überrascht an. »Du wirst nicht aufgeben, stimmt's?«

»Nachdem ich deine Meinung über mich kenne, ist mir klar, daß dich das überraschen muß.«

»Das tut es. Warum?«

»Weil einige Sachen es wert sind, auf lange Sicht dafür zu ackern.«

»RU2?«

»Ich fürchte, so edel bin ich nicht. Ich agiere auf einer etwas persönlicheren Ebene.«

»Kate?«

»Kate. Noah. Migellin. Ich bin stocksauer wie noch nie.«

Tony sah ihn mißtrauisch an. »Und was wirst du tun?«

Er grinste. »Natürlich das, was ich am besten kann. Was sonst?«

Pinebridge.

Ishmaru lächelte, als er die lange Einfahrt zum imposanten Haupteingang des kleinen Krankenhauses hochging. Er hatte ein gutes Gefühl mit Pinebridge. Es lag draußen vor der Stadt und war von Wäldern umgeben.

Der bestimmte Ort?

Ah, Emily, du kleiner Teufel, du bist noch mehr, als ich erwartet habe. Es gehörte göttliche Bösartigkeit dazu, den eigenen Vater zu töten. Natürlich hätte er es tun können, wenn sein Vater nicht gestorben wäre, bevor Ishmaru den wahren Weg gefunden hatte. Aber nicht viele andere wären eines solchen Aktes fähig gewesen.

Sie mußte eine Spur hinterlassen haben. Jeder hinterließ Spuren. Aufzeichnungen im Büro, jemand vom Personal, der etwas gesehen hatte. Es würde eine Spur geben, und er würde sie dazu nutzen können, Kate zu sich zu locken. Er würde den Beweis als Köder offerieren, und Kate würde kommen.

Eine grauhaarige Frau um die Fünfzig hob lächelnd den Kopf, als er das Personalbüro betrat. »Kann ich Ihnen helfen?«

»Ich hoffe, *ich* kann *Ihnen* helfen. Mein Name ist Bill Sanchez. Die Valmeyer-Agentur für Arbeitsvermittlung schickt mich wegen des Pflegerjobs.«

»O ja.« Sie blätterte die Papiere auf ihrem Schreibtisch durch. »Aber ich dachte, Sie würden einen …« Sie fand das Papier, das sie gesucht hatte. »Einen Norman Kendricks schicken.«

»Ich komme jetzt an seiner Stelle.« Er lächelte. »Norman konnte nicht kommen. Er fühlt sich nicht wohl.«

Noch eine Beerdigung.

Würden sie niemals aufhören?

Regen prasselte auf den verzierten Deckel des mit Blumen überhäuften Sarges.

Trotz des Wetters drängte sich eine Menschenmenge um das Grab – Kongreßabgeordnete, ausländische Würdenträger, der Vizepräsident und seine Frau.

Nicht wie bei Noahs Beerdigung, dachte Kate. Migellin hatte diesen Tribut verdient, aber Noah auch. Sie warf einen Blick auf Seth. Dachte er auch an Noah? Nein. Sein Gesicht war regennaß, aber sie sah keine Trauer. Sein Gesicht war angespannt, hart und erinnerte sie vage an die Nacht, in der er sie nach Noahs Tod abgeholt hatte.

In dieser Nacht hatte sie Angst vor ihm gehabt.

Der Gottesdienst war vorbei, und die Menge geriet in Bewegung, sammelte sich in kleinen Gruppen, nachdem der Augenblick der Einheit vorbei war.

Seth nahm ihren Arm, hielt schützend den großen schwarzen Regenschirm über sie, während sie sich den Trauergästen anschlossen, die zum Tor des Friedhofes gingen.

»Noah hätte eine solche Beerdigung haben sollen«, sagte sie. »Es kommt mir so unfair vor.«

»Noah hätte so etwas nicht gewollt. Migellin wahrscheinlich auch nicht.«

»Vermutlich hast du recht.« Migellin war ein Mann mit einfachen Bedürfnissen gewesen. »Wir werden darüber nachdenken müssen, was wir jetzt tun.«

»Wenn du bereit bist, den Kopf aus dem Sand zu ziehen.«

Sie konnte ihm diese Bemerkung nicht übelnehmen. Es war die Wahrheit. Sie hatte Seth in den vergangenen Tagen kaum gesehen. Sie war bei Phyliss und Joshua geblieben und hatte alles andere ausgeschlossen. »Ich bin bereit. Wir können jetzt nicht mehr verhindern, daß das Gesetz durchgeht, nicht wahr?«

»Dazu bräuchten wir ein Wunder, und von denen gibt es wenige.«

»Es muß doch etwas geben, daß wir tun können.«

»Das gibt es. Ich möchte, daß du, Phyliss und Joshua die nächste Maschine nach Amsterdam nehmt.«

Sie erstarrte. »Du gibst auf?«

»Die Möglichkeit bestand immer, daß wir RU2 hier nicht durchdrücken können. Wir werden in Amsterdam einreichen.«

»Und Ogden und Blount und all diese anderen Schweine gewinnen lassen?«

»Das hab ich nicht gesagt.«

»Das hast du aber gemeint.«

»Manchmal müssen wir nehmen, was wir kriegen. Es mag vielleicht jetzt unmöglich sein, Unterstützung für RU2 zu bekommen, aber Ogden und Blount können nicht gewinnen.«

»Wie kann –« Sie starrte ihn an und flüsterte: »Du wirst sie töten.«

»Tote Männer können nicht gewinnen.«

»*Nein.*«

»Ich habe Tony arrangieren lassen, daß ihr morgen nachmittag nach Amsterdam fliegt, Rimilon wird mit euch kommen und sich um die Sicherheitsvorkehrungen kümmern.«

»Und dich zurücklassen, damit du morden kannst.«

»Hinrichten.«

»Du bist derjenige, der hingerichtet werden wird.«

»Ich bin nicht dumm.«

Es würde ihr nicht gelingen, ihn zu überzeugen, stellte sie in Panik fest. »Ich werde nach Amsterdam gehen, aber nur, wenn du mit mir kommst.«

»Ich komme bald nach.«

»Wenn du nicht getötet oder verhaftet wirst.«

Er sah sie an. »Es muß ein Ende nehmen, Kate. Ich hab es nach deiner Methode versucht, und es funktioniert nicht. Es gibt keine Möglichkeit, daß das Gesetz sie kriegt. Sie haben Ishmaru benutzt, und dieser Psycho wird nicht reden. Noah ist tot. Migellin ist tot. Ich werde Ogden und Blount nicht leben lassen.«

Ihre Hände ballten sich zu Fäusten. »*Verflucht* sollst du sein.«

»Warum bist du überrascht?« Seine Stimme wurde rauh. »Du hättest wissen müssen, daß ich das nicht ertragen könnte. Weißt du, wie oft ich drauf und dran war, euch zu verlassen und mir Ishmaru zu holen? Ich konnte es nicht machen. Es war zu gefährlich, euch allein zu lassen. Ich kann es immer noch nicht, aber ich kann Blount und Ogden kriegen.«

»Ich will nicht, daß du –«

»In Amsterdam wirst du sicherer sein.« Er tat so, als hätte er sie nicht gehört. »Keine Demonstranten, und um Ishmaru kümmere ich mich, sobald er hier auftaucht.«

»Du hörst mir nicht zu. Ich werde nicht gehen, wenn du nicht mitkommst.«

»Du wirst gehen. Du wirst tun, was für Joshua und Phyliss das beste ist. Das weißt du.«

»*Tu* das nicht.«

Er lächelte. »Schau nicht so ängstlich drein. Ich stürme nicht immer los und erschieß einfach Leute.«

»Bei Namirez hast du es getan.«

Er zuckte die Schultern. »Es gibt raffiniertere Methoden. Ich hab da ein paar Ideen.«

Sie sah ihn verzweifelt an. »Ich wünschte, ich hätte dich nie mit hineingezogen.«

»Aber das hast du. Und jetzt mußt du den Mund halten und die Konsequenzen tragen. Jetzt ist es mein Spiel.«

»Den Teufel ist es. Ich werde nicht zulassen –«

»Ein trauriger Anlaß. Für Sie muß es besonders traurig sein, meine Liebe.«

Kates Blick flog zu Senator Longworth, der auf sie zukam, begleitet von einer kleinen, molligen Frau. Im Schatten seines Schirms wirkte sein trauervolles Gesicht blaß und hager wie das einer der Steinstatuen, die sie umringten.

Sie erstarrte. »Es ist ein trauriger Tag für alle, Senator Longworth. Senator Migellin war ein ganz besonderer Mann.«

»Zu schade, daß seine letzte Kampagne ein Fehler war, dessentwegen man sich an ihn erinnern wird.«

»Es war kein Fehler. Er hatte sich einer Sache verschrieben –«

»Aber, aber, regen Sie sich nicht auf.« Er hob abwehrend die Hand. »Das ist ein Tag des Waffenstillstandes. Ich wollte nur zeigen, daß es von meiner Seite keine Feindseligkeit gibt wegen der Probleme, die Sie mir gemacht haben. Ich glaube, Sie kennen meine Frau Edna noch nicht?«

Die kleine Frau, die zusammengesunken neben Longworth stand, murmelte ein leises: »Wie geht es Ihnen?«

»Edna ist ein bißchen schüchtern.« Longworth strahlte auf sie hinunter. »Aber wir sind seit sechsundzwanzig Jahren zusammen, und sie ist eine echte Kämpferin. Eine von der alten Garde. Kein Emporkömmling wie diese Hilary-Clinton-Typen.«

Kate nickte der Frau höflich zu. Edna Longworth war offensichtlich der Inbegriff der »kleinen Frau«. Sie konnte nichts dafür, daß sie ihr Leben an das eines Arschlochs gebunden hatte.

»Was wollen Sie, Longworth?« fragte Seth.

»Ich hab's Ihnen gesagt. Ich wollte zum Ausdruck bringen …« Er verstummte, als er Seths Blick sah. »Da stehen Reporter vor dem Tor. Ich dachte, es könnte unserer beider Ziele nicht schaden, jetzt zusammen gesehen zu werden. Feinde in Trauer vereint, so etwas in der Art.«

Kate sah ihn fassungslos an. »Lecken Sie uns am Arsch.«

»Kein Grund, ausfallend zu werden«, sagte Longworth. »Schließlich sind Sie diejenige, die verloren hat. Ich wollte nur –« Er sah hinunter zu seiner Frau. »Was ist denn, Edna?«

»Sie haben nein gesagt. Du hast versprochen, wenn sie nein sagen, gehen wir zurück zum Auto. Du hast es versprochen.«

»Wir gehen gleich.«

»Es regnet«, sagte Edna stur. »Du hast es versprochen.«

Zu Kates Überraschung gab er nach. »Also gut.« Er wandte sich noch einmal an Kate. »Meine Frau mag den Regen nicht. Süße Dinge schmelzen leicht, wissen Sie.« Er nahm den Arm seiner Frau und ging zum Tor.

»Er glaubt, er hätte uns geschlagen«, sagte Kate. »Ich hätte ihn am liebsten geohrfeigt.«

»Ich glaube, du hast ihn ganz ordentlich geohrfeigt«, sagte Seth.

»Hast du gesehen, wie er seine Frau behandelt hat? So etwas von herablassend.« Sie fuhr Seth an. »Ich will nicht, daß er gewinnt. Ich will nicht, daß RU2 den Bach runtergeht.«

»Dann überleg dir, wie wir es retten können.«

»Wir werden überlegen, wie wir es retten können. Du mußt nicht hinter –«

»Nein, Kate.« Sein leiser Ton klang unerbittlich. »Laß es.«

Sie würde es lassen. Was scherte es sie, wenn man ihn umbrachte oder verhaftete? Er war ein dummer, gewalttätiger Mann, der verdiente, was immer ihm passierte. Sie konnte ihm nicht helfen, wenn er nicht hören wollte. Sie würde es lassen.

Für den Augenblick.

»Mr. Drakin?« Der Mann, der in der Tür stand, war klein, dunkel, und er trug einen ordentlichen grauen Anzug. »Ich bin Frank Barlow. Ich habe einen Bericht für Sie. Ich glaube, Mr. Lynski hat Ihnen gesagt, daß –«

»Kommen Sie rein.« Seth warf einen Blick über seine Schulter zu Kate, die sich auf der Couch zusammengerollt hatte. Das brauchte sie nicht zu hören. Sie war den ganzen Nachmittag aufgeregt gewesen. »Das wird nicht lange dauern.« Er nahm den Detektiv mit in das angrenzende Zimmer und schloß die Tür. »Setzen Sie sich.«

Barlow setzte sich in den Stuhl am Fenster und öffnete seine Aktentasche. »Sie baten um einen Bericht über Ogden. Da gibt es nicht viel mehr, als ich Mr. Smith schon gegeben hatte.«

»Was ist mit Blount?«

»Er hält seine Nase sehr sauber, aber es besteht kein Zweifel, daß er die Bomben bei J. and S. arrangiert hat. Ogden hat keine solchen Kontakte.«

»Giandello?«

»Verbrecherboß. Schlau genug, klammert sich aber an die

alten Methoden: Sex, Drogen, Glücksspiel. Versucht nicht gerade was Neues.«

»Blount ist sein Sohn. Wie ist ihre Beziehung?«

»Eng genug, zumindest von Giandellos Seite. Er ist stolz auf seine Familie und versucht, Blount mit allen Mitteln zu schützen. Obwohl er unehelich ist, hat Giandello ihm die Schule bezahlt, ihn häufig besucht und ihm zum Abschluß ein tolles Auto geschenkt.«

Seth erfuhr nicht viel mehr, als was er ohnehin schon wußte. Er versuchte es mit einer anderen Methode. »Was für eine Art Mann ist er? Was drückt bei Giandello die Knöpfe?«

Barlow runzelte die Stirn. »Wie meinen Sie das?«

»Ist er jähzornig? Fürchtet er sich vor irgend etwas? Hat er irgendwelche Macken?«

»Er war jähzornig genug, um einen seiner ehrgeizigeren Konkurrenten zu zerstückeln«, erwiderte Barlow trocken. »Aber wie ich schon sagte, er ist clever. Er versucht nicht etwas, daß er nicht durchziehen kann.« Er warf einen Blick auf die Papiere vor ihm. »Er mag keine Juden, Nazis, Schwarze oder Homosexuelle.«

»Ein ganz gewöhnlicher, sauberer, amerikanischer Unternehmer«, murmelte Seth.

»Sonst noch etwas?«

»Zum Teufel, ja. Wir werden diese Berichte durchackern, bis ich mehr über sie weiß als ihre Mütter.« Er setzte sich und nahm Barlow den Block ab. »Fangen wir mit Blount an.«

Seth hatte gesagt, es würde nicht lange dauern, aber jetzt war schon fast eine Stunde vergangen.

Er hatte die Tür zugemacht und sie ausgeschlossen. Wochenlang hatten sie alles geteilt, alles zusammen gemacht. Es war ein seltsames und beunruhigendes Gefühl, wieder allein zu sein. Daß es ihre Entscheidung gewesen war, änderte nichts daran.

Kate stand auf und ging ins Schlafzimmer. Sie würde zu Bett gehen und es vergessen. Sie war es gewöhnt, allein zu sein.

Aber nicht auf die Art, wie Seth allein war. Sie hatte Joshua und Phyliss. Seth hatte niemanden.

Seine Entscheidung. Er hatte kein Verlangen nach irgendwelchen Bindungen, egal welcher Art. Er zog Leute wie ein Magnet an, aber wenn sie seinen Kreis einmal betreten hatten, schloß er sie aus.

Oder wagte er es nicht, sie zu behalten? Wie oft hatte er schon Wurzeln geschlagen, die dann brutal ausgerissen wurden? Na ja, sie konnte nichts dagegen machen. Er war, was er war, und sie war, was sie war, und der Unterschied war schwindelerregend.

Aber was sie zusammen gehabt hatten ...

Sie zog sich aus und ging ins Bett. Schlaf. Vergiß diese geschlossene Tür.

Sie konnte sie nicht vergessen. Immer wieder erinnerte sie sich an ihren Alptraum. Seth in Gefahr. Seth von Ishmaru verfolgt. Sie war immer noch wach und hörte, wie Seths Tür aufging und sich dann die Tür zum Gang schloß. Sie hielt noch zwanzig Minuten durch, dann konnte sie es nicht mehr ertragen.

Sie stieg aus dem Bett, und einen Augenblick später öffnete sie Seths Tür.

Es war dunkel im Raum, aber sie konnte Seth vage auf dem Bett am anderen Ende des Raums erkennen. »Könnte ich zu dir ins Bett kommen?«

»Mußt du fragen?«

»Ja.« Sie rannte durchs Zimmer und glitt unter die Decke. Sie lag neben ihm, ohne ihn zu berühren. »Ich glaube schon. Du warst sehr wütend auf mich, als ich dich –«

»Rausgeschmissen habe«, beendete er den Satz für sie. »Teufel, ja, ich war wütend. Ich nehme an, das hab ich nicht meinem fantastischen Sexappeal zu verdanken.«

»Du hast gesagt, du wärst innerhalb eines Monats wieder in meinem Bett.«

»Und du wolltest mir die Mühe ersparen?«

»Vielleicht.« Sie holte Luft. »Wer war dieser Mann?«

»Ah, jetzt kommt die Wahrheit ans Licht. Du versuchst, mich dazu zu verführen, dir all meine Geheimnisse preiszugeben.« Seth wurde wieder ernst.

»Ein Privatdetektiv. Barlow. Tony sagt, er ist gut. Wehe, wenn nicht.«

»Warum brauchst du ihn?«

»Information.«

»Was für Information?«

Seth gab keine Antwort.

Sie drehte sich zu ihm. »Warum willst du's mir nicht sagen?«

»Wenn du es nicht weißt, kann man dich nicht als Komplizen belangen.«

»Ich hasse das«, flüsterte sie. Sie legte ihr Hand auf seine Brust. Sie konnte das Pochen seines Herzens unter ihren Fingern hören, stark, stabil, zu Hause. »Ich werde dir helfen.«

Er erstarrte neben ihr. »Was?«

Sie war fast so überrascht wie er. Sie hatte nicht gewußt, daß diese Worte herauspurzeln würden, aber jetzt, nachdem sie gesagt waren, wußte sie, daß sie unvermeidlich gewesen waren. »Du hast mich gehört. Wenn du das tun mußt, werde ich dir helfen.«

»Warum?«

»Aus denselben Gründen wie du.«

Er kaufte es ihr nicht ab. Er kannte sie zu gut. Sie spürte, wie ihr die Tränen in den Augen brannten. »Verflucht, ich will einfach nicht, daß du allein bist.«

Er schwieg, und dann strich er mit seinen Lippen über ihre Stirn. »He, das heißt, du magst mich.«

»Vielleicht. Ein bißchen.«

366

»Mehr als ein bißchen. Sehr. Es muß schon sehr sein, wenn du mir anbietest, Komplizin zu werden.« Er streichelte sanft ihr Haar. »Besonders, nachdem du dir so sicher bist, daß man mich erwischen und einbuchten wird.« Er fügte mit Gangstermiene hinzu: »He, wie, glaubst du, seh ich in Gefängnisgrau aus, Baby?«

»Hör auf, Witze zu machen. Ich weiß, daß sie selbst Mörder sind, aber ich glaube an das Gesetz. Und ich hasse den Tod, schon immer. Er ist eine Niederlage, und diese ganze Geschichte macht mir angst.«

»Aber du bist trotzdem bereit, es zu tun. Was ist mit Joshua?«

»Das macht mir am meisten angst. Ich weiß, daß er Phyliss hat.« Sie schlang ihre Arme fester um ihn. »Aber ich muß für ihn dasein. Ich möchte nicht, daß er sich auf sie verlassen muß. Also denk dir besser einen richtig guten Plan aus, damit alles gutgeht.«

»Ich werde mein Bestes tun.« Seine Stimme zitterte. »Schlaf jetzt, Kate.«

Sie war zu verängstigt, um zu schlafen, zu verängstigt von der Tat, auf die sie sich eingelassen hatte. Sie mußte ihm näher sein. Sie stützte sich auf einen Ellbogen, beugte sich vor und küßte ihn. »Noch nicht ...«

16

Ein Zettel lehnte auf ihrem Nachttisch, als Kate erwachte.

Keine Panik. Ich versuche nicht, dich auszuschließen. Ich bin nur ein bißchen auskundschaften gegangen. Heute abend bin ich zurück.
  Seth

Was wollte er auskundschaften? Er hatte abgestritten, daß er versuchte, sie auszuschließen, aber er hatte ihr nichts von dem erzählt, was er vorhatte. War das, weil sie ihn nicht gefragt hatte? Sie hätte ihn fragen sollen. Er hatte ihren Widerwillen bemerkt und würde sie nicht freiwillig mit hineinziehen.

Na schön, sie konnte ihn heute abend fragen. Im Augenblick wollte sie nicht daran denken. Sie würde viel lieber versuchen, eine Möglichkeit zu finden, RU2 wieder auf den Weg zu bringen. Es mußte eine Lösung geben. Etwas lag ihr auf der Zunge, nagte am Rand ihres Bewußtseins, knapp außer Reichweite.

Sie schwang ihre Füße auf den Boden und ging in die Dusche. Vielleicht könnte sie in dem Hallenpool ein bißchen schwimmen. Wann immer sie ein Problem plagte, versuchte sie, sich ganz davon zu lösen und ihren Kopf zu klären. Es war erstaunlich, was das Unterbewußtsein alles schaffte, wenn man es in Ruhe ließ.

»Warum sind Sie hier, Drakin?« Marco Giandello lehnte sich in seinem Chefsessel zurück. »Ich glaube nicht, daß wir geschäftlich miteinander zu tun haben.«

»Ich hatte aber doch den Eindruck. Ihr Sohn hat mir einen Deal angeboten, und Ihre Teilnahme war ein fester Bestandteil des Ganzen.«

»Sie verhandeln mit meinem Sohn. Das ist sein Spiel.«

»Ich habe kein Bedürfnis, ihn auszuschließen. Ich wollte nur eine Bestätigung, bevor ich mich dazu entschließe, an Bord zu gehen.«

Giandello lächelte. »Ich glaube nicht an dieses ganze DNS-Zeug, aber mein Junge glaubt, es wäre einen Versuch wert. Es ist gut, wenn ein Sohn versucht, sich in der Welt zu behaupten. Ich habe nichts dagegen, ihm ein bißchen Hilfestellung zu leisten.«

»Das freut mich, denn die Situation ist explosiv. Ich brauchte eine kleine Rückversicherung.« Er hielt inne. »Ihr Sohn *ist* vorsichtig mit Ogden, nicht wahr?«

»Was? Ich denke schon. Warum?«

»Nichts. Ich hab nur gehört, daß Ogden sehr jähzornig ist. Er wird nicht erfreut sein, wenn er erfährt, daß Ihr Sohn hinter seinem Rücken Geschäfte macht. Er hat viel zu verlieren.«

Giandello erstarrte. »Mein Junge kann auf sich aufpassen.«

Seth hob die Hände. »Nichts für ungut. Ich will nur nicht, daß etwas diesen Deal beeinträchtigt. Dieser RU2-Schlamassel war für mich ganz schön nervig. Ich will nur eins, zurück nach Südamerika mit einem Haufen Geld und dort wie ein König leben.« Er grinste und erhob sich. »Und Sie und Blount regeln all die Kopfschmerzen für mich. Jetzt ist mir viel wohler. Ich hoffe, Sie erwähnen Blount gegenüber nichts von diesem Besuch. Vielleicht schmeckt es ihm nicht, daß ich zu Papa gelaufen bin. Es könnte nach einem Mangel an Vertrauen aussehen.«

»Ich habe vor meinem Sohn keine Geheimnisse.«

Seth zuckte die Achseln. »Wie Sie meinen. Auf Wiedersehen, Mr. Giandello. Danke, daß Sie mich empfangen haben.«

Giandello wartete, bis die Tür sich geschlossen hatte, dann nahm er den Hörer und wählte die Nummer seines Sohns.

»Was, zum Teufel, fällt Ihnen ein, meinen Vater zu belästigen?« sagte Blount, als Seth ihn vom Flugzeug auf dem Rückweg nach Washington anrief. Seine Stimme war schrill, und es fehlte die übliche Gewandtheit. »Das geht nur Sie und mich etwas an, Drakin.«

»Sachte. Ich bin ein vorsichtiger Mann und mußte sichergehen, daß Sie mir die Wahrheit sagen. Wie Sie schon sagten, ohne Schutz könnte der Brunnen austrocknen. Aber Ihr Vater hat mich beschwichtigt. Ich bin bereit einzusteigen.«

Schweigen. »Ich habe nie daran gezweifelt, daß Sie das tun würden. Ich hab gewußt, daß Sie ein Mann sind, der weiß, wo etwas zu holen ist.« Die Gewandtheit war wieder da und mit ihr eine große Befriedigung. »Ich wünschte nur, Sie hätten meinem Wort vertraut. Wir müssen uns treffen und das besprechen.«

»Genau mein Gedanke. Wie wär's mit drei Uhr heute nachmittag am Washington-Denkmal.«

»Zu öffentlich.«

»Besser als in einem Restaurant oder Hotel. Washington ist voller bezahlter Informanten. Am Denkmal sind nur Touristen.«

»In Ordnung.« Er lachte. »Es spielt eigentlich sowieso keine Rolle, ob man uns zusammen sieht, jetzt, wo der Handel perfekt ist. Das Washington-Denkmal um drei.«

»Drei Uhr, Washington-Denkmal.«

»Wer ist da?« fragte Ogden.

»Kommen Sie einfach hin.«

»Ich kümmere mich nicht um anonyme Anrufe.«

»Das werden Sie doch, wenn Sie Judas auf frischer Tat ertappen wollen.«

»Judas?«

Seth legte auf und lehnte sich in seinem Sitz zurück. Keine schlechten Stunden. Er hatte den Kreisel in Bewegung gesetzt. Jetzt mußte er ihn nur in Bewegung halten.

Kate wußte, daß sie eigentlich aus dem Wasser steigen sollte. Joshua würde solange im Wasser bleiben wie sie, und sie waren bereits seit über zwei Stunden im Pool. Es lag nicht daran, daß er müde aussah. Es war, als wäre er nie krank gewesen. Aber Äußerlichkeiten konnten täuschen, und es hatte keinen Sinn, etwas zu riskieren.

»Noch eine Runde.« Sie spritzte ihm Wasser ins Gesicht. »Wer als erster da ist.«

Sie schlug ihn.

»Du hast gemogelt. Ich war nicht bereit.«

»Ich nehm jeden Sieg, egal, wie ich ihn kriege.« Sie zog sich am Beckenrand hoch und half ihm heraus. »Ich hab die Nase voll davon, ständig von dir besiegt zu werden.«

»Na ja, vielleicht liegt's daran, daß du mehr wiegst. Du hast einen größeren Zug durchs Wasser.«

»Danke.« Sie warf ihm ein Handtuch zu. »Dafür kannst du jetzt zur anderen Seite des Pools laufen und Phyliss und Mr. Rimilon holen. Zeit zum Mittagessen.«

»Okay.« Er sprang auf.

»Und bring meinen Bademantel mit«, rief sie ihm nach.

Sie beobachtete, wie er von ihr wegrannte. Nicht einmal die Spur von Schwäche. Er sah genauso gesund aus wie vor seiner Krankheit, Gott sei Dank. In dieser Nacht war sie zu Tode erschrocken …

Na ja, das gehörte eben dazu, wenn einem jemand am Herzen lag. Sie zog ihre Bademütze aus und erhob sich, als Phyliss, Joshua und Rimilon sich näherten. »Bereit zum Mittagessen?«

»Warum nicht?« Phyliss warf Kate ihren Bademantel zu.

»Du solltest eine Megaration Kalorien brauchen, nach dem, wie du den ganzen Nachmittag durchs Wasser gezogen bist. Denkmarathon?«

Phyliss kannte sie gut. »Hat aber nicht viel genützt. Ich hatte gehofft, daß –« Sie verstummte. Könnte das sein? Die Idee war zu wahnsinnig. Aber was, wenn …

Sie schritt zur Tür. »Ich muß telefonieren.«

»Mit wem?« rief Phyliss.

»Lynski.«

»Das war keine gute Idee.« Blount runzelte die Stirn, als er sah, wie eine Ladung Schulkinder aus einem Bus strömte. »Wie sollen wir denn reden, wenn diese Gören hier rumtoben.«

»Wir gehen zum Teich. Sie können nicht behaupten, daß irgend jemand auf uns achtet. Außerdem sagten Sie, es spielt keine Rolle mehr.«

Blounts Miene klärte sich. »Tut es auch nicht. Ich denke, ich bin es einfach gewohnt, wegen Ogden besorgt zu sein. Jetzt nicht mehr.« Er ging neben Seth her. »Sie müssen RU2 irgendwo in Europa anmelden. Wir brauchen eine Drogengenehmigung, sonst können wir die Klinik nicht aufmachen.«

»Ich habe bereits Flugreservierungen.« Er warf einen beiläufigen Blick auf die schwarze Limousine, die langsam an ihnen vorbeirollte. Ogden?

»Was ist mit Kate Denby? Ihr Name steht auf dem Patent.«

»Ich kann beweisen, daß Smith die Hauptarbeit geleistet hat.«

»Das hab ich mir gedacht.«

»Aber es wäre besser, wenn wir mit ihr irgendeine Übereinkunft hätten.« Seth sah hinaus auf den See. »Und wenn Sie nicht eine Gerichtsschlacht mit den Erben haben wollen, dann halten Sie Ishmaru besser fern von ihr, bis wir einen Deal ausarbeiten können.«

»Ich habe Ihnen gesagt, daß Ishmaru kein Problem ist.«
Blount lächelte. »Und Denby dürfte auch kein Problem sein,
wenn Ishmaru findet, wonach er sucht. Wie es scheint, war die
gute Frau Doktor gar nicht so gut, wie sie hätte sein sollen.«

Seth versuchte, teilnahmslos zu wirken. »Das ist schwer zu
glauben. Sie ist eine verdammte Mutter Theresa. Sie hat nicht
lockergelassen, bis sie und Migellin mich am Gängelband hatten.« Er gab sich größte Mühe, die nächste Frage beiläufig zu
stellen. »Was soll sie denn getan haben?«

»Wie wär's mit Mord?« Blount nickte, als er Seths Gesicht
sah. »Ich war auch überrascht.«

»Dieser Cop in Dandridge? Das war ein ziemlich lahmer
Versuch Ihrerseits. Sie haben die Anklage fallenlassen.«

»Nein, das ist schon Jahre her. Aber dieser neue Haftbefehl
gegen sie wird vor Gericht böse aussehen.«

»Noch ein Prozeß. Das ist keine Lösung für das Problem.«

»Sie ist mir egal«, sagte Blount ungeduldig. »Was ist mit
RU2? Ich möchte, daß meine Anwälte einen Vertrag aufset-
zen, bevor sie nach Europa abreisen.«

»Ich ziehe meine eigenen Anwälte vor.«

»Ich muß zugeben, daß ich erwartet habe –«

»Du verfluchter kleiner Wichser.« Raymond Ogden riß
Blount zu sich herum, und seine Faust krachte gegen Blounts
Lippe. »Du verdammter, schleimiger Bastard.«

Blount fiel auf die Knie.

Ogden versetzte ihm einen Tritt in den Bauch. »Pack zusammen und verlasse mein Haus. Du bist fertig.« Er trat ihn
noch einmal. »Und glaub ja nicht, daß du mit irgend etwas
durchkommst. Ich werde dich aufhalten. Du hast nicht das
Zeug, um in der großen Liga mitzumischen, du Wichser.«

»Oje, der war aber verärgert, was?« murmelte Seth, als er
Ogden nachsah, wie er zu seiner Limousine zurückeilte.

»Bastard«, keuchte Blount und rang nach Luft. »Woher,
zum Teufel, hat er gewußt, wo ich –«

»Oh, ich hab's ihm gesagt.« Seth half ihm auf die Beine. »Es schien mir richtig zu sein.«

Blount riß die Augen auf. »Sie haben mich reingelegt?«

»Na ja, wir mußten uns sowieso treffen, und ich dachte, ich schlage zwei Fliegen mit einer Klappe.«

»Sie wollten, daß er mich zusammenschlägt?«

»Ich wollte sehen, wie sie alle Verbindungen zu ihm abbrechen. Unwiderruflich. Ich glaube, das war unwiderruflich, meinen Sie nicht auch?«

»Ich glaube, ich dreh Ihnen den Hals um«, zischte Blount durch zusammengebissene Zähne.

»Verständlich.« Er sah an Blount vorbei. »Aber ich glaube, dieser kleine Zwischenfall hat eine Menschenmenge angelockt. Sie sollten wirklich warten, bis es keine Zeugen gibt.«

Blount holte sein Taschentuch heraus und tupfte sich die Lippe ab. »Ich hab Ihnen gesagt, es wäre mir egal, wenn man uns zusammen sieht. Ich wollte es auf meine Weise machen.«

»Ich fürchte, ich bin nicht sehr vertrauensselig. Sie linken Ogden. Wer sagt mir, daß Sie nicht Ihre Meinung ändern und mich linken? Nein, ich mußte absolut sichergehen, bevor ich mich festlege.« Seth strahlte. »Aber jetzt sind alle Hindernisse aus dem Weg geräumt.«

»Ich werde das nicht vergessen.«

»Da bin ich mir sicher, aber dieses Geschäft ist zu süß, als daß Sie es wegen ein paar blauer Flecke sausen lassen.« Er bürstete Staub von Blounts Jackett. »Sie werden einen Platz zum Wohnen brauchen. Ich werde Ihnen für die nächsten paar Tage eine Suite in meinem Hotel besorgen, bis wir nach Amsterdam abreisen. Ich komme sogar in ein paar Stunden zu Ogdens Haus und helf Ihnen mit Ihrem Gepäck.«

»Ich brauche keine …« Dann lächelte Blount boshaft. »Ja, kommen Sie und holen Sie mich ab. Ogden soll heute abend zu Hause sein. Vielleicht beschließt er, daß Sie auch ein paar blaue Flecken brauchen.«

»Sie würden mir das wünschen?« Seth schüttelte den Kopf. »Und ich dachte, wir verstünden uns so gut.«

»Halten Sie die Klappe, verdammt noch mal«, fauchte Blount und eilte an ihm vorbei zur Straße.

Seth folgte etwas langsamer. Der Kreisel drehte sich fröhlich. Nur noch ein paar Umdrehungen …

»Du siehst aber zufrieden aus«, sagte Phyliss, als sie in Kates Suite kam. »Wie kommt das?«

»Ich bin nicht zufrieden, ich bin aufgeregt.« Kate legte den Hörer auf. »Ich hab auf ein Gefühl gesetzt, und ich bin mir nicht sicher, ob es sich bezahlt machen wird.«

»Wirst du mich einweihen?«

Kate schüttelte den Kopf und hielt beide Daumen fest. »Noch nicht. Ich hab Angst, daß ich es zerrede. Wo ist Joshua?«

»Der zieht sich um.« Sie drehte sich zur Tür. »Und das muß ich auch tun. Wo essen wir zu Mittag?«

»Hier.« Sie ging zum Bad. »Ich dusch mich und zieh mich um. Du und Joshua bestellt für uns alle. Für mich nur ein Sandwich.«

»Nach diesem Workout brauchst du mehr als ein Sandwich.«

Bevor sie die Tür schloß, rief sie: »Okay, einen Salat.«

Der Kellner kam mit dem Essen, als sie gerade damit fertig war, ihr Haar zu fönen. Sie zog rasch Hosen, Bluse und Sandalen an.

»Kate.«

»Ich komme.« Sie schwebte ins Wohnzimmer, drückte Joshua einen Kuß auf die Stirn und setzte sich in den Stuhl ihm gegenüber. »Was hast du bestellt?«

»Einen Chili dog.«

Sie zuckte zusammen. »Lauter gesunde Sachen auf der Speisekarte, und du hast einen Chili dog bestellt?«

Er grinste. »Du hast gesagt, ich soll bestellen, was ich will.
Außerdem sind Chili dogs gesund. Das Fleisch ist Protein,
und die Zwiebeln sind Gemüse –«

»Okay, okay.«

»Du hast zu leicht nachgegeben. Geht's dir gut?«

»Toll.« Sie fühlte sich wirklich toll. Sie hatte den ersten
Funken Hoffnung seit Migellins Tod. Hoffnung war ein er-
staunliches Aufputschmittel. »Aber Phyliss wird sich vielleicht nicht so toll fühlen, wenn du später Bauchweh hast.«

»Ich werd damit fertig«, sagte Phyliss. »Ich esse auch einen
Chili dog.«

Kate stöhnte. »Ich bin umgeben von –«

Das Telefon klingelte.

Seth?

»Ich geh ran.« Sie sprang auf und griff nach dem Telefon
auf dem Tisch.

»Weißt du, wo ich bin, Emily?«

Ihr Herz blieb stehen und begann dann, mit doppelter Ge-
schwindigkeit zu hämmern.

»Du gibst keine Antwort. Weißt du, wer hier ist?«

»Ishmaru.«

»Ich hab gewußt, daß du mich nicht vergessen wirst. Genau
wie ich dich nicht vergessen kann. Besonders da, wo ich jetzt
bin. Es ist so hübsch hier. All diese Bäume und Büsche und
Waldwege. Ich hatte eine Vision von dir und einem Wald. Ich
hab viele Visionen, weißt du. Alle wahren Krieger haben das.«

Ihre Hand krampfte sich um den Hörer. »Was willst du?«

»Ich will, daß du zu mir kommst.«

»Fick dich.«

»Du darfst es mir nicht einfach abschlagen. Ich habe gerade
ein paar interessante Tage im Archiv verbracht. Die Tatsachen
waren sehr geschickt versteckt, aber ich hab sie ausgegraben.
Ich weiß alles. Du warst ein unartiges Mädchen, Kate.«

»Ich hab keine Ahnung, wovon du redest.«

»Weil du nicht gefragt hast, wo ich bin. Ich sag's dir trotzdem. Pinebridge.«

Er legte auf.

Sie schloß die Augen, während Wogen des Entsetzens durch sie brandeten.

»Mom?« Joshua war neben ihr, die Augen vor Angst weit aufgerissen.

Sie nahm ihn automatisch in den Arm. »Es ist okay, es ist okay, Joshua.«

»Es ist nicht okay. Du hast Ishmaru gesagt.«

»Es wird okay sein. Alles wird gut.« Sie wandte sich zu Phyliss. »Ich muß gehen.« Sie packte ihre Handtasche. War die Pistole drin? Ja, Seth paßte immer auf, daß sie nirgends ohne sie hinging.

»Wohin gehst du?« fragte Phyliss, als sie zur Tür rannte.

Sie konnte es ihr nicht sagen. Sie hatte es versprochen.

Keiner durfte es je erfahren.

Aber jetzt wußte es Ishmaru.

Gütiger Gott, er *wußte* es.

»Kümmer dich um Joshua, Phyliss.«

Die Tür knallte hinter ihr zu.

Katastrophe.

Seth wußte es, sobald er das Hotelzimmer betrat.

Joshua saß stocksteif auf dem Sofa, und Phyliss sah aus, als hätte sie eine Granate abbekommen.

Kate.

»Wo ist Kate?«

»Fort«, sagte Phyliss. »Warum waren Sie nicht da? Wo, zum Teufel, waren Sie?«

»Ich hatte etwas zu tun. Werden Sie mir sagen, wo sie ist, oder mich anbrüllen?«

»Ishmaru«, flüsterte Joshua.

Sein Herz machte einen Satz. »Was ist passiert?«

»Sie hat einen Anruf gekriegt und ist rausgerannt.«

»Wie lange ist das her?«

»Vielleicht zwei Stunden.«

»Seid ihr sicher, daß es Ishmaru war?«

»Sie sagte den Namen, und ich hab ihr Gesicht gesehen. Es war Ishmaru.«

»Wohin ist sie gegangen?«

»Sie wollte es nicht sagen. Sie sagte nur, ich soll mich um Joshua kümmern.«

»Was wirst du tun?« sagte Joshua vorwurfsvoll. »Du hast versprochen, daß du auf sie aufpaßt.«

»Ich werde auf sie aufpassen.« Er durchquerte den Raum und packte Joshuas Schultern. »Hör mich an, Joshua. Ich werde nicht zulassen, daß ihr ewas passiert. Ich werde sie finden und zu dir zurückbringen.«

»Du weißt nicht einmal, wo sie ist.«

»Ich werde es rausfinden. Vertrau mir, alles wird gut werden.«

»Das hat sie auch gesagt. Aber sie hat Angst gehabt. Ich hab gemerkt, daß sie Angst hat.«

Seth hatte auch Angst. Großer Gott, er hatte noch nie Angst gehabt. »Das ist mein Ernst. Ich werde sie zurückbringen.«

Joshua sah ihn nur an. Es war schwer, jemanden zu trösten, wenn man selbst Trost brauchte. Er ließ Joshuas Schultern los und ging aus dem Zimmer.

Rimilon war draußen im Korridor.

»Wo, zum Teufel, warst du?«

»Ich hab gesehen, wie du aus dem Lift gestiegen bist, und bin nach unten gegangen, um zu versuchen, daß ich etwas beim Portier rauskriege. Sie ist einfach an mir vorbeigerannt. Es ist nicht meine Schuld. Ich hab versucht, sie aufzuhalten. Du hast gesagt, mein Job wäre es, auf die anderen beiden aufzupassen.«

378

»Was hast du beim Portier rausgefunden?«

»Sie hat ein Taxi genommen, aber er hat nicht verstanden, wohin.«

Scheiße. Er ging an Rimilon vorbei zum Aufzug.

Okay. Sei cool. Denk nach.

Warum, zum Teufel, hatte sie nicht auf ihn gewartet?

Kate.

Verflucht, verdräng die Gefühle, oder du wirst ihr nicht helfen können.

Aber zuerst mußte er sie finden.

Er konnte sie finden. Er mußte nur Ishmaru finden.

Und Blount wußte, wo Ishmaru zu finden war. Er hatte Zeit. Blount hatte erwähnt, daß Ishmaru nach Migellins Tod in ein Flugzeug gestiegen war.

Außer er hatte es sich anders überlegt und war zurück nach Washington gekommen.

Seth wollte nicht einmal an diese Möglichkeit denken. Er mußte annehmen, daß er Zeit hatte, daß Kate irgendwo hinflog, um Ishmaru zu treffen.

Also war es nur notwendig, eine neue Gleichung zur Mixtur zu geben. Den Kreisel weiter in Bewegung zu halten und dafür zu sorgen, daß er herausfand, wo Kate Ishmaru treffen wollte, bevor er stehenblieb.

Der Riß in seiner Lippe brannte wie die Hölle.

Blount studierte grimmig sein Spiegelbild. Die Lippe war geschwollen. Dieser verfluchte Ogden.

Und dieser verfluchte Seth Drakin. Er würde nicht alt werden. Sobald die Klinik in Gang gekommen war, würde der Bastard sterben. Das würde er seinen Vater regeln lassen. Das war angemessen. Abschaum zu Abschaum.

Er wischte sein Aftershave, Deodorant und die Zahnbürste vom Toilettentisch in seinen Koffer. Bis auf die offene Tasche auf dem Bett waren seine Sachen gepackt und bereit. Er würde ein Taxi rufen, und dann nichts wie weg von hier. Er würde nicht hier rumhocken und auf Drakin warten. Obwohl es schade war, daß er keine Gelegenheit hatte, den Wichser Ogden in den Weg zu schubsen.

Ogden war inzwischen wahrscheinlich betrunken. Er hatte gesehen, wie der Diener eine frische Flasche Wodka in die Bibliothek getragen hatte, als er in sein Büro hinuntergeschlichen war, um seine Sachen zu packen. Er hatte auch die Gelegenheit genutzt, um ein paar Akten zu holen, die Ogden ganz schön Ärger machen könnten. Nichts Belastendes, die bewahrte er in einem Privatsafe auf. Aber die Zeitungen würden sich freuen, etwas über diesen Grundstücksvertrag für die Fabrik in Indien zu hören. Es wäre –

»Komm ich zu spät, Blount?«

Er erstarrte, dann drehte er sich um und sah Drakin in der Badezimmertür stehen. »Wie sind Sie hier raufgekommen?«

»Nicht durch die Haustür. Ich dachte, das könnte Schwierigkeiten geben. Ich bin den Baum vorm Fenster hochgeklettert und auf den Balkon gesprungen.«

»Sie haben sich sehr viel Mühe gegeben.«

Drakin lächelte. »Nicht sonderlich. Hat dieses Dossier, das Sie über mich haben, erwähnt, daß ich einmal Fassadenkletterer war?«

»Nein.« Jetzt sah er aus wie ein Fassadenkletterer in dem schwarzen Pullover, Jeans und Turnschuhen, dachte Blount.

»Dann ist es natürlich nicht wahr, weil Sie doch alles über mich wissen. Richtig, Blount?«

»Ich weiß genug.« Er drängte sich an ihm vorbei ins Schlafzimmer. »Und ich habe nicht die Absicht, mich heimlich durchs Fenster zu empfehlen. Wir werden die Treppe runterund durch die Haustür gehen. Nehmen Sie den Koffer.«

»Noch nicht.« Seth lehnte sich gegen den Türrahmen. »Sie werden Ihre Ungeduld zügeln müssen, weil Sie noch etwas wissen, was sehr wichtig für mich ist. Wo ist Ishmaru, Blount?«

»Dafür hab ich keine Zeit.«

»Sie haben alle Zeit dieser Welt. Ich will wissen, wo Ishmaru ist. Ist er hier in Washington?«

»Ich hab Ihnen gesagt, daß er nicht hier ist.«

»Kate Denby hat einen Anruf von ihm bekommen. Er könnte zurückgekommen sein.«

»Das glaube ich nicht. Und was spielt das schon für eine Rolle? Soll Ishmaru sie doch umbringen. Lebendig ist sie ein größeres Problem als tot. Mit den Erbproblemen werden wir schon fertig.«

»Soll Ishmaru sie doch umbringen«, wiederholte Seth leise. »Haben Sie das gesagt?«

Blount wurde starr vor Mißtrauen. Etwas stimmte nicht, etwas war definitiv faul an der Art, wie Seth ihn anstarrte.

»Haben Sie das auch über Noah und Migellin gesagt?«

»Raus hier, Drakin. Springen Sie aus dem Fenster, oder gehen Sie zur Haustür raus. Mir ist es egal.« Er ging zu dem offenen Koffer auf dem Bett. »Ich werde nicht hier rumstehen und –«

Drakins Arm hatte sich von hinten um seinen Hals gelegt. »Wo ist Ishmaru?«

Er konnte nicht atmen und zerrte vergeblich an Drakins Arm. Seine Hand berührte Gummi – nein, Latex. Drakin trug Latexhandschuhe.

»Ishmaru?« sagte Drakin.

»Er arbeitet in einem Krankenhaus – Pinebridge.«

»Wo?«

»In der Nähe von … Dandridge.«

»Gut.« Er ließ ihn los und trat zurück. »Mehr brauch ich nicht zu wissen.« Zorn packte Blount. »Du Bastard.« Er warf sich auf ihn.

Drakin war nicht da. Er hatte eine Pirouette gedreht, und als er Blount wieder gegenüberstand, hielt er etwas in der Hand. Den chinesischen Fo-Hund aus Messing vom Tisch.

»Komm schon.« Drakin winkte ihn zu sich. »Noch einmal, dann wird es vorbei sein.«

Ein plötzlicher Eishauch dämpfte Blounts Wut. Der Wichser wollte ihn umbringen, stellte er erstaunt fest. Er bewegte sich nicht. Er dachte gar nicht daran, Drakin noch einmal anzugreifen. Seine Pistole befand sich in der offenen Tasche auf dem Bett. Wenn er sich bewegte, dann in Richtung Pistole. Er zwang sich ein Lächeln ab. »Was ist denn bloß los? Ich weiß, ich bin ausgerastet, aber das ist kein Grund, etwas Unüberlegtes zu tun. Nur der Deal ist wichtig.«

»Ist er das?«

»Okay. Ich hab Ihnen gesagt, wo Ishmaru ist. Jetzt können wir da weitermachen, wo –« Er warf sich auf den Koffer auf dem Bett, packte die Pistole. Er hob sie, als er sich Drakin zuwandte. Aber er hatte keine Chance, sie zu benutzen.

Drakin schwang die Figur mit Präzision und traf genau die Stelle an der linken Schläfe. Blount war sofort tot.

Erledigt.

Seth holte ein Handtuch aus dem Badezimmer und wischte die Figur ab. Er hatte Handschuhe getragen, also hatte er keine Fingerabdrücke hinterlassen, aber es würde so aussehen, als hätte jemand ohne Handschuhe die Figur abgewischt. Jemand, der die Figur im Affekt gepackt und Blount damit eine verpaßt hatte.

Er ließ die Figur neben die Leiche fallen.

Dann durchsuchte er rasch Blounts Koffer.

Ogdens Akten. Er hatte gedacht, daß Blount nicht widerstehen könnte, sich ein bißchen zu rächen, nachdem Ogden ihn geschlagen und erniedrigt hatte. Man würde Blounts Leiche entdecken, und Ogden würde den Koffer durchsuchen, bevor man die Polizei verständigte. Er nahm die Akten und steckte sie unter die Matratze. Dann öffnete er die Tür zum Korridor und ließ sie offenstehen.

Sonst noch etwas?

Er sah sich im Zimmer um. Nein, nichts mehr. Zeit zu verschwinden. Um ehrlich zu sein, allerhöchste Zeit. Er mußte zu Kate. Er bewegte sich durchs Zimmer zum Balkon.

Soll Ishmaru sie doch umbringen.

Den Teufel würde er.

Pinebridge

Es war nach Mitternacht, als Kate den Mietwagen auf dem Parkplatz abstellte und ausstieg.

Es sah genau wie immer aus, dachte Kate, als sie die lange Einfahrt zum Krankenhaus hochging. Die Lichter schimmerten sanft und einladend, und die Rasenflächen waren grün und ordentlich.

Nein, es war nicht wie immer. Es würde nie wieder so sein. Ishmaru war hier.

Sie hatte fast damit gerechnet, daß er erscheinen würde, von dem Moment an, als sie aus ihrem Wagen gestiegen war.

Sie stieß die Tür auf. Zu dieser späten Stunde war die Lobby menschenleer.

Wo bist du? Du hast mich gerufen. Wo bist du jetzt?

»Er ist nicht hier. Ich hab's bereits bei der Verwaltung überprüft.«

Sie erstarrte vor Schreck, als sie sah, wie Seth sich aus einem Stuhl neben einem Farn erhob. »Was machst du hier?«

»Ich habe einen Nervenzusammenbruch«, sagte er grimmig. »Ich habe nicht mal gewußt, ob du zuerst hierherkommst. Ich dachte, er könnte sich woanders mit dir verabredet haben.«

»Geh weg, Seth. Ich will dich nicht hierhaben.«

Er ignorierte sie. »Ich habe ihn beschrieben, und der Sekretär hat gesagt, sie hätten den Mann als Pfleger eingestellt.

Er läuft unter dem Namen Sanchez. Er hatte heute nachmittag Dienst, aber heute abend hat er frei.«

»Geh weg, Seth.«

»Nein.« Er machte einen Schritt auf sie zu, seine Stimme war leise und eindringlich. »Verflucht noch mal, du mußt vor mir nichts verstecken. Was schert es mich, ob du jemanden umgebracht hast? Ich *kenne* dich. Er muß es verdient haben.«

»Wie hast du –« All das war jetzt unwichtig. Sie konnte nicht hier rumstehen und diskutieren. Sie mußte Ishmaru finden. Sie schritt an Seth vorbei zu den Aufzügen und drückte den Knopf.

Seth folgte ihr in den Aufzug. »Um Himmels willen, Kate, laß dir helfen.«

»Ich kann nicht. Er hat gesagt, ich soll allein kommen.« Sie drückte den Knopf für den dritten Stock. »Das ist meine Angelegenheit. Laß mich das machen.«

»Wohin willst du? Sein Zimmer ist in dem Bungalow hinter dem Gebäude.«

Sie gab keine Antwort. Die Tür glitt auf, und sie ging rasch zur Schwesternstation.

Die Schwester vom Dienst war dunkel und mollig. Kate kannte sie nicht.

Sie lächelte freundlich. »Tut mir leid, es ist viel zu spät für Besuche.«

»Ich bin Dr. Denby. Ist Charlene Hauk im Dienst?«

»Charlene hat die Tagesschicht. Sie ist um sechs Uhr früh dran.« Sie warf einen Blick auf die Uhr. »Sie schläft wahrscheinlich.«

»Holen Sie sie aus dem Bett. Sagen Sie ihr, Kate ist hier.« Sie ging rasch den Korridor hinunter. »Sofort.«

Seth holte sie ein. »Wohin, zum Teufel, gehen wir?«

»Ich glaube, ich weiß, wo Ishmaru ist.« Sie bog nach links ab und blieb vor dem Zimmer 403 stehen. Sie holte tief Luft. »Bleib hier.«

Sie schob die Tür auf. Das Zimmer war dunkel.

»Ishmaru? Ich bin's, Kate Denby.«

Keine Antwort.

Seth schob sie beiseite und verschwand links von der Tür. Eine Sekunde später war das Zimmer erleuchtet. Es war leer bis auf die Gestalt, die unter der Decke auf dem Bett lag.

Es war zu schön, um wahr zu sein.

Sie ging ins Zimmer und zog das Laken zurück.

Keiner war im Bett. Nur Decken, die zusammengerollt waren, damit sie aussahen wie eine Gestalt.

Schmerz durchbohrte sie wie ein Pfeil, als sie vom Bett wegstolperte.

Seths Hände lagen auf ihren Schultern, tröstend, stützend. »Wer sollte denn hier sein, Kate?«

»Daddy.« Tränen liefen ihr übers Gesicht. »Daddy.«

Ihre Knie versagten den Dienst. Sie ließ sich in den Rollstuhl neben dem Bett fallen. »Daddy.«

Seth sank vor ihr auf die Knie. »Red mit mir. Erzähl mir, was passiert ist. Ich kann nicht helfen, wenn du nicht mit mir redest.«

»Du kannst nicht helfen«, sagte sie mit dumpfer Stimme. »Keiner kann helfen. Ishmaru hat ihn weggebracht.«

»Kate.« Sie hob den Kopf und sah Charlene in der Tür stehen. Ihr Haar war zerzaust, und sie trug einen Pullover über ihrem Schlafmantel. »Was machst du denn hier?« Ihr Blick fiel aufs Bett. »Du lieber Gott, wo ist Robert?«

»Wann hast du ihn zuletzt gesehen?«

»Mein Dienst war um drei zu Ende, aber ich bin um sechs noch mal hergekommen und hab ihm sein Abendessen gegeben. Wir haben eine neue Lernschwester, und ich hab ihr nicht zugetraut, daß sie aufpaßt, daß er ißt. Aber er muß immer noch auf diesem Stockwerk sein. Er kann nicht einfach im Krankenhaus herumwandern. Aber ich ruf sofort den Sicherheitsdienst an.«

»Nein.«

»Wir müssen ihn finden, Kate. Du weißt, wie zerbrechlich er in letzter Zeit war.«

»Ich werde ihn finden.« Sie zwang sich dazu aufzustehen. »Geh zurück ins Bett, Charlene. Ich werde ihn suchen.«

»Sei nicht albern. Ich liebe Robert. Das tun wir alle, Kate.«

Seths Blick suchte das Zimmer ab, glitt über die pfirsichfarbenen Wände, die mit mehreren gerahmten Bildern geschmückt waren, die offensichtlich ein Kind gezeichnet hatte, über die bunte Häkeldecke auf dem Bett und weiter zu der Tiffanylampe auf dem Nachttisch. Ein Umschlag lehnte am Lampenfuß. Er nahm ihn und reichte ihn Kate.

Emily.

Ishmaru war der einzige, der sie Emily nannte.

Sie riß den Umschlag auf.

Wir sind im Wald hinter dem Krankenhaus. Zumindest bin ich das. Ich weiß nicht, ob er eine Nacht im Freien überlebt, er scheint schwach. Nicht wie du. Komm zu mir. Finde mich.

Seth nahm den Brief aus ihrer Hand und überflog ihn. »Volltreffer.« Er wandte sich zur Tür.

»Nein.« Kate war vor ihm da. »Er will mich. Wenn er dich sieht, könnte er ihn töten. Ich bin diejenige, die gehen muß.«

»Quatsch. Ich laß dich nicht allein gehen.«

»Was, in aller Welt, geht hier vor, Kate?« fragte Charlene, als sie an ihr vorbeiliefen.

»Tu gar nichts«, rief Kate ihr zu. »Hast du gehört? Nichts.«

»Also, wirst du mir jetzt von deinem Vater erzählen?« fragte Seth leise, als sich die Aufzugstür geschlossen hatte.

Reden. Vielleicht würde es verhindern, daß sie völlig entgleiste. »Er hat fortgeschrittenen Alzheimer.«

»O mein Gott.«

»Er ist hilflos ...« Sie brach ab. »Er ist wie ein Baby. Er könnte sich nicht einmal gegen eine Kakerlake wehren, geschweige denn gegen Ishmaru.«

»Du hast mir erzählt, er wäre tot.«

»So wollte er es. Er hatte Hunderte von Alzheimer-Patienten behandelt. Er wußte, was ihm bevorstand.« Sie befeuchtete ihre Lippen. »Du mußt verstehen, mein Vater war ein ganz besonderer Mann. Er war herzlich und gütig, und seine persönliche Würde war ihm sehr wertvoll. Er hatte Tausende von Freunden. Alle liebten und achteten ihn. Er hat mir immer gesagt, Alzheimer wäre wahrscheinlich für die Familie schwieriger als für das Opfer. Er konnte den Gedanken nicht ertragen, was er uns allen antun würde. Er wollte nicht, daß Joshua sah, wie er langsam verfiel. Er wollte, daß es niemand erfährt. Er wollte, daß sie ihn so in Erinnerung behielten, wie er war.«

»Also hast du seinen Tod vorgetäuscht.«

»Ich hatte keine Wahl. Er hat mir nicht einmal gesagt, daß er krank war, bis er eines Tages verschwand. Pinebridge war seine Belegklinik, und er war auf dem Heimweg, und plötzlich wußte er nicht mehr, wo er hinwollte. Er blieb am Straßenrand stehen. Ich fand ihn zwei Tage später, immer noch im Auto. In der nächsten Woche hat er sich selbst ins Krankenhaus eingewiesen. Auf seinem Krankenblatt stand, er hätte Krebs. Es war alles geplant. Als ich ins Krankenhaus kam, hat er mir gesagt, was ich zu tun habe. Er hatte seine Pläne gemacht. Er hat sogar den Verwalter dazu überredet und seine Pflege arrangiert.«

»Und sie haben zugestimmt?«

»Sie haben ihn geliebt. Sie haben sogar dafür gesorgt, daß das Personal, das sich um ihn kümmerte, Leute waren, mit denen er nicht gearbeitet hatte, die ihn nicht erkennen würden. Später … hatte er sich so verändert, daß ihn keiner mehr erkennen würde – Er ist jetzt wie eine leere Schale, und vorher war er so gescheit und clever, daß –«

Die Tür des Aufzugs öffnete sich, und Seth schickte sich an, zum Haupteingang zu gehen.

Kate hielt ihn auf. »Nein, es gibt einen Hintereingang, der zum Wald führt.«

»Du kennst dich hier gut aus.«

»Das muß ich auch.« Sie führte ihn zum Hintereingang. »Selbst als ich nicht mehr mit ihm reden konnte, bin ich immer noch jede Woche hierhergekommen, um mich mit den Ärzten zu besprechen oder ihn einfach anzusehen.«

»Ich kann mir nicht vorstellen, daß du da mitgemacht hast.«

»Mein Vater konnte das auch nicht. Also hat er Druck ausgeübt. Er glaubte nicht an Selbstmord, aber er hätte seine Meinung ändern können.« Sie schluckte. »Ich mußte ihm versprechen, seinen Tod vorzutäuschen und dann wegzugehen und ihn zu vergessen.«

Seth schüttelte den Kopf. »Und er hat dir geglaubt?«

»Vielleicht. Ich weiß es nicht. Ich hab fast alles getan, was er wollte. Ich hab den Tod vorgetäuscht und das Geld, das ich geerbt habe, als Pflegestiftung für ihn arrangiert, und ich habe es niemandem erzählt.«

»Aber du konntest ihn hier nicht allein lassen.«

»Verstehst du es denn nicht? Ich habe ihn *geliebt*. Ich konnte es nicht tun. Im ersten Jahr habe ich ihn jede Woche besucht. Im zweiten Jahr hat sich sein Zustand verschlechtert. Er erkannte mich nicht, aber er wußte, daß es irgendeinen Grund dafür gab, daß es ihn aufregte, mich zu sehen.« Sie blinzelte gegen ihre Tränen an. Es tat immer noch weh. Gott, und wie. »Er hat geweint. Ich hab die Besuche auf ein Mal im Monat reduziert.«

Seths Hand schloß sich um ihren Arm.

»Im ersten Jahr hat er angefangen, ein Buch zu schreiben. Er war aufgeregt, fühlte sich produktiv. Im zweiten Jahr konnte er nicht einmal mehr das lesen, was er geschrieben hatte. Weißt du, was das für ihn bedeutet hat? Und für mich?«

»Ich kann es mir vorstellen.«

»Nein, keiner kann das, der nicht dabei war.«

»Wie hast du die Besuche vor Phyliss geheimgehalten?«

»Ich hab gelogen. Ich bin sehr gut im Lügen geworden.«

»Mein Gott, wie hast du das ertragen? Ohne jemanden zu haben, mit dem du reden konntest.«

»Ich habe ihm versprochen, daß es keiner je erfahren würde. Ich hab ihm versprochen ...«

Sie stand auf der obersten Stufe und starrte hinaus in den Wald. Eine ebene Wiese erstreckte sich vom Gebäude zum Waldrand. Dieser Wald hatte immer so grün und friedlich und einladend ausgesehen. Aber jetzt nicht mehr. Ishmaru war hier.

»Laß mich ihn jagen, Kate.«

»Das kann ich nicht. Ishmaru wird ihn töten. Bleib hier.«

»Verflucht, ich kann nicht hier bleiben.«

»Das wirst du«, sagte sie wütend. »Wenn du es nicht tust, werde ich dir nie verzeihen.«

»Die Möglichkeit wirst du nicht haben, wenn er dich tötet. Vertrau mir. Ich kann das.«

Sie schüttelte den Kopf.

»Ich komme mit. Du hast die Wahl, ob ich mit dir zusammen einfach losstürme oder ob wir einen Plan machen.«

Er war entschlossen, stellte sie frustriert fest. Er würde tun, was er sagte, und sie konnte nicht riskieren, daß Ishmaru sie mit irgend jemandem sah.

»Gut. Gib mir zehn Minuten, bevor du gehst.« Er sah hinaus auf die Wiese. »Die Lichter des Krankenhauses machen den Anmarsch vom Wald aus zu sichtbar. Ich geh eine Meile nördlich in den Wald und versuche, deinen Vater zu finden.«

»Wie?«

Er grinste. »Ich hab eine tolle Nase, weißt du noch? Patienten aus Krankenhäusern haben einen starken antiseptischen Geruch. Das Zimmer hat danach gestunken. Er sollte leicht zu finden sein.«

»Ishmaru wird bei meinem Vater sein.«

»Dann werde ich ihn überrumpeln, bevor er jemandem weh tun kann.«

Sie sah zurück zum Wald. »Zehn Minuten.«

Er war fort.

Sie sah ihm nach, wie er um die Ecke des Gebäudes rannte. Sie machte sich auf den Weg die Treppe hinunter. Sie war ihn losgeworden, und es spielte keine Rolle, daß sie gelogen hatte. Nicht, wenn es bedeutete, daß er lebte. Ishmaru könnte ihn in zehn Minuten töten, und das würde sie nicht zulassen.

Keine Toten mehr, Ishmaru.

Es muß ein Ende haben.

Aber wie? Ab dem Augenblick, in dem sie den Wald betrat, würde er die Kontrolle haben, und sie würde nur ein weiteres Opfer sein. Sie mußte eine Möglichkeit finden, ihn zu erschüttern, zu beherrschen.

Ihn beherrschen? Nachdem er ihr Leben seit Michaels Tod beherrscht hatte?

Er hatte sie so verängstigt, daß sie überhaupt nicht mehr funktioniert hatte.

Befrei dich von der Angst.

Finde eine Lösung.

Denke.

Erinnere dich.

Plötzlich fiel ihr die Antwort ein: bestimmt, rasch, klar.

Natürlich.

Ganz einfach.

17

Es war Emily.

Ihr goldenes Haar schimmerte im Mondlicht, als sie über die Wiese auf ihn zuging.

Komm, Emily, laß dich von mir zurück ins dunkle Land schicken.

Laß mich meine Belohnung haben.

Nur noch ein paar Meter mehr und in die Bäume.

Er war hier.

Sie spürte ihn vor sich in der Dunkelheit. Ihre Hand schloß sich fester um die Pistole. Sie betrat den Wald. Die blättrige Dunkelheit umfing sie. »Ishmaru.«

Keine Antwort.

Sie ging weiter, bis sie auf eine kleine Lichtung kam. Sie blieb stehen. Ihr Blick suchte die Bäume ab, die den offenen Platz umringten.

»Ishmaru?«

Keine Antwort.

»Du wolltest mich hier haben. Jetzt hör auf, dich vor mir zu verstecken.«

»Leg die Pistole weg. Es ist keine angemessene Waffe.«

»Wo ist Kates Vater?«

»Kates Vater?« Schweigen. »Endlich gibst du zu, daß du Emily bist?«

»Natürlich. Du hast es immer gewußt. Wo ist er?«

»Was schert dich das, Emily?«

»Kate und ich sind verbunden.« Die Worte kamen überraschend leicht. »Ich muß mich um das kümmern, worum sie sich kümmert. Ich muß schützen, was sie beschützt.«

»So ein Pech. So ein zarter Mann. Eine Handbewegung, und ich könnte seinen Hals brechen. Leg die Waffe weg.«

Stand er in der Dunkelheit mit einer Hand um den Hals ihres Vaters? Sie konnte das Risiko nicht eingehen. Sie legte die Waffe auf den Boden.

»So ist's gut. Keiner von uns kann mit diesen unbeholfenen Pistolen einen Coup haben.«

Sie bemühte sich, den Schleier der Bäume mit ihrem Blick zu durchdringen. »Wo ist Kates Vater?«

»Ich hab ihn befreit.«

Ihr Herz machte einen Satz. Tot? Meinte er, er war tot?

»Er war mir im Weg.«

Eine kleine Bewegung links von ihr ließ sie herumwirbeln.

»Du hast gute Augen.« Seine Stimme kam von rechts. »Ja, ich war da. Ich bewege mich schnell! Ich habe trainiert, damit ich schnell bin wie der Wind, und ich bin stärker, als ich war, als wir schon einmal gekämpft haben, Emily. Aber du hättest ein paar Schamanengeschenke bringen können, wenn du schon zurückkommst.«

Das war ein guter Anfang. Mach ihn unsicher. Übernimm die Kontrolle. »Ich habe viele Geschenke zurückgebracht. Warum, glaubst du, ist es dir nicht gelungen, Kates Sohn zu töten?«

»Es war meine Entscheidung. Ich wollte sie leiden sehen, dich leiden sehen.«

»Du hast vielleicht geglaubt, es wäre deine Entscheidung, aber es war meine. Seitdem du Kate das erste Mal gesehen hast, war jeder Gedanke, den du hattest, jede Tat, die du begangen hast, von mir geleitet.«

»Lügnerin.«

»Warum sollte ich lügen? Geister brauchen keine Lügen.«

»Weil ich mehr Macht habe«, sagte er barsch. »Du fürchtest mich.«

»Hab ich dich vorher gefürchtet? Hab ich dich gefürchtet in der Nacht, als du mich getötet hast?«

»Nein, du hast gekämpft wie das Luder, das du bist.« Er holte Luft. »Du hat mich *geschnitten.*«

»Damals war ich nicht stark genug, dich zu töten, aber jetzt bin ich es. Ich habe lange darauf gewartet, dich mit ins dunkle Land zu nehmen. Weißt du, wen du dort treffen wirst?«

»Ich will das nicht hören.«

Sie konnte die Angst in seiner Stimme hören. »Die Wächter.«

Er holte tief Luft. »Ah, du bist sehr schlau. Aber du kannst mir keine Angst machen. Ich habe zu lange auf das hier gewartet. Es sollte eine bemerkenswerte Begegnung werden.«

»Mit mir hier draußen im Freien, und du versteckst dich wie ein Feigling in den Bäumen.« War da ein dunkler Schatten neben dieser Kiefer?

»Nein. Ich denke, es ist Zeit. Ich komme raus.«

»Warte.« Sie hatte keine Waffen, und er war stärker. Er würde im Vorteil sein, und sie wäre hilflos. »So würde ein Krieger das nicht machen. Er würde lauern und verfolgen. Oder glaubst du, ich könnte dir entfliehen?«

»Ich glaube, du willst es versuchen.«

Warum hatte sie diesen Vorschlag gemacht? In diesen Wald laufen? Sie konnte kaum einen Meter weit sehen. Aber Ishmaru sah auch nicht mehr. »Würde es das nicht zu einem größeren Genuß für dich machen?«

Schweigen. »Ja. Ich hab dich bis jetzt noch nicht verfolgen können. Es ist eine exquisite Freude. Ja, lauf und laß dich von mir fangen.«

Sie erstarrte, als ihr ein weiterer Gedanke kam. Hoffnung brandete in ihr auf. Vielleicht –

»Krieg ich einen Vorsprung?«

»Ich höre die Vorfreude in deiner Stimme. Du bist froh, daß die Wartezeit vorbei ist, nicht wahr?«

393

»Krieg ich einen Vorsprung?« wiederholte sie.

»Ich zähle bis zehn.«

Sie rannte los und wandte sich dann nach links.

Keine Wege.

Such dir einen Orientierungspunkt.

Alle Bäume sahen gleich aus, wenn man an ihnen vorbeirannte, dachte sie verzweifelt.

Nein, diese knorrige Weide war anders.

Die Weide.

Und da war ein moosbedeckter Stein zur Linken.

»Du machst zuviel Lärm. Du machst es mir zu einfach«, rief Ishmaru hinter ihr. »Aber du bist schnell, sehr schnell. Und du läufst locker wie ein Krieger.«

Ihr Herz klopfte zu heftig. Sie mußte ihren Atem unter Kontrolle halten, so tun, als wäre das nur ein weiterer Morgenlauf.

Ja, klar.

Plötzlich waren ihre Füße naß. Wasser spritzte auf ihre Jeans. Sie rannte durch einen Bach.

Wieder ein Orientierungspunkt.

»Aber ich bin schneller. Ich komme näher. Merkst du es?«

Natürlich merkte sie es. Es klang, als wäre er direkt hinter ihr.

»Das kleine Mädchen war schnell. Das, das mir gesagt hat, du wärst Emily. Ich erinnere mich, wie ihr goldenes Haar hinter ihr herflog. Ich hab fast fünf Minuten gebraucht, um sie zu erwischen.«

Welches kleine Mädchen, fragte sich Kate verwirrt.

»Aber es gab nie einen Zweifel. Sie war das Zeichen. Wirst du müde?«

Sie wurde müde, und seine Stimme klang genauso stark und ruhig wie zu der Zeit, als sie losgelaufen waren.

Und er war näher, viel näher.

Er konnte jede Minute bei ihr sein.

Bitte, ich muß schneller laufen. Hilf mir.

Sie rannte tatsächlich schneller, ihr Atem ging leichter. Sie fühlte sich mit einem Mal stärker.

Adrenalin? Sie wußte es nicht, und es war ihr auch egal.

Sie vergrößerte den Abstand, einen Meter, zwei Meter.

Sie rannte weiter, sprang über Stämme und Büsche, die ihr im Weg waren. Ihr Sichtfeld wurde klarer. Die Augen hatten sich wohl an die Dunkelheit gewöhnt.

Er war immer noch nahe, aber er keuchte, stellte sie mit wilder Freude fest.

»Beeil dich«, rief sie ihm spöttisch zu. »Und schau dich nicht um. Du glaubst doch nicht, daß mich die Wächter allein gegen dich kämpfen lassen?«

Er stöhnte laut.

Aber ihn mit Angst anzutreiben konnte ein Fehler gewesen sein, denn er wurde schneller. Er war wieder dicht hinter ihr, zu dicht.

Sie würde auf keinen Fall zulassen, daß er sich auf sie stürzte, als wäre sie ein verschreckter Hase.

Der Ast neben ihrem Weg.

Sie blieb stehen, packte ihn und schlug ihn mit voller Wucht gegen Ishmaru, als er sie einholte.

Er grunzte vor Schmerz, als er den Ast packte. »Gut. Das hab ich nicht erwartet.« Er entriß ihr den Ast. »Du hast Blut gehabt. Jetzt bin ich dran.«

Seine Hände schlossen sich um ihren Hals.

Sie rammte ihm das Knie in den Unterleib.

»Ooo.« Seine Hände lockerten sich, und sie rannte wieder los. Sie huschte rechts neben den Weg, und mehrere Meter weiter überquerte sie einen Pfad und begann den Weg, den sie gekommen war zurückzurennen.

Er war wieder hinter ihr.

Renn schneller. Kann nicht stehenbleiben. Nicht jetzt.

Sie überquerte den Bach.

Sie hörte, wie er einen Augenblick später hinter ihr herplantschte.

Renn weiter. Renn weiter.

Der moosbedeckte Stein.

Er murmelte etwas vor sich hin.

Die knorrige Weide.

Jetzt mußte sie schneller rennen. Zeit für den Sprint.

»Nein!« rief Ishmaru, als er merkte, wohin sie lief. »Nein, das darfst du nicht tun.«

Den Teufel würde sie nicht tun. Sie war auf der Lichtung.

Sie bückte sich nach der Pistole, die sie auf den Boden gelegt hatte. Sie rollte sich herum.

Er stand direkt über ihr.

Sie drückte ab.

Sie sah, wie er zusammenzuckte, aber er stand noch.

Sie drückte wieder ab, wieder und wieder.

Warum fiel er nicht?

Er sah sie fast traurig an. »Nicht recht.« Ein dünnes Rinnsal Blut tropfte aus seinem Mund. »Das ... ist ... nicht Coup.«

Sie schoß noch einmal.

Er fiel zu Boden. Sie zog sich auf die Knie hoch und sah auf ihn hinunter.

Seine Augen waren offen, starrten sie an.

»Nicht Coup ...« Er erstarrte, sein Blick richtete sich auf etwas hinter ihrer rechten Schulter. »Nein, ich will nicht – nimm nicht –«

Er wimmerte, Angst verzerrte sein Gesicht.

»Emily.«

Kate spürte, wie sich ihre Nackenhaare aufstellten. Sie saß da und starrte geradeaus. Sie konnte sich nicht umdrehen und das sehen, was Ishmaru gesehen hatte. Es konnte nicht Emily gewesen sein. Es war seine Einbildung gewesen, genährt von ihren Worten.

Kates Worte oder Emilys Worte?

Ishmarus Augen waren geschlossen und seine Muskeln schlaff.

Sie mußte sich überzeugen.

Sie berührte seine Halsschlagader und hockte sich dann auf ihre Fersen.

Tot.

Der Tod war für sie immer der Feind gewesen, aber jetzt fühlte sie keine Reue, als sie Ishmaru ansah. Sie würde es wieder tun. Wenn er die Augen aufmachte, würde sie ihn erschießen wie eine giftige Schlange.

Alles war so schnell passiert, daß es kaum zu glauben war. Ishmaru war tot. Der Alptraum war vorbei.

Nein, nicht wirklich.

Wo war ihr Vater?

»*Kate.*«

Krachen im Unterholz, und dann brach Seth auf die Lichtung. Er kam schlitternd zum Stehen und ging langsam dahin, wo sie neben Ishmaru kniete.

»Tot?«

»Ja.«

Er riß sie hoch und zog sie in seine Arme. »Du verdammtes Weibsstück.« Seine Stimme zitterte. »Verdammt sollst du sein, weil du mich angelogen hast. Ich bin fast wahnsinnig geworden, als ich die Schüsse gehört habe.«

Sie lehnte sich an ihn. Er fühlte sich so gut an. Es war okay, sich jetzt anzulehnen, von ihm zu nehmen. »Er hat auf mich gewartet. Ich hab gewußt, daß ich ihn nicht erst aufspüren muß.« Sie schloß die Augen und flüsterte: »Aber Daddy war nicht bei ihm. Ich glaube, er hat ihn umgebracht.«

Seth schüttelte den Kopf. »Ich hab ihn gefunden. Er ist im Wald herumgeirrt. Ich hab seinen Geruch gleich erwischt, aber er hat mich von hier weggeführt.«

Erleichterung durchströmte sie. »Gott sei Dank. Wo ist er?«

»Ich hab ihn auf dem Weg zurückgelassen, als ich die Schüsse hörte.«

»Wir müssen ihn holen.«

»Gleich.« Seine Arme packten sie fester. »Ich brauche das.« Einen Augenblick später schob er sie weg und lief zurück ins Gebüsch.

Sie folgte ihm, aber er war so schnell, daß sie zurückfiel.

Er stand auf dem Weg mit ihrem Vater in seinen Armen, als sie ihn einholte.

Angst packte sie erneut. »Ist er verletzt?«

»Er ist okay. Nur ist er barfuß, und seine Füße sind ziemlich zerschnitten. Es ist besser, wenn er nicht läuft.«

»Schaffst du es?«

»Klar, er wiegt ja nichts.«

Ja, er sah in Seths Armen dünn und zerbrechlich wie ein Kind aus.

Sie kam einen Schritt näher und legte eine Hand auf seine Wange. Seine Augen waren offen, aber er schien sie nicht zu sehen. »Daddy?«

Er gab keine Antwort.

Vertrauter Schmerz durchströmte sie. Er hatte seit Monaten nicht mehr gesprochen. »Es wird alles wieder gut, Daddy. Jetzt bist du in Sicherheit.«

Hörte er sie? Wußte er, was sie sagte?

»Wir sollten machen, daß wir ihn ins Krankenhaus zurückbringen, Kate«, sagte Seth mit sanfter Stimme.

Sie blinzelte die brennenden Tränen weg. »Ja, du hast recht. Es ist kühl hier draußen.«

Sie überquerten die Wiese zum Krankenhaus, als sie die Stimme ihres Vaters hörte.

Sie sah rasch über die Schulter, aber er sagte nichts. Er gab ein leises, wimmerndes Geräusch von sich.

»Still.« Seth murmelte beruhigend auf ihn ein und wiegte ihn beim Gehen. »Ich bin hier. Ist schon gut.«

Ihr Vater schien es zu verstehen. Er wurde ruhig in Seths Armen.

Frieden durchströmte sie. Seth war hier. Alles würde gut werden.

»So, das hätten wir, Robert.« Charlene zog die Decke über seine frisch verbundenen Füße. »In ein paar Tagen bist du wieder wie neu. Besser, als du's verdient hast dafür, daß du einfach mit Fremden mitgehst.« Sie wandte sich zu Kate. »Ich hab die Polizei angerufen, wie du wolltest. Da wartet ein Detective Eblund in der Schwesternstation.«

»Danke, Charlene.«

»Kein Problem.« Sie verließ das Zimmer.

Seth stellte sich neben Kate ans Bett, den Blick auf das Gesicht des Vaters gerichtet. »Wird RU2 ihm helfen?«

»Das habe ich gehofft, als ich mit Noah arbeitete. Aber ich weiß es nicht. Ich glaube nicht. Vielleicht, wenn wir früher mit der Behandlung angefangen hätten, aber es ist schon soviel Schaden angerichtet.« Sie zuckte hilflos die Schultern. »Momentan ist er sehr zerbrechlich, und wir wissen nicht genau, wie RU2 bei bestimmten Krankheiten wirkt. Wir brauchen mehr Tests.«

Seths Hand schloß sich tröstlich um ihre Schulter. »Die wirst du in Amsterdam kriegen.«

»Gott, das hoffe ich.« Sie legte ihre Hand auf die ihres Vaters. »Wir werden es versuchen, Daddy«, flüsterte sie. »Erinnerst du dich, wie du mir erzählt hast, ich könnte die Blätter nicht an die Bäume zurücknageln? Ja also, das machen wir jetzt, und sie werden stärker denn je wachsen. Du wirst es sehen. Du mußt einfach durchhalten und kräftiger werden.«

»Wir sollten gehen.«

Sie ließ widerwillig die Hand ihres Vaters los und trat zurück. »Ich weiß.« Sie wandte sich ab und ging zur Tür. »Auf Wiedersehen, Daddy.«

»Hört er dich?« fragte Seth, als sie den Korridor hinunter zur Schwesternstation gingen.

»Manchmal glaube ich schon, und manchmal ist er, glaube ich, einfach weggetreten.« Sie schluckte. »Ich hoffe, er ist es. Ich hasse die Vorstellung, daß er in sich selbst gefangengehalten wird. Irgendwie gefällt mir die Vorstellung, daß er herumschwebt und der Mann ist, der er war.«

»Dann solltest du so an ihn denken.«

»Ich rede mit ihm, weißt du. Ist das verrückt? Wenn er nicht dahinten ist, dann muß er bei mir sein. Er hat mich geliebt. Ich glaube, das tut er immer noch.«

»Dann hat er guten Geschmack.«

Sie machte einen langen, zittrigen Atemzug. »Tut mir leid. Ich hör damit auf. Manchmal wird es zuviel.« Sie näherten sich der Schwesternstation. »Da ist Alan.«

»Bist du okay? Möchtest du, daß ich das regle?«

»Nein.« Sie nahm seine Hand. »Ich möchte, daß du bei mir bleibst. Das möchte ich sehr gern.«

Alan Eblund wandte sich vom Tresen ab, als sie sich näherten. »Du verstehst es, eine Menge Wind zu machen, Kate.«

»Hallo, Alan.« Sie küßte ihn auf die Wange. »Danke für alles. Wie ich höre, hast du mich gut vertreten.«

»Es war eine abgekartete Sache.« Er zuckte die Schultern. »Aber du mußt ein paar sehr mächtigen Leuten auf die Zehen gestiegen sein.«

»RU2.«

»Ja, ich hab dich im Fernsehen gesehen.« Er warf einen Blick zu Seth. »Drakin?«

Seth reichte ihm die Hand.

Alan schüttelte sie und wandte sich wieder an Kate. »Bist du sicher, daß es Ishmaru war?«

400

Sie nickte. »Ohne Zweifel, in welchen Schwierigkeiten stecke ich?

»Wenn es Ishmaru ist, werden sie dich nicht festhalten. Notwehr. Wir haben viel über ihn erfahren, dank einem Rundschreiben, das die Polizei von Los Angeles in den vergangenen Wochen rausgegeben hat. Aber du wirst runter aufs Revier kommen müssen und eine Aussage machen.« Er schüttelte den Kopf. »Aber diese Geschichte mit deinem Vater ... Versicherungsbetrug und Fälschung von Regierungsakten.«

»Ich hab das Versicherungsgeld nie angefaßt. Ich denke, da werde ich keine Probleme bekommen.«

»Ich werde mit dem Bezirksstaatsanwalt über die gefälschten Akten reden. Vielleicht kriegen wir's ja hin.«

»Ich konnte nichts anderes tun, Alan.«

»Du hast das Gesetz gebrochen.« Er grinste. »Aber der Bezirksstaatsanwalt steht vor der Wiederwahl, und es ist ein Verbrechen aus Mitleid. Ich glaube nicht, daß er die harte Tour fahren wird.«

»Wird es lange dauern? Ich muß zurück zu Joshua. Ich will nicht, daß er das aus den Medien erfährt.«

»Ich würde mir keine Sorgen machen, daß er was dagegen haben könnte, daß du Ishmaru umgelegt hast«, sagte Seth. »Er wird dir wahrscheinlich eine Medaille geben.«

»Er wird mir keine Medaille dafür geben, daß ich ihn wegen seines Großvaters belogen habe. Jetzt wird alles rauskommen. Ich muß es ihm sagen. Herrgott, das wird schwer sein.«

»Ich hol dich da raus, sobald ich kann«, sagte Alan. »Aber ich kann nichts versprechen, Kate. Du hast hier einen Sturm entfesselt. In der Lobby wartet schon ein Rudel Reporter.«

»Ich werde Phyliss anrufen und ihr sagen, sie soll die Morgenzeitungen verstecken und den Fernseher nicht einschalten«, sagte Seth. »Geh nur, Kate. Ich komm nach, sobald ich mit ihr geredet habe. Keine Sorge, ich kümmere mich um alles.« Er fügte trocken hinzu: »Wenn du mir gestattest, diese Kleinigkeit zu regeln, denn ich möchte mich nicht einmischen.«

Kate durfte das Revier erst im Morgengrauen wieder verlassen. Alan brachte sie und Seth durch die Hintertür hinaus und setzte sie am Flughafen ab.

»Kate.« Er streckte den Kopf zum Fenster heraus, als sie und Seth auf den Gehsteig traten. »Dieses RU2 ...«

Sie drehte sich um. »Was ist damit?«

»Ist es wirklich das, was du behauptest?«

Sie lächelte. »Da kannste drauf wetten.«

»Dann gib nicht auf. Gib ihnen Zunder.«

»Das werde ich.«

»Netter Kerl«, murmelte Seth, als sie den Flughafen betraten. »Für einen Cop.«

»Er ist nett, Punkt. Keine Einschränkungen.«

»Was immer du sagst.« Er hielt sie auf, als sie zum Ticketschalter wollte. »Nein, nicht da entlang. Wir müssen ans andere Ende des Terminals, wo die Privatjets abgefertigt werden.«

»Du hast ein Privatjet gechartert?«

»Wie, glaubst du, habe ich es geschafft, vor dir dort zu sein?«

»Ich glaube, ich habe gar nicht gedacht. Ich wollte nur, daß du weggehst.«

»Das hast du klar und deutlich gezeigt. Ich fühlte mich –«

»Mein Gott.« Kate packte seinen Arm. »Das ist Ogden.« Ihr Blick heftete sich auf den Fernsehschirm in der Passagierlounge. Ogden stieg gerade aus einem Polizeiwagen. »Was ist passiert?« Sie löste sich von Seth und ging näher hin, damit sie den Kommentar hören konnte.

»Bis jetzt wurde noch keine Anklage gegen Ogden erhoben. Seine Anwälte behaupten, der Pharma-Mogul wäre vollkommen unschuldig und würde nur im Zusammenhang mit dem Mord an William Blount vernommen. Mr. Ogden selbst gab keinen Kommentar ab.« Der Sender schaltete auf Werbung.

»Blount ist tot.« Sie drehte sich um und sah Seth anklagend an. »Auskundschaften?«

»Na ja, manchmal führt eines zum anderen.« Er nahm ihren Arm und führte sie weg vom Monitor. »Es hätte mit auskundschaften enden können.«

»Aber das hat es nicht.«

Er gab keine Antwort.

»Und Ogden hat man wegen des Mordes verhaftet.«

»Ich glaube nicht, daß sie ihn festhalten werden. Es gibt nicht genug Beweise. Nur so viele, daß es interessant ist.«

»Interessant?«

Er lächelte. »Wie ich schon sagte, manchmal führt eines zum anderen.«

»Du siehst beschissen aus«, sagte Phyliss, als sie die Suite betraten. »Geh in mein Schlafzimmer, und kämm dir die Haare, und leg ein bißchen Rouge auf. Du willst doch Joshua nicht verschrecken. Er wird sich ohnehin genug aufregen.«

»Wo ist er.«

»Er liest in seinem Zimmer.«

»Er hat noch nichts rausgefunden?«

»Nein, aber er ist nicht doof. Als ich ihn nicht fernsehen ließ, mußte ich auf einen Stapel Bibeln schwören, daß weder du noch Seth tot oder im Krankenhaus waren.«

»Danke, Phyliss.« Sie warf einen Blick zu Seth. »Ich will allein mit ihm reden.«

Er nickte und wandte sich Phyliss zu. »Was muß ich tun, damit du mit mir zum Mittagessen runter in die Lobby gehst?«

»Duschen und ein bißchen mit Deo arbeiten.«

Er zuckte zusammen. »Wieder der Dolch mitten ins Herz. Warum laß ich mir das gefallen?«

Kate hörte sie kaum, während sie auf Joshuas Zimmer zuging. Sie war fast so nervös wie in dem Moment, als sie über die Wiese auf Ishmaru zugegangen war.

Versteh, Joshua.

Ich wollte es nicht tun.

Versuch einfach, es zu verstehn.

»Du hast mich angelogen.« Joshua starrte stur auf die Wand hinter ihrer Schulter. »Du hast mir gesagt, du hättest mich noch nie angelogen. Du hast mir gesagt, es wäre falsch.«

Kate zuckte zusammen. »Es ist falsch. Es gibt keine Entschuldigung dafür, aber ich hab keine andere Möglichkeit gesehen.«

»Und Opa hat mich angelogen, indem er dich gezwungen hat zu lügen.«

»Er wollte dir nicht weh tun. Es ist eine furchtbare Krankheit.«

»Er hätte es nicht tun sollen«, sagte Joshua wutentbrannt. »Ich hätte nicht aufgehört ihn liebzuhaben. Du hast es auch nicht.«

Warum wollte er sie nicht ansehen? »Nein, das hab ich nicht. Aber es war schwer für mich.«

»Dann hättest du mich helfen lassen sollen. Es ist besser, wenn man zu zweit ist. Ich hätte helfen können.«

»Ich hab's ihm versprochen, Joshua.«

»Du hättest es mir sagen müssen. Du hättest mich helfen lassen müssen.«

»In Ordnung. Ich hab mich geirrt. Er hat sich geirrt. Wirst du uns verzeihen?«

Er schwieg.

»Joshua?«

Endlich hob sich sein Blick zu ihrem Gesicht. »Ich will ihn sehen.«

»Nein, Joshua. Er ist nicht mehr derselbe. Ich hab dir gesagt, wie er jetzt ist.«

»Ich will ihn sehen. Wirst du mich hinbringen?«

Sie starrte ihn frustriert an. Sie war sich nicht sicher, was besser wäre: ihn mit seinem Großvater zu konfrontieren oder zuzulassen, daß seine Fantasie ein noch gräßlicheres Szenario schuf. Beides wäre für einen sensiblen Jungen wie ihn traumatisch.

Sie erhob sich abrupt und ging zur Tür. »Mach dich bereit. Ich sag's Seth.«

Am nächsten Tag trafen sie in Dandridge ein und waren am Spätnachmittag im Krankenhaus.

Kate blieb vor der Tür zum Zimmer ihres Vaters stehen. »Hast du was dagegen, wenn ich mit dir reinkomme, Joshua?«

Er schüttelte den Kopf. »Ich hab's dir doch gesagt. Es ist immer besser, wenn man zu zweit ist.« Er zögerte, den Blick auf Seth gerichtet.

»Richtig.« Seth lächelte ihn an. »Ich warte hier im Gang.«

Joshua nickte. »Es ist nur, weil du meinen Großvater nicht kennst.«

»Ich nehm's nicht krumm.«

Kate warf einen besorgten Blick auf Joshua, als sie die Tür öffnete. Er war blaß und hatte fast die ganze Reise über geschwiegen. O Gott, hoffentlich tat sie das Richtige.

Ihr Vater lag auf der Seite, mit dem Gesicht zum Fenster. Sah er etwas? Wenn ja, wußte er, was er sah?

Sie gab Joshua einen sanften Schubs in Richtung Bett. »Ich hab Joshua gebracht, Daddy. Er wollte dich so gerne sehen.«

Keine Reaktion.

Joshua ging langsam durchs Zimmer, bis er neben dem Bett stand. Er stellte seine Braves-Tasche auf den Boden.

»Joshua ist mein Sohn, Daddy. Erinnerst du dich?«

Keine Reaktion.

»Er muß nicht reden«, sagte Joshua. »Manchmal ist mir auch nicht nach reden, Opa.« Er stand da und sah auf ihn hinunter. »Das hättest du nicht tun sollen. Es spielt keine Rolle. Ich hätte mit Mom kommen können, und wir hätten spazierengehen oder so was machen können. Ich hätte dir soviel erzählen können. Und du hättest nicht reden müssen. Ich hätte dir von meinem Baseballteam und der Schule und von den Filmen, die ich gesehen habe, erzählen können.« Er hielt inne. »Und von Dad. Er ist gestorben, weißt du. Du hättest gar nichts machen müssen.«

Keine Reaktion.

»Vielleicht kann ich das immer noch tun. Mom sagt, RU2 könnte helfen.« Er hielt inne und blinzelte heftig. »Aber selbst wenn es das nicht tut, möchte ich, daß du weißt, daß ich an dich denken werde und so vielleicht bei dir sein kann.«

Hilf ihm, bitte sag etwas, Daddy.

Keine Reaktion.

Joshua bückte sich und öffnete den Reißverschluß seiner Tasche. »Ich hab dir etwas mitgebracht. Ich dachte, vielleicht magst du ihn anschauen und auch manchmal an mich denken.« Er holte seinen Baseballhandschuh heraus, den er nachts immer am Bett hängen hatte, und legte ihn aufs Bett neben seinen Großvater. »Es ist ein richtig guter Handschuh. Ich hab ihn angehabt, als wir die Juniorligameisterschaft gewonnen haben. Ich hab an dem Tag gut gespielt. Ich wünschte, du hättest mich sehen können.«

Keine Reaktion.

Kate hatte das Gefühl, daß sie nicht viel mehr ertragen könnte.

»Das ist alles.« Joshua nahm seine Tasche. »Wiedersehen, Opa. Wir sehen uns.« Er sah Kate mit gerunzelter Stirn an. »Hör auf zu weinen, Mom. Es ist okay.«

»Ja, ich weiß.« Sie versuchte zu lächeln. »Willst du jetzt gehen?«

Er nickte. »Ich glaube schon.«

Sie schob ihn zur Tür. »Wiedersehen, Daddy. Ich hoffe, du –«

»Mom.« Ein strahlendes Lächeln zog über Joshuas Gesicht. Sie folgte seinem Blick.

Ich danke dir, Gott.

Die Hand ihres Vaters ruhte auf Joshuas altem Baseballhandschuh.

»Sie haben ihn laufenlassen.« Kate warf Seth am nächsten Morgen die Zeitung hin. »Ogden ist frei.«

»Hab ich dir doch gesagt.«

»Und du machst dir keine Sorgen?«

Er schüttelte den Kopf.

»Also, ich mach mir Sorgen.«

»Schau, die Polizei denkt, er war es, aber sie haben nicht genug Beweise.«

»Aber der Fall ist noch nicht abgeschlossen.«

»Aber wahrscheinlich bald.« Er wechselte das Thema. »Ich hab die Flugtickets abgeholt. Wir fliegen morgen mittag nach Amsterdam.« Er hielt inne. »Wenn du sicher bist, daß du weitermachen wirst. Die Hauptbedrohung ist jetzt vorbei.«

»Ich will hier weg. Ich will Joshua raus aus diesem Irrenhaus haben, und ich will mit den Tests mit RU2 anfangen. Wir haben unser Bestes getan, es nach Noahs Methode zu machen. Selbst wenn es uns gelingt, zu verhindern, daß das Gesetz angenommen wird, kann es Jahre dauern, bis sie uns erlauben, irgendwelche Tests zu machen.« Sie schüttelte den Kopf. »All die vergeudetete Zeit. Es treibt mich zum Wahnsinn. Ich will etwas *tun.*«

»Worüber hast du heute früh mit Tony am Telefon gesprochen?«

»Ich hab ihn gebeten, mir ein paar Informationen zu besorgen.« Sie nahm ihre Handtasche. »Ich geh ein paar Stunden weg.«

Er hob den Kopf von seiner Zeitung. »Wohin?«

Sie lächelte zuckersüß und öffnete die Tür. »Auskundschaften.«

»Kate!«

»Sie schaffen es wirklich, Publicity anzuziehen, junge Frau«, sagte Senator Longworth und strahlte sie an. »Aber unglücklicherweise die falsche Sorte. Einen Mann zu erschießen ist wohl kaum der richtige Weg, um der Öffentlichkeit zu beweisen, daß man eine solide Autorität für irgend etwas ist. Dabei hatten sie doch auch vorher schon die Chance.«

»Darf ich mich setzen?«

»Natürlich. Verzeihen Sie meine schlechten Manieren. Ich war nur überrascht, Sie zu sehen. Sie sind gekommen, um mir zu sagen, daß Sie den Kampf aufgeben?«

»Ich bin hier, um Ihnen zu sagen, daß ich nach Amsterdam gehe.« Sie hielt inne. »Und solange Sie noch am Leben sind, werde ich dafür sorgen, daß Sie nicht einen Tropfen RU2 kriegen.«

Er riß die Augen auf. »Wie bitte?«

»Ist das nicht eine der kleinen Belohnungen, die Ogden Ihnen versprochen hat? Daß er eine Möglichkeit finden würde, Ihnen RU2 zu besorgen, nachdem die Schlacht gewonnen war? Sie haben so hart gekämpft, Longworth. Selbst Migellin hat das bemerkt. Dabei ging's nicht nur um Geld und politisches Prestige.«

Er lachte. »Das ist Unsinn. Ein nicht getestetes Medikament würde ich nicht mal mit dem Besenstiel anfassen.«

Und er tat sein Bestes, damit RU2 weiterhin ein ungetestetes Medikament blieb. »Nicht in der Öffentlichkeit.«

Er kniff die Augen zusammen. »Was wollen Sie damit sagen?«

»Daß Sie AIDS haben, Senator.«

Er lachte wieder. »Sie übernehmen sich.«

»Ich bin Arzt. Das erste Mal, als Sie mir begegneten, hatte

ich den Eindruck, Sie wären nicht gesund. Sie waren blaß, ihre Hände zitterten. Ich dachte, es wäre Nervosität, aber Sie sind ein Profi. Sie hätten nicht nervös sein dürfen. Und später, auf dem Friedhof, schien Ihre Frau sehr besorgt, weil Sie diesen kleinen Schauer abkriegten. Sie schien mir nicht der Typ, der sich Ihnen in irgendeiner Weise widersetzt.«

»Und auf diesem Sandkasten haben Sie ihren Fall aufgebaut?« spottete er.

»Nein, das war alles reine Spekulation. Ein Schuß ins Dunkle. Selbst wenn Sie krank wären, wie groß ist die Chance, daß es etwas ist, das wir nutzen können? Aber wir haben einen sehr guten Privatdetektiv. Ich hab ihn losgeschickt, und er hat eine kleine Klinik in Maryland aufgetan, wo sie behandelt werden. Sunnyvale Physicians Care. Klingt das vertraut?«

»Nein.«

»Sollte es aber, denn Sie sind einer der Hauptaktionäre. Und Sie haben sich erst letztes Jahr eingekauft. Raymond Ogden ist auch im Aufsichtsrat. Hat er Ihnen eingeredet, daß Sie seine Hilfe brauchen, um Ihre Krankheit geheimzuhalten?«

»AIDS ist heutzutage kein Stigma mehr. Die Leute begreifen, daß es jeder kriegen kann.«

»Tun sie das? Warum halten Sie es dann geheim? Weil Sie Politiker sind und wissen, daß es da draußen noch genug Vorurteile gibt, um sicherzustellen, daß Sie nicht mehr gewählt werden würden.«

»Ich bin *nicht* krank.«

»Nicht akut. Sie können vielleicht noch Jahre leben, und Sie könnten geheilt werden.« Sie holte Luft. »Mit RU2. Aber Sie werden es nicht kriegen. Mir ist egal, was Ogden Ihnen versprochen hat.« Sie fixierte ihn grimmig. »Sie werden nicht allen anderen die Hilfe verweigern und sich dann in Ihr kleines Sunnyvale schleichen und sich selbst eine Dosis holen. Keine Chance. Ich werde zusehen, wie Sie langsam verrecken.«

»Ich hab keine Ahnung, wovon Sie reden.«

»Ich sage Ihnen, daß Sie das Gesetz fallenlassen und RU2 unterstützen oder sterben. Ganz einfach.« Sie stand auf und ging zur Tür. »Sie ziehen sich zurück, oder kein RU2. Nicht für Sie. Nicht für Ihre Frau.«

Sie blieb an der Tür stehen und sah über ihre Schulter. »Sie hat es Ihnen nicht gesagt? Vor sechs Monaten war sie bei Dr. Timkin hier in der Stadt. Keine Sorge, sie hat einen anderen Namen benutzt. Ihr Testergebnis war HIV-positiv.« Zum ersten Mal entdeckte sie einen Riß in seiner Fassade. »Sie haben es wirklich nicht gewußt.«

»Ich war sehr vorsichtig«, murmelte er. »Sie sollte nicht – Warum hat sie es mir nicht gesagt?«

»Warum haben Sie sie nicht gefragt?«

»Ziemlich massives Auskundschaften«, sagte Seth.

»Ich hab aber niemandem auf den Kopf geschlagen.«

»Das hättest du genausogut machen können.«

»Ich hätte ihn zu gerne zusammengeschlagen. Wie kann jemand so egoistisch, so grausam sein?«

»Jahrelange Übung?«

»Sei ernst. Das macht mir Sorgen.«

»Ich finde, du hast alles unter Kontrolle. Gute Arbeit.«

»Glück.« Sie schüttelte verwundert den Kopf. »Mein Gott, was für ein Glück. Ich hab auf ein Gefühl gesetzt und den Jackpot getroffen. Oder RU2 hat den Jackpot getroffen. Vielleicht gewinnen doch manchmal die Guten. Irgendwie gibt es einem den Glauben an Schutzengel zurück.«

»Und wer ist dein Schutzengel? Noah?«

»Vielleicht.« Mit einem Mal runzelte sie die Stirn. »Es ist immer noch ein Glücksspiel. Ogden hat viel Einfluß auf Longworth. Er kann ihn vielleicht überreden, daß er ihm RU2 trotzdem besorgen wird.«

»Ich würde mir wirklich keine Sorgen über Ogden machen.« Seth lächelte.

Zitternde Ratte.

Ogden knallte den Hörer auf. Mußte er denn alles selber machen? Dieser Bastard Longworth warf beim ersten Anzeichen von Problemen das Handtuch. Hatte er denn nicht schon genug Sorgen mit der Polizei, die ihm vierundzwanzig Stunden am Arsch hing? Er konnte nicht mal zurück nach Seattle.

Longworth mußte wieder an die Kandare genommen werden. Manchmal mußte man Dinge persönlich erledigen. Longworth war zu feige gewesen, ihm ins Gesicht zu sagen, daß er aussteigen wollte. Er hatte Longworth immer mit Druck dazu bringen können, zu tun, war er wollte. Es brauchte nur die schiere Gewalt seiner Präsenz.

Er nahm den Hörer. »Lassen Sie mein Auto bringen.«

Er holte seinen schwarzen Mantel aus dem Wandschrank im Gang, damit sah er immer imposant aus. Nicht, daß er das nötig hatte, denn er war imposant. Er würde Longworth ohne große Mühe manipulieren –

Seine schwarze Limousine fuhr vor.

Er wartete nicht, bis der Chauffeur ausstieg, öffnete selbst die Tür. »Zu Senator Longworth, George.«

Die Limousine glitt lautlos vom Haus weg.

Jemand saß vorn neben dem Chauffeur, stellte er verärgert fest. Er hatte George gesagt, daß er niemanden vom Personal mit in die Stadt nehmen sollte.

»Sie können Ihren Freund hier rauslassen, George. Und morgen können Sie Ihre –«

»Es ist nicht George«, sagte der Mann auf dem Beifahrersitz. »Sein Name ist Dennis.« Er drehte sich um.

»Hallo, Ogden«, sagte Marco Giandello.

18

»Fast fertig mit Packen?« fragte Phyliss.

»Fast.« Kate trug noch einen Armvoll Kleidung vom Schrank zum Koffer auf dem Bett. »Wie steht's mit dir und Joshua?«

»Joshua hat alles gepackt.« Sie holte Luft. »Ich hab noch nicht angefangen.«

»Dann solltest du dich beeilen. Seth gibt Tony noch letzte Anweisungen, aber er müßte bald zurück sein.«

»Was für Anweisungen?«

»Du glaubst doch nicht, daß wir aufgegeben haben, die Testreihe für RU2 durchzudrücken? Es wird kein Zuckerlecken werden, auch wenn uns Longworth jetzt unterstützt.«

»Es würde schneller gehen, wenn du selbst hier wärst, um es durchzudrücken.« Phyliss grinste. »Du bist Spitze im Durchdrücken.«

»Ich muß in Amsterdam sein. Ich kann wahrscheinlich dort schon in drei Monaten mit der Testreihe anfangen. Viele Menschen haben nicht mehr viel Zeit.«

»Wie dein Vater.«

Sie nickte. »Aber nicht nur Daddy. So egoistisch bin ich nicht.« Sie schloß den Koffer. »Verschwinde, du mußt packen.«

»Ich fahre nirgendwohin.«

Kate drehte sich zu ihr. »Was?«

»Ich bleibe hier.«

»Warum?«

»Ich werde RU2 durch diese Straßensperren, die diese Idioten errichten, rammen. Ich bin auch gut im Durchdrücken.«

»Warum hast du mir das nicht früher gesagt?«

»Ich hab es selbst nicht gewußt, bis ich anfing, darüber nachzudenken. Irgendwie ist Michael auch für RU2 gestorben. Vielleicht ergibt es für mich einen Sinn, wenn ich dafür sorge, daß RU2 all das sein kann, was es sein soll.«

»Aber Joshua wird –«

»Joshua wird mich vermissen. Ihr werdet alle leiden müssen, aber ich hab was mit meinem Leben zu erledigen.«

Kate sah sie entsetzt an. »Ich wollte dich nie daran hindern, das zu tun, was du wolltest.«

»Du hättest mich an nichts hindern können. Es ist leicht, in ein Leben zu fallen mit Leuten, die man mag. Aber es ist Zeit, daß ich aus diesem Leben rauskomme.« Sie lächelte. »Also werde ich mir ein paar Chefklamotten besorgen und Tony soviel Arbeit geben, daß er dich anflehen wird zurückzukommen.«

»Ich weiß nicht, was ich ohne dich tun werde.«

»Du hast Joshua. Und ich glaube, du kannst Seth haben.« Sie hielt inne. »Wenn du ihn willst. Willst du ihn?«

»Es ist eine komplizierte Situation.«

»Willst du ihn?«

Seth, wie er behutsam ihren Vater im Arm wiegte. Seth, wie er Joshua neckte. Seth, wie er sie ruhig festhielt und redete. Seth im Bett. Stell dich. Hör auf, dich zu verstecken. Sei ehrlich dir selbst und Phyliss gegenüber. »O ja, ich will ihn. Kein Zweifel.«

»Er wird nicht einfach sein, aber er wird alle Mühe wert sein. Du hast es nie einfach haben wollen.«

»Wovon redest du überhaupt? Ich war absolut zufrieden mit meinem Leben, bevor das passiert ist.«

»Du meinst, du hast dich in eine Form gezwängt, weil du durch deinen Vater an Dandridge gebunden warst. Leute mit sehr starkem Willen können sich selbst alles einreden. Ich hab dir einmal gesagt, daß nichts mehr sein wird wie früher. Das heißt nicht, daß es nicht gut sein kann.« Sie umarmte Kate. »Jetzt hör auf, so traurig dreinzuschaun. Für mich ist das das Richtige.«

Kate nickte und drückte sie fest an sich. »Ich weiß, ich wollte nur …« Sie verhielt sich überhaupt nicht gut. Sie trat einen Schritt zurück und sagte brüsk: »Wenn Seth zurückkommt, müssen wir dich briefen, und wir sollten besser jede Woche einen Anruf mit Konferenzschaltung machen, um über Probleme zu diskutieren.«

»Zwei Anrufe im ersten Monat, danach sollte alles rollen.« Sie ging zur Tür. »Ich geh und bring es Joshua bei.«

Kate saß auf dem Bett und starrte ihren Koffer an, als Seth kurze Zeit später hereinkam.

Er blieb stehen. »Was, zum Teufel, ist denn jetzt wieder passiert? Hat Longworth –«

»Phyliss kommt nicht mit. Sie hat beschlossen, daß sie weiterziehen muß. Das solltest du doch verstehen. Machst du das nicht auch immer?«

»Wovon redest du überhaupt?«

»Wenn es nach Phyliss geht, wird RU2 hier noch vor Amsterdam genehmigt.«

»Wenn es jemand schaffen kann, dann sie. Hast du ein Problem damit?«

»Nur daß sie mir fehlen wird. Wir sind eine Familie.«

»Es ist ja nicht so, daß du sie nie wiedersehen würdest.«

»Aber lange Zeit nicht.« Sie hob den Blick von ihrem Koffer und sah ihn an. Zigeuner. Peter Pan. Machiavelli. Nährer. Er war all das, und Phyliss hatte recht, einfach würde er nie sein. Sie stand auf und reckte sich. Pack es an. »Also hab ich beschlossen, daß du die Lücke füllen mußt.«

Er sah sie mißtrauisch an. »Was?«

»Du hast mich gehört. Meine Familie zerrinnt mir unter den Händen. Phyliss ist weg, eines Tages wird Joshua gehen.

Daddy …« Sie holte tief Luft. »Also mußt du meine Familie sein. Ich hab mir ausgerechnet, wenn wir nichts Dummes machen, solltest du noch mindestens fünfzig Jahre schaffen.«

»Faszinierend. Ich fühle mich wie ein Ersatzteil für eine Geschirrspülmaschine.«

»Halt den Mund. Glaubst du, das ist einfach? Was, wenn du meiner müde wirst? Was, wenn du anfängst, dich zu langweilen? Was, wenn du beschließt, uns davonzulaufen?« Sie warf sich in seine Umarmung und lehnte ihren Kopf an seine Brust. »Also, ich werde dich nicht gehen lassen. Ich würde dir folgen. Es ist höchste Zeit, daß du auch eine Familie kriegst. Du wirst dich an uns gewöhnen.«

»Das ist eine Möglichkeit.«

»Und du kannst damit aufhören, so verdammt rätselhaft zu sein. Ich weiß, daß du mich liebst, und ich glaube, du weißt, daß ich dich liebe.«

»O ja, aber ich war mir nicht sicher, ob du es zugeben würdest. Ich dachte, ich hätte meine Arbeit schön eingeteilt. Ich dachte, es dauert mindestens noch sechs Monate, bis du an diesen Punkt kommst.« Er drückte sie fester an sich. »Glaubst du, ich weiß nicht, daß ich nicht das bin, was du von einem Mann willst? Es spielt keine Rolle. Gewöhn dich an die Vorstellung. Du hast mich am Hals. Ich bin auf Dauer hier. Aber ich werde mich nicht ändern. Du wirst mich so akzeptieren müssen, wie ich bin.«

»Ich hab dich akzeptiert. Du bist das, was ich will.«

»Und wann hast du diese weltbewegende Entdeckung gemacht?«

»Als ich dich mit meinem Vater im Arm gesehen habe«, sagte sie schlicht.

Er schob sie von sich weg und nahm ihr Gesicht zwischen seine Hände. Seine Stimme war gespannt. »Was, wenn du deine Meinung änderst? Ich hab dir gesagt, wie ich reagiere, wenn man mich wegschubst. Ich würde nicht fair oder verständnisvoll sein. Ich würde manipulieren und intrigieren und jeden schmutzigen Trick, den ich kenne, einsetzen, um zu bleiben.«

»Verdammt noch mal, ich werde meine Meinung nicht ändern. Ich bewundere dich. Ich respektiere dich. Ich liebe dich. Und du entkommst mir nicht. Also, wirst du mich heiraten?«

»Gehört das zum Deal?«

»Das gehört zum Deal. Ich will einen offiziellen Stempel für meine Familie.«

Er grinste. »Ich werde darüber nachdenken müssen.«

Ein ungeheures Glücksgefühl durchströmte sie. Es würde passieren. »Du hast Zeit, bis wir in Amsterdam sind. Danach such ich mir einen Holländer.«

»Oh, so lange wird es nicht dauern. Okay, ich werde dich heiraten.« Er küßte sie. »Unter einer Bedingung.« Seine Augen funkelten spitzbübisch.

»Ich kann es kaum erwarten, sie zu hören«, sagte sie mißtrauisch.

»Mein Hund. Du wirst auch meinen Hund adoptieren müssen. Armer Köter. Es ist mir zuwider, ihm das noch mal anzutun. Weißt du zufällig, wie es mit den Quarantäneverordnungen für Holland aussieht?«